낯선 기대

§ 낯선 기대 §

2010년 6월 5일 초판 1쇄 인쇄
2010년 6월 8일 초판 1쇄 발행

지은이 § 칼라디움
발행인 § 곽중열
기획&편집디자인 § 신연제, 곽은옥
발행처 § (주)조은세상

등록 § 2002-23호(1998년 01월 20일)
주소 § 경기도 고양시 일산동구 장항동 558번지 6호
Tel § 영업부(031)906-0890
e-mail romance@comics21c.co.kr
값 9,000원

*본서의 내용을 무단 복제하는 것은 저작권법에 의해 금지되어 있습니다.

Copyright©.칼라디움 2010. Printed in Seoul, Korea

*파본이나 잘못된 책은 바꾸어 드립니다.

ISBN 978-89-6159-478-3

낯선기대

GOODWORLD ROMANCE STORY

칼라디움 장편소설

(주)조은세상

1. 아침의 인연 7
2. 서로 훔쳐보기 17
3. 덕수는 방해꾼? 40
4. 그들은 이미 시작된 인연 51
5. 아쉬움 62
6. 5-5, 다시 만나다 76
7. 마주 보기의 시작 88
8. 목표물 설정 101
9. 요즘도 틀린그림찾기 합니까? 119
10. 우리 서로 훔쳐본 사이 아닙니까? 139
11. 5-5는 감시자? 154

12. 시작을 알리는 키스 169
13. 사내 비밀 연애의 시작 195
14. 기 싸움 217
15. 들켜버린 마음 254
16. 한 발짝 전진, 두 발짝 후퇴 280
17. 보조를 맞추며 걷다 296
18. 도발, 질투, 소유욕 311
19. 고백 337
20. 엉뚱한 오해 353
에필로그 I. 벚꽃이 꽃비가 되어 내리는 날 363
에필로그 II. 5-5 열차가 들어오고 있습니다 386

1. 아침의 인연

　오늘도 그녀는 복잡한 지하철 안에서 손에 든 휴대전화를 뚫어지게 쳐다보고 있었다. 휴대전화에 내장된 틀린그림찾기 게임을 하는 중이다.
　제한된 시간이 다 되어 화면에 빨간 경고창이 깜박이기 시작하자 윤희는 초조해지기 시작했다. 내리기 전에 마저 찾아야 하는데 마음이 급해지자 더 찾기가 힘들어졌다. 그때 갑자기 끝이 뾰족한 회색 막대기가 나타나 그녀의 휴대전화 액정 위를 콕하고 찍었다. 화면에 다 찾았다는 동그라미가 그려지면서 성공했다는 SUCCESS 문구가 떴다. 나타났다 사라진 것은 그녀와 똑같이 생긴 터치펜이었다. 고개를 들자 그녀를 보며 살짝 미소 짓는 남자가 보였다. 놀라서 커진 눈을 보며 남자의 눈이 더 진한 웃음을 지었다. 부끄러움에 얼굴이 빨개지기 시작하는데 남자가 그녀의 등 뒤로 손을 대고는 앞으로 밀기 시작했다.
"어, 어."
"내려야죠?"
"네? 아, 네."
문이 닫히기 직전 윤희는 지하철에서 겨우 내렸다. 멍하게 넋 놓고 있었다면 내리지도 못했을 뻔했다.

움직이기 시작하는 지하철 안에서 남자가 닫힌 문 넘어 그녀를 쳐다보고 있었다. 지하철이 터널을 빠져나가고 남아 있는 바람이 머리카락을 흩트려 놓자 윤희는 그제야 정신을 차렸다. 몸을 돌려 승강장 계단을 걸어 올라가며 조금 전 상황에 대해 다시 생각해 보았다.

그 남자를 보기 시작한 지 2주가 넘어가고 있었다.

아침마다 같은 승강장 위치에 서 있는 남자. 그녀가 환승하기에 제일 좋은 자리. 미지의 남자에게 붙여준 닉네임은 5-5. 매일 같은 자리에서 보는 걸 보니 남자도 환승을 하는 것일까 싶었지만 늘 앞쪽에 서 있는 걸 보면 아마도 남자는 바로 이 역을 이용하는 것 같았다.

처음 그를 보았을 때, 딱 벌어진 어깨선이 제일 먼저 눈에 들어왔다. 얼추 보아도 키가 180은 훌쩍 넘어 보였다. 처음 며칠은 그를 그다지 눈여겨보지 않았었다. 깔끔하게 차려 입은 양복에 서류 가방을 든 모습이 다른 직장인들과 비슷한 모습이었지만 어딘가 모르게 다른 분위기를 풍기고 있었다. 하루는 바로 옆에 서서

간 적이 있었는데 은은하게 풍겨오는 로션 향이 시원한 바다를 떠오르게 했다. 그 향이 온종일 그녀의 코끝을 떠나지 않았었다. 아침마다 그 남자를 눈으로 찾게 되기 시작한 것이 그때부터였던 것 같았다.

"윤희야! 윤희야!"
영어 고급반 수업을 같이 듣는 지혜가 그녀의 팔을 툭하고 잡았다.
"뭘 그리 생각해? 불러도 대답도 없고?"
"아! 미안. 못 들었어."
"출구에서 나오는 거 보자마자 불렀는데……. 고민거리라도 생겼어? 땅바닥 보며 그렇게 걷다가 어디 부딪치기라도 하면 어쩌려고."
"아……."
윤희는 멋쩍은 듯 웃었다.
"그나저나 날씨가 갑자기 추워져서 좀 그렇다. 그래도 둘둘 감고 왔네?"
"응. 겨울엔 따뜻한 게 최고야! 너처럼 멋 부리다간 얼어 죽지."
지혜는 늘 멋스럽게 옷을 잘 입고 다니는 친구였다. 고급반 수업 첫날 그녀에게 살갑게 먼저 말을 걸어준 동갑내기 친구였다. 지혜는 추운 날씨임에도 불구하고 오늘도 짧은 치마에 무릎 아래까지 오는 어그부츠를 신고 녹색 반코트를 입고 왔다.

학원 1층에 있는 커피숍으로 들어간 두 사람은 따뜻한 실내에 들어서자마자 동시에 탄성을 질렀다.

"아! 따뜻해."

"오늘은 내가 살게. 지난번에 네가 샀잖아."

지혜가 가방에서 지갑을 꺼내며 카페라떼 2잔을 주문했다.

"평상시와 같이 시럽은 빼 드릴까요?"

"네."

카운터에 있는 남자 직원은 그녀들이 시럽을 넣지 않는다는 것을 알고 있었지만 재차 확인했다. 늘 아침 수업을 들으러 가기 전에 이곳에 들러 카페라떼를 주문한다는 것을 알고 있는 터였다.

주문한 커피를 기다리고 있는 지혜가 윤희의 옆구리를 콕콕 찔렀다.

"왜?"

"오늘 아침에도 그 남자 봤어? 5-5?"

"아! 응. 봤어. 근데 말이야 오늘은 좀 이상한 일이 있었어."

"이상한 일? 무슨 일? 뭐, 쪽지 같은 거 받았어?"

호기심을 가득 담은 눈빛으로 재촉하는 지혜의 표정에 윤희는 웃음이 터져 나왔다.

"엉뚱하긴. 근데, 나보다 네가 그 남자를 더 기다리는 것 같다?"

"어머? 얘는. 아니야. 한두 번도 아니고 벌써 지금이 몇 번째니? 아니지. 2주가 넘은 거 같은데? 그렇게 보는 것도 굉장히 힘든데."

"주문하신 카페라떼 두 잔 나왔습니다."

커피를 받아 지혜에게 한 잔 건네주며 윤희가 작은 목소리로 속삭였다.

"가자. 수업 끝나고 말해 줄게."

"흠."

오전 미팅이 끝나고 사무실로 들어간 진욱은 한 손으로 턱을 만지며 커다란 유리창 아래로 도로를 내려다보았다. Global S. CEO Center 22층 건물에서 그가 있는 사무실은 12층이다. 12월에 접어들어서도 그리 춥지 않았던 날씨가 주말이 되면서 갑작스러운 한파를 몰고 왔다. 추운 겨울바람 때문에 사람들이 잔뜩 몸을 웅크리며 발걸음을 재촉하는 모습을 멀리서도 느낄 수 있었다. 머플러를 하지 않는 그조차 중무장을 한 사람들을 보고는 왠지 모르게 목 부근이 허전하다는 느낌이 들 정도로 추운 날씨였다. 도시 전체가 꽁꽁 얼어 있는 것 같았다.

오늘 아침 그녀 또한 녹색 머플러로 얼굴의 반 이상을 가리고 있었다. 진욱은 처음으로 그녀의 얼굴을 가까이서 똑바로 보았다. 머플러 때문에 코 아래까지 다 보지는 못했지만 그를 똑바로 쳐다보는 동그란 눈이 회의 시간 내내 그를 괴롭혀 집중을 흩트려놓았다.

"별일이군."

그녀를 보기 시작한 지 벌써 2주가 넘어가고 있었다. 주문한 차가 3주 뒤에 나온다는 말에 회사까지 한 번에 오는 버스가 있어

며칠 동안 버스를 이용했다. 하지만 생각 외로 복잡하고 기다려야 하는 시간이 많아지자 8분 거리에 있는 지하철역으로 향했다. 버스보단 빠른 장점이 있었지만 역시나 복잡한 건 매 한가지였다.

주변을 관찰하는 버릇이 있는 그는 승강장 계단에서 내려가자마자 바로 서서 기다렸다. 구두 끝을 내려다보던 그의 눈에 5-4라고 표시된 것이 보였다. 5라는 숫자는 그가 좋아하는 숫자였다.

맨 앞에 서서 지하철을 기다리고 있는데 전광판에 빨간색 불이 들어왔다. 진입한다는 소리에 뒤에 서 있던 사람들이 슬금슬금 간격을 좁혀오기 시작했다. 문이 열리고 안으로 들어간 그는 문이 닫히기 직전 아슬아슬하게 뛰어 들어온 작은 체구의 여자를 보았다. 가방이 문에 낄 수도 있는 상황이었는데 여자는 용케 몸을 돌려 피했다. 조금 민망했는지 여자는 고개를 숙이고는 연신 긴 머리를 쓸어내리며 가쁜 숨을 가다듬었다.

그가 그녀를 기억했던 건 그녀의 긴 생머리 때문이 아니었다. 다음 역에 도착하자 그녀는 내리는 사람들을 위해 내렸다가 다시 탔다. 공간을 내주는 그 모습이 그의 눈에 예쁘게 비춰졌다. 진욱은 며칠 전 문 입구에 딱 버티고 서서 내리는 사람들에게 이리저리 부딪치는 사람을 본 적이 있었다. 잠깐만 내렸다 타면 될 것을 왜 그러는지 이해하기 힘들었다.

그날을 시작으로 그는 매일 아침 그 자리에서 그녀를 보게 되었다. 처음은 우연이겠지 싶었는데 그녀는 매일 같은 시간에 나타났다. 그의 시선을 끄는 또 하나는 그녀는 늘 휴대전화를 뚫어지게 쳐다보고 있다는 것이었다. 하루는 무엇을 보기에 그러나 싶어 큰 키를 이용해 보니 휴대전화에 있는 게임을 하는 것이 보였다. 터치펜을 사용하는 것이었는데 자세히 보니 틀린그림을 찾고 있었다. 여자들은 이런 것을 좋아하는 모양이었다. 그와 그녀가 서 있는 위치는 거의 고정적이었다. 두 사람 사이에 한두 명이 서 있거나 아니면 그의 앞에 그녀가 서는 경우가 대부분이었다. 그가 먼저 타고 그녀가 나중에 타기 때문에 자연스레 그녀의 자리는 늘 그의 주변이었다.

하루는 그녀와 나란히 서서 가게 되었는데 지하철 유리창을 통해 그녀의 표정을 보다가 웃음이 터질 뻔한 적이 있었다. 제대로 찾아지지가 않는지 인상이 심하게 구겨지기도 하고 혀를 내밀거나 뺨에 바람을 넣기도 했다. 그녀의 다양한 표정 변화에 입가에 미소가 지어졌다. 복잡한 출근길이 즐거워지기 시작했다.

가끔은 보이지 않게 그녀가 찾고 있는 틀린그림을 그도 슬쩍 보면서 찾아보기도 했다. 정해진 시간이 다 되어 갈 때쯤이면 화면에 경고등이 들어오면서 번쩍인다. 그럴 때면 터치펜을 쥔 그녀의 손이 초조하게 휴대전화 옆면을 톡톡 두드렸다. 그 모습이 그를 즐겁게 했다. 혼자 소리 없이 웃다가 괜히 민망할 때도 있었다.

특히나 오늘 아침은 자신도 모르게 한 행동이었다. 그 일을 생각하니 고개가 저어지며 웃음이 나왔다.

"내가 잠시 정신이 어떻게 된 거지."

진욱은 승강장의 전광판에 빨간불이 들어오는 순간 시간을 확인해 보았다. 평상시보다 1분 정도 늦은 지하철의 도착이었다. 고개를 돌려 뒤를 돌아보았다. 그녀가 도착해 있어야 할 시간인데 아직 나타나지 않았던 것이다.

막 모퉁이를 돌아 모습을 나타낸 그녀의 눈과 정면으로 마주치자 당황스러움에 휙하니 고개를 돌렸다.

그녀는 체크무늬 모직 코트에 녹색 머플러로 얼굴을 반 이상이나 감싸고 나타났다. 역시나 손에는 장갑을 낀 채 휴대전화를 들고 있었다.

사람들에게 밀려 그녀가 그의 옆에 서게 되었다. 그녀는 늘 하던 대로 게임을 하고 있었다. 슬쩍 시선을 내려 보니 일찍부터 했는지 아니면 속도가 빨랐는지 틀린 곳 세 군데를 찾는 미션이었다. 미션을 금방 성공시키고 다음 장으로 넘어가는데 어느새 그의 시선도 그녀의 휴대전화 액정 화면에 꽂혀 있었다. 게임에 정신이 팔려 있기 때문에 그가 보고 있는 것을 알 리가 없었다. 화면이 바뀌자 그의 눈에 틀린 곳 한 군데가 들어왔다. 그러나 그녀는 그가 발견한 곳을 클릭하지 않고 다른 곳에서 틀린 곳 두 군데를 찾았다. 시간이 점점 줄어들면서 액정에 경고창이 깜빡이기 시작하자 터치펜을 쥔 손이 초조하게 휴대전화 가장자리를 두드리기 시작했다.

조금만 더 지나면 게임은 끝이 날 상황이었다. 그녀의 목적지가 평상시와 같다면 다음 정거장에서 내려야 한다. 보다 못한 진욱은 아까부터 봐 두었던 틀린 곳을 자신의 휴대전화의 터치펜으로 콕하고 찍어버렸다. 순간 그녀의 고개가 불쑥 들려졌다. 눈이 튀어나올 것처럼 휘둥그레진 상태였다.

뜻밖에 그녀의 눈을 보게 된 진욱은 짙은 검은색 눈동자에 깜짝 놀랐다. 대부분의 사람들이 갈색이나 연한 밤색을 띠는데 그녀는 눈동자는 거의 검은색에 가까웠다.
　다음 역 이름이 방송되자 진욱은 멍하게 자신을 쳐다보고 있는 그녀의 등을 떠밀었다.

"뭐? 그, 그 남자가 뭘 어쨌다고?"
아침에 있었던 일을 듣고 있던 지혜가 깜짝 놀라며 소리쳤다.
"그렇다면 그 남자! 널 보고 있었단 소리잖아? 그렇지?"
"그렇다고 봐야겠지."
"그리고 네가 내리도록 널 밀었다는 거 아니야."
"그게, 밀었다는 게 아니고."
"아무튼. 나도 그 밀었다는 게 어떤 뜻인지 알아. 와우! 이거 완전 특종인데? 하루 이틀 관찰해서는 몰라. 네가 내리는 역도 알고 있고."
　지혜에게 말하고 있으면서도 그녀는 솔직히 믿기지가 않았다. 그 남자가 그런 행동을 할 줄이야! 꿈에서라면 모를까 그가 보고 있었다는 사실에 묘하게 가슴이 두근거렸다.
"어머! 어머! 이거 지하철에서 커플 탄생하는 거 아니야?"
"아니야! 그런 거."
아니라는 그녀의 말에 지혜가 콧방귀를 꼈다.
"칫, 아니긴 뭐가 아니야? 너, 그 남자한테 관심 있었잖아. 매일 아침 그렇게 보게 되는 것도 너어…… 그거 보통 인연이 아니다? 나처럼 아침마다 뚱뚱한 아저씨 보는 것보단 백배 낫지."

지혜는 학원에 버스를 타고 오는데 꼭 그 시간에 버스 정류장에서 같이 기다리는 아저씨가 있다고 했다. 아저씨라고 했지만 사실 학생이었다.

"요즘은 애늙은이처럼 생긴 애들이 많아. 이왕이면 좀 쌈박한 학생이면 좀 좋니? 완전 아저씨라니까? 며칠 전에 통화하는 내용 안 들었으면 난 아직까지도 그 애가 30대인지 알았을 거야. 세상에 그 얼굴이 22살이라니 믿어지지가 않는다!"

윤희가 책을 챙기며 강의실에서 나갈 준비를 하자 지혜가 붙잡았다.

"좀 더 이야기 좀 해 봐. 응? 오늘은 왜 이렇게 빨리 가? 나, 아직 다른 학원 갈 때까지 시간 남았는데."

"어쩌지? 약속이 있어서. 친구 만나기로 했어."

"그래? 그럼, 할 수 없지 뭐. 내일 보자."

"오늘은 케이크 만든다고 했었나? 예쁘게 만들어! 사진 찍어서 보여줘."

"그래. 알았어. 추운데 조심히 잘 다녀!"

"너나 잘 다니세요. 무가 얼어서 어디 썰어서 먹을 수나 있겠니?"

다정히 손을 흔들며 인사를 나눈 두 사람은 학원 1층에서 각자 헤어졌다.

윤희는 휴대전화를 꺼내 전화를 걸었다.

"나, 이제 마쳤어. 어디로 갈까?"

2. 서로 훔쳐보기

 지금 만나러 가는 친구는 고등학교 동창이다. 160이 조금 넘는 그녀에 비해 남수는 키가 155에서 멈춰버렸다. 내심 160까지는 클 것이라고 기대했던 남수는 고등학교 3년을 보내면서 왕성한 식욕을 선보였다. 다들 살로 가면 안 된다며 정도껏 먹으라고 했지만 남수는 오로지 키로 갈 것이라는 희망으로 식욕이 시키는 대로 음식을 먹어치웠다. 그러나 간절한 바람에도 불구하고 키가 크지 않았다.
 어느 여름방학 때 텔레비전에서 하는 외화를 보던 남수가 마지막 자막 올라가는 것을 보더니 눈을 반짝였다.
 "나, 영화 번역가 할까 봐. 그러면 영화란 영화는 모조리 다 볼 수 있겠지?"

그녀는 단지 남수가 영화 보는 것을 좋아해서 그냥 해 본 소리인지 알았지만 그녀의 판단 미스였다. 목표가 생긴 남수는 영어영문과에 당당하게 합격하고 대학교 2학년 때부터 틈틈이 작은 번역을 시작으로 점점 자신의 입지를 다져나갔다. 졸업과 동시에 일하면서 알게 된 동료 언니가 열심히 하는 그녀에게 방송국 관계자를 소개해 주었던 것이다. 지금은 대작영화는 아니더라도 어엿한 영화 번역가로 활동하고 있다.

약속장소까지 2정거장이라 걸어가려고 했던 그녀는 바람이 너무 차서 버스를 탔다. 정류장에는 남수가 이미 와서 기다리고 있었다.

"윤희야!"

"남수야! 뭐 하러 나와 있어. 들어가 있지."

"잘 지냈어? 빨리 보려고. 춥다. 어서 들어가자."

두 사람은 자주 가는 스파게티 전문점으로 들어갔다. 공주풍으로 꾸며져 있고 의자도 편해서 둘이 만나면 늘 들르는 곳이었다.

코트를 벗으며 남수가 윤희를 아래위로 훑어보며 미소 지었다.

"아우, 갑자기 추워지니까 적응을 못 하겠다. 넌 예나 지금이나 똑같다?"

"뭐가?"

머플러를 풀어 곱게 접어서 옆 의자에 놓는 그녀를 보며 남수가 웃으며 말했다.

"뭐긴. 하윤희는 겨울에 절대로 안 얼어 죽는다! 이 말이지."

"치이. 겨울은 좀 그래. 봄에 태어나서 나서 그런가? 추운 건 못 참겠어. 따뜻한 게 제일이야. 괜히 멋 부리고 다니다간 감기 걸리기 딱이지. 올해 독감은 아주 지독하다고 하던데."

"무지 지독하더라. 그 덕에 내가 일이 더 많아졌어."

메뉴판을 펼치며 남수가 일이 많아졌다며 투덜댔지만 표정은 웃고 있었다.

"뭐 먹을래? 늘 우리가 먹던 거? 오늘은 내가 쏜다."

"거기에 샐러드 추가하자."

"그럴까?"

남수가 손을 들어 직원을 불렀다.

"칠리 해산물 스파게티하고 까르보나라 주세요. 샐러드도 하나 주세요."

"음료는 필요하지 않으십니까?"

"네. 괜찮아요."

직원이 메뉴판을 들고 사라지자 남수가 그녀에게 물었다.

"학원은 어때? 다닐 만해? 괜찮은 남자 없어?"

"없어. 내가 남자 사귀러 가니?"

"너한테 물어본 내가 잘못이지. 야, 우리가 뭐 마냥 젊을 줄 아니? 천만의 말씀! 너도 곧 해 바뀌면 스물일곱이야."

"알아. 스물일곱도 젊은 나이야. 그리고 눈에 들어오는 사람도 없고."

"그래? 아침 반이라 그런가? 좀 괜찮은 놈들은 다 저녁 반 아니야? 너도 저녁 반 수업 한 번 들어봐."

"됐어. 아침 반이 좋아. 조용하고. 직장인들이 있어서 수업 마치고 뭐 다른 거 하자거나 그런 말이 없어서 딱 좋아. 저녁 반 수업은 사람들 잘못 만나면 수업 빼먹거나 뭐 먹으러 다니기나 한다고."

"어머? 요즘은 안 그래! 남자든 여자든 머리에 좀 든 게 있어 보이는 사람에게 작업 걸지, 아무한테나 그러진 않아. 비싼 돈 주고 학원 다니는데 그런 식으로 시간을 낭비할까 봐?"

"됐네요. 아침 수업 듣는 게 여러모로 좋아. 하루도 훨씬 길고."

"어련하실까."

주문한 스파게티가 나오자 두 사람은 앞접시에 두 가지 스파게티를 덜어서 먹기 시작했다.

포크에 스파게티를 돌돌 말면서 남수가 목소리를 낮추며 말했다.

"이번에 외국 영화 한 편 번역하려고 찜해 둔 게 있었는데 정미 언니한테 뺏겼거든? 근데 언니가 감기가 옴팡 걸린 거야. 그래서 그거 나한테 넘어왔다?"

"정말? 너, 무슨 책 번역하고 있다고 하지 않았어?"

"아, 그거 조금만 더 하면 끝나. 정미 언니가 좀 얄밉게 굴잖아. 그래도 좀 미안하긴 해. 사실 속으로 감기나 옴팡 걸려라! 이랬는데 진짜로 감기 걸리니까 좀 그렇더라고."

"넌 말조심해야 해. 가끔 네가 뱉어버린 말이 실제로 되니까 소름끼쳐. 무섭단 말이야."

"그치? 내가 신기가 있나?"

돌돌 만 스파게티를 입 안에 넣어 씹으려던 윤희가 남수를 향해 포크를 휘둘렀다.

"행여나. 그런 소리 하지 마!"

"하하하. 기집애 겁먹긴. 내가 한마디 해 줄게! 내 친구 하윤희! 아주 근사하고 멋진 남자 만나서 행복하게 잘 살지어다!"

"고마워."

남수의 말에 윤희는 아침에 있었던 일이 새삼스레 다시 떠올랐다. 알지도 못하는 남자를 보고 가슴 설레는 게 솔직히 좀 우스웠다.

그녀가 한숨을 작게 내쉬며 고개를 젓자 눈치 빠른 남수가 그걸 놓치지 않고 콕 집어냈다.

"말해 보시오."

"응? 뭘?"

"뭐긴! 너의 그 작은 한숨 말이야. 지금 잠깐 딴생각했잖아. 우리 못 본 지 한 달 넘었나? 그 사이 무슨 일이 있었는지 빨리 보고해 봐."

"진짜, 못 말려. 내가 널 어찌 속이겠어."

"살짝 넘겨짚은 건데 진짠가 보네."

물을 한 모금 마신 윤희는 그동안 있었던 일에 대해 이야기하기 시작했다.

쌍꺼풀 수술한 지 좀 되었지만 붓기가 조금 남아 있는 남수의 눈이 이야기를 들으며 더 크게 커지자 윤희는 그만 참지 못하고 웃음을 터트렸다.

"너! 눈 그만 크게 떠! 너무 부리부리해서 이상해. 그러다 눈이…… 터, 터질 것 같아."

"얘는! 이거 한 지 6개월이 다 되어 가는데 이제 와서 터지는 게 말이 되니? 조금 남아있는 부기가 가라앉을 생각을 안 하네. 병원에선 금방 가라앉는다고 하더니만."

"그래도 처음보단 많이 자리를 잡았어."

"응. 싸게 해 주기에 좋다 했는데, 내년에 보고 아니다 싶으면 다시 하려고."

"쌍꺼풀 없어도 예쁜데 괜히 하겠다고 해가지고."

"너한테만 예뻐 보이지. 우리 엄마도 하라고 했단 말이야. 그나저나 말 돌리지 마. 그 멋지게 생긴 남자를 지금 2주째 보고 있다고?"

"응."

"어머. 그렇게 보기 정말 힘든데……."

"내가 학원 시간에 맞춘다고 매일 같은 시간에 집에서 나오거든? 환승할 때 좀 빨리 걸으면 바로 탈 수 있어. 근데, 그 남자가 항상 그 자리에서 타더라?"

"그래?"

"응. 그래서 내가 별명도 지었어."

"별명?"

"응. 5-5라고 지었어."

"풉. 뭐? 5-5?"

남수가 재미있는지 깔깔거리며 웃었다.

"무슨 제품 번호도 아니고 그게 뭐야. 숫자로."

"내가 타는 칸이 5-4거든. 늘 그 남자가 맨 앞에 서 있는데 어찌나 깔끔하고 빈틈이 없어 보이는지. 뭐, 암튼 잘생기긴 했더라."

"네가 타는 곳이 5-4인데 그 남자 별명은 왜 5-5야?"

"그런 게 있어. 나중에 말해 줄게."

"그리고. 너, 잘생긴 남자 싫어하잖아."

"싫어하는 게 아니고 안 좋아하는 거지."

"말 돌리는 거니?"

"보는 건데 뭐 어때. 사귀는 것도 아니고."

"사귀는 건 아니더라도 오늘 아침 그 남자 행동을 봐서는 조만간 쪽지나 뭐, 뭔가 다른 일이 생길 것 같은데?"

"에이. 그런 일은 안 생겨. 근데, 아침마다 같은 장소에서 보니까 괜히 아는 사람 같게 느껴져. 이러다 길거리에서 혹시라도 보게 되면 나도 모르게 인사하는 건 아닌지 몰라."

"그러면 정말 웃기겠다 그지?"

"그러게. 아무튼 오늘 아침은 정말 당황스러웠어."

'그리고 이상하게도 내 등에 그 남자의 손이 닿았는데 그 느낌이 아직까지 남아있어.'

"참, 너 이사할 집 알아보고 있다며?"

"안 그래도 그것 때문에 머리 아파 죽겠다."

"왜?"

"주인 할머니가 들어올 사람 있어야 전세금을 준다고 하잖아.

내가 거의 석 달 전부터 계약 끝나면 이사하겠다고 했단 말이야. 지금 전세 대란이라고 난리도 아닌데 돈도 더 받겠다고 말해서 집이 나가려나 모르겠어. 지금 있는 집 겨울에 진짜 춥단 말이야. 외풍이 너무 세고, 난방비만 많이 나오고."

"그래서 어쩌려고?"

"아는 선배한테 물었더니 주인이랑 싸워봐야 답 안 나온다고. 충분히 의사를 전달했는데 그런 식으로 나오면 내용증명 보내고 나보고 이사하래."

"음. 머리 아플 만하네. 날도 추운데."

"그러게 말이야. 아우, 진짜 주인 할머니 완전 돈독 올라서. 얼굴에 심술보도 덕지덕지 붙어가지고. 대치동에 집도 있으면서 나보고 돈 없다는 소리만 계속 하잖아. 내가 정말 기가 막혀서 진짜."

말을 들으며 곰곰이 생각하고 있던 윤희가 심각한 목소리로 남수를 불렀다.

"남수야."

"응?"

"너, 나랑 같이 지낼래?"

"너희 집에?"

"응. 내가 너에 대해 모르는 것도 아니고. 너 성격 털털해도 깔끔 떠는 거 다 알아. 어차피 지금 빌라도 나 혼자 지내기엔 너무 크고. 너만 괜찮다면 집 얻어질 때까지만이라도 들어와 있어도 돼."

"정말? 정말 그래도 돼?"

"그럼. 나야 좋지."

"역시. 윤희 너밖에 없다! 생활비 낼게."

"그런 거 아니거든! 쓸데없는 소리 하지 마."

"됐거든? 그래야 나도 냉장고 열어서 음식 꺼내 먹고 맘 편하게 지내지. 그냥 공짜로 얹혀 지내는 거 싫어. 많이 준다는 거 아니야. 적지만 생활비 줄 테니까 잔말하지 말고 받아. 알았지?"

"알았어. 언제 올래?"

"어차피 지금 있는 집도 풀 옵션으로 들어간 집이었으니까 옷가지랑 책들, CD가 좀 있네. 그거야 선배한테 차 한 대 빌리면 돼."

"그래? 그럼 너 준비되는 대로 이사하자. 크리스마스 전에 이사하는 게 어때? 우리 둘이 파티도 하고."

"오! 그거 좋은 생각이다. 오후에 변호사 선배 만나러 가는데 잘 됐네. 그 선배 하라는 대로 내용증명 보내고 확 이사해 버릴까 보다."

남수와 헤어져서 집으로 돌아온 윤희는 빈방 중에 어느 방을 내주어야 할지 생각해 보았다. 침실 맞은편 방이 비어 있긴 하지만 그곳은 그녀가 개인적인 서재로 사용하고 있는 곳이다. 또한 이모부의 서재이기도 했다. 대기업 부사장직을 맡고 있는 이모부의 책장은 빽빽하게 경제 관련 서적들과 자기 개발에 대한 책들로 꽉 차 있었다. 그중에서 그녀가 도움을 받은 책들이 거의 반

이상이라고 해도 될 정도로 이모부는 많은 책을 읽고 소장하고 계셨다.

그녀가 이곳 청담동 빌라에 살게 된 지 벌써 6년이라는 시간이 흘러가고 있었다. 서재에서 나와 탁 트인 거실을 지나 집 안을 한 번 훑어보는 그녀의 눈에 추억들이 담기기 시작했다.

그녀는 시골에서 농사를 짓는 부모님과 함께 살았었다. 학교를 마치고 집에 돌아오면 책가방을 방에 던져 놓고 곧장 부모님이 일하고 계시는 과수원으로 달려갔다.

어머니는 사다리에서 내려오면서 그녀가 달려오는 것을 못마땅한 표정으로 쳐다보았다. 소리를 질렀을 때 들릴 정도까지 거리가 좁혀지면 양손을 허리에 대고 그녀를 향해 고함을 치셨다.

"이노무 가스나가! 왜 또 달려오고 난리고? 어이?"

"엄마! 엄마!"

턱까지 숨이 차올라 헉헉대는 그녀를 보며 어머니가 다가와 등짝을 때렸다.

"아야! 아프잖아! 왜 때리고 그래."

"내가 공부하라고 했지. 언제 이리 오라캤노. 니는 이런 거 하면 안 된다 안 캤나!"

"조금만 하고 들어가면 되지 뭐. 왜 못 오게 하고 그라노."

그녀의 입에서 사투리가 나오자 어머니의 눈이 매서워졌다.

"이노무 가스나가! 내가 니는 사투리 쓰면 안 된다 그랬제? 사투리 쓰지 마라 안 카드나. 니는 나중에 서울 가서 공부해야 한다. 알긋나! 여기 와서 일할 생각하지 말고 퍼뜩 집에 가서 공부나 해라."

"만날 공부, 공부! 하지 마라케도 하는데 왜 그라노."

"이 가스나가 등짝을 제대로 맞아야 정신 차릴 끼가?"

다시 한 번 어머니의 손이 공중으로 치솟자 그녀는 마지못해 등을 돌려 집으로 향했다. 고개를 돌려 슬쩍 쳐다보니 정말 집으로 가는지 어머니가 그 자리에 그대로 서서 그녀를 바라보고 있었다.

"빨리 들어온 나. 저녁 준비해 놓을 테니까."

투덜대면서 걸어가는데 멀리서 아버지가 경운기를 몰고 오는 모습이 보였다. 그녀를 발견한 아버지가 손을 들어 반갑게 흔들었다.

"우리 딸 윤희 왔나!"

"네! 아부지! 저녁 준비해 놓고 있을 테니까, 빨리 들어오이소!"

평상시 잘 쓰지 않는 사투리지만 그녀는 아버지와 대화할 때는 일부러 사투리를 많이 섞어서 쓰곤 했다. 그럴 때마다 사투리를 쓰는 그녀가 귀엽다며 환하게 웃어보이시곤 하셨다.

아버지는 6.25전쟁 때 부모님과 함께 남쪽으로 내려왔었는데 전쟁 중 부모님과 헤어져 혼자 자라신 분이셨다. 남의 집 머슴살이도 하면서 갖은 고생을 하시다가 14살 때 마음씨 좋은 부부를 만나 고등학교까지 무사히 마칠 수 있었다고 하셨다. 그분들이 돌아가시면서 남겨 주신 유산이 바로 이 작은 과수원이었다.

어머니에게는 여동생이 한 명 있었는데 얼굴이 무척이나 예뻐서 부잣집으로 시집을 갔다. 과수원 일을 하는 어머니와는 완전히 다른 생활을 하고 있다. 다행이라고 해야 할까? 부잣집으로 시집을 갔다고 해서 언니를 모른 체하지 않으셨다. 거리가 멀어도 틈만 나면 내려왔다. 그리고 그녀를 무척이나 예뻐해 주셨다.

중학생 때 전교에서 일등을 했다는 말에 이모는 그녀를 서울로 데리고 가려고 하셨다. 작은 지역에 있는 것보다 좋은 곳에서 공부해야 한다고 했지만 부모님은 선뜻 그녀를 서울로 보내지 못하셨다. 그녀 또한 부모님과 떨어져 지내고 싶지 않았다. 고등학교 졸업 때까지 전교 1등을 놓치지 않았던 그녀는 고생하시는 부모님을 위해 전액 장학금을 받을 수 있는 학교로 원서를 넣었다. 그녀의 합격 소식에 이모가 그녀를 서울로 불러올렸다. 여자 혼자 자취하는 것은 절대로 안 된다며 청담동에 있는 이모 집으로 들어오라고 했다. 그래서 대학 입학과 동시에 그녀는 이모 집에서 학교를 다니게 되었다.

너무 좋은 일들만 일어나서였을까. 열심히 공부해서 부모님께 효도하리라 생각했던 그녀의 계획은 실행되지 못했다. 예쁘게 꾸며진 그녀의 방을 보며 해주시지 못한 것에 대한 미안함과 안전하게 다닐 수 있게 되어서 다행이라고 기뻐하셨다. 헤어짐에 대해 아쉬워하며 집으로 내려가시던 부모님이 음주운전 차에 치여 돌아가셨다.

그 사고가 있은 뒤 과수원만 이웃 어른께 빌려주기로 하고 모든 것을 정리해 서울로 올라왔다.

그녀가 대학교 2학년 때 이모부가 미국지사로 발령이 나자 이

모네 식구는 모두 미국으로 들어가 버렸다. 발령이 확정 났을 때 이모는 그녀에게 이 빌라에서 지낼 것을 부탁했다.

"몇 년 지나면 우리 다시 들어올 거야. 그때까지 이 집에서 지내. 네가 이 집을 돌봐 주었으면 한다. 집 유지비는 통장에서 알아서 자동이체 되니까 네가 신경 써야 할 건 하나도 없어. 생활비도 내가 보내 줄 테니까 걱정하지 말고. 알았지? 넌 공부에만 신경 쓰면 돼. 너 하고 싶은 거 하면서 그렇게 지내. 그리고 언제든지 일 생기면 바로 전화해. 응?"

그렇게 해서 이 넓은 빌라에 그녀 혼자만의 생활이 시작되었던 것이다.

"여기야!"

조용하고 고급스러운 바 안으로 들어서자 희철이 진욱을 발견하고는 손을 들어 불렀다.

"오랜만이다."

반갑게 악수를 하고 진욱이 자리에 앉자 희철이 바텐더에게 잔을 하나 더 달라고 했다.

"차, 아직 안 나왔지?"

"응."

"안 불편해? 그냥 나한테 한 대 주문하지 그랬어."

희철은 강남에서 잘나가는 수입차 전문 딜러다. 지난번 차를 바꾸려고 했을 때 적극적으로 수입차를 권했지만 진욱은 단호히 거절했었다.

"뭐, 지하철도 타고 다닐만해."

"뭐? 지하철? 너 지금 지하철이라고 했어?"

당연히 렌트를 했을 거라 생각했던 희철은 뜻밖의 말에 깜짝 놀랐다.

"2주 정도 타고 다니니까 익숙해졌는지 그리 불편한 걸 모르겠던걸."

"오, 이진욱! 내가 널 다시 봐야 하는 거냐?"

"솔직히 오늘처럼 추운 날은 차가 그립기도 해."

희철이 빈 잔에 양주를 따라주며 말했다.

"렌트를 하거나 택시를 타고 다닐 줄 알았지. 우리 매장에 시승용으로 나온 거 있는데 그거라도 며칠 타게 해 줄까?"

"됐어. 이제 얼마 안 남았어."

수입차 딜러의 첫 번째 스킬은 바로 손님이 무엇을 원하는지 순간적으로 잡아채는 센스다. 눈치 백단인 희철이 진욱의 얼굴을 가만히 들여다보더니 뭔가를 느꼈는지 옅은 미소를 지었다.

"표정을 보니 전혀 불편한 구석이 없는데? 혹시 지하철 안에 찜해 둔 여자라도 있는 거야?"

진욱의 표정이 순간적으로 멈칫거렸다. 눈치 빠른 녀석이지만 넘겨짚기가 대단했다. 이미 놀란 표정을 감추려 술잔을 입으로 가져갔다.

"어! 그 표정은 뭐야? 오……. 있단 말이군."

잔을 내려놓으며 진욱은 쓸쓸한 웃음을 지었다.

"있긴 한데. 어려."

"고등학생?"

"켁."

아몬드를 먹던 진욱이 목이 막히는지 켁켁거렸다. 물을 벌컥벌컥 마시고 냅킨으로 입가를 닦으며 험악한 표정으로 희철을 노려보았다.

"이 자식이. 날 뭐로 보고!"

"요즘 고등학생 못 봤어? 우리 때 고등학생이 아니야. 키 크고 몸매 잘빠지고, 완전 어른이나 다름없어."

"정신 차려. 대학생처럼 보이는 아가씨야. 매일 같은 시간에 보는데 수시로 바뀌는 얼굴 표정이 내 출근시간을 즐겁게 해."

"수시로 얼굴 표정이 바뀌어? 자세히 좀 말해 봐. 생긴 건 어때? 예뻐? 키는?"

"아직도 20대 기준을 가지고 있는 거냐? 어린 아가씨 좋아하다가 큰코다치지."

"말 자꾸 딴 데로 돌리지 말고 그 아가씨에 대해 이야기 좀 해 봐."

희철의 궁금해 죽겠다는 표정에 진욱은 싱긋 웃었다.

"5-5?"

"뭐? 5-5는 또 뭐야?"

"내가 붙여준 별명."

5-5. 그녀에게 붙여준 별명이다. 지하철 승강장 바닥 어디를 보아도 5-5라는 표시는 없다. 왜냐하면 지하철 문은 4개이기 때문이다. 그가 아침마다 지하철을 타는 곳은 5-4다. 글쎄, 그도 왜

그녀에게 5-5라는 별명을 지었는지는 잘 모른다. 그가 좋아하는 숫자인 5를 두 번 부르고 싶어서일까. 아니면 그가 좋아하는 숫자 5, 두 개를 붙인 그만의 전용 지하철 칸에 그녀를 태우고 싶은 바람을 담아서일까.

"무슨 별명이 그래?"

"나하고 그녀가 타는 곳이 5-5거든."

"5-5? 가만, 승강장이 5-4 다음엔 6-1 아닌가?"

"맞아."

희철의 질문에 웃음을 담아 대답을 하는 진욱의 표정은 즐거움을 가득 담고 있었다.

얼굴에서 미소가 떠나질 않는 그를 희철이 신기하게 쳐다보았다.

"그냥 맞다니? 그 여자 생각만 해도 기분이 좋은가 보네? 5-5는 없는데 왜 5-5냐고."

"그렇지. 5-5는 없어."

"굳이 말해주지 않아도 나도 없다는 거 알거든? 자꾸 웃지만 말하지 말고 대답 좀 해봐."

"5-5를 만들까 봐. 그녀와 둘이서만 타고 가게."

잔잔하게 짓고 있던 진욱의 입꼬리가 훨씬 더 크게 위로 휘어져 올라갔다.

"헉."

희철의 눈이 놀라다 못해 아주 튀어나올 정도로 휘둥그레졌다. 그가 알고 있는 이진욱이 아닌 것 같았다. Global S. CEO 국제협력부 실장인 진욱이 제대로 알지도 못하는 낯선 여자에게 저런 관심을 보이는 것 자체가 이상했다.

"요즘 감기가 심하다고 하던데, 그거 혹시 머리에 이상을 유발하는 바이러스인 거 아니야?"

이마에 열이 있는지 손을 갖다 대자 진욱이 그의 손을 쳐냈다.

"나 멀쩡해."

"아냐, 멀쩡한 게 아니야. 그러지 않고서야 네가 이런 반응을 보일 리가 없어. 복잡한 지하철 타고 다니더니 정신이 이상해진 거야."

"쓸데없는 소리 그만해. 너도 그 아가씨 표정 보면 내 기분 이해할 거다."

끝까지 그 여자를 옹호하는 반응을 보이는 진욱을 보며 희철은 도대체 어떤 여자이기에 천하의 진욱이 저렇게 홀딱 넘어갔는지 궁금해졌다.

고개를 저으며 자신을 이상한 눈빛으로 쳐다보고 있는 희철의 잔에 양주를 따르며 화재를 전환했다.

"지난번 만나고 있다는 그 8살이나 어린 아가씨하고는 어때? 잘 돼가는 거야?"

"아, 헤어졌어."

"또?"

진욱이 강한 남자다움이 묻어난다면 그와 반대로 희철은 꽃미남과에 속했다. 부드러운 얼굴과 화려한 화술에 희철이 마음만 먹으면 여자를 사귀는 것은 식은 죽 먹기나 다름없었다. 180을 훌쩍 넘기는 키 덕에 두 사람이 등장하는 곳은 언제나 여자들의 시선이 뒤따랐다. 희철보다 조금 더 키가 큰 진욱 때문에 시선이 더 몰리는 것은 사실이지만 차가운 인상의 진욱보다는 눈웃음이 예술적인 희철이 여자들의 관심을 더 많이 받는 편이었다.

"넌, 언젠가 그 눈웃음 때문에 큰 고생 한 번 할 거다."

"내 매력 포인트 아니겠어? 물려받은 유산인데 잘 써먹어야지. 그나저나 다음 주에 차 나오면 이제 5-5 아가씨랑은 작별이네?"

"흠, 그렇겠지."

희철의 말대로 주문한 차가 나오게 되면 지하철을 탈 일은 앞으로 없을 것이다. 그녀를 더 이상 보지 못한다는 생각이 들자 어딘가 모르게 아쉬움이 느껴졌다.

다음날 아침. 평상시보다 조금 늦잠을 잔 윤희는 학원으로 가는 발걸음을 서둘렀다.

"아, 늦었네. 큰일이다."

어제 남수기 이르비이트로 넘겨준 번역 일을 하다가 새벽에 잠이 든 그녀는 아침 자명종 소리에도 불구하고 제시간에 일어나지 못했다.

양치질을 하며 시계를 본 그녀는 머리 감을 시간이 넉넉하지 않다는 걸 알고는 인상을 찌푸렸다. 허리까지 내려오는 긴 머리를 감고 드라이어로 말리려면 시간이 오래 걸린다. 그러다 보면 지각할 것이 뻔했다. 대충 머리를 빗어 하나로 묶고 야구모자를 눌러썼다. 방에서 나오면서 손에 잡히는 패딩 점퍼를 허둥지둥 걸치고는 서둘러 지하철역으로 향했다.

사실 어제 그 일이 있고 난 뒤 오늘 아침에 그 남자를 보게 되면 어떻게 대해야 할지 고민했다. 평상시처럼 모른 척을 해야 할지 아니면 가볍게 고개 인사라도 해야 할지 난감했다. 민낯으로 아무렇지 않게 다녔는데 오늘은 그것마저 신경이 쓰였다.

"아, 도대체 뭐야. 신경 쓰이게."

학원까지 가려면 지하철을 중간에 갈아타야 했다. 빠르게 환승하기 위해 그녀는 첫 번째 지하철의 5-4칸을 이용했다. 환승할 때도 마찬가지로 5-4 위치였다.

그 남자에게 5-5라고 별명을 지어 준 것에 특별한 이유는 없었다. 5-4에서 내려 다시 5-4를 이용하기에 제자리보다는 앞서가는 것이 좋아서, 아침마다 혹시나 그 남자가 있을까 하는 조금은 낯설고 설레는 기대를 갖게 하는 새로운 자리라 생각되었기 때문이다. 같은 곳에서 타고 그녀보다 늦게 내린다. 남자는 어디까지 가는 것일까? 직업이 무엇인지도 궁금했다. 여자친구는……. 당연히 있을 것이다. 그만한 인물에 없다는 것이 말이 되지 않았다.

그래도 뭐 어떠랴? 마음속으로 혼자 마음껏 상상을 할 수 있으니 말이다. 상상은 자유라고 하지 않았던가!

첫 번째 지하철에서 내려 빠른 걸음으로 환승 통로를 걷기 시작했다. 시계를 보니 좀 더 서둘러야 할 것 같았다. 자칫하면 지하철을 놓칠 것 같았다. 사실 이렇게 서둘러 걸을 필요는 없었다. 항상 수업시간보다 20분 정도 일찍 도착하기 때문에 다음 지하철을 타도 상관없었다. 하지만 어느 날부터인가 환승 통로를 걸어가는 그녀의 발걸음이 점점 빨라지기 시작했다.

환승 통로 모퉁이를 돌기 직전 문득 드는 생각. 그가 있을까? 평상시와 달리 그녀는 오늘은 지하철 안에서 틀린그림찾기 게임을 하지 않았다. 보통은 지하철을 타자마자 게임을 시작했고 환승 통로를 걸어갈 땐 일시정지 버튼을 눌러 게임을 중지시켰었다. 그러나 오늘은 그러지 않았다. 그냥 그가 신경이 쓰였던 것이다.

모퉁이를 돌자 그 남자의 딱 벌어진 어깨가 그녀의 시야에 들어왔다. 늘 그렇듯 똑바로 앞을 보고 오른손에 서류 가방을 들고 서 있었다. 그 남자 뒤로 세 사람이 서 있는 걸 보니 까딱하다간 다음 지하철을 이용해야 할지도 모른다는 생각이 들었다. 억지로라도 타야 할까? 아니다. 오징어처럼 납작하게 되는 모습을 보여주고 싶진 않았다.

'그래. 다음 거 타자.'

전광판에 빨간 불이 들어오자 그녀의 뒤에 서 있던 아저씨들이 슬금슬금 앞으로 바짝 붙어서더니 문이 열리자 그녀의 등을 밀며 지하철을 타려고 했다.

"어, 어."

아저씨들의 떠밀림에 그녀는 순식간에 지하철 안으로 빨려 들어갔다. 뒤에서 미는 강한 힘에 어찌해 볼 사이도 없이 안으로 자꾸만 밀려들어갔다.

"윽."

평상시와 다르게 사람들이 많이 타는 바람에 그녀는 앞뒤로 납작하게 끼여 버린 모습이 되어버렸다. 조금씩 조금씩 발을 움직여 빈 공간 사이로 운동화를 신은 발을 밀어 넣어 중심을 잡았다. 그때 갑자기 지하철이 속도를 줄이자 그녀의 몸이 한쪽으로 쏠렸다. 중심을 잡으려고 했지만 잡을 곳이 없었던 그녀는 그만 앞에 서 있는 사람의 등에 모자 코를 박고 말았다.

"아!"

안내 방송이 나왔다. 앞차와의 거리 유지를 위해 갑자기 서게 되어 정말 죄송하다는 기관사의 말이었다. 딱딱한 등에 모자를 부딪치자 이마가 눌려왔다. 그녀는 손을 올려 모자를 바로 잡으며 사과의 말을 건넸다.

"죄송합니다."

작은 목소리로 앞 사람에게 사과의 말을 하고 살짝살짝 몸을 움직여 비스듬하게 서 있는 몸을 바로 잡았다. 자세를 똑바로 잡고 앞을 보던 그녀는 유리창을 통해 옆에 서 있는 남자가 누군지 확인하는 순간 깜짝 놀라 고개를 숙였다.

그 남자다. 왜 하필 그 남자의 등에!

'아, 어떻게 해.'

아랫입술을 깨물며 고개를 푹 숙였다. 옆에 서 있는 남자의 옷에서 시원한 시트러스 향이 풍겨 나왔다. 그녀가 좋아하는 향이었다. 힐끔힐끔 유리창을 통해 남자를 훔쳐보던 그녀는 남자의 시선과 딱 부딪쳤다.

"흡."

고개를 숙이면 그를 훔쳐보던 걸 알게 될까 봐 그녀는 시선을 더 들어 선반 위에 있는 광고 문구를 읽는 척했다. 문이 열리자 고개를 옆으로 돌려 내리는 사람들을 구경하는 척했다.

'으이그. 으이그. 그걸 들키고, 아유. 몰라. 몰라.'

자신도 모르게 고개를 절레절레 흔들며 앞을 보던 그녀는 유리창을 통해 남자의 시선과 다시 한 번 부딪쳤다. 이번엔 그 남자가 그녀의 시선을 피했다.

'이 남자……, 날 보고 있었던 거야?'

쿵쾅. 쿵쾅.

'이게 왜 이래? 왜 제멋대로 뛰는 거야! 진정해. 진정해.'

진욱은 스크린 도어 창을 통해 5-5 아가씨가 그의 뒤쪽에 서는 모습을 보았다. 오늘도 역시나 같은 시간이다. 문득 궁금해졌다. 어디서 오는지, 어디로 가는지. 평소와 달리 승강장에 사람들이 많이 들어서자 그는 그녀가 이번 지하철을 놓치게 되는 건 아닌가 싶었다. 사람들에게 밀려 서는 그녀를 보던 그는 그녀가 오늘은 휴대전화 게임을 하지 않는다는 것을 알았다.

'오늘은 왜 하지 않는 거지?'

지하철이 들어오고 문이 열리자 재빨리 안으로 들어섰다. 그리고는 자리를 잡고는 그녀가 들어오는지 확인했다. 아슬아슬하게 들어오지 않을까 했던 그녀가 사람들에 의해 안으로 쑥하고 밀려 들어왔다.

'이런.'

우르르 밀고 들어오려는 사람들에게 치여 그녀가 중심을 제대로 잡지 못하고 있었다. 몸이 한 바퀴 돌더니 그만 그의 등에 모자를 부딪쳤다.

"죄송합니다."

작지만 선명한 목소리였다. 그녀의 작은 체구만큼이나 귀엽고 여린 목소리였다. 유리창을 통해 보니 대략 160정도 돼 보였다. 그와는 25센티 차이가 나는 것이다. 패딩 점퍼를 입어서 잘은 모르지만 분명 호리호리한 체격일 것이다. 유리창을 통해 그녀를 이리저리 관찰하던 진욱은 자신을 보는 그녀의 시선과 부딪쳤다. 야구모자를 쓰고 있어서 정확하지는 않지만 분명 그녀는 자신을 훔쳐보고 있었다.

"훗."

보이지 않는 옅은 미소가 입가에 지어졌다. 그녀가 아무렇지도 않게 시선을 돌렸지만 그녀가 훔쳐보고 있었다는 것을 알았다. 나름 시선을 돌리는 모습이 귀엽게 느껴졌다. 무슨 생각을 하는지 고개를 흔드는 모습을 바라보던 그는 고개를 드는 그녀의 시선과 정면으로 부딪쳤다.

'아.'

빤히 쳐다보고 있던 그는 재빨리 시선을 피했지만 아무래도 그녀에게 쳐다보고 있었다는 것을 들킨 것 같았다.

'내가 지금 도대체 뭘 하고 있는 거지?'

이번엔 그가 고개를 살짝 숙이며 웃으며 고개를 흔들었다.

'다음 주가 되면 5-5 아가씨. 당신을 더 볼 수가 없는데 어쩌면 좋지?'

3. 덕수는 방해꾼?

　매서운 겨울바람이 부는 크리스마스이브 날 점심도 거르고 두 여자와 한 남자가 무거운 박스들과 자잘한 가전제품을 옮기고 있었다. 미리 준비한 목장갑을 끼고 박스들을 옮겼지만 뼛속까지 파고드는 겨울바람에 손발이 꽁꽁 얼어 버릴 정도로 추운 날씨였다.
　머플러로 얼굴을 반 이상이나 가린 채 짐을 나르던 윤희는 차 안에 남아 있는 마지막 작은 박스를 대수롭지 않게 들다가 그 자리에서 꿈쩍도 안 하자 남수를 불렀다.
　"이 안에는 뭐가 들었는데 이렇게 무거워?"
　"뭐라고?"
　눈 아래까지 올라온 머플러를 한 손으로 내리며 윤희가 다시 말했다.

"금덩이 들었냐고! 조그만 게 무거워서. 꼼짝을 안 하네."

"아하! 그거 좀 무거울 거야. 아까 선배도 그거 들면서 금덩이 들었냐고 묻던데."

윤희의 표현에 남수가 재밌다는 듯 웃었다.

"비밀이야?"

"비밀은 무슨. 그거 오백 원짜리 모아둔 돼지저금통!"

"오!"

혼자 들기 힘들 정도인 걸 보면 꽤 많이 들었을 것이다. 눈을 반짝이는 윤희의 반응에 남수가 다가와 같이 들자고 했다.

"이거 훔쳐 가고 싶어도 못 들고 간다."

"누가 훔쳐 간데? 이거 얼마나 돼? 세어 봤어?"

박스를 마주 들고 조심스럽게 계단을 오르며 묻자 남수가 고개를 저었다.

"아니. 처음 시작할 때는 수첩에 얼마인지 적었는데 그것도 안 하게 되더라고. 한 오천 원 때까지 적었나? 까마득한 옛날 같은데. 제법 많이 나올걸?"

"언제 뜯을 건데?"

"이거? 돈이 정말 궁할 때 아니면 안 뜯을 거야. 그전에 가득 차면 뜯어야겠지만."

남수의 짐은 10개 남짓한 박스였지만 이 작은 박스가 그중에서 제일 무거웠다.

집으로 올라가니 남수와 같이 온 남자 선배가 거실 바닥에 두 발을 쭉 펴고 힘든 표정으로 앉아 있었다. 두 사람이 돼지저금통이 든 박스를 들고 들어오는 것을 보더니 벌떡 자리에서 일어나 달라고 했다.

"괜찮아요. 이대로 그냥 방으로 가져갈게요."

두 사람을 따라오며 남자가 아침에 있었던 일을 말하기 시작했다.

"이 녀석이 이걸 한사코 박스에 넣어야 한다는 거예요. 그냥 차에 싣자고 하니까, 안 된다고 하는 거죠?"

"왜요?"

"무거워도 저금통인 거 보이면 누가 들고 갈지 모른다면서 무조건 박스에 넣으라고 하는 거예요. 이거 박스에 넣다가 허리 나가는지 알았어요."

친구 앞에서 그녀를 탓하는 선배를 보며 남수가 혀를 끌끌 차며 타박했다.

"이거 든다고 허리가 나가요? 쯧쯧. 무슨 남자가 이런 거 하나 못 들어."

"고생하셨어요. 날씨도 추운데."

"아닙니다. 근데……, 터프한 남수랑 같이 지내시기 힘들지 않겠어요?"

"에? 선배! 지금 뭐라고 하는 거야! 내가 얼마나 다정다감한데!"

"웃기시네. 어디서 뻥을 치고 난리야?"

"뻥? 선배랑 내 친구 윤희랑 똑같은 줄 알아? 어림없는 소리!"

두 사람의 아옹다옹하는 모습을 보자 윤희는 그저 웃음이 나왔다. 티격태격하지만 그 속에 따뜻함이 보였다. 애정 표현을 좀 거칠고 투박하게 하는 남수지만 선배를 바라보는 눈은 전혀 거칠지가 않았다.

현관 입구에 있는 남수의 방에 대충 박스를 풀어놓자 남수가 그다음부터는 자기가 알아서 정리하겠다고 했다.

"아! 이제 밥 좀 먹자. 배고파 죽겠어. 우리 힘없는 현태 선배 밥 좀 먹여야지. 이 동네는 어느 집이 맛있게 해?"

"뭐 드시겠어요?"

윤희가 책장에 책을 꽂고 있는 현태에게 묻자 그가 뒤돌아보며 아무거나 다 괜찮다고 했다.

"자장면하고 탕수육이면 되지 뭐. 그런 걸 묻고 그래. 선배는 아무거나 다 잘 먹어. 지금은 돌멩이를 줘도 먹을 거다."

"그럼, 세트로 시킬게. 난 짬뽕. 남수 너는? 현태 선배님은요?"

"우리 둘 다 자장면. 짬뽕은 곱빼기로 시켜. 나도 좀 먹게."

"오케이. 알았어."

윤희가 주문을 하기 위해 거실로 나가자 남수가 현태에게 다가가 엉덩이를 톡톡 두드렸다.

"아이고, 우리 선배. 오늘 고생했어요!"

"이 자식이 어딜! 이따 내가 이자까지 쳐서 받을 거니까. 각오나 하시지."

그가 허리에 손을 얹고 장난스럽게 협박하듯 말하자 남수가 혀를 내밀며 콧방귀를 꼈다.

손을 씻고 다들 거실에 모여 휴식을 취하고 있는데 인터폰이 울렸다.

"왔나보다."

문을 열어주자 머플러와 귀마개를 한 배달 직원이 인사를 꾸벅하며 안으로 들어왔다.

"이쪽으로 주세요."

현관 입구 바닥에 음식이 담긴 그릇을 내려놓자 맛있는 냄새가 솔솔 풍겨 나왔다.

"와! 좋은 냄새 나는데? 배고픈데 잘 됐다."

"어?"

배달원 옆으로 키가 큰 잘생긴 남자가 불쑥 나타나자 남수는 깜짝 놀라며 주방으로 들어간 윤희를 소리쳐 불렀다.

"윤, 윤희야! 여, 여기……."

남수의 부름에 주방에서 고개를 내밀던 윤희는 깜짝 놀랐다. 생각지도 못한 사람의 등장에 눈을 깜박였다.

"덕수야?"

"덕수?"

"누가 덕수야! 내가 그 이름 부르지 말라고 했지!"

바닥에 놓인 탕수육 쟁반을 들어 올리며 덕수라고 불린 남자가 신발을 벗고 거실로 들어섰다.

등장한 남자는 바로 그녀의 사촌 동생. 다름 아닌 이모 아들 최덕수. 미국식 이름은 에이든. 고등학교 때 이모부가 미국지사 발령을 희망한다는 것을 안 그 순간부터 덕수는 자신을 에이든이라고 불러 달라고 했다. 결국 미국으로 건너간 것은 고등학교를 졸업하고 난 뒤였지만 말이다.

"에이든! 네가 어떻게?"

"놀랐어? 크리스마스잖아. 우리 허니 혼자 쓸쓸하게 보낼까 봐 이 몸이 직접 왔지. 좋지? 아! 배고프다. 우선 좀 먹고."

식탁으로 다가선 에이든은 아주 편한 모습으로 의자에 앉더니 짬뽕을 포장한 랩을 뜯기 시작했다.

어리둥절하게 서 있는 남수와 현태는 눈치를 보며 의자에 앉았다.

"아, 소개가 늦었네. 여긴 내 사촌 덕, 아니 에이든. 이쪽은 내 친구 남수랑 남수 선배 현태 씨."

"한현태라고 합니다."

"아, 네. 에이든 최입니다. 그냥 에이든이라고 부르세요. 우리 허니는 여전히 짬뽕을 좋아하는구나. 그런데 하필 크리스마스이브 날에 짬뽕이 뭐야? 내가 저녁 때 근사한 곳에 데려가 줄게. 쯧쯧."

185센티의 모델 뺨치게 생긴 에이든을 본 남수는 자장면을 제대로 섞지를 못했다. 그의 얼굴에서 시선을 떼지 못하는 모습을 본 현태가 혀를 차며 남수의 자장면 그릇을 가져가 대신 비비기 시작했다.

호남형 이모부의 큰 키와 이모의 흰 피부색을 물려받은 덕수는 어디를 가든 시선을 끌었다. 특히나 농구를 시작한 중학교 때부터 많은 여학생 팬들을 몰고 다녔다. 지금의 키도 고등학교 1학년 때의 키다. 조각같이 잘 깎아 놓은 반듯한 이마와 우뚝 솟은 코. 날카롭게 뻗은 턱 선과 깨끗한 피부는 주말에 외출을 하고 들어오는 그의 손에 연예기획사 명함을 한 움큼씩 안겨주곤 했다.

빈 그릇에 짬뽕을 덜어 그녀 앞으로 내미는 것을 보며 윤희는 다정스런 미소를 지었다. 아무렇지도 않게 행동하는 것 속에 깊은 정이 있다는 것을 알고 있다.

개구쟁이인 덕수는 이모가 시골에 있는 그녀의 부모님을 보러 올 때마다 같이 왔었는데 그때마다 그녀를 따라다니며 장난치고, 약 올리는 걸 좋아했다. 그러나 서울로 올라와서 같은 집에서 지내게 되었을 때는 마치 보호자처럼 행동하며 일찍 다녀라, 왜 전화를 안 하냐며 잔소리를 늘어놓기 시작했다. 특히 부모님이 돌아가셔서 슬픔에 잠겨 있을 때 그녀를 데리고 다니며 슬픔에서 빨리 벗어날 수 있게 도와주었다.

"그런데, 왜 윤희를 허니라고 불러요?"

젓가락에 자장면을 둘둘 말며 남수가 묻자 에이든이 탕수육을 소스에 찍으며 말했다.

"그냥요. 허니. 부르기 좋잖아요."

"누나인데, 왜……."

"말하자면 복잡해요. 안 그래, 허니?"

능글맞은 표정을 짓는 에이든을 보며 윤희가 고개를 저었다.

그녀가 서울로 올라오고 얼마 되지 않았을 때 같이 백화점에 간 적이 있었다. 물건을 보던 에이든이 갑자기 그녀의 팔을 움켜잡더니 귓가에 속삭였다.

"가만히 있어. 알았지? 나중에 설명할게."

말이 끝나기 무섭게 그가 그녀의 어깨에 팔을 두르더니 몸을 밀착시켰다.

"왜, 왜 이래?"

꼼지락거리는 그녀를 더 가까이 끌어당기며 낮게 속삭였다.

"가만히 좀 있으라니까!"

그의 시선을 따라가 보니 멋지게 차려입은 여자가 쇼핑백을 양손에 든 채 그들을 향해 다가오는 것이 보였다.

"어머! 에이든!"

'에이든? 이놈이 완전히 이름을 바꾸고 다니는구나!'

윤희가 멈칫거리자 그가 다시 어깨를 잡은 손에 힘을 주었다. 경고였다.

에이든이 손을 들어 아는 척하자 여자가 좀 더 잰걸음으로 다가왔다.

"에이든! 전화했었는데, 내 부재중 전화 못 봤어?"

웨이브를 굵게 한 여자가 조금은 과장된 표정으로 애교를 떨었다. 섭섭하다며 눈을 흘기며 아주 잠깐 그녀를 예리한 눈으로 쳐다보았다.

"그랬나? 보시다시피 여자친구랑 쇼핑 중이라서."

"여, 여자친구?"

여자친구란 말에 그녀를 바라보는 여자의 눈이 믿지 못하겠다는 듯이 커졌다.

"아니다. 내 애인. 우리 허니."

"허, 허니?"

여자의 모양새를 보니 에이든이 좋아할 타입은 아니었다. 따르는 여자들은 많았지만 귀찮게 구는 여자들이 있다고 하더니 그들 중 한 명인 것 같았다. 하지만 아무리 봐도 고등학생 같아 보이진 않았다. 대학생인 여자들이 더 많다는 소리를 얼핏 들은 적이 있는 것 같기도 했다. 그들 중 한 명인 것 같다.

"예쁘지? 품에 쏙 안기는 게 너무 사랑스럽지 않아? 귀엽지?"

사랑스러워 죽겠다는 표정에 여자는 허망한 표정을 지을 뿐이었다. 그 사건 이후 에이든은 그녀를 허니라고 불렀다.

Global S. CEO Center 12층.

올해 상근기준으로 작성된 인원 현황 보고서를 보고 있던 진욱은 손가락 끝으로 책상을 톡톡 두드리기 시작했다. 내년부터 본격적으로 추진하려고 하는 CEO의 지속 경영에 대한 프로그램을 개발하는 안건에 다한 것이었다. 이것을 추진하기 위해서는 인원 보충이 불가피했다. 문제는 국내뿐만이 아니라 국제회의를 준비하거나 경제경영학에 대해 실무 경험이 있는 사람을 찾는다는 것이 쉬운 일이 아니었다. 유학파들은 국내 실정을 잘 모를 뿐더러 무조건 외국에서 시행되고 있는 것들을 도입하려고 하기 때문에 절충점을 찾기가 힘들기 때문이다.

"흠."

진욱은 인터폰을 누르려다 자리에서 일어나 밖으로 나갔다.

국제협력팀 자리로 가며 송규영 과장을 찾았다.

"지금 잠시 총무부에 가셨는데요."
"그래요? 음······."
"실장님!"
사무실로 들어오던 송 과장이 진욱을 보고는 발걸음을 재촉했다.
"송 과장님."
"네. 실장님"
"우리 팀끼리 회의 좀 하죠. 지금."
"지금이요? 아, 네에."
퇴근시간 전, 그것도 크리스마스이브 날 퇴근시간을 한 시간을 남겨둔 시점에서 회의라고 하자 여자 직원들의 표정이 일순간 일그러졌다. 남자 직원들 역시 마찬가지였다.
"지금 이 시간에 회의요?"
대리 1년 차 김 대리가 불만을 표시하자 송 과장이 바로 눈치를 주었다.
"자, 다들 빨리 회의실로 갑시다. 늑장 부리면 그만큼 퇴근시간도 더 늦어지니까."
회의실로 팀원들이 모두 모이자 진욱은 퇴근시간을 앞두고 회의를 열어서 미안하다고 했다.
"크리스마스이브인데 다들 약속 있다는 것은 잘 압니다. 내년도 계획에 대해 미리 말씀드리는 게 좋을 것 같아서요. 다들 내년도 우리 팀의 계획이 무엇인지 잘 아실 겁니다. 그 일을 추진하려면 인원도 더 뽑아야 할 겁니다. 주변에 우리 쪽 일에 적합한 사람이 있으면 추천을 해 주셨으면 합니다. 공고도 나갈 테지만 혹시라도 연말 모임에 가셔서 적합한 사람이 있는지 알아봐 주십시오."

진욱의 말에 팀원들은 서로 바라보며 고개를 끄덕였다. CEO들을 위한 지속적인 경쟁력 프로그램을 기획하고 주관해야 하는 일이기에 그 조건에 맞는 사람을 구하기가 쉬운 일이 아니라는 것을 잘 알고 있다. 세계 각국의 국가 경쟁력에 대해 분석도 해야 하고 우리나라 브랜드가 외국에서 어떠한 가치를 가졌는지에 대해서도 자료를 수집해야 한다.

"송 과장님은 지원자 서류가 도착하는 즉시 바로 제게 넘겨 주세요. 면접은 개별적으로 제가 직접 보겠습니다."

"네. 알겠습니다."

"그리고 연휴 끝나고 나면 더 바빠질 테니 이번 연휴 마음껏 즐기십시오. 월요일은 각 부서별로 보고 자료 만들어 오세요. 이상입니다."

4. 그들은 이미 시작된 인연

 북적였던 크리스마스 연휴가 끝나고 다시 월요일이 돌아왔다. 일반적으로 직장인들에겐 월요병이라 불리는 것이 있다. 일요일 오후부터 원인도 없이 기운이 없어지고 기분이 나빠지는 현상이다. 재수 없게 월요일 늦잠을 자게 되면 한 주가 피곤해진다. 그와 반대로 하윤희 그녀의 월요병은 정반대였다.

 일요일 오후부터 기분이 괜히 들뜨고 심장 박동이 불규칙적으로 빨라지는 현상이 생겼다. 오히려 빨리 밤이 오길 기다리게 되었다. 잠을 자고 나면 월요일 아침이기 때문이었다. 스스로 생각해 봐도 참 우스운 현상이었지만 그녀의 심장은 머리의 지배를 받기를 거부했다.

 침대에 누워 잠을 청하며 그 남자를 떠올렸다. 내일이면 이제

3주째에 접어들게 된다. 늘 그렇듯이 검은색 코트에 오른손엔 서류 가방을 들고 있을 것이다. 그 남자의 정면 모습을 정식으로 본 적이 없어서 안타까웠다. 지하철 유리창을 통해 본 모습이 다였다. 깔끔한 외모, 짧게 자른 머리 스타일. 쉽게 풀지 못할 정도로 단정하게 메어져 있는 넥타이. 그리고 시원한 시트러스 스킨 향. 그리고⋯⋯ 그녀의 등을 떠밀었던 커다란 손. 그 역시 그녀를 보고 있었다는 사실을 떠올리자 괜히 웃음이 나왔다. 심장이 또다시 머리의 지배를 벗어나 혼자 제멋대로 뛰기 시작했다.

"후우. 내가 미쳤지. 미쳤어."

그의 등에 모자를 부딪쳤을 때가 떠올랐다. 모자를 쓰지 않았다면 정말 말 그대로 뒤에서 그를 안아버리는 모습이 되었을지도 몰랐다. 문득 그 남자의 등에 기댔었다면 어땠을까 하는 생각이 들었다.

"내가 변태적인 성향이 있었나?"

모르는 남자를 대상으로 별별 상상을 다 하는 걸 보니 한편으론 한심하단 생각이 들기도 했다.

"그치만, 분명 그 남자도 날 보고 있었어. 나 혼자만의 착각인가? 아니야! 그 남자도 유리창을 통해서 날 보고 있었다고!"

혼자 이리저리 뒤척거리며 옆에 사람도 없는데 그녀는 누군가에게 말을 하듯 질문을 하고 혼자 답을 하기도 했다.

쉽게 잠이 들지 못했던 그녀는 순간적으로 눈을 떴다. 자명종 소리가 울리지 않았다. 혹시 못 들은 건 아닌가 싶어 벌떡 침대에서 일어나 침대 옆 탁자에 있는 시계를 들어 올렸다.

새벽 5시였다.

"아······."

일어나기엔 너무 이른 시간이었다. 한 시간 정도 더 잘 수 있는 시간이지만 다시 잠들 수 있을 것 같지 않아 그냥 일어났다. 뜨거운 물줄기를 맞으며 무슨 옷을 입어야 할지 고민하기 시작했다.

그 남자를 의식하기 시작했던 것은 아마 1주일째로 접어 들어설 때였다. 화장을 잘 하지 않는 그녀는 자외선 차단제만 가볍게 바르고 머플러를 칭칭 감고 다녔다. 허리까지 내려오는 긴 생머리는 단정하게 하나로 묶거나 가끔 모자를 쓰기도 했다. 그녀는 대중교통을 이용할 때는 습관처럼 틀린그림찾기 게임을 하며 시간을 보냈다. 처음엔 그 남자의 존재에 대해서 알지 못했다.

그러던 어느 날 가까스로 지하철을 탔던 그녀는 다음 역에 내리는 사람들을 위해 잠시 내렸다가 다시 탄 적이 있었다. 복잡한 지하철 안이라 손에 들고 있던 휴대전화를 그대로 주머니에 넣고 자리를 잡으려고 둘러보던 그녀는 그 남자와 눈이 정면으로 부딪쳤다. 시선이 부딪치자 그 남자는 바로 고개를 돌렸다. 복잡한 사람들 틈에서도 그 남자는 유독 두드러졌다. 주변에 있는 여자들이 곁눈질을 힐끔힐끔 던지는 것이 보였다. 그녀가 봐도 멋진 마스크의 소유자였다.

일찌감치 출근 준비를 하고 가볍게 토스트라도 먹을 생각에 방에서 나온 그녀는 소파에 앉아 있는 에이든을 발견하고는 깜짝 놀랐다.

"벌써 일어났어?"

"응. 그냥 눈이 떠지더라고."

"시차 때문은 아니고? 이모한테 전화했어?"

"시차는 무슨. 이제 시차 같은 건 못 느껴. 엄마한텐 전화했고."

"커피?"

주방으로 들어가며 물어보자 마시겠다고 하며 그녀를 따라 주방으로 다가왔다. 기지개를 켜며 아이보리색 폴라 티와 밤색 모직 스커트를 입은 그녀를 아래위로 훑어보더니 못마땅한 표정을 지었다.

"치마? 추운데 무슨 치마야."

무릎 바로 위까지 내려오는 길이를 보며 짧다고 눈빛을 번득거리는 에이든을 보며 그녀는 고개를 흔들었다.

"이 정도 길이면 긴 거야. 요즘 아가씨들이 얼마나 짧게 입고 다니는데! 이건 진짜 롱 스커트에 속해."

"그냥 바지 입어. 다리 안 추워? 그러다 감기 걸리면 어쩌려고 그래!"

윤희는 못 들은 척 토스터에 식빵 두 조각을 넣어 아래로 누르고는 냉장고에서 오렌지 주스를 꺼냈다.

"부츠 신을 거야. 너 자꾸 이래라저래라 참견할래? 내 몸은 내가 알아서 챙기고 다닌다고."

"내 걱정을 무시하는 거야? 걱정해 주는 사람이 있을 때가 좋은 거야!"

"아이고, 그러셔요? 네 여자친구한테나 신경 쓰지?"

"생기면 누난 찬밥 신세야. 내가 옆에서 이렇게 가끔 잔소리해 줄 때 고맙습니다 하고 받아들이지?"

"누나 소리 오랜만에 듣는다?"

'땡' 하는 소리와 함께 노릇하게 잘 구워진 식빵이 위로 튕겨 올라왔다. 접시에 토스트를 담아 식탁으로 가져가자 에이든이 가스레인지 위에 프라이팬을 얹으며 계란 프라이를 먹을 건지 물었다.

"나도 하나 먹을까? 반숙으로 해 줘."

"오케이. 허니."

반숙으로 된 계란후라이 하나를 그녀의 접시 위에 얹어 주며 에이든이 맞은편에 앉았다.

그녀가 토스트에 딸기잼을 바르며 물었다.

"오늘 뭐 할 거니?"

"허니 따라갈 건데?"

"뭐?"

"허니 따라간다고. 영어 학원 가는 거 아니야?"

"맞아."

"왜 그렇게 정색을 하고 봐? 나 참. 학원에 안 따라가. 허니 학원 근처에 볼일이 있어서 그래."

"아침부터 무슨 볼일이야?"

"내가 이래 봬도 좀 바쁜 사람이거든? 왜 이러셔?"

에이든과 티격태격하다 보니 일찍 일어났음에도 어느덧 나가야 하는 시간이 되었다. 서둘러 빈 접시를 싱크대로 옮기고 나갈 준비를 하자 에이든이 바쁘게 움직이는 그녀를 보며 서두르는 이유를 물었다.

"내가 늘 나가는 시간이야."

"그래? 나도 같이 가."

에이든이 방으로 들어가더니 한 손에 코트를 들고 그녀를 따라 나섰다. 신발을 신으며 남수 방을 쳐다보더니 낮게 속삭였다.

"남수 누난 아직 자나?"

"더 있어야 일어날 거야. 일 때문에 새벽에 잤을걸? 나가자."

복잡한 환승역 통로를 빠른 걸음으로 걷는 그녀를 에이든이 성큼성큼 따라가며 보조를 맞췄다.

"와, 이 시간에 사람들 정말 많네. 매일 아침 이 복잡한 곳을 다녀?"

"응. 이젠 뭐, 그러려니 해."

걸어가는 동안 그녀는 왠지 모르게 에이든이 자꾸만 신경이 쓰였다. 왜 그런가 싶었는데 모퉁이를 도는 순간 그 이유를 알았다. 에이든을 보고 혹시 그 남자가 남자친구로 오해하지 않을까 하는 생각이 들었던 것이다.

그녀의 5-5는 늘 서 있는 자리에 똑같은 모습으로 서 있었다. 에이든이 뒤에서 그녀의 어깨를 두 팔로 잡았다.

"아침마다 이 고생을 한단 말이야? 차 한 대 뽑는 게 어때?"

그녀가 뭐라고 대답하려고 하는데 전광판에 빨간불이 켜지며 지하철이 들어온다는 알림 소리가 울렸다.

문이 열리자 에이든이 윤희를 뒤에서 감싸며 안으로 들어섰다. 뒤에서 사람들이 마구잡이로 밀기 시작하자 에이든의 인상이 험악하게 찡그려지기 시작했다.

"오늘 당장 차부터 사자. 내가 우리 허니 차 한 대 사줄게. 아침마다 이러고 다녔단 말이야?"

투덜대는 에이든의 목소리에 주변 사람들의 시선이 그들에게 쏠렸고 고개를 돌리던 윤희는 그 남자와 정면으로 시선이 부딪쳤다.

'아……. 이게 아닌데.'

평상시와 같은 시간에 집을 나선 진욱은 오늘도 같은 시간에 그녀가 나타날지 궁금했다. 5-5 그녀는 크리스마스 연휴 때 무엇을 하고 지냈는지도 궁금했다. 아침마다 아주 짧은 시간이지만 그녀를 보는 것이 복잡한 출근길을 기분 좋게 만들어 주었다. 처음 얼마 동안은 고개를 푹 숙인 채 열심히 틀린그림찾기에 몰두하더니 어느 순간부터 유리창을 통해 그를 보고 있다는 것을 알았다. 그러다 그와 눈이 마주치기라도 하면 급하게 시선을 피했는데 그 순간적인 표정이 굉장히 귀여웠다.

계단을 내려가면서 그녀를 볼 수 있는 날이 그리 많지 않다는 것을 알았다. 며칠 뒤면 주문한 차가 나올 것이다.

'말이라도 한 번 걸어 봐야 할까?'

복잡한 지하철 안에서 말을 거는 것도 좀 우습다는 생각이 들었다. 그녀에게 말을 건다면 주변 사람들의 시선이 모일지도 모른다. 아쉬운 웃음이 나왔다. 이렇게 끝인가 싶기도 했다. 단순한 호기심? 인연이 아닌 그저 같은 방향으로 움직이고 있는 규칙적인 생활을 하는 사람들에게서 볼 수 있는 현상일지도 몰랐다.

승강장에 서 있으면서 자신의 뒤에 설 그녀를 기다렸다. 오늘은 어떤 모습으로 나타날지 은근히 기다려졌다. 스크린 도어를 쳐다보고 있는데 도어 창에 그녀의 모습이 비춰졌다. 역시나 같은 시간이다. 반가운 마음에 미소가 지어지던 입가가 곧바로 굳어졌다. 모델처럼 잘생긴 남자가 그녀의 어깨에 다정하게 팔을 얹고 있는 모습이 보였기 때문이다.

생각지도 못한 남자의 등장이었다. 진욱의 인상이 굳어졌다. 남자친구의 존재에 대해 생각을 해보지 않은 것은 아니지만 이렇게 확인을 하니 기분이 영 아니었다.

지하철 문이 열리자 서둘러 안으로 들어가 자리를 잡고 입구를 향해 몸을 돌렸다. 그와 비슷한 키를 한 남자가 그녀를 보호하듯 감싸고 있었다. 남자인 그가 봐도 굉장히 잘생긴 얼굴이었다. 남자친구라면 왜 이제껏 그녀 혼자 나타났던 것일까.

'새로 생긴 남자친구?'

그때 귓가에 남자의 목소리가 칼처럼 날아와 꽂혔다.

"오늘 당장 차부터 사자. 내가 우리 허니 차 한 대 사줄게. 아침마다 이러고 다녔단 말이야?"

진욱의 시선이 화살처럼 그녀에게 꽂혔다. 동시에 당황스러움을 담은 그녀의 눈빛을 보았다.

'왜 그녀가 당황스러워 하지?'

사무실로 들어온 진욱은 서류 가방을 책상 위로 툭하고 던지고는 코트를 벗어 옷걸이에 걸었다. 귓가에 계속 그 남자의 목소리가 맴돌았다.

-오늘 당장 차부터 사자. 내가 우리 허니 차 한 대 사줄게. 아침마다 이러고 다녔단 말이야?-

뭐하는 녀석인지 몰라도 그녀에게 차를 사주겠다고 한다. 나이도 어려보이는데 그런 말이 그렇게 쉽게 나오는 걸 보니 그저 기가 찼다. 남자를 어떻게 구워삶았기에 대뜸 차를 사준다고 하는 것일까 싶었다.

"생긴 거하고는 다른가 보군."

씁쓸한 웃음을 짓고 있는데 인터폰이 울리자 진욱은 거칠게 버튼을 눌렀다.

"무슨 일입니까?"

차가운 목소리로 대답하는 표정이 매서운 겨울의 칼바람 같았다.

-아, 실장님. 저기, 송 과장님이 다들 회의실에 모여 있다고…….

"네. 알겠습니다."

아침 일찍 회의 일정을 잡아 놓은 것을 그만 잊고 있었다. 중요한 것을 잊을 만큼 그녀의 존재가 그를 거슬리게 했다는 것에 한숨이 나왔다.

"후……. 어이가 없군."

회의실로 들어서자 팀원들이 긴장한 모습으로 앉아 있는 것이 보였다. 뭔가 들은 게 있는지 다들 표정이 굳어 있었다.

"바로 보고 듣겠습니다."

진욱이 자리에 앉자 프레젠테이션을 위해 회의실 조명이 꺼졌다. 송 과장이 앞으로 나와 설명을 하기 시작했다.

"지난해부터 시작된 글로벌화 산업정책에 대해 보고 드리겠습니다. 우리 부서가 시작했던 산업정책 대상은 투명하고 전문적인 평가 절차를 통해……."

보고를 들으면서 진욱은 서류를 살피며 필요한 부분에 줄을 치기도 하고 개선해야 하는 문제점에 대해 적기 시작했다.

"각 회사가 가진 고유의 핵심역량을 육성하고, 우수한 평가를 받은 인재에 대해서는 포상과 함께 앞으로의 산업 경쟁력 프로그램에 우선으로 참여할 수 있는 기회를 주었습니다."

연휴를 즐겁게 보내고 온 사람들은 차가운 표정으로 보고를 듣고 있는 진욱의 표정에 살얼음판을 걷는 기분이었다.

"현재 지속경영 파트는 어느 부서에서 하고 있죠?"

진욱의 물음에 송 과장이 조심스럽게 대답했다.

"작년까지 저희 부서에서 일부분 맡아서 하고 있었는데 올해 회장님께서 지속경영본부를 따로 만들어서 세분화되어 있는 상황입니다."

"어떤 성과가 있었는지는 모르겠군요. 지속경영본부에 부탁해서 올해 어떤 성과가 있었는지 자료가 필요하다고 요청해 주세요."

"네, 알겠습니다."

"그리고 오늘 당장 공고 올리세요. 혹시 모르니까 산업정책 연구원에 우리 쪽 일을 할 만한 적당한 사람이 있는지 알아보시고요."

"네, 알겠습니다. 실장님."

"아, 아닙니다. 오늘 IPS(Institute for Industrial Policy Studies)에 갈 일이 있으니 제가 직접 알아보겠습니다. 이상입니다."

진욱이 회의실을 나가자 한꺼번에 숨을 내쉬는 소리가 회의실 안에 퍼져나갔다.

"와, 오늘 아침 실장님 왜 저러신데요? 완전 살벌한데요?"

3년 차 고수호 대리가 살 떨린다는 표정으로 진욱이 나간 문을 바라보자 옆에 앉아 있던 김 대리가 고개를 끄덕이며 동조했다.

"그러게요. 연휴 때 무슨 일이 있었나 봐요."

"개인적인 감정을 잘 드러내지 않으시는데 저러시는 걸 보니 엄청 기분 나쁜 일이 있었던 모양이네요."

점심시간이 다가오자 진욱은 IPS로 가기 위해 자리에서 일어섰다. 방에서 막 나가려는데 전화가 왔다.

"네. 이진욱입니다."

〔아! 이 실장님! 저 G모터스 황호석 과장입니다.〕

"네. 황 과장님."

〔오늘 차 출고됐는데 언제 시간 괜찮으십니까?〕

"오늘이요? 주말쯤 나온다고 하지 않으셨습니까?"

〔제가 신경 좀 썼습니다. 언제쯤 회사로 찾아뵐까요?〕

"퇴근시간에 맞춰서 가지고 오세요. 그때 뵙죠."

5. 아쉬움

1층 커피숍에서 윤희가 오기를 기다리고 있던 지혜는 윤희 옆에 서 있는 탐나는 기럭지를 가진 남자를 발견하고는 유리창에 더 바짝 기대다가 이마를 콩하고 부딪치고 말았다.
"아……. 아, 아파라. 윽."
이마를 쓱쓱 문지르고는 문을 열고 밖으로 나갔다.
"윤희야!"
"어? 지혜야!"
지혜가 재빠르게 남자를 훑어보고는 눈을 깜빡이며 귀여운 표정을 지었다.
"어머, 누……구?"
에이든을 쳐다보던 지혜는 부끄러운 듯 시선을 내려 윤희를 쳐다보았다.

"사촌 동생이야. 에이든. 인사해. 여긴 한지혜."

"안녕!"

가볍게 한 손을 들며 인사하자 윤희가 못마땅하게 쳐다보았다.

"정식으로 인사해. 그게 뭐야? 건방지게?"

에이든을 타박하는 윤희의 팔을 잡으며 지혜가 웃었다.

"뭐 어때. 근데, 이름이 에이든이야?"

"아, 원래는……."

"네. 미국식 이름이에요. 에이든이라 불러 주세요. 지혜 누나."

윤희가 설명하려는 것을 미연에 방지하려는 듯 에이든이 잽싸게 끼어들었다.

살인적인 미소를 날리는 에이든을 향해 지혜가 함박 미소를 지었다.

"그래. 에이든."

"허니, 난 그만 가볼게. 언제 끝나? 점심 같이 먹을까?"

"아니야. 넌, 너 편한 대로 일 봐. 나도 어디 들릴 곳이 있거든."

"오케이. 그럼 이따 집에서 봐!"

손을 흔들고 걸어가는 에이든의 뒷모습을 바라보며 지혜가 숨이 막히는지 말을 더듬거렸다.

"정, 정말 사촌 맞아?"

"응."

대수롭지 않게 말을 하며 발걸음을 떼자 지혜가 그녀에게 바짝 붙으며 캐물었다.

"미국에 살아? 몇 살인데? 정말 잘생겼다. 왜 저런 사촌 있다는 말 안 했어? 응? 학생? 저 기럭지 봐봐."

윤희는 눈을 반짝이며 쉴 새 없이 질문을 하는 지혜를 신기하게 바라보았다.

"응? 응?"

"수업부터 듣자."

강사가 들어와서야 윤희는 지혜의 질문공세에서 벗어날 수 있었다.

산업정책 연구소(IPS) 김기찬 부장을 만난 진욱은 새롭게 계획을 잡고 있는 일에 대해 설명하며 적합한 사람이 있는지 물었다.

"이 실장. 국제협력부에서 그 일까지 할 셈인가?"

"국제협력부에서 하는 일은 큰 아우트라인을 기본으로 가지고 있습니다. 그렇다고 해도 완전히 따로 분리해서 생각할 수 있는 일은 아닙니다. 보다 전문적으로 이 일을 추진할 수 있는 인재가 필요합니다."

"이 실장은 여기 있는 인재를 뺏어가겠다는 거로군."

"김 부장님께서 그렇게 말씀하시다니 섭섭한데요."

"물론 자네 욕심이 많다는 건 내가 알지. 암. 국제회의를 주도해 본 사람은…… 글쎄, 우리 쪽에서 한 번 알아보도록 하지. 자네의 그 타이트한 기준을 만족시킬 만한 사람이 있을지 걱정이군."

김 부장은 깔끔한 블랙 슈트를 입은 진욱을 바라보며 속으로 감탄했다. 올해 나이 32살. 미국에서 국제 경영학 석사를 마치고 돌아온 진욱은 젊은 나이에 비해 국제적 경쟁 도구에 대해 뛰어난 감각을 지닌 사람이었다. 그런 뛰어난 감각은 경영학 교수로 재직 중인 그의 아버지의 영향이 컸다. 한 번 일에 몰두하면 시간과 날짜를 뛰어넘어 누가 강제로 브레이크를 걸어 주지 않는 이상 멈추지 않을 정도로 강한 집중력을 발휘했다. 적당한 사람을 알아보겠다고는 했지만 과연 진욱의 기준을 만족시킬 만한 사람을 구할 수 있을지 의문이 들었다.

"모든 지원 서류를 제가 직접 검토해 보려고 합니다. 학벌에 상관없이 실무 경험이 있고, 국제적인 감각을 가진 사람이면 됩니다."

"기존 면접 기준을 모두 무시하겠다는 건가?"

지원 서류가 접수되면 서류전형을 통과한 사람이 일차적으로 팀장 면접을 보게 된다. 1차 면접을 통과하면 2차 임원 면접을 보게 되고, 거기서 통과한 사람은 최종적으로 인사위원회의 승인을 받아야 한다. 승인이 떨어지면 신체검사와 함께 최종 합격 여부가 결정되는 것이다.

"이번 일은 제가 주도합니다. 제가 직접 테스트해 보려고 합니다. 대화를 해 보면 그 사람에 대해 평가를 할 수 있으니까요."

"자네가 합격이라고 한다면야 인사위원회에서도 뭐라고 말은 못하겠지. 사실, 자네 면접을 통과하는 사람이 신기할 정도 아닌가?"

진욱의 단호한 표정을 보며 김 부장은 고개를 끄덕였다.
'누군지 모르지만 합격만 한다면야 미래는 보장되는 거지. 하지만 살아남기 위해 부단히 노력해야겠군.'

수업이 끝나고 1층으로 내려가는 동안 윤희는 다시 지혜의 질문 공세에 시달리기 시작했다.
"에이든은 언제 미국으로 들어갔는데? 아, 정말 아깝다! 내가 어떻게 해 보고 싶은데! 여자친구는 있데?"
"아니. 없어."
뭔가 골똘히 생각하고 있는 윤희를 보면서도 지혜는 뭐가 그리 궁금한지 계속 다그치기만 했다.
"지혜야. 미안. 내가 지금 뭔가 생각해야 할 게 있어서."
"아……, 미안, 미안. 아까부터 네가 뭔가 심각하게 생각하고 있다는 건 알아챘는데, 에효. 내 입이 말썽이네. 미안해, 윤희야."
"에이든은 어딜 가나 인기가 많아. 한국에 오래 머물 것도 아니고."
그녀는 남수가 보낸 문자를 확인한 순간부터 수업에 집중할 수가 없었다. 그녀가 기다리던 곳에서 드디어 채용공고가 났다는 것이었다. 예전부터 탐냈던 자리. 마음껏 기량을 발휘해 보고 싶었던 회사에서 그리도 바랐던 채용공고가 난 것이다.
"지혜야. 나, 일이 있어서 집에 빨리 가봐야 해. 내일 보자."
"알았어. 잘 가!"
"응."

집으로 가려는 그녀의 발걸음이 빨라지기 시작했다.
"남수야! 나야. 지금 마쳤어. 그거 확실한 정보야?"

문을 열고 들어오는 윤희에게 남수가 A4지 한 장을 양손으로 잡고는 흔들었다.
"나왔어! 나왔어! 거짓말 아니라니까!"
"어디 좀 봐."
서둘러 신발을 벗고 남수의 손에서 종이를 낚아채 읽어 내려가기 시작했다.
"이력서 1부, 자기소개서 1부, 학교 성적 증명서, 논문 초록, 외국어 성적증명서, 각종 자격증……."
"다른 건 몰라도 넌 이모부님 덕분에 이런저런 경험 많이 했잖아. 어휘는 너만큼 잘하는 사람 없을 거고. 영어 기본에 불어, 일어 하는데 완전 적합자지! 전에 이모부님 회사에서 아르바이트할 때 한참 고생했던 게 국가 경쟁력이 어쩌고, 저쩌고 한 거 아니었어?"
"맞아."
"네가 그렇게 지원하고 싶어 했던 곳인데 정말 잘 됐다!"
그녀보다 더 좋아서 폴짝폴짝 뛰는 남수를 보며 윤희는 같이 붕 뜨려는 기분을 진정시키려고 했다.
"아직 지원도 안 했고, 합격한 것도 아닌데 왜 그래! 이러다가 나 면접에서 똑! 떨어지면 어쩌려고."
"행여나? 이제까지 너의 행실을 내가 모를까 봐? 다른 회사에 합격했었는데 네가 안 간다고 한 거 기억 안 나?"

"그건 그럴만한 사정이 있었잖아!"

그녀가 소파로 다가가 털썩 앉으며 인상을 찡그리자 남수가 옆에 앉으며 물었다.

"만약에 말이야. 너 이번 면접 때, 지난번 그 변태새끼가 했던 이상한 질문하면 뭐라고 할 거니? 여기도 합격해도 안 갈 거야?"

"뭐? 너 지금 그걸 말이라고 해?"

"야야. 진정해. 지난번 그 사건 기억 안 나? 그 변태새끼가 겉은 멀쩡한 게 너보고 남자친구 있느냐, 입고 온 치마 길이는 유행에 뒤처지는 것 아니냐. 뭐 그딴 식의 질문하면 어쩔 거냐고!"

"네가 잘못 알고 있는 게 있어. 여긴 전혀 그런 분위기 아니거든?"

"아니긴! 지난번 그 이사라는 사람이 인턴 과정 때 너한테 치근거렸잖아. 그때 월급 안 받아도 좋으니까 당장 그만두겠다고 하고 그 다음 날부터 출근 안 했잖아."

일 년 전 윤희는 잘나가는 모 그룹의 해외파트지원팀에 지원을 한 적이 있었는데 3차 임원 면접 때 보았던 이사의 직속 부서로 발령을 받았었다. 인턴 과정을 보내는 동안 늦게까지 남아서 업무를 보는 날이 많았었다. 처음은 그 이사라는 남자가 직원들을 배려해 야식도 사오고 신경을 써 주는 것으로 알았는데 사실은 그게 아니었다.

어느 날 속이 안 좋아서 저녁을 거르겠다고 하자 다른 직원들은 그녀를 사무실에 남겨두고 저녁을 먹으러 나갔을 때였다. 사무실에 잠시 들렀던 이사는 그녀가 혼자 있는 것을 알고는 같이 식사하러 가자고 했지만 그녀는 정중히 거절했다. 그러자 이사가 걱정스러운 표정으로 그녀 자리로 다가와 책상 위에 걸터앉았다.

"몸이 안 좋아서 어쩌나. 하윤희 씨는 아직 남자친구가 없다고?"

"네. 이사님."

"남자친구 고르는데 까다롭나 보네? 좋다고 하는 남자들이 제법 많을 것 같은데, 혹시 우리 팀에서 대시하는 남자 직원은 없나?"

"그런 일은 없습니다."

"너무 존댓말 쓰니까 내가 무안하군. 여자 직원들은 좀 싹싹한 맛이 있어야지. 안 그런가?"

이사가 책상 위에서 내려오더니 그녀의 등 뒤로 다가갔다. 그녀가 어찌 피해 볼 사이도 없이 어깨에 손이 얹어졌다.

"어깨가 왜 이렇게 굳었어! 이런, 이런. 일이 힘든가 보네. 쉬엄쉬엄해도 괜찮아. 업무량이 너무 많다 싶으면 나한테 살짝 이야기해도 되고."

이사가 두툼한 손으로 어깨를 주무르기 시작했다. 그녀가 숨을 들이마신 채 딱딱하게 굳어 버리자 이사가 그녀의 귓가에 대고 속삭였다.

"우리 좀 쉽게 가는 게 어때? 내가 밀어줄 수 있는데 말이야."

"아악!"

예전 일을 떠올리던 그녀는 소파에서 벌떡 일어나 소리 질렀다.

"아이고 깜짝이야! 왜 갑자기 소리를 지르고 그래?"

"후우, 후우. 그때 생각하면 내가 그 자식 얼굴에 주먹을 안 날린 게 한이 맺혀서 그래!"

남수가 일어나 그녀의 팔을 잡으며 진정시켰다.

"그 자식 결국 회사에서 잘렸잖아. 그 자식이 다른 여직원들 상대로도 그랬다는 거 다 들통 났다며."

"그래. 그랬지. 이러고 있을 때가 아니야."

윤희는 남수의 팔을 뿌리치고 씩씩한 걸음으로 방을 향해 걸어갔다.

"필요한 서류를 작성해야겠어. 일반적인 자기소개서로는 날 제대로 어필할 수 없을 것 같아."

컴퓨터 앞에 앉아 화면만 뚫어지게 쳐다보고 있는 윤희를 보던 남수는 주방으로 조용히 걸어갔다. 쟁반에 오렌지 주스와 사과를 깎은 접시를 담고 윤희의 방으로 향했다.

문 사이로 고개를 내밀며 조심스럽게 물었다.

"들어가도 돼?"

"응? 으응. 들어와."

윤희의 시선은 다시 모니터로 향했다. 머뭇거리며 다가가는 남수의 시선이 컴퓨터 화면으로 향했다.

"어……."

화면엔 새하얀 파워포인트 슬라이드만이 띄워져 있었다.

"아무것도 안 썼네? 너, 자기소개서 잘 쓰잖아."

"내가 다르게 쓰고 싶다고 했잖아. 그래서 어떻게 할까 고민 중이야."

"너도 모 영화에서 나왔던 것처럼 비디오 촬영이라도 하지 그래?"

"그런 방법은 이미 유행하고 있어. 뭔가 다른 걸로 내가 궁금하게 만들어야 해. 면접을 볼 수밖에 없도록 말이지."

윤희는 좋은 성적이었음에도 불구하고 전액 장학생으로 가기 위해 한 단계 낮은 대학교에 지원했었다. 그렇게 한 것이 부끄럽지는 않았지만 그것이 가끔은 서류 전형에서 그녀를 불리하게 한다는 것을 익히 경험했었다. 그래서 그녀는 다른 부분에서 우수한 성적을 얻기 위해 최선을 다했다.

"무조건 상위권 대학만 서류에서 통과시키니까 그게 문제야. 음, 설마 여기도 그런 식으로 서류 전형을 하는 건 아니겠지?"

"거기 채용 정보에도 보면 실무 경험자를 더 우대하던걸? 네 경력을 보면 궁금해서라도 널 부를 거야."

남수가 들고 온 쟁반을 책상 옆 빈 공간에 내려놓았다.

"좀 더 강한 게 필요해. 자기소개서 대신 보고서를 하나 만들어야겠어."

의욕으로 반짝거리는 윤희를 보며 남수가 걱정스러운 표정으로 말했다.

"네가 의욕적인 건 참으로 좋은 일이긴 한데……. 이상하게 왜, 난 걱정부터 되는 거지?"

"왜?"

옆에 서 있는 남수를 쳐다보지도 않고 홈페이지를 클릭하며 윤희가 물었다.

"너. 일 시작하면 시간 가는지도 모르고 하잖아. 넌 일중독이야. 그걸 말릴 사람이 없으니 문제인데……."

"너무 걱정하지 마. 내가 알아서 할 게."

"너, 체중이 하염없이 빠지는 거 알지? 밥 먹는 것도 잊어버리고. 불규칙하게 먹어서 속도 버리고 그랬잖아."

"아니야. 이젠 안 그래. 조심할게. 운동도 꾸준히 하고 있잖아. 이거 원서 마감이 없는 걸 보니까 조건만 맞으면 면접 일정은 바로 잡힐 거 같아. 어디 보자."

채용공고를 다시 확인하던 윤희의 목소리가 아까보다 더 의욕적으로 변했다. 이리저리 클릭해 보던 그녀의 눈빛이 갈수록 더 반짝였다.

"음. 괜찮은 곳에서 구인공고가 좀 났네. 어딜 지원할까? 다 지원해 볼까?"

"아, 지금 너의 모습을 보니 심히 불안하다. 정말로. 일단 방해는 안 할 테니까 지금은 이거부터 먹어. 이거 다 먹으면 나도 사라져 줄게."

"으이그. 알았어! 너도 같이 먹자!"

"일부러 너 많이 안 먹을까 봐 조금밖에 안 가져왔는데 뭘 나눠 먹어! 빨리 먹기나 해!"

윤희가 주스와 과일을 다 먹는 걸 보고 나서야 남수는 조용히 자신의 방으로 돌아갔다. 그녀 역시 내일까지 번역해서 줘야 할 일이 있었기 때문에 부지런히 움직여야 했다. 어쩌면 밤을 새워야 할지도 몰랐다.

방으로 들어간 남수는 잠시 후 다시 나와 현관 입구 옆 기둥에 주황색 포스트잇을 붙여 놓았다.

-조용히 움직일 것. 하윤희 씨. 작업에 돌입함.

밤늦게 들어올 에이든이 행여나 소리 내서 움직일까 봐 미리 붙여둔 경고장이었다. 무언가 하고 있을 때 방해받는 것을 싫어하는 윤희의 성격을 알고 있는 남수가 에이든에게 미리 알려주기 위함이었다.

밤 12시가 조금 넘을 무렵 현관문을 연 에이든은 쥐죽은 듯 조용한 분위기에 멈칫했다. 신발을 벗다 말고 귀를 쫑긋 세워 다른 소리가 들리는 것이 없는지 확인해 보았다.

"다들 일찍 자나?"

주변을 살피던 에이든은 주황색 포스트잇을 발견하고는 한 손으로 떼어 메모를 확인했다. 조용히 움직이라는 경고장이었다. 작업에 돌입한다고 하는 걸 보니 집중할 일이 생긴 모양이다.

대학에 입학하고 얼마 되지 않아 윤희는 일 년간 휴학계를 내고 미국에서 그의 가족들과 함께 지냈다. 아무도 없는 큰 빌라에서 혼자 지내기 힘들어했었고, 가족들 역시 한동안 그녀가 그들과 같이 지내길 원했다. 같이 지내는 일 년 동안 에이든은 윤희에 대해 많은 걸 알게 되었다. 세상을 향한 큰 포부와 무엇이든 열심히 하려는 열정. 무언가에 한 번 빠지면 본인 스스로 빠져나올 때까지 아무도 건드리지 못한다는 것이었다. 그런 점들 때문이었을까, 아버지가 다니는 회사에서 아르바이트를 했었는데 그때 그녀는 경영 분석에 남다른 감각을 가졌다는 것을 발견하게 되었다. 그 뒤로 윤희는 방학 때마다 미국으로 와서 그녀의 특기를 살리기 시작했다.

"뭔가 준비하는 모양이네. 이번엔 뛰쳐나오면 안 되는데. 하긴 그런 인간쓰레기가 있다는 걸 알았다면 내가 데리고 나왔을지도 모르지만."

혼자 중얼거리며 에이든은 조용히 방으로 들어갔다.

입사지원서를 쓴다고 밤을 꼬박 새우고 새벽에 잠이든 윤희는 그만 영어학원에 가지 못했다. 학원 마지막 날이었는데 왜 연락도 없이 안 왔냐는 지혜의 전화에 잠에서 깼다. 전화를 끊고 천장을 향해 누운 그녀는 무거운 눈을 깜빡였다.

"아, 피곤해."

오전시간의 절반이 흘렀다. 더 자고 싶었지만 일어나야 할 것 같았다. 계속 누워 있다간 몸이 더 처질 것만 같았다. 침대에서 일어나 허리를 이리저리 돌리며 정신을 차린 그녀는 거실로 나왔다. 커튼 사이로 밝은 햇살이 비춰지자 가까이 다가가 커튼을 들춰 밖을 내다보았다. 따뜻한 햇살임에도 날씨가 제법 쌀쌀해 보였다. 창문을 열던 그녀는 집 안으로 들어오는 차가운 바람에 깜짝 놀라 후다닥 문을 닫았다.

"아휴, 추워."

닭살이 돋은 팔을 쓸어내리며 조용히 현관으로 다가갔다.

에이든의 신발이 있는지 살폈다. 외박을 했다면 나중에 한 소리 하려고 했는데 새벽에 들어온 모양이었다.

"들어왔네."

남수는 아직 자고 있는지 별다른 움직임이 느껴지지 않았다.

까치발로 주방으로 가 무선 주전자에 물을 붓고는 전원을 켰다. 냉장고에서 우유를 꺼내 머그잔에 반 정도 부은 후 전자레인지에 넣어 30초간 돌렸다. 커피믹스 두 개에 우유를 부어 마시면 부드러우면서도 굉장히 진한 맛이 나는데 그것은 그녀가 정신을 차리기 위해 마시는 방법이었다.

따뜻하게 데워진 우유에 커피믹스 두 개를 붓고는 뜨거운 물로 나머지 물 분량을 맞췄다. 긴 스푼으로 저으며 거실로 향하던 윤희는 문득 그 남자가 떠올랐다. 5-5. 오늘 그를 보지 못한 것이다. 학원도 마지막이라 이제 더 이상 그녀는 그 시간에 지하철을 탈 일도 없었다.

"마지막으로 볼 수 있었는데……. 아쉽네."

6. 5-5. 다시 만나다

　지원자 메일을 확인하며 프린트를 하고 있던 송 과장은 PPT파일을 발견하고는 독특한 자기소개서를 작성한 모양이다 싶어 클릭하고는 깜짝 놀랐다. PPT 파일을 클릭하는 순간 부드러우면서도 깔끔하게 똑 떨어지는 여자의 목소리가 들렸던 것이다.
　"어머. 어머."
　지원자의 이름을 확인한 송 과장은 프린트가 되어 나온 이력서를 살피기 시작했다. 대학 4년 동안 4.45의 평균 성적을 기록하며 어학활용 난에는 영어는 기본으로 불어와 일어 성적까지 적혀있었다.
　"실장님이 보시면 눈을 번쩍이겠는 걸."
　다른 사람들의 이력서와 함께 PPT 파일을 저장한 메모리를 들고 국제협력부 실장실로 향했다.

"지원자 서류입니다. 현재 열 명입니다."

"생각보다 많군요."

구인 공고를 올린 지 하루 만에 열 명이 지원했다. 까다로운 기준 때문에 지원자가 없을까 봐 걱정했는데 의외였다.

"네에."

조금 애매한 어투로 대답하며 송 과장은 진욱에게 서류를 내밀었다. 분명 그녀의 선에서 걸러 낼 지원자들이 있었지만 진욱이 무조건 지원자 서류를 다 보겠다고 했기 때문에 자격 미달인 사람들 지원서류도 가지고 들어왔다.

진욱이 묻는 눈빛으로 쳐다보자 송 과장은 희미하게 웃었다.

"보시면 아실 거예요."

진욱이 서류를 받자 송 과장은 가볍게 인사를 하고 방에서 나갔다.

지원자들이 제출한 서류들을 검토하던 진욱은 송 과장이 왜 애매한 대답을 했는지 이해했다. 일단 내보자는 심보였는지 자격에서 한참 부족한 사람이 네 명이나 있었다.

"훗. 연락 오면 좋고 안 와도 그만이란 건가?"

다음 서류를 넘기던 손이 일시정지 버튼이 눌러진 것처럼 멈췄다. 한동안 서류를 뚫어지게 쳐다보는 진욱의 눈은 눈동자조차 움직이지 않았다.

'5-5?'

그녀다. 분명 그녀였다. 아침마다 보아왔던 5-5 그녀가 분명했다. 사진 속 그녀는 어깨에 살짝 닿는 단발머리에 깔끔하게 화장을 하고 있었다. 그의 기억엔 긴 머리였는데 그새 머리를 자른 모양이었다.

"이것도 인연인가?"

그녀의 이력서를 꼼꼼히 읽어 내려가기 시작했다. 4년 동안 만점에 가까운 점수로 학교를 다녔고, 어학 실력도 꽤 우수했다. 또한 아르바이트 경력이 화려했다. 졸업이 1년 늦은 걸 보니 휴학을 했던 모양이었다.

"당신 이름이 하윤희이군. 하윤희."

자기소개서를 보기 위해 서류를 넘기자 빈 종이에 송 과장의 메모가 적혀 있었다. 진욱은 송 과장이 넘긴 usb를 노트북에 꽂았다.

PPT 파일을 열어본 진욱은 화면과 함께 흘러나오는 목소리에 다시 한 번 깜짝 놀랐다. 그녀의 목소리다. 그가 기억하고 있는 수줍음을 담은 목소리와는 달랐다. 전문성이 묻어나는 단정하고 깔끔한 목소리에 그가 기억하고 있는 그녀와 지금 들리는 목소리가 같은 주인이라는 것이 매치가 되지 않았다.

그녀의 목소리를 들으며 진욱은 가죽의자에 몸을 묻었다. 흔히 볼 수 있는 자기소개서와는 달랐다. 양쪽 손가락 끝을 마주치며 뭔가 골똘히 생각을 하던 그의 얼굴에 천천히 미소가 지어졌다. 프레젠테이션이 끝나자 진욱은 기댔던 몸을 세워 PPT를 처음부터 다시 보기 시작했다. 조금 전 옅게 지어진 미소 대신 날카로운 눈빛이 그녀가 작성한 보고서를 살피며 귀 기울여 설명을 듣기 시작했다. 그녀에게 5-5라는 별명을 붙일 때의 장난스러운 모습이 아니었다. 먹잇감의 작은 움직임이라도 캐치하기 위해 몸을 잔뜩 웅크리고 귀를 곤두세우는 검은 재규어를 연상시켰다.

"아니라니까! 하윤희! 너 자꾸 이럴래!"
"왜에! 이게 어때서!"
"너무 딱딱하단 말이야! 핑크빛이 살짝 도는 게 더 예쁘다니까!"
"흰색이 나아."
"아냐, 아냐! 흰색은 너무 딱딱해. 고지식한 이미지는 전혀 도움이 되지 않는다고. 이게 훨씬 부드러워. 도대체 왜 이렇게 감각이 둔해졌니?"
"뭐? 둔해져? 내 감각을 무시하는 거야?"

고개를 빳빳하게 치켜 올리자 짧게 자른 단발머리가 그녀의 가녀린 목 주변에서 찰랑거렸다. 면접 보러 오라는 연락에 윤희와 남수는 서로 손을 붙잡고 소리치며 폴짝폴짝 뛰었다. 면접 때 무엇을 입고 갈지 걱정하자 남수가 친하게 지내는 헤어디자이너가 있는 헤어숍으로 데리고 갔다.

남수는 윤희에게 긴 생머리를 자르길 권했다.
"이왕, 이렇게 된 거. 정말 똑 부러지게 전문성을 보이자. 너도 그렇게 생각하지?"
"응."
"여기서 머리하고, 가는 길에 쇼핑도 좀 하자."
"쇼핑?"

"그래. 너 쇼핑 안 한 지 한참 됐잖아. 면접 때 입을 옷 구입해야지."

"옷장에 옷 있어."

"알아. 너무 단정하니까 문제지."

옷에 대한 감각은 윤희보다 남수가 뛰어났다. 작은 키 콤플렉스를 가지고 있는 남수는 어떻게 하면 좀 더 키가 커 보이게, 좀 더 날씬하게 보이도록 입는 방법을 알고 있었다.

윤희의 머리 손질이 끝나자 남수는 자주 이용하는 옷가게로 윤희를 데리고 가 그녀에게 맞는 옷을 코디해 주었다.

새로 사온 옷들을 제쳐두고 흰색 블라우스에 재킷을 걸치려는 윤희에게 잔소리를 하고 있는 터였다.

"머리까지 단정하게 잘라 버렸는데 깔끔하게 떨어지는 블라우스를 입으니까 딱딱해졌잖아. 옅은 핑크빛이 널 더 환하고 화사하게 보이게 할 거야."

거울 앞에 서 있는 윤희는 교복을 입은 것처럼 보였다. 남수가 고개를 흔들며 핑크 블라우스를 갖다 대었다.

"그렇지! 바로 이거야. 더 낫지?"

"응. 그러네."

블라우스를 갈아입는 것을 도와주면 남수가 한 마디 했다.

"하윤희! 넌 반드시 붙을 거야! 아자! 아자! 파이팅!"

오후 2시.

정장으로 차려입은 그녀는 옷에 대해 불만은 없었지만 편한 운동화 대신 굽 있는 구두를 신었더니 영 어색했다. 8센티 구두를 들고 현관에 서 있는 남수에게 그녀가 우겨서 5센티 굽을 신은 것에 그저 감사할 뿐이었다.

대기실 의자에 앉아 있으면서 그녀는 제멋대로 뛰기 시작하는 심장의 두근거림에 당혹스러웠다.

'왜 이러지? 면접 한두 번 보는 것도 아니고.'

"후우, 후우."

작은 소리를 내며 숨을 들이마시고 내쉬자 건너편에 앉아 있던 남자가 말을 걸어왔다.

"긴장되시죠? 저도 무척 떨립니다."

"네에? 아, 네에."

경쟁자다. 마른 체형에 인상이 좋은 남자였다. 그러나 눈빛만큼은 예사롭지 않은 기운을 담고 있었다. 그 역시 그녀를 경쟁자로 보는 것 같았다. 채용공고에는 몇 명을 뽑는지 나와 있지 않았다. 늘 그렇듯 00명. 이것이 문제인 것이다. 적합한 사람이 없는 경우 아예 뽑지 않을 수도 있었다.

"지금 누가 들어가 있나요?"

그녀의 면접 시간은 3시부터였지만 여유 있게 집을 나선다는 것이 한 시간 반이나 일찍 도착했다. 들락거리는 사람이 없어서 지금 면접을 보고 있는 사람이 있는 것처럼 느껴졌다.

"네에. 몇 시 면접이시죠?"

"전 3시요."

"일찍 오셨네요?"

그녀를 보며 웃는 남자의 인상이 순수해 보였다.

"여기 면접 까다롭다고 하던데. 뭐 들은 거 있으세요?"

"네? 아뇨. 들은 거 없는데요."

"아, 그러시구나. 최규성이라고 합니다."

자기소개를 하며 남자가 손을 내밀자 윤희는 아주 잠깐 머뭇거리다 남자의 손을 가볍게 잡았다.

"네. 전 하윤희라고 해요."

문이 열리며 여자 직원이 남자에게 들어가 보라고 했다. 자리에서 일어서는 그에게 그녀는 격려의 뜻으로 미소를 지어 주었다.

대기실에 혼자 남게 되자 예상하고 온 질문에 대해 대답하는 연습을 속으로 되새기기 시작했다.

남자가 면접을 보러 들어간 지 거의 한 시간이 지날 무렵 대기실 문이 열리며 그가 고개를 내밀었다.

"와! 정말 빡빡한 면접이네요. 면접 잘 보세요."

그가 손짓으로 작은 경례를 하더니 사라졌다.

이제 그녀 차례다. 일어서서 옷매무새를 확인하고 밖으로 나가려는데 아까 왔던 여직원이 다가왔다.

"하윤희 씨?"

"네."

"오래 기다렸어요. 들어가세요."

안내 받은 방 앞에 선 그녀는 문 옆에 쓰여 있는 이진욱 실장이라는 팻말을 보고는 크게 숨을 내쉬었다. 잘해 보리라 다짐을 하고는 노크를 하고 안으로 들어갔다.

오늘의 마지막 면접자는 하윤희.

진욱은 일부러 그녀의 면접을 맨 뒤로 잡았다. 이력서에 적혀져 있는 사항은 이미 그의 머릿속에 박혀버릴 정도로 읽고 또 읽었다. 짧은 기간 동안 그에게 강한 인상을 남긴 여자다. 아침 출근 때마다 보았던 이미지와는 잘 매치가 되지 않는 이력서였다. 마지막 날 그녀의 옆에 서 있었던 남자의 존재가 불연 듯 떠오르자 눈매가 살짝 꿈틀거렸다.

"흠흠."

진욱은 고개를 저으며 인터폰을 눌러 그녀를 들어오게 했다. 이건 어디까지나 공적인 일이다. 그녀에게 가졌던 호감이나 호기심은 그에게 좋은 결과를 주지 못할 것이다. 하지만 제출된 이력서 내용이 사실이고, 첨부한 분석 보고 내용이 정말 그녀의 실력이라면 반드시 그녀를 채용해야만 했다.

노크 소리에 진욱의 눈이 반짝거렸다. 그를 본 그녀가 어떤 반응을 보일지 궁금해졌다.

그녀가 들어서자 진욱의 눈빛이 순간적으로 흔들렸다. 긴 머리를 잘랐다는 것을 알고 있었지만 직접 눈으로 확인하니 느낌이 달랐다. 완전히 달랐다. 그의 기억 속에 있는 그녀는 없는 것처럼 느껴질 정도로 낯설게 느껴졌다.

"하윤희 씨?"

바짝 긴장한 채로 문을 열고 들어간 그녀는 책상 넘어 앉아 있는 남자의 얼굴을 본 순간 숨을 들이켰다.

"5······."

순간적으로 튀어나오려는 말을 가까스로 삼켰다.

'분명. 5-5가 맞아. 내가 그 사람을 한두 번 본 것도 아니고. 이 남자가······.'

그녀의 미래를 좌지우지할 면접관인 것이다. 동시에 상사가 될 것이다. 오늘도 그의 모습은 역시나 빈틈없이 깔끔한 모습이었다. 칼같이 주름이 선 와이셔츠를 입고 그녀를 정면으로 응시하는 모습이 딱 심판관의 모습이었다. 그에게서 풍겨 나오는 강한 카리스마에 숨이 막힐 것만 같았다.

'이 남자, 정면을 보는 느낌이 이런 거구나.'

그녀는 마른 침을 삼켰다. 아무렇지 않게 그녀의 이름을 부르고 있었지만 그 역시 그녀를 알아보았을 것이다. 갑작스러운 상황에 그녀는 머릿속에 모든 것이 공중으로 산산 분해가 돼 버리는 느낌이 들었다.

'정신을 차려야 하는데. 정신 차려!'

"하윤희 씨?"

의자에 앉지도 않고 가만히 서 있는 그녀를 진욱이 다시 불렀다. 그녀가 당황스러워 한다는 것은 그가 아닌 다른 사람이 보아도 알아챌 정도로 깜짝 놀란 표정이었다.

"계속 그렇게 딴생각을 하며 서 있을 겁니까?"

제정신을 차릴 수 있게 만들 만큼 진욱의 목소리는 차가웠다. 일말의 빈틈도 허용이 안 될 것 같은 어투였다.

"죄송합니다."

앞에 놓인 의자에 앉자 그로부터 상큼한 시트러스향이 풍겨왔다.

무릎 위로 두 손을 마주 잡으며 윤희는 딴생각이 드려는 정신을 꽉 붙잡았다.

"제출한 서류는 충분히 살펴보았습니다. 다른 일상적인 질문은 넘어가고 바로 본론으로 들어가죠. 자기소개서로 제출한 자료는 무슨 뜻입니까?"

자기소개서 대신 제출한 PPT 자료는 다름 아닌 Global S. CEO Center 국제협력부에서 작년에 시행했던 정책 프로그램에 대한 분석 보고서였다. 회사의 입장에서 보면 꽤 당돌한 태도였다. 상상도 할 수 없는 건방진 태도였지만 그녀의 시도 자체는 그의 흥미를 충분히 끌어내고도 남았다.

홈페이지에 올라가 있는 작년도 정책 프로그램 진행에 대해 올라가 있는 파일 자료들을 보고 이런 보고서를 작성했다는 자체가 신기했다.

"일반적인 자기소개서를 썼다면 제가 지금 이 자리에 올 수 있는 확률은 반반이라고 생각됩니다. 대부분의 큰 기업일수록 1차 서류전형에서 이미 학교 등급으로 기회를 박탈해 버리니까요. 채용공고에도 실무 경험자를 원한다고 해서 제가 할 수 있는 일에 대해 조금 보여 드린 것뿐입니다."

도전적인 대답이었다. 그만큼 자신감이 있다는 뜻이기도 했다. 진욱은 그녀와의 면접시간이 흥미롭게 느껴질 것 같았다.

"첨부된 보고 자료서는 아주 인상 깊었습니다. 국제 경쟁력 부분에 대해 꽤 자신감이 있어 보이는데 질문 하나 하죠. 현재 우리나라에서의 국제 경쟁력 부분은 어떻다고 생각합니까?"

"앞으로의 미래 예측 부분에 대한 질문이라고 생각해도 될까요?"

오히려 그에게 질문을 하는 그녀의 도전적인 태도에 진욱은 의외라는 표정을 지었다.

"좋을 대로."

"미래 예측에 대해 일찍부터 준비해 왔던 유럽에 비해 우리나라는 조금 뒤처지는 감은 있습니다. 하지만 1989년 대통령 소속 자문기관인 〈21세기 위원회〉가 좋은 출발을 보이고 있습니다. 현재 미래기획위원회가 설치된 만큼 우리나라의 미래에 대한 총체적인 국가 비전 및 전략 수립에 대해……."

본격적인 설명을 하는 그녀의 눈빛이 열정으로 반짝거리는 것을 진욱은 느꼈다. 자신을 똑바로 쳐다보며 한 치의 흔들림 없이 내답을 하는 그녀를 마음속으로 감탄을 하며 듣고 있었다.

'여리고 순진할 거라 생각했는데. 이런 여자였군.'

현재 나이 스물일곱. 일 년간 미국에서 지낸 적이 있고 우리나라를 대표하는 태화그룹의 미국지사에서 매년 방학 때마다 아르바이트를 했었다.

진욱은 그녀의 머릿속에 무엇이 더 들어 있을지 궁금해졌다. 그녀가 설명하는 것이 모두 옳은 것은 아니었지만 앞으로 그녀에게 무한한 가능성이 나올 것이라는 확신이 들었다. 그가 트레이닝을 시킨다면 분명 엄청난 실력을 발휘하게 될 것이다. 흡족한 표정을 지으며 그녀를 바라보던 진욱은 열심히 설명을 하고 있는 그녀의 입술로 시선을 내렸다. 연한 장밋빛 입술에 발린 립글로스가 그녀가 말을 할 때마다 빛에 반짝였다. 시선을 올려 그녀의 얼굴을 찬찬히 살폈다. 화장은 두껍게 하는 편은 아닌 것 같았다.

부드러운 턱선을 지나 그녀의 눈으로 시선을 올리던 그는 화가 나 있는 그녀의 눈빛과 마주쳤다.

"지금 어딜 보고 계시는 거죠?"

7. 마주 보기의 시작

 윤희는 그를 똑바로 쳐다보게 되는 순간부터 심하게 떨리기 시작한 심장을 주체하지 못했다. 그저 머릿속엔 5-5라는 숫자와 그의 얼굴만이 번갈아가며 영상으로 번쩍이며 나타나 정신을 어지럽혔다.
 계속 서 있을 거냐는 차가운 목소리에 그녀는 두 주먹을 불끈 쥐어 손톱을 손바닥에 박았다.
 '정신 차려! 면접을 망쳐서는 안 돼!'
 자리에 앉으며 아주 조심스럽게 숨을 들이마셨다. 침착한 표정을 지으려고 노력하면서 질문을 하는 그의 목소리에 정신을 집중시키려고 노력했다. 허나 그것은 도움이 되지 못했다.
 엎친 데 덮친 격으로 귀에 들려오는 그의 목소리는 차갑지만 꽤 매력적이었다. 성량이 풍부하게 느껴졌지만 느끼하지 않았고 잘 세공되어진 차가운 얼음 조각 같은 느낌이었다. 화를 낸다면 엄청난 폭발이 될 것이라는 생각이 들었다.

진욱의 질문에 답변을 하면서 제 페이스를 찾아가나 싶었던 그녀는 자신을 똑바로 쳐다보고 있는 시선 때문에 손바닥에 땀이 나기 시작했다. 고개를 끄덕이며 그녀의 설명을 듣는 진지한 모습에 그녀의 심장이 차츰 안정모드로 접어들기 시작했다.

다행이란 생각도 잠시뿐이었다. 그녀가 말하는 것에 동의를 하는 것처럼 고개를 끄덕이는 그의 표정이 아주 미세한 변화를 보였다. 딴생각을 하고 있는 것 같았다. 그의 시선은 어느 한 곳에 집중되어 있었다.

그녀의 입술.

그녀 또한 다른 사람이 말을 할 때 얼굴 전체에 시선을 두는 편이기 때문에 입술을 보는 것을 이상하게 생각하지 않는다. 다만, 지금 그녀의 입술 위에 머무는 그의 시선이 길어졌다는 사실이었다.

순간 입술이 말라 옴을 느끼며 혀를 내밀어 침을 바르고 싶었지만 가까스로 참았다.

'내가 당황했던 것처럼, 놀랐던 것처럼 이 남자도 놀랐을까?'

그녀의 이력서를 보았을 때 그가 어떤 느낌이 들었을지 궁금했다. 그는 그녀가 하는 틀린그림찾기 게임에 관심을 보였고, 그녀가 어디서 내리는지 정확하게 알고 있었다. 다시는 보지 못할 거라 생각했던 남자가 그녀 앞에 떡하니 앉아 있는 것이다. 그녀의 입술 위를 배회하는 그의 시선에 심장이 앞을 향해 뛰기 시작했다.

'그런 눈으로 보지 말아요.'

6개월 전 그녀를 음흉한 눈빛으로 쳐다보았던 느끼한 변태와는 다른 느낌이었다. 손을 들어 입술을 가리고 그의 시선을 피하고 싶었다.

두 사람의 입술은 서로 질문과 답을 하면서도 눈은 서로를 관찰하기에 바빴다.

'내 입술은 그만 보란 말이에요!'

그의 입술로 시선을 내린 그녀는 단호하게 다물어져 있는 입술에 시선을 고정시키며 질문에 대한 답변을 마무리 지었다.

대답이 끝났는데도 그의 시선은 여전히 그녀의 입술에서 떠나지 않고 있었다. 순간적으로 살짝 꿈틀거리는 그녀의 입술 움직임에 그의 시선이 위로 올라갔다. 그에게 뭔가 한마디 해 주어야겠단 생각이 들자 그녀의 눈빛이 단호해졌다.

심장의 떨림을 겨우 붙잡으며 그녀는 그의 시선을 맞받아쳤다.

"지금 어딜 보고 계시는 거죠?"

사정없이 뛰고 있는 심장의 떨림과는 다르게 목소리가 단호함을 가장하며 입 밖으로 튀어나왔다.

뜻밖의 공격에 진욱은 순간적으로 움찔했지만 겉으로 드러내지는 않았다. 너무 오래 그녀의 입술에 시선을 둔 모양이다.

'이런, 들켰군.'

"무슨 말입니까? 하윤희 씨?"

진욱은 오히려 의아한 표정을 지으며 그녀에게 되물었다.

"네?"

오히려 되묻는 말에 그녀는 당황했다. 무슨 말을 하는지 뻔히 알면서도 모르겠다는 그의 능청스러운 대답이 말문을 막히게 했다.

"내가 어딜 보고 있었다는 겁니까?"

유연하게 상황을 빠져나가는 남자를 보며 반박하고 싶었지만 지금은 그래서는 안 되는 자리다. 면접을 망칠 순 없었다.

"뚫어지게 제 얼굴을 쳐다보셔서 순간적으로 나온 말입니다. 죄송합니다."

"서로 대화를 할 때는 상대방의 눈이나 입을 보는 것이 당연한 거 아닙니까? 보통은 시선을 마주치며 이야기하지만 그렇다고 일방적으로 설명을 듣는 입장에서 시선을 계속해서 마주 본다는 것은 불편한 일이죠."

"네. 알고 있습니다."

진욱은 책상 위의 서류들을 한 곳으로 모으기 시작했다.

그의 움직임에 윤희의 시선이 불안하게 떨리기 시작했다.

'내가 건방지게 굴었나?'

면접이 끝났음을 말없이 보여주는 것이다.

그가 모은 서류를 책상 위에 톡톡 치면서 그녀를 바라보았다. 그의 표정에선 어떠한 감정도 읽을 수가 없었다.

'이대로 면접이 끝난 건 아니겠지?'

"질문에 대한 답변 아주 잘 들었습니다. 하윤희 씨가 제출한 그 평가 보고서 다시 한 번 검토해 보도록 하죠. 인터뷰 결과는 내일 오전 중으로 연락이 갈 겁니다."

그가 자리에서 일어서자 그녀도 자동적으로 일어섰다. 키가 크다는 것을 알고 있었지만 면접관으로서 대한 이미지 때문인지 훨씬 더 크고 강해 보였다. 와이셔츠 아래로 탄탄한 몸이 숨겨 있을지도 모른다는 엉뚱한 생각에 그녀는 황급히 시선을 돌렸다.

책상을 돌아 나오는 그를 보며 윤희는 제자리에 가만히 서 있었다. 묻고 싶은 것이 있었다.

그녀의 망설임을 느꼈는지 그가 가슴 앞으로 팔짱을 끼며 물었다.

"질문 있습니까?"

"당돌하다고 느끼실지 모르겠지만 조금 전 제가 한 말이 결과에 변수를 가져오는지 알고 싶습니다."

그녀를 바라보던 진욱이 한쪽 눈썹을 위로 살짝 치켜 올리며 엷은 미소를 지었다.

"난, 공과 사를 엄격히 구분하는 사람입니다. 공적으로 내가 필요한 사람을 뽑는 것이지 그 사람의 사생활이나 생각엔 관심 없습니다."

"네."

"아까 내게 한 질문이 공적인 것이라면 직장 내 성희롱을 말하는 것일 테고, 사적인 것이라면……"

"그런 건 아닙니다. 제가 좀 예민하게 굴었던 것 같습니다. 죄송합니다."

"됐습니다."

고개를 숙이는 그녀를 향해 진욱은 어깨를 으쓱거리더니 큰 보폭으로 문을 향해 걸어갔다.

 문을 열고 그녀를 쳐다보았다. 이제 나가보라는 뜻이었다.

 "섣부른 판단. 앞으로 일하게 될 부분에선 최대의 실수가 될 수 있다는 것을 명심해 두는 게 좋을 겁니다."

 그녀가 가볍게 목례를 하고 문을 나서자 곧바로 문이 닫혔다.

 "후우······."

 짧게 자른 머리를 쓸어내리며 시계를 보니 5시였다. 한 시간 반 이상을 저 방에 있었다. 잔뜩 긴장한 채로 있었더니 어깨가 아파왔다. 면접에서 이렇게까지 긴장해 본 적이 없었던 그녀는 손바닥으로 목 뒤를 감싸 주물렀다. 내일 아침까지 결과를 기다릴 생각을 하니 아무래도 오늘 밤은 뜬눈으로 보낼 것 같았다.

 엘리베이터 안에서 윤희는 꺼 두었던 휴대전화의 전원을 켰다. 남수가 면접이 어땠는지 궁금해서 안달이 났을 것이다. 5-5가 면접관이었다고 말하면 남수의 표정이 어떻게 변할지 자못 궁금해졌다.

 전원을 켜자마자 문자 수신 알람이 떴다.

 - 면접 결과 보고 바람! 오늘 저녁 파티 할까? 빨리 와!

 "남수 넌, 상상도 못 할 거야. 내가 어떤 기분이었는지. 정말 모를 거야."

 피곤한 모습으로 현관문을 열고 들어가자 거실에서 서성이던 남수가 신발을 벗는 그녀를 향해 소리치며 달려왔다.

 "도대체 어떻게 된 거야! 응? 오는 길이라도 전화를 했어야지!

어떻게 됐어? 잘 봤지? 응?"

남수가 윤희의 표정을 살피며 졸졸 따라다니기 시작했다.

"후우. 넌 상상도 못 할 거야. 나, 기절할 뻔했어."

땅이 꺼져라 한숨을 쉬며 소파에 털썩 앉는 윤희 옆에 남수가 바짝 붙어 앉았다.

"기절? 왜? 무슨 일 있었어? 응? 뭔데?"

"나, 옷부터 갈아입고. 발도 아파."

싱싱한 얼굴로 면접 보고 오겠다고 나갔던 윤희의 얼굴에서 피곤함이 잔뜩 묻어나자 남수는 불안한 눈으로 그녀를 살폈다.

"알았어. 뭐 필요한 건 없고?"

"응. 참! 네가 깜짝 놀랄 만한 이야기가 있으니까 마음 단단히 먹어."

"지금 말 안 해 줄 거면서 이야기는 왜 자꾸 흘리니? 옷 갈아입고 나와. 너 발 담그게 따뜻한 물 준비해 둘게."

윤희가 엘리베이터를 타고 내려가는 것을 확인한 송 과장은 이진욱 실장의 방으로 향했다.

똑똑.

"네."

송 과장은 방으로 들어가 진욱의 표정을 살폈다. 마음에 드는 사람을 구했는지 궁금했다.

"실장님. 면접 어떠셨어요? 실력 있는 사람이 몇 명 있는 것 같았는데요."

서류를 보며 뭔가를 적고 있는 진욱의 손이 멈췄다.

"오늘 지원자 중 최규성, 하윤희 씨에게 합격 통보하세요. 출근은 바로 다음 주 월요일부터 하죠."

"두 사람이나요?"

"네. 두 사람 다 채용할 겁니다."

"그렇다면 3개월의 인턴……."

"인턴 과정은 없습니다. 실무 경험에 바로 투입할 사람을 뽑았는데 인턴 과정이라뇨. 이 보고서 인사위원회에 올리세요."

사인을 한 서류를 결재판에 끼워 송 과장에게 넘겨주었다.

"알겠습니다. 실장님."

자리로 돌아가던 송 과장은 고개를 돌려 닫힌 문을 바라보았다.

"이상하네."

"뭐가요? 송 과장님 뭐가 이상해요?"

고개를 갸웃거리며 걸어가는 송 과장에게 지나가던 여직원이 물었다.

"별거 아니야."

"뭐어어!"

식탁 의자에 앉아 남수가 마련해 준 뜨거운 물에 발을 담근 윤희는 작은 쿠션을 몸 앞에 대고는 의자에 기댔다. 예상했던 대로 남수가 비명을 지르자 희미한 미소를 지었다.

"내가 너 이렇게 소리 지를지 알았어."

"다시 말해 봐! 정말? 진짜? 그, 그 5-5? 응?"
"어."
"어머, 어머, 이게 웬일이니? 와우. 진짜 대박이다."
허둥지둥 윤희의 맞은편에 앉으며 두 손을 모아 작게 박수를 쳤다.
"너네 무슨 인연인가 보다! 그치? 그치? 그 남자, 5-5 말이야. 너 알아보디? 응?"
"알아본 거 같긴 해. 이미 내 이력서 봤으니까 나만큼 놀라지는 않았겠지."
"와……. 어쨌든. 그 5-5가 앞으로 네 상사라는 거 아니니. 이제 매일 매일 보겠네?"
재미있어하는 표정으로 눈을 깜빡이며 박수를 치는 남수에게 윤희가 아직은 이르다고 말했다.
"내일 오전 중에 연락 준댔어. 아직 합격한 거 아니야. 후우, 내가 좀 욱했거든."
"욱? 아니, 그게 무슨 말이야? 욱하다니? 너어, 설마? 왜, 5-5가 너보고 뭐라고 해?"
"아니이."
"그럼? 아우 답답해 죽겠네. 빨리빨리 이야기 좀 해 봐."
"질문을 하기에, 열심히 설명했지. 심장이 쿵쾅거리는 게 정신을 못 차리겠더라고. 마음 다 잡아먹고 침착한 표정으로 대답하고 있는데, 그 5-, 아니, 암튼. 그 5-5가 내 입술을…… 자꾸 쳐다보잖아!"

"꺄아! 어머 정말 웬일이니! 그래서? 그거 때문에 성질 부렸어? 왜 쳐다보냐고?"

"응. 어딜 보는 거냐고 좀 버럭 했어."

"미쳤어. 미쳤어! 그래서? 5-5가 너 탈락시킨 거야?"

"아니. 그게 아니라. 나보고 사람이 설명을 하는데 얼굴을 쳐다보는 건 당연한 거 아니냐. 계속 시선을 마주 보기는 힘들다. 잠깐 시선 이동한 걸 가지고 너무 예민하게 구는 거 아니냐……, 뭐 그런 식의 말을 하더라고."

"헙."

"그렇게 말하니까 할 말이 없더라고."

"그 남자 시선이 능글맞고, 뭐 그랬어? 진득거린다거나?"

"아니."

"그럼?"

"그게……. 그 사람의 시선을 어떻게 처리해야 할지도 모르겠고, 나도 어디다 시선을 둬야 할지도 모르겠고. 괜히 심장만 혼자 제멋대로 두근거리고."

"오호, 너 보니까 알겠다. 매일 아침마다 그 남자 보는 재미, 너 솔직히 있었잖아. 그 남자 이야기도 많이 하고. 별명도 5-5라고 붙여 줬다고 했을 때 알아봤지. 실제로 보니까 어때? 더 두근거려?"

윤희는 안고 있던 쿠션을 식탁 위로 올리며 턱을 괴었다.

"매일 그 남자 뒷모습만 보다가, 어쩌다 유리창으로 그 남자 얼굴 보긴 했어도, 바로 눈앞에서 보는데, 진짜 말이 안 나오는 거야. 무슨 남자가 연예인도 아닌데 얼굴에서 빛이 나?"

"빛? 그건 좀 오버 아니야? 빛은 좀……."

윤희의 과장된 표현에 남수가 어이없다는 표정으로 바라보았다.

차가운 표정으로 자신을 바라보던 진욱을 떠올리며 고개를 저었다.

"지난번 지하철 안에서 나 틀린그림찾기 하고 있을 때, 그 사람이 틀린그림 하나 찾아 준 적 있다고 했잖아. 내가 내리는 역에서 내리라고 말도 해 줬다고 했지?"

"응!"

"그땐 살짝 미소 짓는 모습이 참 멋있었어. 근데, 실제로는 아니야."

"응?"

"그 남자랑 같이 일하게 되면 난 엄청나게 차가운 남자를 직속 상관으로 둘 것 같단 말이지."

세숫대야에 담긴 물이 식자 윤희는 발을 빼내 수건으로 발을 감싸며 주물렀다.

"차갑게 느꼈어? 난 차가운 남자 좋던데. 그리고 그 남자 공과 사는 확실하게 구분하는 사람이네. 널 분명 알아봤을 텐데 그런 말을 전혀 안 꺼낸 거 보면."

남수의 말에 윤희는 희미하게 미소를 지었다.

"구분하는 게 아니라, 나 혼자만 그 남자 생각을 많이 했다는 거지. 그 남잔 어쩌면…… 난 그저 아침 출근길에서 보는 일상적인 다른 사람들과 다를 바 없었을지도 모르고. 안 그래? 그냥, 나 혼자 그 5-5를 떠올리면서 쓸데없는 상상이나 하고. 그러면서 혼자 웃기도 했지만. 실제로 보니까 어떻게 대해야 할지를 모르겠더라고. 아휴, 합격해도 문제야."

송 과장에게 합격자 두 사람의 서류를 넘긴 진욱은 의자를 돌려 창문을 바라보았다.
"훗."
그녀가 자신을 보고 놀랐을 때의 표정이 떠오르자 웃음이 나왔다. 그는 그나마 그녀를 서류상으로 먼저 접해서 어느 정도 마음의 준비를 한 상태였지만 그녀는 전혀 생각지도 못한 일이었을 것이다.

자가용으로 출근한 지 이제 일주일째다. 집 앞 도로에서 신호에 걸려 정차하고 있을 때면 그의 시선은 자연적으로 지하철역 입구로 향했다. 5-5 그녀가 같은 시간에 그 자리에 서 있는 모습을 떠올리곤 했다. 여전히 그녀는 틀린그림찾기를 하고 있을 것이다. 아니면 그가 그랬던 것처럼 혹 누군가가 그녀 옆에서 틀린그림찾기에 동참하는 건 아닐까 하는 생각도 들었다. 그렇게 가끔 생각나던 그녀가 그의 앞에 떡하니 등장하게 될 줄을 누가 감히 상상이나 했을까! 더 다행스러운 것은 그녀가 꽤 똑똑하다는 점이었다. 그 점이 그의 관심을 더 끌었다.

기억에 남아있던 작지만 귀여웠던 목소리는 반듯하고 사무적으로 변해있었다. 앞으로 그녀를 보는 것에 기대가 생겼다. 그녀의 또 다른 면을 볼 수 있다는 기대감으로 저절로 입가에 미소가 지어졌다.

진욱은 다시 의자를 돌려 그녀의 이력서 서류를 집어 들었다.

"하윤희. 당신 참 매력 있어. 흥미롭고."

다른 여자들 같았으면 그를 몇 번 봤다고 아는 척하며 관심을 이끌어 면접을 쉽게 보려고 했을 것이다. 그녀는 그 점을 이용하지 않았다. 지하철 유리창을 통해 서로 훔쳐보고 있었다는 사실을 이미 알고 있음에도 말이다.

다시 한 번 이력서를 훑어보던 진욱의 눈이 한 곳에 고정되었다.

그녀가 살고 있는 곳은 청담동 청담빌라.

그의 집과는 차로 불과 10분도 안 되는 거리었다. 집이 부유한데 아침마다 그 복잡한 지하철을 타고 다니는 것이 의외였다.

"흠……."

그 순간 마지막으로 그녀를 봤을 때가 떠올랐다. 그녀에게 당장 차를 사주겠다는 그 뺀질거리는 남자가 그의 미간을 꿈틀거리게 했다.

8. 목표물 설정

다음 날. 오전 10시.

휴대전화를 손에 쥔 윤희는 초조한 마음으로 거실을 서성거렸다. 오전 중에 연락을 준다고 했는데 근무 시간이 9시부터라고 쳐도 벌써 한 시간이나 지나가고 있었다. 떨어진 것일까.

그때 남수가 방문을 열며 기지개를 켜면서 입이 쩍 벌어지게 하품을 하면서 나왔다.

"아홈. 아. 피곤해. 굿모닝!"

"응. 굿모닝."

손가락을 잘근잘근 깨무는 윤희에게 빠른 걸음으로 다가간 남수가 거칠게 그녀의 손을 잡아 뺐다.

"아예 씹어 먹어라! 왜 이렇게 초조해? 연락 올 거야. 야! 그

회사가 널 안 뽑으면 막대한 손해야. 이제 10시인데 뭘 그래."

"그러니까 문제지."

"문제?"

냉장고에서 생수병을 꺼내며 남수가 그녀를 쳐다보았다. 시원하게 한 컵을 마시더니 다시 물을 따라 거실로 갔다.

"마셔."

남수가 건네준 물 컵을 받은 윤희는 가볍게 한숨을 내쉬더니 물을 마셨다.

빈 컵을 남수에게 건네고는 휴대전화를 다시 쳐다보았다.

"오늘 아침에는 마트에서 물건 세일한다는 문자도 안 왔어. 이거 고장 난 걸까?"

"예민하게 구시는 우리 하윤희 양! 너무 긴장한다. 내가 대신 전화해 볼까?"

윤희의 손에 든 휴대전화를 뺏으려는 순간 그토록 기다렸던 벨소리가 울리기 시작했다.

"어!"

"왔다!"

벨이 울리는 휴대전화를 마냥 쳐다보고 있는 윤희를 보며 남수가 받으라고 재촉했다.

"거기서 온 거 맞지? 안 받고 뭐해?"

입사지원서를 쓰고 메일을 보내면서 윤희는 휴대전화에 연락처를 저장해 두었다. 연락이 왔을 때 놓치지 않기 위해서였다. 그만큼 그녀에겐 꼭 들어가고 싶은 직장이었다.

"여보세요."

목소리를 가다듬고 전화를 받았지만 살짝 갈라져 나왔다.

〔여긴 Global S. CEO Center 국제협력부입니다. 하윤희 씨 되시나요?〕

상냥한 여자의 목소리를 들으며 그녀는 두근거리는 가슴에 손을 얹었다.

"네. 맞습니다."

〔축하드립니다. 합격하셨습니다.〕

"정말이요? 아, 감사합니다."

〔출근은 월요일부터입니다. 그날은 8시까지 오시면 됩니다.〕

"네. 늦지 않게 가겠습니다. 감사합니다."

옆에서 통화 내용을 들으며 남수는 소리를 지르고 싶은 것을 꾹 참고 있었다. 통화가 끝나자 윤희의 손을 잡으며 폴짝폴짝 뛰기 시작했다.

"축하해! 축하해! 거봐, 내가 뭐랬어! 넌 당연히 붙는다고 했지? 꺄아! 너무 좋다."

두 여인이 서로 부둥켜안고 거실 한복판에서 뛰는 모습을 운동을 마치고 들어오던 에이든이 이상한 눈빛으로 바라보았다.

"이거, 아침부터 왜 이래? 그렇게 서로 부둥켜안고? 여자끼리 그렇게 안고 있으니까 이상해. 빨리 떨어져."

"에이든! 빨리 이리와. 너도 축하해 줘야지! 윤희! 합격했다?"

남수가 허리에 양손을 얹고는 고개를 뒤로 젖히며 남자처럼 호탕하게 웃기 시작했다.

"오! 정말? 허니! 정말 축하해!"

에이든이 쏜살같이 달려가 윤희의 허리를 들어 올려 빙빙 돌렸다.

"우리 축하 파티하자! 아니다. 백화점 가자. 내가 입사 기념으로 옷 사줄게."

"그래. 요즘 회사 일은 어떠니? 어제도 새벽까지 있는 거 같던데."

"요즘 새로 구상하고 있는 프로젝트가 있어서요."

진욱은 오랜만에 어머니와 함께 백화점에 나왔다. 아버지 생신 선물도 사야 했고, 어머니께 옷 한 벌 선물하려고 나온 것이다. 아버지의 선물로는 코트 안에 받쳐 입을 니트와 조끼를 샀고, 어머니의 옷을 고르기 위해 3층으로 내려가는 길이었다.

Y대 약대교수인 진욱의 어머니 최은희 여사는 50대 후반임에도 날씬한 체형을 유지하고 있어서 옷을 고르는데 불편함이 없었다. 냉철하고 타이트한 진욱이었지만 부모를 대할 때만큼은 달랐다. 진욱을 아는 사람들은 회사에서의 모습을 보면 신기해할 따름이었다. 어떻게 사람이 180도로 돌변할 수 있는지 그에게 물어보기도 했다. 다들 그런 모습을 본받고 싶어 했지만 그게 그렇게 쉽게 되는 것이 아니었다.

"어제 면접이 있었는데 똑똑한 인재가 두 명 있어서 뽑았으니 앞으로 좀 수월해지겠죠."

"어머. 네 입에서 똑똑한 인재라는 말은 정말 처음 들어보는 것 같구나. 괜찮은 사람이나, 적합한 사람이 아니고 똑똑한 인재?"

"네. 아주 똑똑해요."

"나이도 어릴 텐데 네가 인정한 사람이라면 정말 대단한 능력을 가진 사람이겠구나."

진욱은 말없이 미소만 지을 뿐이었다.

"그 사람들은 알고 있니? 네가 얼마나 빡빡하고 일에 열정적인 사람인지? 앞으로 고생문이 훤할 텐데. 난 오히려 그 사람들이 걱정이구나."

"걱정하지 마세요, 어머니."

에스컬레이터를 타고 내려가던 진욱은 아래를 둘러보다 여성 전문매장에서 낯익은 얼굴을 발견했다.

"오! 예쁘다! 이걸로 살까?"

에이든이 코트를 걸친 윤희를 보며 두 엄지를 치켜 올렸다. 같이 쇼핑을 오기로 한 남수는 직장에서의 호출로 저녁에 합류하기로 했다.

검은색 부드러운 알파카 코트를 걸친 윤희에게 한 바퀴 돌아보라며 에이든이 손가락으로 원을 그리자 윤희가 장난스럽게 빙글빙글 돌았다.

"우리 허니는 뭘 입어도 예쁘지만. 이게 제일 나은 거 같아. 아까 등 뒤에 리본 달린 그 빨간색 코트도 예쁘던데, 그건 좀 그렇고. 이게 허니가 하는 일에 딱 어울린다."

"이게 낫겠지?"

어깨선부터 딱 맞게 떨어지는 검은색 코트는 그녀의 날씬한 몸매를 살짝 감추긴 했지만 적당한 라인이 피트 감을 살려주면서 깔끔하고 멋스러워 보이게 했다.

"이걸로 하자. 제일 무난하면서도 옷감이 좋아. 벨벳 같아. 아까 본 건 좀 거친 감이 있었는데 이건 좋네."

"그래. 이걸로 주세요."

에이든이 지갑에서 카드를 꺼내 결제하려고 하자 윤희가 말렸다.

"이건 내가 살게."

벌써 그녀에게 정장 한 벌을 사주었는데 코트까지 사게 하는 건 무리였다.

"어허? 허니! 이러기야? 나, 이제 들어가면 언제 나올지 몰라. 원했던 직장에 합격 선물로 내가 주는 건데 그냥 좀 받지 그래?"

매장에 있는 직원이 잘생긴 에이든의 얼굴에서 한시도 시선을 떼지 못한 채 두 사람의 대화를 듣고 있었다. 두 사람의 행동은 연인 같기도 하면서도 어딘가 모르게 아닌 것도 같았다.

"너, 들어갈 거야? 언제?"

"말도 없이 나왔는데 들어가야지. 여기 있는 거 알고 계시지만 나도 들어가서 슬슬 준비해야지. 안 그래도 오늘 전화하려고 했어. 아버지 불호령 떨어지기 전에 미리 보고 드려야지."

"잘 생각했어!"

친절한 미소와 함께 직원이 고급스러운 쇼핑백에 코트를 넣어 건네주자 에이든이 냉큼 받아 들었다.

"예쁘게 입으세요."
"네."
에이든이 그녀의 어깨에 손을 얹으며 걷기 시작했다.
"내가 간다니까 반가워하는 거 같은데? 이거 섭섭한걸."
"반갑기는. 너 한 번씩 이렇게 갑작스럽게 등장했다가 훌쩍 가고 나면 내가 얼마나 허전한지 모르지?"
윤희는 애써 태연하게 말했지만 벌써부터 코끝이 찡해짐을 느꼈다. 그런 그녀의 기분을 알아챘는지 에이든이 그녀를 한 팔로 끌어안으며 위로했다.
"나도 허전해. 나도, 누나 많이 보고 싶을 거야."

3층에 도착해도 움직일 생각도 없이 아래층을 내려다보고 있는 진욱의 팔을 최 여사가 잡으며 물었다. 진욱의 시선을 따라가 보니 키가 훤칠한 잘생긴 남자와 단아해 보이는 여자가 다정하게 걸어가는 모습이 보였다.
"아는 사람들이니?"
"네? 아, 네에."
"그럼 가서 인사라도 하렴."
"그럴 사이는 아니에요. 어머니 옷부터 사죠."
그녀가 지하철에서 봤던 남자와 다정한 모습으로 걷는 것을 본 순간 진욱은 순간적으로 인상이 찡그려졌지만 곧 그와 상관이 없는 일이라고 스스로에게 말했다.
괜히 신경이 쓰이는 여자였다. 출근길에서 그녀를 보지 않았더라면……. 5-5라고 별명을 붙여 주었을 때가 훨씬 신비스러웠다. 그녀를 바라보며 어떤 여자일지, 무슨 일을 하는지 상상하는 것만으로도 그는 재미있고 기분이 좋았었다. 막상 그녀를 실제로 보게 되니 놀랍고 반갑기도 했지만 저 남자의 존재는 그를 기분 나쁘게 만들었다. 그녀에게 남자친구가 있을 거라고는 예상은 했지만 직접 확인하니 기분이 또 달랐다. 임자 있는 여자에게 관심을 갖는 것은 그의 사전에는 없는 일이다.

어머니를 따라가며 진욱은 천천히 고개를 저었다. 자신이 생각해도 웃기는 일이다. 전혀 알지 못하는 여자에 대해 혼자 온갖 상상을 하는 것도 웃겼고, 옆에 서 있는 남자에 대해 묘한 질투심을 갖는 것도 웃겼다.

'차라리 그냥, 그녀가 나의 5-5로 남아 있었으면 좋았을까?'

목이 마르다며 시원한 음료수를 마시자는 에이든에게 윤희가 위층으로 올라가자고 했다.

"거긴 왜? 거긴 아줌마들 옷 파는 곳이야."

"알아."

위층으로 올라가는 에스컬레이터를 타려는 윤희를 에이든이 붙잡았다.

"뭐 좀 마시자. 응? 저긴 왜 올라가는데?"

"너, 곧 들어갈 거잖아. 이모 옷 좀 사게."

"엄마 옷?"

"응. 매번 크리스마스를 같이 보내다가 이번에는 같이 못 보냈잖아. 너 들어가는 편으로 이모랑 이모부 선물 좀 사게."

"엄마, 옷 많은데."

"잔소리하지 말고. 따라와. 소포로 보내려고 했는데 잘 됐다. 내가 저번에 봐 둔 게 있어. 오래 안 걸릴 거야."

며칠 전 봐 두었던 매장으로 곧장 걸어가는 윤희의 뒤를 에이든이 느릿한 걸음걸이로 따라갔다.

몇 번 찾아온 윤희를 알아본 매장 직원이 그들을 반갑게 맞이했다. 그녀가 찜해 두었던 보라색 케이프를 가리키며 포장해 달라고 했다.

"오, 엄마가 좋아하는 색인데? 한동안 열심히 걸치고 다니시겠네. 아빠 것도 봐둔 거 있어?"

"이모부 거랑 네 것은 이미 포장 끝났어. 집에 있으니까 나중에 네가 챙겨 가면 돼. 자, 이제 뭐 좀 마실까?"

매장을 나오며 코너를 돌던 그들은 모퉁이를 돌아오는 진욱과 정면으로 부딪쳤다. 잠시 멈칫하던 윤희는 진욱을 향해 인사했다.

"안, 안녕하세요. 실장님."

"네."

진욱이 그녀의 옆에 서 있는 에이든을 힐끔 쳐다보았다.

윤희가 인사를 하자 에이든은 넉살 좋은 미소를 지으며 고개를 숙였다.

"앞으로 내가 상사로 모실 이진욱 실장님이셔."

"아! 그러시군요. 잘 부탁드립니다. 에이든입니다. 우리 허니, 잘 좀 봐주십시오."

허니라는 호칭에 진욱은 일순간 미간이 찌푸려졌다. 아무 곳에서나 허니라고 부르는 그 호칭이 마음에 들지 않았다. 직장 상사라고 소개를 받았음에도 불구하고 저렇게 천연덕스럽게 허니라고 부르는 걸 보니 기본이 돼 있는 것인지 의심스러웠다.

눈치를 주며 윤희가 옆구리를 찔렀지만 아는지 모르는지 에이든은 그저 싱글벙글했다.

"이렇게 연약해 보여도 능력 있습니다. 결정을 잘하신 거예요. 미국에 있을 때도 우리 아버……."

에이든의 설명은 다른 사람에 의해 끊겨 버렸다.

"어머! 이게 누구야. 최 교수!"

지나가던 중년 여성이 진욱의 일행을 발견하고는 반갑게 인사했다.

"잘 지내셨습니까."

"나야 잘 지내지. 이 실장은 갈수록 더 멋있어 지내? 쇼핑 다 했으면 우리 어디 가서 차라도 한 잔 할까?"

"난 차 한 잔 해야겠는데, 너도 같이 갈래? 아니면 너도 이분들과 차 한 잔 하렴."

"네. 어머니."

"한 시간쯤 뒤에 볼까?"

최 여사가 자리를 떠나자 에이든이 넉살 좋게 진욱에게 말을 건넸다.

"우리도 뭐 마시려고 가려던 참인데, 실장님께서도 같이 가시죠?"

"그럴까요?"

진욱은 내키지 않았지만 에이든의 초대에 선뜻 응했다.

별관으로 넘어가는 코너 쪽에 있는 커피숍으로 간 세 사람은 조용한 구석자리에 자리를 잡았다. 에이든이 쇼핑백을 의자에 내려놓으며 무엇을 마실지 물었다. 진욱이 주문을 하려고 자리에서 일어서자 에이든이 괜찮다며 극구 말렸다.

"그럼, 전 아이스 아메리카노로 하죠."

"꽤 더우셨나 보네요. 나도 아이스 아메리카노로 마실까? 허니는?"

윤희는 진욱의 앞에서 자꾸만 허니라고 부르는 에이든에게 그렇게 부르지 말라고 소리 지르고 싶었지만 그럴 상황이 아니어서 답답했다. 괜히 까칠해지기 전에 단것을 섭취해야 했다.

"난, 카페모카. 크림 듬뿍."

"오케이. 잠시만 기다리세요."

뭐가 그리 기분이 좋은지 에이든은 성큼성큼 주문대로 걸어갔다.

시끄럽게 굴던 에이든이 사라지자 잠시 어색한 침묵이 흘렀다. 그녀가 고개를 돌려 주변을 둘러보자 진욱이 쇼핑백을 가리키며 물었다.

"출근한다고 새로 장만한 모양이군요."

"아, 네에. 평상시에는 좀 편하게 입고 다니는 편이어서요."

"그런 편이었죠."

그녀의 말에 동의하듯 진욱이 고개를 끄덕였다.

진욱은 아침마다 보았던 그녀의 복장을 떠올렸다. 편한 복장에 화장기 없는 얼굴로 머플러로 얼굴 전체를 감고 다녔다.

진욱의 동의하는 말에 윤희는 짧은 순간이었지만 얼굴이 붉어졌다. 그가 그녀를 기억하고 있는 것이다.

상황이 참 애매하게 되었다. 차라리 그녀를 가리키며 지하철이라고 한 마디만 했었어도 이런 분위기는 아니었을 것이다. 굳이 꺼내지 않는데 이제 와서 그녀가 어디 어디 승강장에서 매일 아침마다 맨 앞에 서 있지 않았냐고 묻기도 그랬다.

주문하고 동그란 번호판을 받은 에이든은 자리로 돌아가지 않고 계속 주문대 앞에 서 있었다. 어슬렁거리는 에이든에게 점원이 친절하게 웃으며 말을 건넸다.

"손님. 자리에 가서 앉아 계세요. 번호판이 울리면 그때 오시면 됩니다."

"아, 네에. 신경 쓰지 마세요. 곧 나올 텐데 기다렸다가 가져가죠."

에이든은 두 사람이 앉아 있는 곳을 힐끔 쳐다보고는 묘한 미소를 지으며 주문대 옆의 조각케이크 진열대를 들여다보았다.

"솔직히 떨어진 줄 알았어요."

그녀가 먼저 조심스럽게 입을 열었다.

"왜 그런 생각을 했죠?"

"오전 중에 전화를 준다고 하셨는데 10시가 되어도 오지 않았거든요."

"아, 보통 합격자 통보는 아침 일찍 하는 편이죠. 그러고 난 다음 하루 업무를 시작하는 편인데 오늘 아침엔 우리 부서에 회의가 있었습니다."

"네에."

"토요일도 근무하는 거 알고 있습니까? 오후 1시까지 근무지만 꽤 바쁜 편입니다."

"하는 일이 무엇인지 잘 알고 있습니다. 토요일 근무, 저랑은 상관없습니다."

"그렇다면 다행이군요. 앞으로 데이트할 시간이 줄어들 텐데 각오하는 것이 좋을 겁니다."

"데이트요?"

에이든이 커피가 든 쟁반을 들고 오더니 진욱 앞에 커피를 내려놓으며 서빙하는 직원처럼 말했다.

"아이스 아메리카노입니다. 맛있게 드십시오. 여성분은 크림 듬뿍 카페모카 시키셨죠?"

싱글거리며 에이든이 자리에 앉았지만 진욱과 윤희 사이에는 침묵이 흘렀다. 조용해진 분위기에 에이든이 이상한 낌새를 느끼며 눈동자를 굴려 두 사람을 번갈아 쳐다보았다.

그 상황을 깨려는 듯 가방 속 그녀의 휴대전화가 울렸다. 발신 번호를 보니 미국에서 온 것이었다.

윤희는 진욱을 향해 고개를 살짝 숙이며 실례한다고 말했다.

"여보세요? 이모? 네에. 잘 지내? 응. 나야 잘 있죠."

이모와의 통화는 자주 있었지만 그녀는 매번 이모의 목소리를 들을 때마다 괜스레 마음이 울컥했다. 웃으며 전화를 받는 윤희를 에이든이 따스한 미소를 지으며 바라보았다.

그 모습을 본 진욱은 찜찜했던 기분이 가벼워지는 것을 느꼈다.

임자 있는 여자. 더 이상 신경 쓰지 말아야 한다.

앞으로 일로 부딪칠 부하직원이기에 사적인 감정은 조금이라도 담아서는 안 된다고 마음먹었다.

'5-5. 하윤희. 아깝지만 어쩔 수 없군.'

"네. 이모 알았어요. 이모도 건강하세요. 이모부께도 안부 전해 주시구요. 에이든이요? 잠깐만요."

자신의 이름이 불리자 에이든이 흠칫 놀라며 그녀를 바라보았다.

"왜? 나 바꿔 달래?"

"응."

전화를 건네자 망설이면서도 받아드는 에이든을 보며 진욱은 집안 어른들과도 꽤 친하게 지내는 모양이란 생각이 들었다.

전화를 손에 쥔 에이든이 목소리를 가다듬더니 밝은 목소리로 반갑게 인사했다.

"하이! 마더!"

인사하기 무섭게 에이든은 곧바로 귀에서 휴대전화를 멀찌감치 떨어트려 놓았다.

"윽, 화났다."

그 모습에 윤희가 입술을 오므리며 웃었다.

"나, 곧 들어간다니까. 진짜! 안 그래도 내일이나 모레 출발하려고 했어요. 아, 정말이라니까! 누나한테 확인해 봐요! 누나한테 옷 사주면서 나, 곧 들어간다고 말했다니까? 엄마가 조금만 늦게 전화하지 그랬어. 내가 전화하려고 했는데……. 진짜라니까! 누나 바꿔 줘? 확인하면 되잖아. 바꿔 줘?"

목이 탔던 진욱은 아이스 아메리카노를 마시다가 에이든이 하는 말을 듣고는 사레가 걸려 콜록거렸다. 방금 들은 말이 맞게 들은 건지 의심스러웠다.

누나라고 했다.

'이모? 누나? 엄마? 그러면 둘이 사촌지간이란 말이군.'

기침을 하는 진욱의 눈빛이 날카롭게 변했다.

"어머, 괜찮으세요?"

티슈를 건네는 그녀를 진욱은 매서운 눈으로 바라보았다. 입가를 닦으며 기침이 멈추길 기다리던 진욱은 기침이 완전히 가라앉자 불타는 눈빛으로 대 놓고 그녀를 쏘아 보았다.

자신을 원망하는 듯한 눈빛에 윤희는 말을 얼버무렸다.

"실장님, 왜에……."

"이 남자, 하윤희 씨 사촌입니까?"

"네에?"

'왜 이런 질문을 하는 것일까.'

영문을 몰라 눈치를 보고 있는 그녀를 보며 에이든이 통화를 끝냈다. 곧장 그에게 날아든 진욱의 예리한 칼날 같은 시선에 에이든은 터져 나오려는 코를 벌렁거리며 웃음을 참았다. 그럼에도 불구하고 결국 웃음보가 터져버렸다.

"푸하하하. 하하. 콜록, 콜록."

터져 나온 웃음을 참으려고 숨을 들이켜던 에이든이 콜록거리자 윤희가 에이든을 못마땅한 표정으로 쏘아 보았다.

"넌, 또 왜 웃니? 좀 조용히 해."

"하하하. 하하."

통화를 하며 변화무쌍하게 진욱의 표정을 재미있게 보고 있던 터였다. 윤희를 집어삼킬 듯 쏘아보는 눈빛을 보자 그만 웃음이 터진 것이다. 예상했던 대로 자신과 윤희의 관계를 오해했던 것이 분명했다. 스스로 속았다는 느낌에 화가 난 모양이었다.

너무 웃어 눈물이 나자 손가락으로 닦아 내며 자리에서 일어섰다.

"잠시만. 나, 큭, 나, 잠깐만 좀 쉬고 올게. 하하하. 나, 화장실 좀."

입을 막고도 계속 웃는 에이든을 진욱이 당장이라도 때릴 듯한 기세로 노려보았다.

에이든이 키득거리며 자리를 뜨자 이번엔 그녀가 진욱을 쏘아보았다.

"혹시, 둘이 아는 사이예요?"

"……"

"에이든이랑 아는 사이냐구요! 두 사람 뭔가 이상해요. 실장님은 왜 갑자기 커피를 마시다가 사레가 걸리고, 에이든 쟤는 왜 갑자기 우리를 보고 웃는 거냐고요! 둘이 무슨 꿍꿍이에요?"

"꿍꿍이?"

그를 향해 따지고 드는 그녀의 얼굴을 보며 진욱은 다시 보는 그녀의 다양한 표정에 웃음이 나왔다. 표정이 참으로 풍부한 여자였다. 틀린그림찾기 할 때와는 다른 표정이었지만 눈을 반짝이는 모습이 그를 기분 좋게 했다.

예뻤다.

화를 내는 모습인데도 희한하게 그를 재미있게 했다.

아무래도 그녀의 사촌은 그가 그녀에게 시선을 주는 것을 눈치챈 모양이었다.

화장실로 들어간 에이든은 찬물에 손을 씻으며 겨우 가슴을 진정시켰다.

"풉. 크크."

아주 재미있었다. 허니라고 부를 때마다 약간씩 구겨지는 진욱의 표정이 떠올랐다.

"역시."

아까 2층에서 옷값을 계산하고 있을 때 뒤통수가 이상하게 간질거려 주변을 살피다 3층에 서 있는 남자를 발견했었다. 그 남자의 시선은 정확하게 윤희에게 꽂혀 있었다. 3층에서 만났을 때 그는 윤희를 바라보는 진욱의 시선에서 묘한 감정을 감지했다.

그 시선이 어떤 의미를 나타내는지 잘 안다. 마음에 드는 여자를 발견했을 때의 남자의 시선이다.

이진욱이라는 남자는 표 안 나게 행동했을지 모르지만 윤희에게 가는 시선만은 그의 레이더망을 피해가지 못했다. 그와 비슷한 키에 얼굴도 수준급이었다. 반듯한 이마, 곧게 뻗은 콧대, 부드러우면서도 어딘가 모르게 날카롭게 느껴지는 턱선. 짙은 검은 눈동자. 사진을 찍는 것이 취미인 그의 눈에는 그 모든 것이 한꺼번에 들어왔다. 아마도 이 남자가 누나들이 서로 소곤거렸던 5-5라는 별명을 가진 직장상사인 것 같았다.

조금 쭈빗거리며 수줍어하는 윤희의 표정이 그의 짐작이 맞았다는 것을 보여주었다. 확인 차 더 과장되게 허니라고 불렀다. 그 파장은 곧 그의 눈에 들어왔다.

"재미있는 것을 놓치고 난 이만 사라져야 하는 건가? 이거 정말 아쉬운데."

9. 요즘도 틀린그림찾기 합니까?

 번쩍 눈이 뜨인 윤희는 천장을 바라보며 눈을 여러 번 깜빡였다. 계속 깨어 있었던 사람처럼 정신이 맑았다.
"하아."
 두 손으로 얼굴을 감쌌다. 그녀의 첫 출근. 쉽게 잠을 이루지 못했다. 기대감과 긴장감으로 어젯밤, 쉽게 잠들지 못했었다. 조금이라도 자야 했기 때문에 계속 뒤척였는데 어느새 잠이 든 모양이었다. 감은 눈을 지그시 누르고 있는데 협탁 위 시계가 기상 알람을 알리기 시작했다.
 5시. 시계보다 더 정확한 생체 시계다. 평상시 일어났던 시간보다 알람 시간이 한 시간이나 당겨졌음에도 몸이 먼저 알려온 것이다.

침대에서 내려와 바닥에 서서 허리를 이리저리 돌리며 몸을 움직였다. 이제부터 시작인 것이다.

문을 열고 주방으로 향하던 그녀는 굳게 닫힌 옆방 문을 바라보았다. 웃는 얼굴로 불쑥 나타났던 에이든이 가까운 곳에 가는 것처럼 간다는 예고도 없이 떠났다. 하루 전에 주는 통보. 나쁜 놈.

천천히 손잡이를 돌려 문을 열자 깨끗하게 정리된 침대가 맨 먼저 눈에 들어왔다. 에이든의 성격답게 깔끔하게 정리된 침대는 사람이 머물다간 흔적조차 보이지 않았다. 희미하게 남아 있는 남성용 로션 향과 옷걸이에 걸려 있는 파란색 운동복이 그가 머물렀었다는 것을 말해 주고 있었다.

옷걸이에 걸린 파란색 운동복을 들고 나와 세탁바구니 안에 넣었다. 침대보와 베개 커버는 나중에 벗기기로 했다.

유리잔에 차가운 물을 따라 식탁에 내려놓고 거실 창가로 걸어갔다. 일어나자 마시는 찬물 한 잔이 몸에 좋다고는 하지만 그녀는 너무 차가운 물은 잘 마시지 못했다. 늘 먼저 따라놓고 조금 뒤에 마시곤 했다.

커튼을 벌리고 밖을 내다보았다. 깜깜하고 조용한 골목길에 가로등만이 켜져 있었다. 조용했다. 골목으로 봉고차 한 대가 들어오더니 문이 열리고 사람이 내렸다. 이 동네에 신문을 돌리는 사람이었다. 모두 잠들어 있을 시간. 이른 새벽부터 움직이는 사람들이 있다. 귀마개를 하고 옆구리에 신문 뭉치를 낀 남자가 가볍게 뛰기 시작하며 앞집에 대문 아래로 신문을 넣었다. 그녀보다 훨씬 먼저 일어난 사람. 일찍 일어나는 새가 벌레를 잡는다고 했던가?

이제부터 시작이다. 조용한 골목길을 바라보며 마음을 가다듬었다. 출발 신호를 기다리는 사람처럼 느껴졌다.

낯선 기대감. 앞으로의 일들에 대한 기대와 걱정, 도전이 그녀를 기다리고 있다.

커튼을 잡고 있는 손에 힘이 들어갔다. 원인모를 두근거림이 그녀를 더 의욕적으로 만들었다.

"난, 잘할 수 있어! 열심히! 잘할 거야!"

따라놓은 물을 마시고 리모컨을 들어 TV를 켰다. 뉴스를 들으며 간단한 스트레칭을 하기 시작하던 윤희는 남수가 아직 자고 있을 거란 생각이 들자 아차 싶은 생각에 볼륨을 줄이기 시작했다.

"줄이지 마. 나, 일어났어. 아니지. 잠을 안 잤구나. 굿모닝! 잠은 좀 잤니?"

"굿모닝! 밤샌 거야?"

"응."

남수의 녹색 꽃무늬 수면 바지와 녹색 하트가 그려져 있는 양말이 오늘따라 윤희의 눈에 더 앙증맞게 보였다. 빅 사이즈의 미키마우스 티가 작은 체구의 남수를 통째로 삼켜 버린 듯했다.

몸을 이리저리 틀며 냉장고를 향해 가는 남수의 뒷모습을 보며 윤희는 스트레칭을 계속 했다.

그녀와 반대로 남수는 아침에 눈 뜨자마자 제일 먼저 하는 것이 냉수 마시기였다. 그래야 정신이 확 깬다고 했다.

괜스레 아침부터 웃음이 나오는 걸 보니 출발이 그리 나쁘진 않을 모양이었다.

"밤새 뒤척였을 텐데 얼굴 보니 말짱한데?"

남수가 다가와 그녀가 하는 스트레칭을 따라 하기 시작했다.

"잠이 들기까지 좀 뒤척였는데 아침에 눈이 저절로 떠지더라고."

"오늘부터 5-5랑 하루 종일 같은 사무실에 있는 거야?"

"이진욱 실장님이야."

"에이, 왜 이러시나? 우리끼리 있을 땐 그냥 5-5야. 안 그래?"

"치이."

"뭐 어때? 예전부터 부르던 별명이 5-5인데, 갑자기 이진욱 실장님! 이렇게 부르긴 좀 그렇잖아? 격식 차릴 일도 없는데. 그나저나 5-5 실물을 볼 기회를 놓쳐서 아깝네, 아까워."

백화점에 갔던 날 남수는 그들이 진욱과 헤어지고 난 다음에 나타나서 진욱의 얼굴을 볼 기회가 없었다. 아깝다며 진즉에 연락했으면 당장 달려왔을 거라고 투덜댔었다.

일요일 오전 인천공항에서 에이든은 떠나기 전 그녀에게 말했다.

"이거, 내가 남자로서 하는 말인데. 잘 들어 둬. 그 이진욱 실장 말이야. 누나한테 관심 많거든? 아니, 관심 이상이야. 내 직감은 틀림없어. 조심해. 정신 차리고 보면 이미 잡아먹혔을지도 모르니까."

"뭐?"

"누나도 관심 있었다며. 이것도 다 인연이야. 어떤 방식으로 누나한테 접근할지는 나도 좀 긴가민가한데……. 그 남자 너무 애태우게 하지 말고. 잘못하면 그 남자, 으르렁거릴지도 몰라. 하하하. 잘 지내!"

집에서 회사까지는 전철을 타면 30분 정도 걸리지만 출근 준비를 마친 그녀는 7시에 집을 나섰다. 파이팅 하라는 남수의 응원에 힘입어 걷는 발걸음에 힘이 실렸다.

지하철역 안으로 들어가면서 시간을 확인해 보았다. 학원에 다니던 시간과 거의 비슷한 시간대였다. 지하철에서 내려 환승 통로를 걸어가며 윤희는 얼마 지나지 않은 일들을 떠올렸다. 없을 게 분명한데, 괜히, 혹시? 라는 기대감이 들었다.

모퉁이를 돌자마자 정면을 바라보았다. 그게 습관이었던 것일까? 3주 가까이 보아오던 반듯하고 듬직한 남자의 등이 보이지 않았다. 눈으로 승강장을 두리번거리는 자신을 느끼자 피식 웃음이 나왔다.

"바보. 바보. 바보."

고개를 숙이니 5-4라고 적힌 숫자판이 보였다.

5-5. 그녀가 잘 알지도 못하는 그에게 붙여준 별명. 이름 모를 남자가 그녀의 상사가 된 이진욱 실장인 것이다. 궁금했던 그의 목적지는 그녀보다 두 정거장을 더 가면 되는 곳이었다.

전광판에 빨간불 표시와 함께 지하철 진입을 알리는 소리가 울리자 행여나 하는 마음으로 고개를 돌려 뒤를 보았다.

'뭘 바라는 거니! 없다니까!'

지하철을 탄 그녀는 바로 옆에 키가 큰 사람이 서자 유리창을 통해 남자를 확인했다. 그와 비슷한 키였지만 훨씬 마르고 평범하게 생긴 남자였다.

'실장님은 왜 지하철을 타고 다닌 걸까? 아니면……, 아까 출발한 그 지하철을 탄 것일까?'

에이든과 남수의 말대로 정말 희한한 인연이라는 생각이 들었다. 그를 몰래 훔쳐보았듯이 그 또한 그녀를 훔쳐보았다고 70퍼센트 정도 확신할 수 있지만 그는 아는 척을 하지 않았다. 지하철에서 봤던 내색조차 하지 않았었다. 하지만 백화점에서의 그 눈빛은 그녀에게 뭔가 따지는 듯했다. 에이든은 비밀스럽게 웃기만 하고 시원한 대답을 하지 않았고, 무슨 꿍꿍이냐고 묻는 그녀의 질문에 진욱은 어머니의 호출로 가버렸던 것이다.

미국으로 떠나기 전 에이든이 했던 말이 자꾸 떠올라 그녀의 머릿속을 복잡하게 했다.

-어떤 방식으로 누나한테 접근할지는 나도 좀 긴가민가한데……. 너무 그 사람 애태우게 하지는 말고.

'어떤 방식? 나한테 접근한다고? 에이, 설마? 어떻게 하지. 난, 얼굴을 제대로 못 볼 거 같은데. 후우. 정신 똑바로 차리자! 에이든이 뭔가 잘못 생각했을 수도 있어. 괜히 김칫국 마시지 말자. 내가 넘볼 수 있는 사람이겠어!'

괜한 두근거림. 설렘이 들뜨게 하였지만 더 들뜨지 않게 그녀는 마음을 가다듬었다. 정신을 똑바로 차려야 한다. 괜한 기대감은 그녀의 일에 대한 집중력을 떨어트릴 뿐이다.

넉넉하게 시간적 여유를 두고 회사 1층에 도착한 윤희는 데스크로 다가가 이름을 말하고 임시 사원증을 받았다.
"올라가시면 아마 정식 사원증이 나와 있을 겁니다. 이건 토요일 날 받아 놓은 겁니다."
"아, 네에. 감사합니다."
엘리베이터 단추를 누르고 임시 사원증을 들여다보고 있는데 누군가 그녀의 이름을 반갑게 불렀다.
"윤희 씨! 하윤희 씨 맞죠?"
"어머. 안녕하세요!"
"윤희 씨도 합격한 거예요? 앞으로 같이 일하게 되었네요? 우리 한 번 잘해 보죠!"
면접 대기실에서 보았던 최규성이었다. 지난번 보았을 때보다 그녀를 바라보는 그의 눈빛은 훨씬 부드러워져 있었다.
엘리베이터가 도착하자 규성이 먼저 타라고 손을 내밀었다.
엘리베이터가 고속으로 12층으로 올라가는 동안 두 사람은 아침 인사를 서로 주고받았다.
"지난번엔 눈빛이 날카로우시던데 오늘은 아니네요?"
그녀가 가벼운 말투로 말하자 규성이 멋쩍은 듯 웃었다.
"아, 지난번. 하하. 제가 좀 그땐 예민했었죠. 그래도 윤희 씨 보고는 웃었는데요."

"입만 웃고 있었죠. 눈빛은 그게 아니던데요?"

"이것 참. 윤희 씨가 첫날부터 절 좀 난감하게 하시네요. 전 올해 계란 한판입니다."

규성이 손을 내밀어 악수를 청했다.

"전 3년은 더 있어야 한판인데요? 앞으로 잘 부탁드립니다!"

윤희는 규성이 내민 손을 가볍게 잡아 악수했다. 서로에게 응원의 메시지를 보내고 있는데 엘리베이터 문이 열렸다.

그때 그 앞을 지나가던 진욱이 손을 잡고 있는 두 사람을 쳐다보았다. 그러더니 집게손가락으로 셔츠 소매를 재껴 시간을 확인했다.

그 모습에 덩달아 그녀도 손목을 들어 시간을 확인했다. 8시가 되려면 아직 시간은 충분히 있었다.

"안녕하십니까. 실장님."

규성이 엘리베이터에서 내리면서 먼저 인사를 했다.

"안녕하십니까. 실장님."

그녀도 고개를 숙여 인사하자 진욱은 고개를 까닥이며 인사를 받고는 규성에게 송 과장에게 가보라고 했다.

"네. 알겠습니다."

진욱이 빠른 걸음으로 사무실 안으로 사라지자 윤희는 규성을 따라가며 물었다.

"송 과장님이 누군데요? 규성 씨는 어떻게 알고 계세요?"

규성의 낯설지 않아 하는 행동에 궁금해 물어보았더니 그는 이미 이곳에 업무적인 일로 여러 번 왔었다고 했다.

"아. 그러셨구나."

이곳과 업무적으로 일했던 사람이 그녀와 함께 뽑혔다. 경쟁 관계는 아니더라도 많이 배울 수 있는 사람이 옆에 있다는 것에 그녀는 의욕이 더 끓어올랐다.

"이곳 상황을 저보다 더 잘 알고 계실 텐데, 앞으로 정말 잘 부탁드려요."

"뭘 그런 말씀을. 같이 새롭게 시작하는 사람인데요. 여기 사람들만 알 뿐이지, 이곳 업무에 적응하려면 나도 꽤 고생할 것 같네요. 가죠."

국제협력부 팻말이 적힌 유리문을 열고 안으로 들어가자 이른 시간임에도 불구하고 벌써 몇몇 직원들이 나와 있었다.

"어머? 최규성 씨! 하윤희 씨!"

사무실 안으로 들어선 그들을 송 과장이 먼저 보고 손짓했다.

"안녕하십니까. 하윤희입니다."

"반가워요. 하윤희 씨. 난 송규영 과장이에요. 음, 어디 보자. 아, 올라오면서 임시 사원증 받았죠?"

"네."

"최규성 씨하고 둘이 점심 먹고 총무과에 가서 정식 사원증으로 교체 받으면 돼요. 음, 최규성 씨는 이미 우리 팀원들 다 알고 있는 상태고, 아무래도 이곳 구조나 위치는 알고 있으니까 하윤희 씨한테 알려주는 건 최규성 씨한테 맡기죠."

"네. 과장님."

"8시 되기 전에 저쪽 라운지로 가서 커피 한 잔씩 마셔요. 정각에 바로 회의가 시작되니까 시간 엄수하세요."

라운지로 가던 윤희는 규성에게 묻고 싶은 것이 많았지만 이것저것 물어보는 것도 아니다 싶은 생각에 꾹 참고 있었다. 앞으로 시행착오를 겪으며 몸소 부딪쳐 볼 수밖에 없을 것 같았다.

들어오는 입구 왼쪽 편에 직원들을 위한 휴게 공간이 만들어져 있었다. 아담한 라운지 안으로 들어서자 가운데 커다란 테이블과 편안해 보이는 의자, 한쪽 편에는 커피 메이커와 작은 싱크대가 있었다.

규성이 종이컵에 커피를 따르며 낮은 목소리로 설명하기 시작했다.

"송규영 과장. 올해 33살. 미혼. 절대로 이름만 부르지 않아요. 성까지 다 붙여서 부르니까 적응하는 게 좋을 거예요. 일 문제에선 이곳 사람들 모두 까다롭고 예민하니까 그렇게 알고 있고요. 다행스러운 게 국제협력부 팀원들은 뒤끝이 없어요. 그러니 업무적으로 안 좋은 소리 들어도 너무 개의치 말아요."

그녀의 궁금증이 눈에 보였던 모양이다. 친절한 설명에 윤희는 감사의 미소를 지었다.

"물론이에요. 저도 좀 예민해지는 걸요. 미리 양해 구할게요."

8시가 다 되어가자 사람들이 일제히 작은 회의실로 향했다. 지난번 면접 대기실로 사용했던 곳이었다. 송 과장을 비롯해 팀원들이 자리에 앉자 곧바로 문이 열리며 이진욱 실장이 들어왔다.

"우선 회의 전에 간단하게 소개부터 하도록 하겠습니다."

진욱의 손짓에 규성과 윤희는 자리에서 일어섰다.

"최규성, 하윤희 씨입니다. 최규성 씨는 이미 아실 거고, 하윤희 씨는 바쁘더라도 여러분이 당분간 신경을 좀 써 주셔야 할 것 같습니다."

"하윤희입니다. 앞으로 잘 부탁드립니다."

회의가 진행되는 동안 윤희는 그동안 틈틈이 국제동향에 관한 정보들을 모아 둔 것에 대해 속으로 안도의 한숨을 내쉬었다. 현재 각 기업의 경영경제 연구소에서 미래 연구에 대해 본격화하기 시작했기 때문에 미래 예측에 대한 관심이 예전보다 상당히 높아졌다. 그로 인해 기업경영에서 미래예측 전문가들의 조언을 활용하는 사례도 늘어나고 있었다.

길고 긴 회의 시간이 끝나자 진욱은 자리에 일어서며 송 과장에게 두 사람의 배치를 어떻게 할 것인지 물었다.

"최규성 씨는 김 대리에게, 하윤희 씨는 고 대리에게 붙일 예정입니다."

"그래요? 서로 바꾸도록 하죠. 김 대리가 하윤희 씨를 맡도록 하죠. 인턴 과정을 안 하기로 했지만 일주일 정도만이라도 좀 여유 있게 하는 게 좋을 것 같군요. 최규성 씨는 고 대리와 호흡이 잘 맞을 것 같네요."

"네?"

송 과장은 방금 전 이진욱 실장이 한 말을 잘못 들은 건 아닌지 자신의 귀를 의심했다. 일밖에 모르는 이진욱 실장 입에서 여유라는 단어가 나왔다. 바빠서 인원을 더 채용한 것인데 지금 여유라고 했다.

진욱이 회의실을 나가자 송 과장은 혼자 중얼거렸다.
"지금 실장님이 여유라는 단어를 쓴 거 맞나?"
"네."
옆에 서 있던 고 대리가 방긋 웃으며 대답하자 송 과장은 고개를 흔들었다.
"뭘 그렇게 놀라세요? 우리는 모두 인턴 과정을 거쳤던 사람들이에요. 하지만 이번 두 사람은 예외잖아요. 초반부터 빡빡하게 굴다가 뛰쳐나가면 어쩌려고요. 하하하."
윤희와 짝을 맺은 김 대리가 따뜻한 미소를 지으며 그녀에게 다가와 손을 내밀었다.
"김원정이에요. 윤희 씨. 앞으로 잘해 봐요."
"네. 잘 부탁드립니다."
"전 괜히 좋다가 말았네요. 뭐 같은 팀원이긴 하지만 나도 윤희 씨한테 친절하게 할 수 있는데."
고 대리가 아쉬움을 담아 말하자 김 대리가 나섰다.
"어머? 고 대리님이 친절하게? 농담도 잘하셔. 일할 때 불독으로 변신하는 거, 12층 사람들이 다 아는 사실을! 윤희 씨. 고 대리님 조심해요. 앙하고 물려고 할지도 모르니까."
"네에."
긴장감이 느껴지는 분위기 속에서도 화기애애한 느낌이 들어 마음이 놓였다. 일을 시작하면 그녀 또한 만만찮게 예민하고 까칠하게 굴기 때문에 다른 사람들이 자신에게 어떤 별명을 붙여 줄지 궁금하기도 했다.

고 대리가 물지도 모른다는 말에 웃고 넘겼지만 곧 미소는 사라졌다.

-그 사람 너무 애태우게 하지는 말고. 잘못하면 그 남자, 으르렁거릴지도 몰라.

"괜히 이상한 말을 해 가지고. 자꾸 신경 쓰이게 만드네."

오늘 보니 찬바람이 쌩쌩 부는 얼굴인데 과연 애가 탈 수 있는 사람인가 싶었다. 그녀에게 제대로 된 눈길 한번 안 주었는데 애가 타는 모습이 상상이 되지 않았다.

업무에 대해 파악할 수 있는 서류를 한 박스나 받은 윤희는 점심 먹으러 가자는 말에 팀원들과 함께 지하 직원식당으로 내려갔다. 엘리베이터에서 내리자 맛있는 음식 냄새가 그녀의 위장을 자극했다.

"우리 회사 음식 잘 나와요. 직원 가격도 저렴하고. 3,500원인데 더 받아도 괜찮을 만큼 맛있어요."

김 대리가 그녀에게 이것, 저것 설명해 주면서 반대편 복도 끝에 있는 헬스장과 수영장에 대해서도 설명해 주었다.

"저는 언제부터 사용할 수 있어요?"

"밥 먹고 10층 총무과로 가서 정식 사원증으로 교체 받아요. 아마 바로는 안 될 것 같은데……. 락커가 비면 바로 될 것 같지만, 시간 날 때 가서 물어봐요. 이 건물에 있는 사람들은 다 친절하니까."

시간이 어찌 지나가는지 모를 만큼 정신없이 보내다 보니 어느

덧 퇴근시간이 다가왔다. 윤희는 이제 겨우 작년도 상반기 보고서를 훑어보고 있는 중이었다.

"퇴근 준비 안 해요?"

김 대리가 서류를 정리하며 그녀를 바라보았다.

"아, 조금 더 보고 가려고요."

"그건 안 되는데?"

"네?"

"여기 규칙 첫 번째. 정시 출근. 정시 퇴근이에요. 말 그대로 칼 출근. 칼 퇴근."

"왜요?"

"왜긴요. 그게 맞는 거니까. 실장님도 그렇고 회사 방침도 그래요. 특별한 경우 아니면 업무 시간 준수! 아침에 일찍 오는 건 딱히 뭐라고 안 하지만 퇴근시간이 지나도 남아있는 건 좋게 안 봐요."

"아."

"그 대신! 근무 시간 중엔 업무에만 집중할 것! 남아 있으면 업무 시간에 열심히 안 했다는 말 들을 걸요? 야간 근무가 허용되는 경우는 실장님께서 총무과에 정식으로 서류를 올렸을 때 해당하는 사항이구요. 그 기간은 출입증에 찍히는 시간에 따라 자동으로 수당이 계산되어서 나와요."

"아……. 전, 좀 더 보고 갔으면 좋겠는데요. 일주일 가지고는 시간이 너무 부족할 것 같아요."

김 대리가 그녀의 책상 위에 있는 박스를 보며 혀를 찼다.

"하긴. 내가 봐도 좀 많은 분량이긴 하네요."

김 대리가 퇴근 준비를 하고 있는 고 대리에게 물었다.

"고 대리님. 실장님 아까 오후에 IPS에 가신다고 하지 않으셨어요?"

"응. 아마 거기서 바로 퇴근하실걸? 왜?"

규성이 두 사람에게 다가와 윤희에게 물었다.

"정말 더 보고 가려고요?"

"한 시간만 더 보고 갈게요. 규성 씨는 저보다 실무 경험이 더 있으시잖아요. 제가 좀 더 분발해야 할 것 같아서요. 나중에 실장님께 꾸중 듣지 않으려면요."

부드럽게 말을 하고 있었지만 규성은 그녀가 은근히 고집이 있다는 것을 느꼈다.

"그래요, 그럼. 조금만 더 보고 가요. 내일 봐요."

"네. 들어가세요."

사람들이 다 퇴근하고 조용해진 사무실에 혼자 남자 윤희는 봐야 할 서류에 집중하기 시작했다. 상반기 서류를 보던 중 윤희는 자기소개서 대신 작성했던 정책 프로그램에 대한 분석 보고서를 발견했다. 그 서류를 하나하나 들춰 보던 그녀는 아차 하는 생각이 들었다. 이진욱 실장이 자신이 만든 PPT를 보고 건방지다고 생각했을 것을 떠올리니 저절로 눈이 감기고 한숨이 새어 나왔다.

"내가 알고 있는 이론과 이모부 회사에서 경험한 아주 약간의 실무 경험으로만 작성한 것인데, 내가 미처 보지 못한 부분들이 많았네. 내 태도가 상당히 건방졌을 텐데……."

너무 의욕이 앞서다 보니 그런 실수를 한 것이다.

"내가 너무 주제넘게 덤빈 거야. 속으로 얼마나 웃었을까."

IPS의 김 부장과 만난 진욱은 규성과 윤희를 뽑은 것에 대해 말했다.

"안 그래도 규성이가 전화를 했더군. 면접자 대기실에서 아주 맑고 총명한 눈빛을 가진 아가씨를 봤다고. 경쟁상대자만 아니면 제대로 대시해 보고 싶은 아가씨였다고 그러더군. 하하하. 같은 사무실에 총명한 인재를 둘이나 두었으니 앞으로 이 실장! 든든하겠어."

"부장님께서 실력 있는 인재를 추천해 주셔서 감사할 따름입니다."

"나야, 이 실장 성격을 아니까. 고른다고 골라서 보냈는데 합격했으니 나도 체면이 서는군."

"이곳에 근무하면서 컨벤션 기획사 자격증도 땄더군요."

"그런 것으로 알고 있네. 일도 열심히 하고 뭘 준비한다고 하던데 그걸 취득했다고 하더군. 열심히 하는 태도가 마음에 들어. 이 실장이 독려해 주면 크게 성공할 사람이야."

"제가 독려라고 할 것이 있습니까."

"자네, 사람을 나이로 따지는 것이 정답은 아니네. 나이 많다고 해서 실력 있고, 모든 걸 알지는 않아. 고인 물이 썩는다는 것. 자네도 잘 알지 않는가. 자네처럼 끊임없이 노력하고 열정적으로 일하는 사람이 앞으로 우리나라, 세계를 이끌어 갈 재목인 게지. 서로 밀고 끌어당기면서 앞으로 나아갈 것으로 믿네. 그쪽에서 자네를 괜히 그 자리에 앉혔겠나? 그만한 자격이 되니까 그런 거지."

김 부장과 헤어진 진욱은 퇴근하지 않고 다시 사무실로 향했다.

지하 주차장에 차를 주차하면서 아침에 송 과장에게 두 사람의 포지션을 바꾸라고 한 것을 떠올리며 희미하게 웃었다. 그도 모르게 순간적으로 나와 버린 말이었다. 엘리베이터에서 다정하게 손을 잡고 서 있었던 두 사람을 본 것이 그렇게 만들어 버린 것 같았다. 최규성이 사교성이 좋다는 것은 그도 이미 알고 있는 사실이다. 엘리베이터를 타고 올라오면서 규성이 먼저 그녀에게 아는 체했을 것이다. 거기까지는 넘어간다 해도 회의 시간에 그녀를 바라보며 눈을 반짝이던 고 대리를 보는 순간 진욱의 입에선 벌써 그녀와 김 대리를 파트너로 만들고 있었다.

백화점에서의 사건은 그에게 새로운 목표를 설정해 주었다. 그녀를 다정하게, 조금은 능글맞다 싶을 정도로 허니라고 부르는 그 뺀질이가 그녀의 사촌으로 밝혀졌다. 그 사실을 확인하는 순간 진욱은 그녀를 향해 가려는 마음을 접으려고 했던 것을 취소했다. 흥미로운 표정으로 그를 바라보는 그 뺀질이의 시선은 다 안다는 눈빛이었다. 그녀에게 향하는 시선을 눈치 챈 것이다. 남자가 남자를 알아본다고 했던가. 아무래도 그와 그 뺀질이는 같은 부류에 속하는 남자인 것이다.

샤워를 마치고 헬스장을 나서던 진욱은 입구에 붙어 있는 운동 프로그램을 보고 있는 윤희를 발견했다. 헬스장 입구에 있는 시계를 보니 8시가 넘어가고 있었다.

"지금 이 시간에 여기서 뭐하고 있는 겁니까?"

"아! 깜짝이야. 어, 어…… 실장님."

"지금 사무실에 다른 사람들도 있습니까?"

"아, 아뇨. 저기, 그게……."

생각지 못한 진욱의 등장에 깜짝 놀라기도 했지만 말이 제대로 나오지 않자 그녀는 스스로에게 화가 나려고 했다. 죄지은 것도 없는데 그만 보면 이상하게 주눅이 드는 자신이 불만스러웠다.

"정시 출근, 정시 퇴근하라는 말 안 해 주던가요?"

진욱이 성큼 가까이 다가서자 윤희는 솔솔 풍겨오는 깔끔한 비누 향에 생각을 제대로 할 수가 없었다. 양복 대신 편안한 옷을 입은 그를 처음 보았다. 낯설게 느껴졌다.

"같이 입사한 최규성 씨는 이미 이곳 분들과 안면이 있는 분이었고, 또 이런 계통의 일을 해 본 사람입니다. 제게 여유롭게 주어진 시간은 일주일에 불과합니다. 또, 제가 봐야 할 서류도 분량이 많아서 조금 더 남아 있었습니다."

당황해 하던 그녀가 단번에 태도를 바꿔 또박또박 대답하자 진욱의 눈은 흥미로움으로 반짝거렸다.

"운동하려고 내려온 겁니까?"

"아, 당장은 아니고 어떻게 진행되는지 알아보려고요."

진욱이 고개를 돌려 데스크를 보았지만 직원이 자리를 비우고 없었다.

"직원이 자리에 없는데 내일 와서 물어보고, 오늘은 이만 갑시다."

"네에?"

진욱이 그녀의 팔꿈치를 잡고 엘리베이터로 향했다.

"어딜……."

그가 엘리베이터 단추를 누르면서 그녀를 돌아보았다.

"차, 가지고 온 겁니까?"

"아뇨. 없는데요."

"그럼, 지하철?"

"네에."

그가 지하철이란 단어를 뱉었는데 왜 그녀의 얼굴이 빨개지는 것인지 알 수가 없었다. 순간적으로 후끈 달아오른 얼굴 때문에 손으로 부채질이라도 하고 싶었지만 그러지 못하고 고개를 돌려 헬스장 입구를 쳐다보는 척했다.

문이 열리자 진욱이 그녀의 등을 떠밀었다.

"타요. 바래다줄 테니."

"괜찮습니다. 지하철역까지 얼마 안 걸리는데요."

시선을 피하며 대답하는 그녀를 진욱은 은은한 눈빛으로 바라보았다.

엘리베이터가 지하 5층으로 내려가고 있었다. 왜 하필 5층일까. 윤희는 빨리 이 좁은 공간에서 벗어나고 싶었다.

"번거롭게 해 드리고 싶지 않습니다."

엘리베이터 문을 바라보고 있던 진욱이 그녀의 말을 싹둑 자르며 물었다.
  "요즘도 틀린그림찾기 합니까?"

10. 우리 서로 훔쳐본 사이 아닙니까?

 전혀 예상치 못한 물음에 깜짝 놀란 윤희의 고개가 옆으로 홱 돌아갔다. 앞을 보고 있는 진욱의 옆모습만 눈에 들어올 뿐이었다. 눈을 깜빡이며 옆모습을 쳐다보다가 다시 시선을 내렸다.
 '지금 5-5, 아니 이진욱 실장이 나보고 틀린그림찾기 하냐고 물어본 거 맞지?'
 심장이 서서히 속도를 높이며 뛰기 시작했다.
 '뭐하니? 진정해! 진정하라고!'
 이건 분명 지하철에서 있었던 일을 언급하는 것이 틀림없었다. 그녀의 마지막 한 개 남은 틀린그림을 찾아 주었을 때가 떠올랐다. 부드럽게 웃는 그의 미소와 내려야 한다며 그녀의 등을 떠밀었었다. 그녀가 그랬던 것처럼 그 또한 자신을 보아왔다고 생각되었던 때였다.

비밀스레 지어준 별명 5-5.

엘리베이터 문이 열리고 또다시 진욱의 손이 그녀의 등 뒤로 가더니 가볍게 앞으로 밀었다.

"놀랬나 보군요."

등에 닿아있는 커다란 손은 전에 지하철에서 내리라고 떠밀었던 그때와는 달리 힘이 느껴졌다. 코트 위로 느껴졌지만 손의 존재가 그녀에게 커다랗게 다가왔다.

에스코트를 하며 걸어가면서 진욱은 원격시동장치를 눌렀다. 여기까지 내려온 이상 혼자 지하철역으로 가는 것은 무리인 것 같았다.

"아, 실장님. 그러면 지하철역에……."

"말이 많군."

그녀의 말을 무시하고 조수석 문을 열어 안으로 그녀를 밀어넣었다.

문을 닫고 운전석으로 돌아오는 그의 움직임을 눈으로 좇던 윤희는 그가 차에 타자 시선을 반대로 돌렸다.

'아, 이게 어떻게 돌아가는 거지?'

"정말 안 바래다주셔도 되는데요."

"질문에 대한 답은?"

"네?"

"내 질문에 대한 답은 왜 안 합니까?"

"아, 네에……."

진욱은 말끝을 흐리는 그녀를 한 번 쳐다보고는 차를 출발시켰다.

면접 때 아는 척조차 하지 않았던 그가 불쑥 틀린그림찾기에 대해 묻자 윤희는 무척이나 당황스러웠다.

"그 대답은 한다는 겁니까, 아니면 얼버무리는 겁니까?"

무릎 위에 가지런히 놓인 손 위로 시선을 두며 그녀가 말했다.

"요즘은 하지 않습니다."

"그럼 차는?"

"네?"

"그 뺀……, 아니 당신 사촌이 뽑아준다는 차 말입니다."

에이든이 지하철 안에서 했던 말을 이 남자가 기억하고 있을 줄은 몰랐다. 하긴, 에이든의 말에 주변 사람들의 시선이 온통 그녀에게 쏠렸으니 그도 들었을 것이다.

"아, 그건 그때, 에이든이 그냥 했던 말이에요. 먼 거리도 아닌데 대중교통 이용이 훨씬 편합니다."

"회사로 바로 오는 버스는 없습니까?"

"있긴 한데, 기다리는 시간도 있고, 아침에 길이 밀리면 시간을 예측할 수가 없어서요. 갈아타야 하지만 지하철이 훨씬 빠릅니다."

"그렇군요."

그도 아주 잠깐이지만 버스를 타 봐서 그녀가 말하는 것을 정확하게 이해할 수 있었다. 길거리에 버리는 시간이 얼마였던가. 바쁜 출근시간에 길거리에 버리는 시간은 일 분이라도 아까웠다.

차가 지상으로 나오자 윤희는 창문으로 바짝 몸을 붙이며 지하철역을 찾았다. 건물 뒤쪽으로 나오니 어느 쪽이 역으로 가는 방향인지 헷갈렸다.

고개를 이리저리 돌리며 주변을 살피는 그녀를 잠시 바라보고 있던 진욱은 편의점 앞에 차를 세웠다.

"어?"

"땀을 흘렸더니 목이 마른데 뭐, 마시겠습니까?"

"저는 괜찮습니다."

진욱이 문을 '탁' 닫고 내리자 그제야 윤희는 참았던 숨을 내쉬었다.

"후우."

이건 뭘까? 그가 묻는 것은 지극히 평범한 질문인데 대답하는 것이 이상하게 힘이 들었다. 누구라도 물을 수 있는 질문. 그런데 왜 그런 질문들이 그녀에 대한 관심으로 느껴지는지……. 궁금했다. 왜 그녀의 심장은 그가 말을 걸 때마다 더 세차게 두근거리는지. 운전대를 잡고 있는 큼직하지만 여자 손보다 더 예쁜 그의 손으로 시선이 자꾸 가는지 말이다.

혼자만의 자유로운 상상을 했던 5-5의 미지의 남자를 현실로 대하게 되니 자꾸 부끄럽게 느껴졌다. 그를 힐끔힐끔 훔쳐보다가 들켰던 날, 그날 밤 그녀는 잠자리에 들면서 상상했었다. 만약에 그가 말이라도 걸어온다면 뭐라고 대답을 해야 할지 말이다. 그건 어디까지나 그녀만의 상상이었다. 오직 그녀만의! 이렇게 마주치게 될지 상상하지 못한 일이었다.

"후우. 후우."

다시 한 번 깊게 숨을 들이쉬며 진정시키고 있는데 그가 편의점 문을 열고 나오는 것이 보였다. 한 손에 생수병과 다른 뭔가를 같이 들고 있었다.

차에 탄 그가 병에 든 오렌지 주스를 내밀었다.

"마셔요."

"아, 감사합니다."

별거 아닌 음료수 하나 준 것인데 생각이 자꾸 부풀려지기 시작했다.

'그냥 물 사는 김에 하나 산 거라고. 부풀려 생각하지 말자.'

뚜껑을 닫으며 진욱은 오렌지 주스를 들고 가만히 앉아있는 그녀 쪽으로 몸을 돌렸다.

"왜 안 마시죠?"

"네?"

그녀가 병을 만지작거리자 진욱이 그녀의 손에서 오렌지 주스를 빼앗아 비닐을 제거하고 뚜껑을 열어 그녀에게 주었다.

"마셔요. 비타민 C는 몸에 좋은 거니까."

그녀가 마시길 빤히 쳐다보며 기다리자 윤희는 할 수 없이 머뭇거리며 오렌지 주스를 입으로 가져갔다. 고개를 오른쪽으로 돌려 두 모금 마시고는 다시 두 손으로 모아 쥐었다.

"생각해서 사준 건데 싫은가 보군요."

"아니, 실장님. 그게 아니라. 그렇게……."

그녀가 말끝을 흐리자 진욱이 눈썹을 치켜 올리며 눈으로 물었다.

말끝을 흐리는 건 그녀의 성격과 맞지 않는다. 그런데 이 남자를 만난 그 뒤로부터는 계속 말을 더듬고 있다.

윤희는 두 눈 딱 감고 말을 뱉어 버렸다.

"그렇게 빤히 쳐다보시니까 마시기 불편합니다."

"아. 그럼 자리라도 비켜줄까요?"

"네?"

동그랗게 커진 눈으로 쳐다보는 그녀를 보며 진욱은 면접 때 그녀의 모습이 떠올랐다. 당당하게 대답을 하던 모습과는 상당히 대조적인 모습이었다. 왜 그런지는 모르겠지만 못마땅한 음성이다. 그게 뭘까? 그녀를 쳐다본 건 맞지만 불편할 정도로 뚫어지게 보지는 않았다. 그런데 그녀는 그의 시선이 불편한 모양이었다.

"지금 절 놀리시는 건가요?"

"놀리다니?"

"그 말씀, 아니 조금 전 대답, 제겐 놀리는 것으로 들립니다."

"난, 하윤희 씨가 내 손을 쳐다보아도 아무 말 안 하고 운전했는데. 난, 보면 안 되는 겁니까?"

끄응 하는 신음소리가 입 밖으로 나오려는 것을 그녀는 가까스로 참았다. 힐끔힐끔 시선이 자꾸 간다 했더니 결국 그도 느낀 모양이었다.

입술을 꾹 다물고 있자 진욱이 오렌지 주스를 쥐고 있는 그녀의 손을 들어 올렸다.

"다 마시면 출발하죠. 나도 피곤하니까."

당황스러움에 윤희는 고개를 옆으로 돌려 주스를 빠른 속도로 마시기 시작했다. 이 남자와 차 안에 더 있다간 아무래도 무슨 큰일이 일어날 것 같았다.

그녀가 거의 병을 비워가자 진욱은 만족스러운 미소를 지으며 차를 출발시켰다. 그녀의 당황스러워 하는 모습도 발끈거리며 대답하는 모습도 귀엽게 느껴졌다. 그를 의식하고 있는 것이 분명했다.

'나쁘진 않군.'

차가 우회전을 하자 그녀의 눈에 낯익은 거리가 보였다. 지금 보이는 횡단보도만 지나면 사거리에 지하철역이 있다. 눈에 익은 곳이 보이자 왠지 모르게 안심이 되었다.

눈에 띄게 편안해지는 그녀의 표정에 진욱은 그녀의 시선을 따라가 보았다. 사거리에 있는 지하철역이었다.

'어떻게 할까? 하윤희 씨. 내려 줄까? 아니면, 집까지 데려다 줄까?'

사거리 전 횡단보도 앞에 정차하며 다음 신호를 기다리며 진욱이 그녀를 돌아보았다.

"하윤희 씨."

"네?"

"이력서 보니까 집이 청담동 청담빌라던데, 우리 집에서 5분 거리더군요. 어차피 가는 길인데 가죠."

"아, 아니에요. 바로 저기 지하철역이 있는데요."

윤희는 손가락으로 지하철역을 가리켰지만 진욱의 시선은 그녀의 얼굴에 꽂혀 있었다. 긴장으로 파르르 떨리는 입술이 그의 시선을 끈 모양이다.

　작은 입술. 그를 의식해서 긴장하는 그녀. 그것이 진욱을 묘하게 자극했다.

　"저기, 실장님."

　빤히 쳐다보고 있는 그의 얼굴을 손바닥으로 밀며 쳐다보지 말라고 말하고 싶었지만 차 안에 흐르는 묘한 기류가 그렇게 하면 안 된다고 그녀에게 경고했다.

　"저기……."

　"우리 솔직해지는 게 어떻습니까?"

　"네에?"

　대답을 하는 그녀의 목소리가 삐끗거리며 올라갔다.

　"면접 때 날 처음 본 건 아니지 않습니까."

　"아……."

　"지하철 유리창을 통해 우리, 서로 훔쳐본 사이 아닙니까?"

　"힙."

　너무 놀라 입이 벌어졌다. 곧바로 손을 올려 입을 가렸지만 빨갛게 달아오른 얼굴은 어찌할 수가 없었다. 시선을 돌리던 그녀의 눈에 아직 바뀌지 않은 신호등이 보였다. 윤희는 재빨리 차 문을 열고는 허겁지겁 내렸다. 그리곤 뒤도 돌아보지 않고 지하철역을 향해 뛰기 시작했다.

　"하하하. 하하."

　순식간에 문을 열고 도망가는 그녀를 보며 진욱은 오랜만에 큰 소리로 웃었다. 정말 재미있는 여자다.

조수석 바닥에 떨어져 뒹구는 주스 병을 보며 그가 말을 걸었다.

"내가 너무 직설적이었나?"

신호가 바뀌자 진욱은 기분 좋은 미소를 지으며 차를 출발시켰다. 사거리를 지나면서 고개를 돌려 옆을 보자 그녀가 급하게 역계단을 내려가는 모습이 보였다.

"어쩌지? 당신이 점점 좋아질 거 같은데?"

집에 도착할 때까지 달아오른 얼굴이 가라앉을 생각을 하지 않자 윤희는 곧장 욕실로 향했다. 찬물을 얼굴에 끼얹으며 달아오른 뺨을 진정시켰다. 그래도 쉽게 가라앉지 않자 세면대에 찬물을 받고는 그대로 얼굴을 담갔다.

"너, 뭐하니? 가방은 거실에 던져 놓고."

남수가 언제 들어왔는지 반쯤 열린 욕실 문을 활짝 열어 그녀를 바라보고 있었다.

"응?"

남수의 목소리에 깜짝 놀라 고개를 든 윤희는 거친 숨을 내쉬며 걸려 있는 수건을 당겨 얼굴을 덮어버렸다.

"왜? 무슨 일 있어? 회사에서 안 좋은 일이라도 있었어?"

수건으로 얼굴을 덮은 채 고개만 끄덕이는 그녀를 남수가 욕실 밖으로 데리고 나왔다. 식탁 의자에 앉히고는 수건으로 그녀의 얼굴에 묻은 물기를 톡톡 두드리며 닦아냈다.

"무슨 일인데……. 응?"

"남수야."

"응?"

"어떻게 하지?"

"뭘?"

"아!"

윤희가 다시 수건으로 얼굴을 덮고는 고개를 젖히며 의자에 등을 기대자 남수가 답답한 듯 수건을 걷어냈다.

"무슨 일인데!"

"그 사람. 그 사람이."

"그 사람? 누구? 5-5?"

윤희가 심각한 표정으로 고개를 끄덕이자 남수의 눈이 반짝거렸다.

"왜? 5-5가 뭐? 너한테 뭐라고 했어?"

한숨을 푹 내쉬는 그녀 앞으로 남수가 의자를 당겨 앉더니 재촉하기 시작했다.

"뭔데! 아우, 답답해. 답답해. 빨리 말해 봐. 뭐라고 했는데?"

잠시 뒤 빌라가 남수의 웃음소리로 가득 채워졌다.

"푸하하하. 하하. 콜록, 콜록."

"그만 좀 웃어! 이게 웃을 일이니?"

"아이고, 배야. 크크. 그 남자, 정말 마음에 든다! 아! 정말 아깝다."

배를 잡고 웃는 남수를 윤희가 눈을 흘기며 쳐다보았다.

"너어!"

"아, 정말 배 아파. 그 5-5가 너한테, 큭, 우리 서로 훔쳐본 사이 아닙니까? 이랬단 말이지?"

눈물을 흘리며 웃는 남수를 보며 윤희는 가슴 앞으로 팔짱을 끼며 노려보았다.

"창피해 죽는 줄 알았다고!"

"창피? 네가 그 남자 몰래 훔쳐본 거 다 알고 있다며."

눈 꼬리에 묻은 눈물을 닦아내며 남수가 훨씬 차분해진 목소리로 말했다.

"너도 알고 있었잖아. 정말 묘한 인연이다. 안 그래? 서로 훔쳐본 사이라니! 그 남자! 아마 너처럼 은밀한 상상 좀 했을걸?"

"은밀한 상상? 난, 그런 거 안 했거든!"

"내가 뭐라고 했어? 넌 뭘 생각했기에 이렇게 펄쩍 뛰는 거야? 최소한 너, 그 남자가 너한테 말을 걸면 뭐라고 대답해야 하나……, 뭐, 그런 상상은 해 봤을 거 아니야."

"헙."

윤희는 혹시 남수가 그녀의 머릿속을 들여다보는 건 아닐까 의심스러웠다.

"그걸 어떻게 알았어?"

"어우. 야, 그런 상상은 누구나 다 해! 나도 가끔 방송국 가서 복도 지나가다가 괜찮은 남자가 눈에 보이면 저런 남자와 연애를 하면 어떤 기분일까? 뭐, 이런 생각하는데?"

"……"

"그런 상상하는 거 전혀 이상한 거 아니거든! 그리고 네가 어린애도 아니고 스물일곱이야. 꿈속에서 멋진 남자 연예인하고 키스하는 꿈꿔 본 적 없어? 난 많은데."

"뭐어?"

뜨끔한 마음에 얼굴이 빨개지자 남수를 그런 그녀를 보고 놀렸다.

"거봐! 다들 그런 꿈은 꾼다고! 잘됐지 뭐, 그 남자. 너의 그 5-5. 이진욱 실장이 본격적으로 대시할 모양인가 보다. 아! 정말 멋지지 않니?"

남수는 부끄러워하는 윤희를 바라보며 뭐가 그리 재미있는지 계속 웃기만 했다.

"지하철 유리창을 통해 우리 서로 훔쳐본 사이 아닙니까?"

"아니에요. 전 그런 적 없어요."

차에서 내리려는 그녀를 강인한 팔이 다가오더니 거칠게 잡아 몸을 돌렸다.

"거짓말. 그 예쁜 입으로 거짓말을 하면 못쓰지."

몸이 돌려지는 순간 진욱의 뜨거운 입술이 그녀의 입술을 덮었다. 그녀의 저항을 예상한 듯 그의 다른 한 손이 그녀의 오른팔을 아래로 눌렀다. 머리를 움직여 입술을 피하려고 하자 진욱의 오른손이 그녀의 목덜미를 지나 위로 올라가더니 커다란 손바닥으로 그녀의 작은 머리를 감쌌다. 손에 힘을 주어 그의 입술에서 그녀가 벗어나지 못하게 했다.

입술을 열어 달라는 혀의 재촉에 오히려 그녀는 입술을 더 힘

주어 다물었지만 코끝으로 들어오는 강한 남자의 체취에 정신을 차릴 수가 없었다.

저항하던 팔에서 힘이 빠지자 진욱의 자유로운 한 손이 위로 올라와 엄지로 그녀의 턱을 쓰다듬었다.

"조금만 벌려봐."

마법의 주문처럼 입술이 스르르 열렸다. 그러자 곧바로 느슨해진 틈 사이로 진욱의 혀가 입 안으로 힘차게 밀고 들어갔다. 입 안 곳곳을 훑으며 진욱이 엄지에 힘을 주어 그녀의 입을 더 크게 벌리게 했다. 구석에 숨어 있는 작은 혀를 낚아채 강하게 빨아 당기기 시작하자 진욱의 목 깊은 곳에서 만족스러운 신음소리가 흘러나왔다.

강하게 빨아 당기는 야릇하고 짜릿한 느낌이 그녀의 몸 전체로 퍼져나갔다. 육체가 이성을 배반하기 시작했다. 순간 두려운 생각이 들어 작은 손을 그의 단단한 가슴에 대고 밀어보았지만 진욱은 꿈쩍도 하지 않았다.

그녀의 작은 반항이 귀여웠는지 그녀의 입 안으로 그의 웃음이 흘러들어갔다.

뜨겁고 부드러운 입술이 그녀의 도톰한 아랫입술을 수차례 빨아 당기자 그녀의 연약한 입술이 더 탐스럽게 부풀어 올랐다.

"아."

빨아 당기던 입술을 잠시 놓아주자 그녀의 입에서 가느다란 신음소리가 흘러나왔다. 진욱이 혀를 밖으로 내밀어 그녀의 윗입술을 살짝살짝 건드리며 쓸어 올리자, 그의 혀 움직임에 따라 그녀의 고개가 조금씩 위로 들려졌다. 다시 그가 뜨거운 키스를 해 줬으면 하는 바람으로 그녀의 작은 혀가 밖으로 살짝 모습을 나타냈다.

반가운 마중에 진욱의 혀가 작은 혀와 얽히며 열정적으로 키스하기 시작했다.

"으응."

짜릿한 전율이 몸 구석구석으로 퍼져나가기 시작하면서 그녀의 몸 중심이 뜨거워지기 시작했다. 타액이 서로의 입 안으로 흐르고 정신없이 서로를 삼켰다.

"하아, 하아."

입술을 벗어난 혀가 턱을 따라 아래로 내려가기 시작했다. 뒤통수를 받치고 있던 손은 어느새 앞으로 돌아와 그녀의 부푼 가슴을 움켜쥐었다.

"앗."

감았던 눈을 뜨자 이글거리는 욕망을 가득 담은 진욱의 눈이 보였다. 마치 그녀를 통째로 삼킬 분위기였다.

"헉."

눈을 번쩍 뜬 윤희는 호흡이 매우 거칠어 있다는 것을 알았다. 마치 실제로 있었던 일처럼 그녀의 중심이 잔뜩 긴장해 있었다. 몸 전체가 전기에 감전된 듯 찌릿한 느낌이 들었다.

꿈에서 깼지만 심장은 여전히 세차게 뛰고 있었고 가슴 끝은 예민해져 있었다. 낯부끄러운 꿈을 꾼 것이다. 그것도 진욱과 키스하는 꿈을 말이다.
　윤희는 부끄러워 두 손으로 얼굴을 묻었다.
　"아, 내가 도대체 무슨 꿈을……."

11. 5-5는 감시자?

 일찌감치 출근준비를 한 윤희는 토스터에 식빵을 넣고 달구어진 팬에 베이컨 2장을 올렸다. 커피를 내리려다 출근하게 되면 얼마나 마시게 될지 몰라 냉장고에서 주스를 꺼냈다.
 연한 브라운색 니트와 검은색 스커트가 그녀의 날씬한 몸매를 한껏 고상하고 깔끔하게 보이게 했다. 빵이 다 구워서 위로 튕겨 오르자 접시에 담고 노릇하게 구워진 베이컨을 옆에 얹어 식탁으로 향했다.
 자리에 앉으려는데 남수가 입을 크게 벌리며 하품을 하며 나타났다.
 "아흠. 뭐가 이리 좋은 냄새가 날까? 내가 좋아하는 베이컨 냄새인데."

느릿느릿 식탁으로 걸어오는 남수를 윤희가 곁눈질로 힐끔 쳐다보고는 접시 위로 시선을 내렸다. 노릇하게 구워진 식빵 위에 블루베리 잼을 발라 한 입 베어 물었다.

"왜 이렇게 일찍 일어났어? 너 움직이는 소리가 나기에 대충 6시쯤 됐겠구나 했는데, 지금 시간이 5시 30분이야. 출근 준비까지 말끔히 다 하고. 왜 이렇게 일찍 일어났어?"

"몰라."

"몰라? 그게 무슨 말이야?"

뾰루퉁한 대답에 남수가 고개를 기울여 윤희를 쳐다보았다.

"오늘 아침 기분이 왜 저기압일까?"

주스 잔에 손을 뻗는 남수의 손등을 윤희가 찰싹 때리더니 주스 잔을 집어 들었다.

"내 거야."

"오, 하윤희 씨. 오늘 아침 왜 이렇게 심기가 불편하실까? 꿈자리 사나웠나? 왜 그래?"

남수가 일어나 냉장고로 다가가 주스를 꺼내며 윤희를 바라보았다.

"너 때문이야."

"내가 뭘?"

"……."

"뭔데 그래?"

남수가 손으로 잘라놓은 베이컨 한 조각을 집어 입으로 가져가자 윤희가 째려보는 시늉을 했다.

"아침부터 살벌하게 왜 이래? 밤사이 무슨 일 있었어? 설마 꿈속에서 5-5라도 본 거야?"

별 뜻 없이 말을 툭 던지며 베이컨을 맛있게 먹던 남수는 얼굴이 발갛게 달아오르기 시작한 윤희를 보았다.

"오오……."

생선을 눈앞에 둔 고양이처럼 입맛을 다시는 남수의 입가에 서서히 오묘한 미소가 지어지기 시작했다.

남수의 미소에 윤희는 바로 경고를 날렸다.

"너, 웃지 마."

달아오른 얼굴을 아래로 숙이며 베이컨에 집중하는 윤희를 보며 남수는 입을 크게 벌리고 소리 없이 웃기 시작했다.

"너 정말 꿈에서 5-5 본 거야? 얼굴 빨개지는 걸 보니 야시시한 꿈꿨구나?"

소리 없는 웃음을 지으며 남수가 손으로 입을 가렸다.

"너어! 이제 내 앞에서 말 함부로 하지 마! 알았지? 네 입이 보살이라고! 내가 정말 미치겠다."

윤희는 남아 있는 주스를 한 모금 마시고는 빈 접시와 컵을 들고 싱크대로 가져가 설거지통에 내려놓았다.

남수가 싱글거리며 웃는 얼굴로 그녀의 뒤를 졸졸 따라다니며 물었다.

"어땠어? 좋았어? 응? 어디까지 갔는데? 나도 가끔 영화 속 주인공들이랑 키스하는 꿈 꾸기도 하는데, 어떨 땐 정말 실제로 하는 것처럼 리얼할 때가 있거든? 넌 어떻디?"

현관으로 걸어가던 윤희가 그 자리에 멈춰 서며 뒤돌아보았다.

"너어!"

"네 얼굴 아까보다 더 빨개졌어. 큭큭."

"앞으로 내 앞에서 그 입 좀 조심해. 알았지? 말 함부로 하지 마! 특히! 그 남자에 대해서는."

"내 말이 효험이 있긴 있구나?"

마냥 재미있어하는 남수의 태도에 윤희는 은근히 신경질이 나려고 했다. 보이는 것처럼 콕 집어내는 남수 때문에 난처했다.

"후우."

심각한 표정으로 변하는 윤희를 보며 남수가 미안한 생각이 드는지 머뭇거리며 팔을 잡았다.

"미안, 내가 심했네. 미안해."

"아냐, 네 말처럼 그런 상상 누구나 한 번쯤 할 수 있어. 그런데 생각해봐. 그 상상했던 사람이 버젓이 내 앞에 있다고. 그것도 상사야. 그렇다고 그 사람이 살갑게 날 대하니? 아니야. 나도 사적인 감정을 업무에 끌어들이고 싶지 않아. 내가 조절을 잘할 수 있을지······. 그게 걱정이야."

"으음······."

윤희가 얼마나 당황스럽고 난처해진 상황인지 남수는 이제야 감이 잡혔다.

"미안. 내가 생각이 짧았네. 난 그저······."

미안한 표정으로 남수가 어쩔 줄 몰라 하자 윤희가 오히려 다독거렸다.

"어차피 내가 해결해야 하는 문제인걸! 네 탓 아니야. 내가 좀 예민해져서 그래. 괜찮아지겠지. 그지?"

"당연하지! 우리 윤희 파이팅! 아자!"

집을 나선 윤희는 메마른 차가운 아침 바람을 맞으며 스스로에게 물어보았다. 이진욱 실장을 보고 얼굴을 붉히지 않을 자신이 있는지. 자신 있다고 말하고 싶었지만 솔직히 그러지 못했다.

"하아……."

그녀가 내쉬는 하얀 한숨이 저 너머 아직은 어두운 하늘을 향해 날아가며 흩어졌다. 금세 사라져 버리는 그녀의 한숨처럼 걱정거리도 사라지길 바라며 윤희는 허리를 꼿꼿이 세워 걷기 시작했다.

"부딪쳐 보는 거야. 뭐, 내가 그런 꿈을 꿨는지 모르지 않겠어?"

회사에 도착해 사무실로 올라간 시간은 7시였다. 아무도 없는 넓은 사무실에 혼자 덩그러니 앉아 있으니 기분이 묘했다.

이렇게 조용한 사무실이 한 시간 뒤에는 정신없이 분주해질 것이다. 드디어 그녀가 열정적으로 빠지고 싶어 했던 일을 시작하게 된 것이다. 꿈꿔왔던 국제무대를 향한 발걸음. 이제 출발인 것이다. 윤희는 꼭 인정받는 사람이 되고 싶었다. 꼭 필요로 하는 사람이 될 것이다. 하늘에서 그녀를 지켜볼 부모님에게 자랑스러운 딸이 되고 싶었다.

"그래. 이제 겨우 시작하려고 하는데 주춤하면 안 되겠지?"

컴퓨터 전원을 눌러 놓고 라운지로 향했다. 정신이 번쩍 들도록 진한 커피가 필요했다.

다른 사람들을 위해 원두커피를 내리며 그녀는 서랍과 선반을 열어 보았다.

"없네. 다들 원두만 마시나? 후우."

냉장고 안에 우유는 있었지만 그녀가 찾고 있는 커피믹스는 보이지 않았다. 할 수 없이 원두커피라도 마시려고 컵이 놓인 선반에서 머그잔을 꺼내다가 한쪽 옆에 커피믹스 두 개를 발견했다.

"숨어 있었네. 다행이다."

머그잔에 커피믹스 두 개를 넣고 끓는 물을 부어 저었다. 원두커피도 즐겨 마시긴 하지만 이 커피믹스가 그녀의 정신을 번쩍 들게 도와줄 것이다.

은은한 원두의 향이 사무실 전체로 퍼져나가자 윤희는 자리로 돌아가며 잠시 이 분위기를 즐겼다. 아무도 없는 사무실에 은은한 커피 향과 혼자 있는 시간. 너무 좋았다. 몸에서 활력이 마구 솟아나는 것 같았다.

자리에 앉아 보안 암호를 입력하며 커피를 한 모금 마셨다. 그리고는 어제 다 보지 못했던 서류를 꺼내 읽어 내려가기 시작했다.

문서를 읽으면서 그녀가 알아두어야 할 사항들을 적어내려 가던 그녀는 너무나도 방대한 자료에 놀라 써내려가던 것을 멈췄다. 책상 위에 팔꿈치를 얹으며 손으로 이마를 짚었다.

'톡.'

손에서 놓쳐버린 볼펜이 바닥으로 떨어지자 줍기 위해 몸을 숙이던 윤희는 검은색 구두를 발견하고는 소스라치게 놀랐다.

"악!"

"누가 들어온 것도 모르고, 옆에 한참을 서 있어도 모르는 겁니까?"

이진욱 실장이었다. 딱딱한 목소리였다.

"실장님."

블랙 정장 슈트와 화이트 셔츠가 그의 반듯하고 깔끔한 얼굴을 훨씬 더 남성적이고 카리스마를 강조했다. 뚫어지게 내려다보는 검은 눈빛이 그녀의 시선을 잡고 놓아주지 않았다. 꿈속에서 보던 눈빛.

잠시 침묵의 시간이 몇 초간 두 사람 사이에 흘렀다. 먼저 입을 연 사람은 윤희였다.

"오셨으면 가볍게 소리라도 내시지 왜 제 옆에 서서 빤히 쳐다보세요?"

"그런 말을 하면서 얼굴은 왜 붉어집니까?"

흑.

"그, 그건……."

시선을 아래로 내리니 입술이 보였다. 꿈속에서의 키스가 떠올라 얼굴이 달아오르기 시작했다. 얼굴이 빨갛게 달아올랐다는 것을 느꼈지만 고개를 들고 진욱을 바라보았다.

"놀라면 얼굴이 붉어지는 건 당연한 거 아닌가요?"

"흠."

뭔가 믿지 못하겠다는 표정으로 그녀를 보던 진욱이 손목시계를 보더니 다시 그녀를 쳐다보았다.

"지금 시간이 7시 30분. 출근시간은 9시. 이 시간에 뭐 하는 겁니까?"

"출근시간도 제 마음대로 정하지 못하나요?"

"그건 아니지만, 의외군."

"무슨 말씀을 하고 싶으신 건가요?"

진욱이 상체를 숙여 그녀에게 더 가까이 다가갔다.

"실, 실장님."

갑작스런 그의 행동에 윤희는 몸을 뒤로 빼며 고개를 옆으로 돌렸다. 귓가에 진욱의 숨결이 닿았다.

"의욕적인 자세가 마음에 들어. 모든 일에 그렇게 의욕적인지 궁금하군."

말을 남기고는 순식간에 몸을 들어 실장실로 사라지는 그를 바라보며 윤희는 참고 있던 숨을 한꺼번에 내뱉었다.

"하아."

혹시라도 어제 도망치듯 차에서 내린 것에 대해 물으면 뭐라고 대답을 해야 할까 고민했는데 그 점에 대해서는 한 마디도 묻지 않았다.

도무지 그 속을 알 수가 없어 답답했다.

"도대체 당신은 뭐죠?"

바닥에 떨어진 볼펜을 주어 훅하고 보이지 않는 먼지를 털어내고 있는데 사무실 문이 열리며 규성이 모습을 나타냈다.

"굿모닝! 윤희 씨! 내가 일등 할 줄 알았는데 한 박자 늦었네요?"

"안녕하세요. 규성 씨. 일찍 나오셨네요?"

"대부분 8시에서 8시 30분 사이에는 출근들 한다고 해서 조금 일찍 나섰는데, 윤희 씨한테 일등을 뺏겼네. 뭐, 이등으로 만족해야죠."

코트를 벗어 개인 옷장에 넣는 규성을 보며 윤희가 웃으며 말했다.

"어쩌죠? 삼등인데요?"

"어? 누가 또 왔어요?"

윤희는 말 대신 볼펜 끝으로 진욱의 방을 가리켰다.

"실장님이 벌써?"

규성이 목소리를 낮추며 물었다.

"네. 조금 전에 방으로 들어가셨어요."

딩달아 목소리를 낮추며 그녀가 대답하자 규성이 환하게 웃으며 커피 한 잔 하자며 라운지를 손가락으로 가리켰다. 규성을 따라 라운지로 들어간 윤희는 머그잔을 꺼내는 규성에게 한 개만 꺼내라고 했다.

"전 이미 마셨어요."

"벌써? 몇 시에 온 거예요?"

"7시쯤?"

"그렇게나 빨리요? 집이 어디예요?"

잔에 원두커피를 부으며 규성이 윤희를 바라보았다.

"청담동이요."

"어? 청담동? 어디? 나도 그 근처 살아요."

"청담빌라요."

커피를 한 모금 마시던 규성의 눈썹이 의외라는 듯 위로 치켜 올라갔다.

"오."

"이모님 집이에요. 이모부님이 미국지사로 발령 나서 나가셨는데, 집 봐주고 있어요."

"아, 그렇구나. 우리 집은 청담빌라 가기 전 사거리 있죠? 우회전해서 조금만 더 가면 있어요."

"네에."

"아침에 뭐 타고 와요?"

"지하철이요."

"그거, 여기 오려면 갈아타야 하지 않나?"

"맞아요. 좀 번거롭긴 한데 아직까지 불편한 점은 없어요."

"그래도 아침에 지하철에서 시달리는 거 힘든데, 사람들한테 치이는 것도 하루 이틀이죠. 자칫 하면 하루가 피곤해지는데. 그럼, 우리 카풀 할래요?"

"카풀이요?"

"아침 일찍 왔으면 다른 사람들보다 뭔가 더 열심히 하려고 온 거 아닙니까? 여기서 시시덕거리려고 일찍 온 건 아니겠죠?"

커피를 마시기 위해 사무실에서 나온 진욱은 자리가 빈 윤희의 자리를 힐끔 쳐다보며 라운지로 향했다. 즐겁게 대화하고 있는 두 사람의 목소리가 들리자 기분이 안 좋았다. 아침 일찍 생각지도 못하게 그녀를 보아 좋아졌던 기분이 순식간에 바닥으로 내려갔다. 규성의 카풀 하자는 소리에 진욱은 라운지 문을 벌컥 열었다.

"아. 실장님."

"하윤희 씨."

"네. 실장님."

"사무실에 사람이 들어와도 모르던데 지금은 아까와는 다른 분위기군요."

"아, 저기……."

"제가 본격적으로 일하기 전에 커피 한 잔 하자고 했습니다."

규성이 그녀를 대신해 대답하자 진욱이 날카로운 눈빛으로 규성을 쏘아 보았다.

"내가 지금 최규성 씨한테 물었습니까?"

추운 겨울 날씨보다 더 얼음장 같은 진욱의 목소리에 윤희는 괜한 불똥이 규성에게 튈까 봐 걱정되었다.

"죄송합니다. 실장님. 자리로 돌아가겠습니다."

정중하게 고개를 숙이고는 라운지를 나가 그녀의 자리로 돌아갔다.

8시를 전후로 사무실 사람들이 모두 출근하자 국제협력부는 조용하면서도 바쁘게 돌아가기 시작했다. 각자 맡은 바 업무가 있기 때문에 서로 방해를 하지 않기 위해 팀 내에서는 직접 가서 묻기보다는 메신저를 이용해 업무에 대해 물어보곤 했다.

각 폴더별로 업무에 관련된 사람들을 메신저로 등록해 놓은 윤희는 출근은 했는데 실장이 아직 접속하지 않은 것을 알았다. 윤희는 옆에 앉아 있는 김 대리에게 물어보려고 입을 열다가 괜한 궁금증이다 싶어 관두었다.

그때 컴퓨터 아래 창에 쪽지가 깜빡였다.

〔김원정- 왜 물어보려다가 말아요? 뭔데?〕

김 대리의 쪽지에 윤희는 그만 웃음이 나왔다. 답장을 눌러 메시지를 입력하기 시작했다.

〔하윤희- 다른 부서 사람들은 거의 다 로그인을 했는데 이진욱 실장님만 아직 안 하셔서요. 출근은 아까 하셨는데.〕

〔김원정- 아, 그래요?〕

그때 이진욱 실장이 로그인했다는 표시가 떴다.

〔김원정- 양반은 못 되시려나 봐요. 윤희 씨. 오늘도 파이팅!〕

〔하윤희- 네. 파이팅!〕

상냥한 목소리로 전화를 받고 있던 송 과장은 수화기를 내려놓으며 윤희를 불렀다.

"하윤희 씨. 실장님 방으로 가봐요."

"네."

자리에서 일어나 한 발짝 떼려던 그녀는 작은 노트와 펜을 손에 쥐고 실장실로 향했다.

똑똑.

"네."

그녀는 헛기침을 한 번 하고는 문을 열고 안으로 들어갔다.

인상을 굳힌 채 진욱은 모니터를 들여다보고 있었다. 그녀가 들어왔음에도 시선 한 번 주지 않았다. 왜 호출을 했는지 물어봐야 하는 건지 아니면 그가 고개를 들고 그녀를 볼 때까지 기다려야 할지 망설이고 있는데 진욱이 시선을 돌려 그녀를 바라보았다.

"하윤희 씨."

"네. 실장님."

"지금 보고 있는 게 작년도 우리 부서에서 했던 프로젝트에 관한 서류라고 들었습니다."

"네. 맞습니다."

"어디까지 검토되었습니까?"

"정책 프로그램에 대한 분석 보고서까지 보았습니다."

"아!"

그의 짧은 감탄사가 그녀를 불편하게 했다. 많은 질문을 담고 있었다. 작성했던 보고서에 대해 그녀의 실수를 발견했는지를 묻고 있는 듯했다.

실수를 인정하는 것 또한 중요한 것이라는 것을 그녀는 잘 알고 있다.

"보고서를 보면서 제가 실수한 것을 알았습니다. 주제넘게 제가 알고 있는 얄팍한 지식과 경험으로 건방지게 군 것 같습니다. 죄송합니다."

윤희의 솔직한 말에 진욱은 책상 위로 두 손을 서로 깍지 끼며 물끄러미 그녀를 바라보았다.

"본인의 판단 미스를 인정하는 겁니까?"

"네. 제가 자만심에 빠져 있었던 것 같습니다."

"자신의 실수를 다른 사람 앞에서 인정한다는 것은 대단한 용기가 필요한 것이죠. 난, 하윤희 씨처럼 도전적이고 이끌어 주기만 하면 잘 따라올 사람을 원했습니다. 내가 그날 한 말 기억합니까? 섣부른 판단. 주의해야 할 것입니다."

"네. 기억하고 있습니다."

"이번 주까지 주어진 서류 다 검토하세요. 보고서 작성해서 월요일 아침에 제출하세요."

"월요일이요?"

주어진 서류의 3분의 1정도밖에 보지 못했다. 이번 주까지 다 보는 것은 무리였다. 남아서 야근을 하지 않는 이상 아무리 업무 시간에 집중해서 본다고 해도 다 보기 힘들 것 같았다.

"서류는 외부로 일체 가지고 나갈 수 없습니다. 이번 주는 하윤희 씨……, 아무래도 야근해야 할 것 같군요."

"네. 알겠습니다."

일주일. 김 대리 말로는 주어진 일주일이 그나마 편할 것이라고 했지만 이진욱 실장은 그녀에게 조금의 여유도 주지 않을 모양이었다.

실장실을 나선 윤희는 한순간 어지러움을 느꼈다. 그녀를 불러서 어제의 일을 묻는 건 아닌가 했었다. 다행이 그런 언급이 없었지만 진욱의 앞에만 서면 몸이 긴장으로 바짝 움츠러들었다.

마음을 다 잡으며 자리로 돌아온 그녀는 서류를 펼쳐 읽기 시작했다. 조금이라도 더 빨리 업무를 파악해야 이진욱 실장 앞에서 주눅이 들지 않을 것이다.

중요한 사항들을 적어가며 일에 집중하고 있는 그녀의 모습을 진욱은 사무실 블라인드 틈 사이로 지켜보고 있었다.

"대단한 집중력이야. 나에 대한 도전력도 있고. 일을 벗어났을 때의 당신 모습과는 너무 다른걸. 그게 내 흥미를 더 자극시키고 있다는 걸 하윤희. 당신은 알고 있을까?"

12. 시작을 알리는 키스

 진욱의 호출을 받은 송 과장은 윤희의 야근이 이번 주에 있을 것이라는 말에 깜짝 놀랐다.
 "네? 그게 무슨 말씀이세요? 입사한 지 오늘이 이틀째인데요?"
 "그래서요?"
 "인턴 기간도 그냥 넘어가시고, 그래도 일주일 정도는 업무 파악을……."
 "말씀대로 업무 파악 시간을 주기로 한 것은 맞습니다. 지금 하윤희 씨 속도로는 이번 주 안으로 끝낼 수 있을지 의문이 드는군요. 총무과에 연락해 두었으니 서류 작성해서 올려 보내세요."
 묻고 싶은 것이 많았지만 진욱의 단호한 말투에 송 과장은 질문을 하려던 마음을 접었다.

"네. 알겠습니다. 총무과에 올리겠습니다."

송 과장은 실장의 방을 나오면서 닫힌 문을 쳐다보며 고개를 갸웃거렸다.

"이상하네, 정말. 일주일 정도는 시간을 주실 줄 알았는데."

자리로 돌아가며 송 과장은 윤희의 자리를 쳐다보았다. 아침 일찍 출근한 것이 분명한데 아까 봤던 그 자세 그대로 서류를 보고 있었다. 그녀가 보고 있어도 정말 열심히 일하려는 태도가 훤히 보일 정도였다. 무엇 때문에 이진욱 실장이 그녀를 볶으려고 하는지 궁금해졌다.

송 과장은 윤희에게 다가가 어깨에 손을 얹었다.

"하윤희 씨."

"네. 과장님."

"하윤희 씨, 실장님한테 뭐 잘못 한 거 있어요?"

"네?"

송 과장의 말에 주변에 있는 사람들의 시선이 두 사람에게 몰렸다. 특히나 규성의 시선이 윤희에게서 떨어지지 않았다.

"이번 주 하윤희 씨, 야근해야 하는 거 알고 있죠?"

"네. 알고 있습니다."

덤덤하게 말하는 윤희에 비해 옆에 앉아 있는 김 대리가 깜짝 놀란 목소리로 말했다.

"야근이요? 그게 무슨 말씀이세요?"

김 대리가 당치도 않다는 표정으로 송 과장을 쳐다보았다.

"나야 모르죠. 이진욱 실장님이 정하신 거니까. 혹시 무슨 일이 있었나 해서 물어본 겁니다. 다들 일하세요."

송 과장이 제자리로 돌아가자 김 대리가 의자를 당겨 앉으며 물었다.

"도대체 무슨 일이래? 아까 불려 들어가서 혼났어요? 아니지. 혼날 일이 없는데?"

"혼 안 났어요."

"가만. 혹시, 어제 남아 있었던 거 실장님이 아셨나?"

"그게, 집에 가기 전 헬스장에 들렸다가 실장님을 만났어요."

"어머. 한 소리 들었겠네."

"솔직히 말씀드렸는걸요? 업무 파악이 뒤처지는 것 같아서 남아 있었다고 했어요."

"그랬더니?"

"뭐, 별말씀 안 하시던데요."

"음……."

김 대리가 뭔가 생각하는지 가만히 있자 윤희가 조용히 물었다.

"왜 그러세요?"

"인턴 과정도 없앴고, 최소 일주일은 시간을 주실 것처럼 말씀하셨는데. 어제 회의 때 일부러 나랑 파트너로 정해 주시고는 하루 사이에 마음이 바뀌셨네. 의외네요."

"전 별로 신경 안 쓰이는데 다른 분들은 다르게 받아들이시네요?"

"뭘?"

"어차피 업무 파악은 빠를수록 좋죠. 제가 제대로 파악하지 못해서 다른 분들께 방해가 되고 싶진 않거든요. 어제 남아서 서류 보는데 많은 걸 느끼겠더라고요. 이왕이면 집에 서류를 들고 가면 좋겠다 싶었는데 외부로 못 가지고 가니까 오히려 잘 됐죠. 정식으로 허가 받고 남아 있는 거잖아요."

윤희의 말에 김 대리는 놀란 토끼 눈으로 멍하게 바라보았다.

"윤희 씨……, 일하는 거 좋아하는 사람이구나."

처음 보는 사람처럼 신기한 눈으로 윤희를 쳐다보던 김 대리는 제자리로 돌아갔다.

규성이 슬그머니 윤희 쪽으로 다가오며 물었다.

"내가 뭐 도와줄 일은 없어요?"

"없어요. 말씀이라도 감사해요. 제 일인걸요."

"나도 같이 남을까요?"

"규성 씨가 왜 남아요. 제 일인데요. 어제 느낀 게 좀 있어요. 열심히 하지 않으면 안 될 것 같아요."

서류로 눈을 돌리는 그녀를 바라보며 규성은 아쉬운 표정을 지었다. 자리로 돌아가며 아쉬움에 고개를 돌려 윤희를 바라보았다. 똑 부러지는 성격일 거라고 예상하긴 했지만 생각했던 것보다 훨씬 강한 여자라는 것을 느끼게 했다.

자금부로 향하던 진욱은 윤희의 자리로 규성이 다가가는 것을 보고는 잠시 걸음을 멈춰 바라보았다. 규성이 쓸쓸한 표정으로 자리로 돌아가면서 그녀를 힐끔 쳐다보는 것을 날카로운 눈빛으로 보고 있었다. 규성의 표정을 보니 그녀로부터 만족스러운 대답을 얻지 못한 것이 분명했다.

　몸을 돌려 걸어가는 진욱의 입가에 희미하게 미소가 지어졌다.

　'뭘 모르는군. 그녀에겐 천천히 다가가면 안 된다고. 정신없이 몰아붙여야지.'

　점심을 먹고 나서 본격적으로 서류를 보고 있는 윤희의 모습에 사람들이 서로 눈빛으로 말을 주고받았다. 심각한 표정과 서류를 훑어보는 날카로운 눈빛에 누구 하나 선뜻 다가가 그녀에게 커피 한잔하자는 말을 건네지 못하고 있었다. 아무리 국제협력부가 업무 시간에 일에 대한 집중도를 요구하는 곳이긴 했지만 다른 사람들 눈에는 그녀의 집중하는 모습이 너무나도 낯설게 느껴졌다. 그것도 신입사원이 말이다. 스스로에게 조금의 여유도 허락지 않는 모습에 서로들 눈치 보기에 바빴다.

　서류를 보며 윤희는 무언가 풀리지 않는지 주먹 쥔 왼손을 입에 물며 오른손은 피아노를 치듯 책상 위를 두드리고 있었다.

　국내 기업들은 아직까지 미래 경향에 대해 관심만 있을 뿐 적극적으로 움직이고 있지는 않은 실정이다. 그것을 밖으로 끌어내기 위해 Global S. CEO Center 국제협력부에서는 작년에 엄청나게 많은 프로젝트를 진행했다. 그 결과 자극을 받은 대기업들의 계열 연구소를 중심으로 미래 방향에 대한 연구에 착수하기 시작했다.

　매주 수요일 오전에 있을 조찬 포럼에 그녀 역시 참석하고 싶은 생각이 굴뚝같았다. 포럼에 참여할 기회가 올지 안 올지는 모르지만 더 많은 것을 배울 수 있을 것 같은 기대감에 혼자 들뜨기 시작했다.

"후아."

한숨 소리에 옆에서 일하고 있던 김 대리가 기회를 잡은 듯 대뜸 말을 걸었다.

"안 힘들어요?"

"네?"

대답을 하며 고개를 돌리던 윤희는 뻐근해진 목을 느끼고는 뒷목을 주무르기 시작했다.

"뭐가요?"

"윤희 씨. 정말 집중력 하나는 끝내주네. 마치 이진욱 실장님이 옆에 계신 것 같은 착각이 들 정도로."

"네?"

"지금 몇 시인지나 알아요? 퇴근시간 다 됐어요."

"벌써요?"

시간이 언제 그렇게 흘렀는지 6시가 다 되어가고 있었다. 앉은 자리에서 몸을 좌우로 돌리면서 굳어져 있는 몸을 푸는 윤희에게 김 대리가 말했다.

"야근할 거죠?"

"네. 오늘부터 해야죠."

미소를 지으며 대답하는 윤희를 보며 김 대리가 신기한 듯 물었다.

"아까도 그렇지만. 야근한다는데 좋아요? 표정이……."

"제 표정이요? 기분이 나쁘진 않아요. 아무도 없는 조용한 사무실에서 일하는 것도 꽤 재미있거든요."

"우리 사무실 평상시에도 조용한데."

"무슨 말인지 아시면서 그러세요. 어서 퇴근하세요."

"저녁은 어떻게 할래요? 아니다. 내가 살게요. 우선 먹고 들어와서 해요."

그때 규성이 퇴근 준비를 한 상태로 윤희에게 다가왔다.

"나가요. 오늘 저녁은 내가 사죠. 명색이 그래도 동기인데, 동기 사랑 나라 사랑 아니겠습니까?"

규성의 제안에 윤희는 난처한 표정을 지었다.

"괜찮아요. 아직 배가 안 고파서요."

"야근할 거잖아요. 나중에 혼자 먹을 텐데, 그러지 말고 우리랑 같이 먹고 들어와서 일해요."

규성이 그녀를 설득하고 있는데 책상 위 전화가 울렸다.

"네. 하윤희입니다. 네. 알겠습니다."

윤희가 자리에서 일어서자 규성이 누구냐고 물었다.

"실장님이 부르세요. 오늘은 힘들 것 같네요. 두 분 퇴근하세요. 내일 봬요."

그녀가 실장실로 향하자 규성의 표정이 굳어졌다. 윤희의 뒷모습을 보고 있는 규성에게 김 대리가 그만 가자고 했다.

"윤희 씨가 무사히 살아남아야 할 텐데요. 그죠? 우린 이만 가요. 실장님 방에 들어갔으니 언제 나올지 모르잖아요."

"부르셨습니까?"

오전과는 달리 그녀가 들어서자 서류를 보고 있던 진욱이 고개를 들어 빤히 쳐다보았다.

"어디까지 보았습니까?"

"미래 트렌드 부분의 프로젝트에 관한 서류를 검토하고 있습니다."

서류에 사인을 하던 진욱이 그녀의 대답에 의외라는 표정으로 바라보았다.

"벌써 그 부분을 보고 있습니까?"

"네."

그녀가 거기까지 보고 있을 거라고 생각지 못한 모양이었다.

"보아야 할 서류가 많다고 해서 대충 보고 넘어가면 안 될 겁니다."

"잘 알고 있습니다. 월요일 날 차질 없이 보고서를 받아 보실 수 있으십니다."

그녀의 도전적 말투에 진욱이 결재판을 소리 나게 덮으며 자리에서 일어섰다.

"자신만만하군요. 기대해 보죠."

진욱이 옷걸이에 걸린 양복 윗도리를 집어 몸에 걸치면서 그녀에게 다가갔다.

성큼성큼 걸어오는 진욱을 보며 윤희의 발이 저절로 한 발짝 뒤로 물러섰다.

동그랗게 떠진 눈을 바라보며 진욱이 싱긋 웃어 보이더니 문을 열고는 그녀에게 나가라는 손짓을 했다.

"밥 먹으러 가죠."

"네?"

또다시 그에게 등을 떠밀렸다. 정신을 차리고 보니 어느새 그의 손에 이끌려 그녀의 자리까지 왔다.

"설마, 내가 하윤희 씨 혼자 야근하게 할 거라고 생각했습니까?"

"네?"

"일식 좋아해요? 근처에 괜찮은 집 있는데. 오늘은 그곳으로 가죠."

그녀가 코트를 꺼내 입자 진욱이 엘리베이터 쪽으로 몰고 갔다.

진욱의 갑작스러운 행동에 그녀는 어리둥절했다. 일이 어떻게 진행이 되어가고 있는지 감조차 잡히지 않았다. 정신을 차리려고 눈을 깜빡이던 그녀는 어느새 1층에 도착했다는 것을 알았다.

회전문을 나서자 찬바람이 불어와 그녀의 목 주변으로 머리카락이 흩날리게 했다. 본능적으로 목을 움츠리는 그녀를 보며 진욱이 걸음을 재촉했다.

"저쪽으로 조금만 걸어가면 있어요."

음식점 안으로 들어서자 몸집이 풍만한 주인이 반갑게 두 사람을 맞이했다.

"오셨네요. 방으로 안내해 드리겠습니다."

주인이 앞장서서 걸어가더니 방으로 들어가 세팅되어 있는 테이블 위에 있는 예약이라고 적힌 작은 판을 거두었다.

두 사람이 자리에 앉자 주인이 메뉴판을 내밀었다.

"골라요. 하윤희 씨가 먹고 싶은 걸로."

"저는 아무거나……."

"아무거나라는 음식은 없습니다. 고르기 힘들면 내가 고르죠."

"네."

"간단하게 먹기로 하죠. 들어가서 다시 일을 해야 하니까."

진욱이 메뉴판을 주인에게 건넸다.

"그럼, 늘 드시던 걸로 하시겠습니까?"

옆에서 듣고 있던 주인이 센스 있게 말하자 진욱이 고개를 끄덕였다.

"그걸로 하죠."

"네. 알겠습니다."

방문이 닫히고 두 사람만이 남자 윤희는 괜한 어색함에 물 잔을 들어 목을 축였다.

"하윤희 씨만 야근시켜서 억울하다는 생각이 듭니까?"

"아닙니다. 업무 파악은 어차피 제 몫인걸요. 제게 손해가 되는 일은 아니니까요."

"오늘 보니까 일에 대한 집중도가 상당히 높던데."

"……."

그의 칭찬에 눈을 내리깔고 가만히 있는 그녀를 보며 진욱은 더 말을 하려다가 그만두었다. 그의 행동 변화 때문에 적잖이 당황해 하는 것이 보였기 때문이었다. 뭔가 경계하는 것 같기도 한데 그렇다고 노골적으로 경계하는 모습을 보이지도 않았다. 보이지 않는 투명한 막이 그녀를 감싸고 있는 것처럼 느껴졌다. 이미 그녀에게 다가가기로 한 이상 뜸을 들일 이유가 진욱에겐 없었다. 방해될 만한 것은 아무것도 없었다.

잠시 침묵의 시간이 흐르고 주인이 음식을 내오기 시작했다.

"코스 요리에서 초밥을 조금 줄였습니다. 대신 오늘 횟감이 좋아서 도미를 좀 더 가져왔습니다. 예쁜 아가씨께서는 우동으로 드시겠습니까? 아니면 알밥으로 드시겠습니까?"

"따뜻한 국물이 있는 게 좋을 것 같아요. 우동으로 주세요."

"그럼 우동으로 준비하지요. 우리 실장님께서는?"

"같은 걸로 주세요."

두 사람은 말없이 음식을 먹기 시작했다. 그녀의 젓가락이 도미를 향해 부지런히 움직이자 진욱은 그 점을 눈여겨보았다. 옆에 있는 광어는 손도 대지 않고 오직 도미로 향하는 그녀의 젓가락을 보며 진욱은 보이지 않는 미소를 지었다.

다시 사무실로 돌아가던 윤희는 저녁 시간으로 한 시간 넘게 소비한 것을 확인하고는 서둘러 움직이기 시작했다. 엘리베이터 단추를 급하게 누르는 그녀에게 진욱이 물었다.

"왜 이렇게 서두르는 겁니까?"

"한 시간 넘게 시간이 소모됐어요. 10시까지 있는다고 해도 서류를 다 보지 못할 거예요."

"어차피 그 서류는 오늘 다 보지 못합니다."

윤희의 표정이 살짝 찡그려졌다.

"그 많은 양의 서류는 다 보기는 힘듭니다. 오늘 정해 놓은 목표까지 보지 못한다는 말이었는데요."

진욱이 눈썹을 살짝 위로 치켜 올리며 고개를 돌려 엘리베이터가 내려오는 것을 확인했다. 문이 열리자 한 발짝 뒤로 물러서며 그녀가 타기를 기다렸다.

"올라가시죠."

진욱의 은근히 놀리는 말투에 윤희는 슬슬 부아가 치밀어 오르기 시작했다. 분명 뭔가 이상했다. 그녀에게 적의가 있어 보이는 것은 아닌데 이상했다. 도무지 속을 알 수가 없었다. 만약 그녀를 두고 장난을 치고 있는 거라면 큰 실수를 하는 것이다.

엘리베이터가 12층에 도착해 문이 열리자마자 그녀는 재빨리 사무실로 걸어갔다.

서둘러 걷는 그녀를 보며 뒤따라가는 진욱의 표정은 굳어 있었다. 그녀는 빈틈을 전혀 주지 않고 있다. 다른 여자들과는 확실히 달랐다. 식사를 하면서도 그에 대해 질문조차 하지 않았다. 업무적인 것을 물을 때만 대답을 하는 정도였다. 도대체 무엇이 그녀를 저렇게 경계하게 만드는 것인지 진욱은 궁금해졌다. 정신없이 몰아치고 싶은 마음이 굴뚝같은데 섣부른 행동으로 일을 그르칠까 봐 걱정되기도 했다. 잘못해서 그녀가 달아나 버리면?

"그렇게는 안 되지."

그녀가 오늘 봐야 할 서류의 양을 정했다면 진욱은 그 나름대로 오늘의 목표를 정한 것이 있었다. 그녀에게 확실하게 다가가기로 했다. 오늘 그의 의사를 분명하게 전달할 것이다.

양치질을 하고 자리로 돌아간 윤희는 곧바로 서류를 펼쳐 읽어 내려가기 시작했다. 산업 경쟁력 관련 정책연구에 관한 서류를 반 정도 읽고 있던 윤희는 눈이 빡빡해지는 느낌이 들자 눈을 감고 고개를 뒤로 젖혔다. 다시 눈을 떠 시간을 확인해 보니 어느덧 10시를 향해 달려가고 있었다. 조금만 더 보면 오늘 정해 놓은 것까지는 볼 수 있을 것 같았다.

"커피 한 잔 마실까?"

진한 커피가 필요했다. 자리에서 일어나 라운지로 간 그녀는 이미 식어버린 커피를 싱크대에 부어 버렸다. 퇴근하면서 누군가가 전원을 꺼버렸던 것이다. 새로 원두를 내리기 시작했다. 향긋한 원두 커피향이 은은하게 풍기기 시작하자 윤희는 비스듬히 벽에 기대고는 눈을 감았다. 크게 숨을 들이마시며 코끝에 스치는 원두의 향을 즐겼다.

"하아."

향긋한 원두의 향이 피곤으로 물든 그녀의 얼굴을 조금씩 풀어주기 시작했다.

그 순간 문이 열리며 진욱이 들어섰다. 커다란 체구의 그가 들어서자 그리 좁게 느껴지지 않았던 라운지 안이 진욱의 등장으로 꽉 찬 느낌이 들었다.

"실장님."

윤희는 벽에 기대고 있던 등을 떼고 몸을 똑바로 세웠다.

예상치 않게 그녀를 발견한 진욱이 눈을 반짝였다.

"새로 내리는 겁니까?"

"네에."

"잘 됐군요. 나도 커피 생각이 났었는데."

"네에."

"오늘 목표까지는 얼마나 남은 겁니까?"

"조금만 더 보면 됩니다."

"그래요?"

진욱이 바짝 다가서며 그녀 옆에 있는 선반으로 왼손을 뻗어 머그잔을 집었다. 순식간에 그의 몸과 벽 사이에 갇혀버린 그녀는 어색한 표정을 지으며 고개를 숙이며 옆으로 한 발짝 움직였다. 그 순간 라운지 안의 불이 꺼졌다.

"어?"

벽에 몸을 바짝 붙인 채 움직였던 것일까. 스위치를 그녀의 등이 눌러버린 모양이었다. 새까만 흙벽이 그녀를 둘러쌌다. 그녀가 느낄 수 있는 건 얼굴 앞에 있는 진욱의 따뜻한 가슴이었다. 맞대고 있지는 않았지만 그의 몸에서 뿜어져 나오는 따뜻한 온기가 느껴졌다.

"불이……."

'탁.'

머그잔을 내려놓는 소리가 들렸다.

"하윤희 씨."

진욱의 목소리가 그녀의 바로 머리 위에서 들렸다. 어깨 높이로 또 다른 온기가 전해지는 걸 보니 그가 손을 뻗어 벽을 짚은 것 같았다. 그와 벽 사이에 갇혀 버린 것이다.

"지난번에도 말했지만 솔직해지는 게 어떻습니까?"

윤희의 오른쪽 귀에 진욱의 숨결이 바짝 닿았다. 진욱의 갑작스러운 접근에 윤희는 순간 움찔거렸다. 귀가 예민하게 반응하며 눈에 보이지 않는 작은 솜털이 일제히 일어섰다.

윤희는 숨을 제대로 내쉴 수가 없었다. 오른쪽 뺨 위에 내려앉는 진욱의 숨결이 묘하게 그녀를 자극하고 있었다.

진욱의 코끝이 천천히 그녀의 매끈한 뺨 위를 닿을 듯 말듯 스치기 시작했다.

"저, 저기……."

진욱을 피해 고개를 비키며 말을 더듬자 그가 그녀의 귓가에 입술을 바짝 대고 속삭였다.

"서로 훔쳐본 사이. 다시 보지 못할 것 같았던 사람."

"……."

진욱의 코끝이 다시 윤희의 뺨 위를 스치며 이리저리 움직이기 시작했다.

"우린 다시 만났고, 난 당신을 훔쳐보고 싶지 않은데."

"……."

윤희는 숨을 내쉬고 싶었지만 그러지 못했다. 뺨 위를 배회하는 진욱의 코끝이 신경 쓰이는데다 은근한 말투가 그녀를 정신없게 만들었다. 온몸의 솜털이 자잘하게 일어나며 전신으로 야릇한 전류를 흘려보냈다. 그녀가 할 수 있는 건 가느다란 작은 숨을 내쉬는 것뿐이었다. 어두워서 그의 표정이 어떤지 보이지 않았지만 그의 말투만으로도 충분히, 아니 그의 숨결만 느껴지는 것이 훨씬 더 그녀를 긴장하고 예민하게 만들었다. 몸 전체로 퍼져나가는 이상한 기운에 그녀는 잔뜩 긴장했다.

'설마, 꿈속에서처럼 그가 키스를 하는 건 아니겠지?'

불현듯 밀려오는 영상에 윤희는 침을 꿀꺽 삼키며 천천히 몸을 움직여 봤다. 등을 다시 움직여 본다면 불을 켤 수도 있을 것 같았다.

그녀가 조심스럽게 몸을 움직이자 진욱이 몸을 더 가까이 밀착시켜왔다.

"하윤희 씨. 당신도 날 훔쳐보지 말았으면 좋겠어."

그의 말이 바로 그녀의 입술 위에서 들렸다. 중저음의 음파가 가늘게 떨리는 그녀의 입술 위에서 잔잔한 파동을 일으켰다.

"당신한테 키스할 거야."

"실장…… 읍."

부드러운 입술 위로 또 다른 입술이 맞닿았다. 그녀에게 피할 수 있는 기회를 주는 것처럼 아주 사뿐히 부드럽게 내려앉았다. 그리고 천천히 느릿하게 움직였다. 그녀의 윗입술을 한 입 머금더니 천천히 아랫입술을 머금었다. 달래듯 유혹하듯 그녀의 부드러운 아랫입술을 빨아 당기고 놓아주기를 반복했다.

느릿느릿. 모든 시간이 제 것인 양 나무늘보가 느리게 이동하는 것처럼 진욱은 그렇게 그녀의 입술을 음미했다. 좀 더 깊은 키스를 할 것처럼 고개를 기울였지만 진욱은 그녀의 입술만 탐할 뿐 더 이상 진한 시도는 하지 않았다.

감칠맛 나는 진욱의 키스에 그녀의 입술이 서서히 반응하기 시작했다. 키스에 응하듯 조금씩 움직이자 벽을 짚고 있던 손이 그녀의 얼굴을 감싸 쥐더니 입술을 빨아 당기는 강도와 속도를 높여가기 시작했다. 입술이 서로 맞물렸다 떨어지는 끈적끈적한 소리가 어둡고 조용한 라운지 안에 퍼져나가기 시작했다.

윤희의 입술이 조금씩 움직이며 그의 입술을 자극하자 진욱은 그녀의 입 안으로 혀를 밀어 넣고 싶은 욕구가 치솟아 올랐다. 참아야 한다. 첫 키스에서 혀를 사용하는 건 위험한 짓이다. 다음번에. 기회는 앞으로 얼마든지 있다. 괜한 욕심으로 그녀를 놀래게 만들면 다시 원점에서 시작해야 할지도 모를 일이었다.

키스로 인해 훨씬 더 부드러워진 그녀의 입술에서 간신히 입을 뗀 진욱이 그녀의 입술 위로 아쉬움이 담긴 숨을 내쉬었다.

"하아."

바짝 긴장해 제대로 숨을 쉬지 못했던 그녀는 입술이 떨어지자 참고 있던 숨을 몰아쉬었다. 다리가 후들거리며 떨려왔다. 꿈속에서의 키스보다 훨씬 더 감미롭고 부드러웠다.

가늘게 떨리는 윤희의 몸을 진욱이 포근하게 감싸 안았다.

"이로써 우린 서로 마주 보기로 한 겁니다. 아니, 앞으로 나만 봤으면 좋겠어."

진욱이 내뱉는 말이 그녀의 몸을 이루는 세포 하나하나에 스며들며 전율에 떨게 했다. 손발이 오그라든다는 말을 몸소 느낄 수 있었다. 그의 말투와 숨결이 그녀를 자극하고 흥분시켰지만 윤희는 애써 그의 가슴을 밀어내며 물러서게 했다.

몸을 돌려 나가려는 그녀를 진욱이 붙잡았다.

"왜 그러지?"

진욱이 손을 뻗어 스위치를 켰다. 대답 없이 팔을 뿌리치려는 그녀의 양팔을 붙잡고 시선을 맞추었다.

"왜 그러는지 묻고 있지 않습니까?"

윤희는 고개를 들어 진욱을 똑바로 쳐다보았다. 단호하게 쳐다보는 그녀의 눈빛에 진욱의 미간이 구겨졌다.

"전, 직장 상사와 연애하지 않습니다."

다시 벗어나려고 하자 그녀의 팔을 잡고 있는 진욱의 손에 힘이 들어갔다.

"안 들려. 다시 말해 봐."

"전, 직장 상사와…… 읍……."

거절에 화가 난 것일까? 진욱의 입술이 거칠게 그녀의 입술에 내려앉았다. 아까와는 다른 거친 파도가 되어 그녀의 연약한 입술을 송두리째 집어삼켰다. 벗어나려고 몸을 비트는 그녀의 몸을 단단히 고정시켜 벽으로 밀어붙이며 그의 품에 가두었다. 저항의 신음소리를 내며 그의 어깨를 밀어내려는 그녀의 양손을 진욱이 한 손으로 모아 쥐고는 머리 위로 올려 벽에 고정시켰다.

"당신, 하윤희……."

진욱은 생각지도 못한 그녀의 거절에 가까스로 참고 있었던 그녀에 대한 욕망의 끈이 툭하고 끊기는 소리를 들었다. 그녀가 그에게 관심을 가지고 있었다는 것을 진욱은 백 퍼센트 확신했다. 그래서 밀어붙인 것이었다. 아니, 백 퍼센트가 아니라 오십 퍼센트라고 해도 진욱은 밀어붙였을 것이다. 그가 그녀에게 끌렸던 것처럼 그녀 또한 그에게 끌렸다는 것을 진욱은 본능적으로 알 수 있었다. 그런 그녀가 직장 상사와 연애는 하지 않는다고 말했다. 두 사람 사이에 미묘한 긴장감이 흐르고 있다는 것을 그녀는 정녕 모르고 있다는 말인가. 그녀가 억지로 세우려고 하는 방어막의 존재가 그를 성가시게 했다. 직장 상사라는 거절의 이유를 진욱은 받아들일 수 없었다.

다시 다가가는 그의 입술을 고개를 돌려 피하려고 하는 그녀의 얼굴을 진욱의 남은 한 손이 감쌌다. 커다란 손으로 가느다란 턱을 쥐며 입술을 벌리게 했다.

그녀를 내려다보는 진욱의 눈은 진한 열정으로 번뜩였다.

"다음으로 미루려고 했어."

말이 끝남과 동시에 벌려진 입술 안으로 뜨거운 혀가 진입했다. 그녀의 저항 소리가 힘없이 그의 입 안으로 빨려 들어갔다. 입술을 더 강하게 밀어붙이며 입 안을 휘젓던 진욱은 구석에 숨어 있는 작은 그녀의 혀를 낚아채 휘감기 시작했다.

낯선 느낌의 침입으로 그에게 잡혀 있던 손이 거센 저항을 시도했지만 진욱의 강한 힘을 이겨 낼 수 없었다. 턱을 잡고 있던 손이 그녀를 달래려는 듯 힘이 빠지기 시작했다. 그의 엄지가 천천히 원을 그리듯 움직이더니 그녀의 입가와 뺨을 지나 귓불을 쓰다듬기 시작했다.

야릇하고 짜릿한 전율에 윤희는 맞물린 입술 사이로 신음소리를 토해냈다.

27살이 되도록 키스를 해 보지 않았다면 그건 거짓말일 것이다. 학교 다닐 때 술에 취해 휘청거리는 같은 과 남자 선배를 부축해 주던 그녀에게 선배가 강제로 키스한 적이 있었다. 쾨쾨한 술 냄새와 무례하게 파고드는 두툼한 혀. 그게 그녀의 첫 키스였다. 불쾌한 기분과 함께 억지로 당했다는 분노로 휘청거리는 선배를 밀쳐내고 그녀는 집으로 도망갔었다.

진욱의 키스는 달랐다. 꿈속에서보다 더 짜릿한 전율을 느끼게 해 주었다. 조금 전 키스는 그녀에게 강요도 하지 않았고 온몸을 저리게 하면서도 나른하게 만들어 붕 떠 있는 느낌을 들게 했다.

반면, 지금은 그녀의 입술을 집어삼킬 듯이 덮고 있었다. 혀를 강하게 빨아 당기는 힘이 그녀의 이성을 함께 빨아 당기는 것 같았다.

화풀이를 하듯 거칠게 키스하던 그가 방향을 바꿔 다시 감미로운 키스를 하자 그의 품에 안겨 있던 그녀의 몸에서 힘이 빠져나가기 시작했다.

더 이상 저항하지 않자 진욱은 잡고 있던 그녀의 팔을 풀어주었다. 스르르 힘없이 떨어지는 윤희의 두 팔이 진욱의 어깨 위로 떨어졌다. 그녀의 몸에 바짝 끌어당겨 열정적으로 키스를 하던 진욱이 작은 혀를 놓아주면서 숨 쉴 수 있는 공간을 내주었다.

"하아. 하아."

부족했던 산소를 들이마시는 그녀의 숨소리가 파르르 떨려 나왔다.

새빨갛게 물이 든 그녀의 볼과 촉촉하게 젖어 부풀어 오른 그녀의 입술 위로 진욱의 시선이 고정되었다. 붉게 달아오른 볼을 보니 다시금 욕망이 그를 부추겼다. 충분히 키스한 것 같은데 아직도 부족했다. 벽을 짚고 있는 진욱의 손이 세게 주먹을 쥐며 더 튀어나가려는 본능을 붙잡았다. 꽉 다문 이 사이로 거친 말이 흘러나왔다.

"뭐 때문에?"

대답을 요구하는 진욱의 단호한 음성이 조용한 빈 공간에 울려 퍼졌다.

진욱에겐 그녀에게 좀 더 키스하고 싶은 욕구로 인해, 윤희는 진욱의 키스에 정신을 잃어버릴까 봐 노심초사하는 마음에, 두 사람은 이미 다 내려져 은은한 향을 라운지 전체로 풍기고 있는 원두의 향을 맡지 못하고 있었다.

"……."

크게 숨을 들이쉬던 그녀는 그제야 그녀가 왜 여기에 와 있는지를 깨달았다. 앞을 가로막고 있는 진욱의 넓은 가슴을 밀어내고 싶었지만 손을 대면 안 될 것 같은 느낌에 윤희는 떨리는 가슴을 붙잡으며 입을 떼었다.

"조금만 물러서 주세요."

희미하게 떨려 나왔지만 단호한 음성에 진욱이 벽을 짚고 있던 손을 떼었다.

"조금만……."

그녀가 다시 말하려고 하자 진욱은 그녀에게 시선을 고정시킨 채 한 발짝 뒤로 물러섰다.

딱 한 발짝.

그 이상은 안 된다는 듯 주머니에 손을 집어넣고는 버티고 섰다.

윤희는 지금의 이 상황들이 제대로 정리가 되지 않았다. 한편으로는 좋으면서도 다른 한편으로는 그러지 못했다. 가끔 그를 상대로 이런저런 상상을 해 보았던 그녀다. 남수의 말대로 5-5와 사귄다면 어떤 느낌일까를 상상해 보았었지만 실제 상황이 되니 어떻게 행동해야 할지 혼란스러웠다. 직장이란 공간에 그는 그녀의 직속상관인 것이다.

계속 마주 보고 서 있을 수가 없어 윤희는 몸을 돌려 원두커피를 잔에 부었다.

그 움직임을 따라 진욱의 시선이 움직였다.

"내가 다시 한 번 물어……."

윤희는 뜨거운 커피 잔을 보호막이라도 되는 듯 두 손으로 쥐고는 진욱을 바라보았다.

"전 직장 내에서는 연애를 하지 않습니다."

"우리 회사에서는 사내 커플을 허용하고 있고, 몰래 사귀자는 말이 아닙니다."

"전 상사와는 연애하지 않습니다."

단조롭고 똑같은 대답에 진욱은 화가 나려고 했다.

"좀 더 논리적으로 날 설득해 보는 게 좋을 것 같은데. 그런 이상한 말 같지도 않은 말 하지 말고."

그녀가 눈을 부릅뜨고 쳐다보자 진욱은 오히려 그런 그녀의 반응이 반가웠다. 말없이 고집스럽게 입을 다물고 있는 것보다는 훨씬 나았다.

"지금 하윤희 씨가 하는 말이 전혀 앞뒤가 맞지 않는다는 걸 본인은 모릅니까?"

"그게 무슨 말씀이시죠?"

"나 혼자만의 착각인가? 우리가 3주 가까이 같은 시간, 같은 장소에서 서로를 기다리고 있었다고 생각하는데 아닙니까?"

진욱의 솔직한 말에 그녀는 당황스러웠다. 이렇게 직설적으로 나올지 상상조차 못했던 일이었다.

"지하철 유리창을 통해 날 훔쳐본 적이 없다고 말할 수 있습니까?"

"훔쳐봤다고요?"

"단어 선택이 좋지 못했다면 바꾸면 되겠군요. 날 몰래 쳐다봤지. 내가 그랬던 것처럼."

진욱이 하는 말이 점점 더 노골적으로 되어 버리자 애써 침착함을 유지하고 있던 그녀의 뺨이 다시 달아올랐다.

윤희는 손에 쥐고 있던 커피 잔을 옆으로 내려놓았다. 부인할 수 없는 사실에 윤희는 가슴 앞으로 팔짱을 끼고 태연함을 가장한 채 그를 쳐다보았다.

그녀의 표정을 보며 피식 웃음이 나오려는 것을 진욱은 겨우 참아냈다. 감정적으로 흔들리는 것이 분명한데 억지로 부인하려고 하는 모습이 보였다. 여기서 그가 조금이라도 웃는 낌새가 보인다면 장담하건대 그의 그녀가 화를 낼 것이 분명했다. 그의 5-5가 눈앞에 현실로 다가왔는데 놓칠 수 없었다.

"규칙적인 생활을 하는 사람들인 경우, 특히나 아침 출근시간대에선 충분히 같은 장소에서 부딪칠 수 있다고 생각합니다."

"그건 나도 인정합니다. 내가 묻고 있는 건 그게 아니지 않습니까?"

"지하철 안에서는 누구나 유리창을 바라보……."

"자꾸 이상한 말로 질문을 회피하려고 하지 말아요. 우연히 보게 된 것이 아니라 나를 충분히 의식한 걸로 난 느끼고 있어요. 아닙니까?"

"……."

"날 의식한 것도 아니고, 몰래 조금씩 쳐다본 것도 아니라면. 그 뺀질거리는 아니, 에이든이 차 사준다고 당신 남자친구처럼 굴었을 때 날 쳐다본 건 무슨 이유입니까?"

"그건……."

윤희는 말문이 막혀 버렸다. 진욱이 하나씩 집어내고 있는 일들이 모두 맞았기 때문이었다. 에이든이 그녀에게 허니라며 부르는 것을 그가 들을까 봐 신경이 쓰인 것도 사실이었다.

"날 의식했기 때문이지. 아니라고 말할 수 있습니까?"

그녀가 팔짱을 낀 채 고개를 돌려 그의 시선을 피하는 것을 보며 진욱이 한숨을 내쉬었다.

"서로 의식하고 있었던 거 인정하고 있으면서, 받아들이기만 하면 되는 건데. 왜 날 거부하려고 하는 건지 그 이유나 들어 봅시다."

"직장 상사이기 때문이에요."

"그 이유란 말이군."

"직속상관. 회사 내에 퍼질 이상한 소문들. 전 그런 것이 싫을 뿐입니다."

"그런 소문들이 아예 나지 않게 하면 되는 것 아닙니까?"

그녀의 표정이 의문스럽게 변하자 진욱이 다시 말했다.

"하윤희 씨 능력을 보여주면 되는 것 아닙니까? 내가 보기엔 충분한데. 내 덕을 보지 않고도 높이 올라갈 수 있는 실력을 갖춘 사람이라는 것을 충분히 보여줄 수 있을 거라고 봅니다. 내가 틀렸습니까?"

"실장님."

"그런 소문들은 그 사람의 능력이 충분하지 않는데 잘나가게 되는 경우에 도는 소문들이고. 하윤희 씨는 거기서 예외가 될 겁니다."

"입사하자마자 그런 소문에 휘둘리는 건……."

"알아요. 난 하윤희 씨를 마음에 두기 시작한 지 한 달이 넘었습니다."

"실장님."

"당신이 뭘 염려하는지 알 것 같군. 그런데 왜 난 걱정이 하나도 되지 않지? 업무에 대한 하윤희 씨의 집중도를 본다면 우리가 사귀는 것과 업무와는 완전히 별개가 될 거란 확신이 드는데."

진욱이 그녀에게 한 발짝 다가서자 윤희는 팔짱을 풀고 더 이상 가까이 다가오지 말라는 표시로 손을 들었다.

진욱은 더 다가서지 않고 멈춰 섰다.

"업무에 관련해서는 절대로 사적인 감정을 개입시키지 않을 겁니다. 단, 업무 이외의 시간은 서로에게 기회를 주는 게 어떻습니까?"

"기회요?"

"당신이 몰래 바라보던 남자가 어떤 사람인지 알 수 있는 기회. 또, 내가 몰래 훔쳐보던 사람이 어떤 멋있는 여자인지 내가 알 기회를 달란 말입니다."

그녀를 쳐다보고 있는 진욱의 눈빛은 열정과 강인함을 담고 있으면서도 경고의 메시지를 담고 있었다. 무슨 말을 해도 물러서지 않을 것 같았다. 딴소리를 한다면 금방이라도 그녀를 향해 달려들 것만 같았다. 주머니 속에 얌전히 들어가 있는 그의 손이 아까부터 주먹을 쥐고 있다는 것을 그녀는 알고 있었다.

아무 말도 하지 못하고 진욱의 시선을 고스란히 받고 있는 그녀를 보며 진욱은 알 수 없는 말을 남긴 채 몸을 돌려 밖으로 나갔다.

"이것만은 알아 둬요. 난 당신이 5-5였을 때보다 지금이 훨씬 좋아."

멀어져가는 진욱의 뒷모습을 보는 윤희의 눈이 휘둥그레졌다. 잘못 들은 건 아닌가 싶었다. 그럴 리가 없었다. 진욱이 분명 그녀를 보며 5-5라고 했다. 그건 그녀가 그에게 붙여 준 별명이었다.

"어떻게 그 별명을 알고 있는 거지?"

13. 사내 비밀 연애의 시작

집으로 돌아온 윤희는 현관 입구에 붙여져 있는 포스트잇을 발견했다. 남수가 남긴 메모였다.

-같이 일하는 언니의 생일파티로 늦을 예정임. 먼저 자. 오늘도 수고했어!

추신 : 안 물어보고 싶은데 너무 궁금해서. 5-5의 낌새는?

"후우······. 5-5의 낌새라······. 아주 저돌적이야."

남수가 집에 있다면 뭔가 좋은 방향의 말이라도 들을 수 있을 텐데 생일파티를 한다니 분명 새벽까지 놀다 올 것이 분명했다. 아무래도 남수의 예민한 안테나 의견을 듣기는 힘들 것 같았다. 진욱이 그녀를 가리켜 5-5라고 한 것에 대해서도 의문사항들이 많았다.

"5-5. 절대로 입 밖에 꺼낸 적이 없는데, 이상하네. 아, 머리 아파."

윤희는 포스트잇을 화장대 위로 던져 놓고는 욕실로 들어가 욕조에 물을 받기 시작했다. 샤워보다 뜨거운 물에 몸을 담그고 싶었다. 물이 받아지기를 기다리는 동안 옷을 벗고 화장을 지웠다. 물이 중간 정도 받아지자 고체로 된 라벤더 목욕용 거품 비누 두 개를 넣었다. 연한 보랏빛의 비누가 뜨거운 물에 녹기 시작하면서 떨어지는 물줄기에 맞아 거품이 일어나기 시작했다. 찬물을 조금 더 틀며 온도를 맞추고는 욕조 안으로 들어갔다.

"아아."

향기로운 라벤더 향을 깊숙이 들이마시며 윤희는 욕조에 머리를 기대며 눈을 감았다. 따뜻한 물에 몸을 담그고 있으니 긴장되어 있던 몸이 스르르 풀리기 시작했다.

"아, 좋다."

풍성하게 일어난 거품을 손으로 떠 물 위로 드러난 어깨에 대고 부드럽게 문질렀다. 라벤더 고유의 편안한 향과 더불어 부드러운 거품이 피부 위를 매끄럽게 지나갔다. 목을 쓰다듬던 손이 어깨를 지나 가슴으로 내려가던 그녀는 가슴 끝이 예민한 반응을 일으키자 깜짝 놀라 눈을 떴다.

"이게 무슨······."

진욱이 만들어 놓은 야릇한 느낌이 아직까지 풀리지 않았다는 것에 윤희는 당황스러웠다. 그에게 속절없이 흔들리는 것이 불안하게 만들었다. 윤희는 상체를 일으켜 무릎을 끌어당겨 안았다.

거품을 손에 담아 물 위로 살짝 드러난 무릎 위로 조금씩 쌓으며 생각에 잠겼다.

모든 것이 너무 순식간에 일어났다. 그녀와 둘이 있을 때 진욱의 눈빛은 어딘지 모르게 다르게 변했다. 사람들과 같이 있을 때 그녀를 대할 때와 따로 불러 일을 지시할 때, 미묘한 차이가 있었지만 그녀가 맞게 본 것인지 의문이 들었었다. 근무 시간에 그의 호출은 그녀를 긴장하게 만들었지만 그것은 업무적인 사항으로 질문했을 때 제대로 답변을 할 수 있을지에 대한 긴장감이었다. 그러나 이상하게도 퇴근시간이 다가올 무렵이 되어 그가 그녀를 호출하게 될 경우는 출처를 알 수 없는 긴장감이 그녀를 감쌌다. 행여나 그가 지난번 차에서 했던 질문과 비슷한 것을 물으면 어쩌나 하는 느낌이 들 때도 있었다. 그래서 오늘 그가 저녁을 먹으러 가자고 했을 때 온몸이 긴장감으로 똘똘 뭉쳤을지도 모른다. 엘리베이터를 타고 있을 때도 진욱이 이상한 질문을 할까 봐 내심 긴장하고 있었다.

그가 손을 앞으로 뻗거나 그녀의 등 뒤로 올 경우 움찔거리는 반응은 그녀도 어찌해 볼 수가 없었다.

어둠 속에서의 그와의 첫 키스.

예상치 못한 그의 행동과 돌발적인 말 때문에 그녀는 자신의 뜻을 제대로 전달하지 못했다.

윤희는 물속에 있던 손을 들어 입술을 만져 보았다. 따뜻한 물에 긴장된 몸이 풀어져서 그런지 유달리 부드러워진 입술이 손끝에 느껴졌다. 혀를 내밀어 입술을 핥자 진욱의 혀가 그녀의 입술선을 따라 움직였던 느낌이 되살아났다. 다정스러우면서도 어딘가 모르게 힘이 느껴졌던 그의 키스. 다음으로 미루려고 했다는 말이 무슨 말인지 파악도 하기 전에 입 안으로 힘 있게 밀고 들어온 그의 혀. 다시 생각해도 짜릿한 전율을 느끼게 했다.

그의 몸에서 풍기는 강한 남성적인 체취와 그녀를 뒤덮을 듯 다가와 밀어붙였던 강인한 몸이 그녀를 꼼짝 못하게 했다. 벽과 그의 몸 사이에 끼어 있으면서 느껴지는 두려움과 뭔지 모를 기대감이 그녀의 이성을 배반했다.

서로 마주 보기로 하자고 했을 때 얼마나 설레었는지 그는 모를 것이다. 어느새 그녀의 마음속에 한 발짝 성큼 들어서 버린 그로부터 들은 말은 아마도 모든 여자들이 원하는 말일 것이다. 하지만 그녀의 입장에선 그의 달콤한 말을 선뜻 받아들일 수 없었다.

"후우."

걱정스럽게 내뿜는 한숨이 무릎 위에 있던 거품들이 파르르 날아가 물 위로 떨어졌다.

"5-5. 이진욱. 내 직속상관. 너무나 매력적인 남자. 그런 남자가 나에게……. 하윤희에게 다가왔어. 어쩌면 좋지? 쉽게 물러설 것 같지가 않아."

마음은 받아들이라고 하는데 그녀의 머리가 아니라고 말한다.

"남수는 언제 오려나."

그럴 리 없겠지만 욕실 문을 열며 남수가 짠하고 나타났으면 좋겠다 싶었다. 이럴 때 남수가 있으면 뭔가 의견이라도 물어볼 텐데 그녀 혼자 생각하려니 정리가 되지 않았다. 자꾸만 그에게 기울려고 하는 그녀의 감정에 머리가 더 복잡해졌다.

"아, 몰라."

다리를 쭉 뻗으며 그대로 몸을 뒤로 누이며 물속에 얼굴을 잠기게 했다. 어느새 식어버린 미지근한 물이 그녀의 기분을 더 찜찜하게 했다.

몸을 일으켜 욕조 마개를 잡아당겼다.

"진짜 어떻게 하면 좋냐구우!"

애꿎은 샤워기를 쳐다보며 소리를 지르는 그녀의 목소리가 욕실 벽에 부딪치며 울려 퍼졌다.

젖은 머리를 드라이어로 말리며 윤희는 생각에 잠겼다. 마음 같아선 남수가 들어올 때까지 기다리고 싶었지만 내일도 남아서 일을 해야 한다. 남은 며칠 동안 야근을 해야 하는 그녀에겐 체력 비축이 급선무였다.

드라이어를 내려놓고 윤희는 포스트잇에 뭔가를 적기 시작했다. 최소한 남수에게 일이 어떻게 돌아가고 있는 것인지는 알려야 할 것 같아서였다. 지금 붙여 놓는다고 해도 내일 아침이 되어서야 확인할 수 있을 것이다.

메모를 적은 포스트잇을 남수의 방문에 붙이고 방으로 돌아가는 그녀의 발걸음은 이미 뭔가를 결정한 듯했다. 방문을 닫기 전 남수의 방을 망설이듯 한 번 더 바라본 윤희는 입술을 꾹 다문 채 문을 닫았다.

다음 날 아침. 어제와 비슷한 시간에 출근한 윤희는 엘리베이터를 타면서도 주변을 두리번거렸다. 진욱과 마주칠까 봐 긴장되었기 때문이었다. 오늘도 그가 뭔가 말을 하거나 행동을 한다면 확실하게 말해 줄 것이다. 그럴 기회가 오더라도 아침 이른 시간부터 그와 부딪치는 것은 원치 않았다.

12층에 도착해서도 그녀는 경계를 늦추지 않았다. 사무실 문에 신분증을 대면서도 반투명 유리문을 통해 안을 들여다보았다. 불이 켜져 있지 않은 걸 보니 오늘도 그녀가 첫 번째로 출근한 것 같았다.

사무실을 불을 환하게 켜 놓고 윤희는 컴퓨터를 켰다. 코트를 벗어 개인 옷장에 걸어 놓고는 바로 라운지로 향했다.

안에 누가 있지도 않은데 문을 열어 안을 한번 쭉 둘러보았다.

"나도 참."

스스로 생각해도 참 웃긴 행동이었다. 커피 메이커에 새 필터를 끼우며 원두커피 분말을 두 스푼 넣고는 물을 부어 커피를 내리기 시작했다. 정수기의 뜨거운 물을 잔에 중간 정도 받아 잔을 따뜻하게 하고는 비웠다. 커피가 다 내려지자 윤희는 커피를 가득 부어 자리로 들고 갔다. 후 불어 한 모금 마시고는 책상 위에 내려놓고 어제 보다가 만 서류를 펼쳐 보기 시작했다.

엘리베이터에서 내려 사무실로 향하던 진욱은 반투명 유리창을 통해 그녀가 커피 잔을 들고 자리로 가는 것을 보았다. 출입증을 찍으려던 진욱은 손을 거두고는 사무실 밖에서 그녀를 지켜보았다. 지금 그가 들어가게 되면 그녀는 어색해할 것이 분명했다. 아침부터 그녀를 혼란스럽게 만들고 싶지 않았다. 자리에 앉자마자 서류를 펼치는 것을 보니 조금만 더 지나면 그가 사무실에 들어가는 것도 모를 정도로 집중해 있을 것이다.

그녀는 그에게 분명하게 말했다. 직장 상사라서 그를 거부한다고. 사내에 떠돌지도 모르는 소문들이 싫다고 했다. 그러나 그는 물러날 생각이 전혀 없었다. 그의 영역 안에 들어온 이상 그가 차지할 것이다. 그녀와의 달콤했던 키스를 떠올리니 다시 키스하고 픈 욕망이 일었다. 언젠가는 그녀와의 키스도 그가 하고 싶을 때, 하고 싶은 만큼 할 날이 있을 것이다.

커피 잔으로 가는 그녀의 손의 횟수가 줄어들자 진욱은 출입증을 찍고 최대한 조용하게 안으로 들어갔다.

자신의 방으로 들어간 진욱은 오늘은 그녀를 편안하게 해 주는 것이 좋을 것 같단 생각이 들었다. 스케줄 표를 펼치며 진욱은 업무 스케줄을 조정하기 시작했다.

어제와 마찬가지로 세 번째로 사무실에 도착한 규성은 문을 열고 들어감과 동시에 윤희를 향해 아침 인사를 했다.

"굿모닝. 윤희 씨. 오늘도 일등으로 출근했네요."

밝고 경쾌한 규성의 목소리에 윤희는 고개를 들어 미소로 답했다.

"오늘도 내가 삼등인가?"

"아뇨. 오늘은 이등이신 것 같은데요?"

"그래요? 실장님이 오늘 삼등 하시겠네요."

규성의 입에서 실장이란 호칭이 나오자 윤희의 시선이 실장실로 향했다. 그 순간 그의 방에 불이 켜져 있는 것을 발견했다.
"어?"
그녀의 의아함에 코트를 벗던 규성이 고개를 돌렸다.
"왜요?"
"실장님 방에 불이 켜져 있어서요."
"그렇다면 오셨단 소린데?"
"아침에 못 뵈었거든요."
"그래요?"
그녀가 사무실에 왔을 땐 분명 아무도 없었다. 언제 온 것일까. 괜히 가슴이 두근거렸다.
"사무실 불 윤희 씨가 켰어요?"
"네."
"서류 본다고 정신없었던 거 아니에요?"
그때 진욱이 실장실에서 나오자 윤희는 황급히 고개를 돌려 서류로 시선을 떨어뜨렸다. 그런 그녀의 행동에 진욱은 무표정한 얼굴로 라운지로 향했다.
"안녕하세요. 실장님."
규성이 자리에 앉기 전 인사를 하자 진욱은 입 꼬리만 살짝 올려 인사를 대신하고는 라운지 안으로 들어가 버렸다.
잠시 뒤 사무실로 돌아가며 진욱은 눈동자만 움직여 윤희의 자리를 힐끔 쳐다보았다. 역시나 그가 예상했던 대로 그녀는 서류에서 고개를 들지 않고 있었다. 벌써 집중을 하고 있는 것인지 일부러 그러는 척하는 것인지는 모르지만 기분이 썩 좋지만은 않았다.

진욱은 오전 내내 사무실에서 한 발짝도 움직이지 않았다. 송 과장만 진욱의 호출에 몇 번 불려 들어간 것이 전부였다.

막상 진욱이 방에서 꼼짝도 하지 않자 윤희는 일하는 것이 훨씬 편했다. 그가 소리도 없이 출근한 것을 알고 혹시라도 호출이 있을까 봐 제대로 서류에 집중하지 못했던 윤희는 어느새 다음 서류를 박스에서 꺼내고 있었다.

정오가 다 될 무렵 그녀에게 한 통의 문자 메시지가 도착했다.

-메일을 확인하기 바람. 문자로는 도저히 다 못 써.

남수가 보낸 메시지였다. 문자를 확인하는 윤희의 입가에 미소가 번져나갔다. 남수의 성격 상 그녀가 남긴 메모에 무슨 일인지 궁금해 미칠 것이다.

메일을 확인해 보니 의외로 내용이 간단했다.

1. 네가 무척이나 혼란스러워 하는 것을 보니 분명 무슨 일이 있었다고 생각됨.
   아마 5-5가 너에게 신체적으로 접촉을 시도하지 않았나 하는 생각이 듦.
2. 내 생각이 맞다면 굉장히 근사했을 거야. 그렇지?
   자세한 사항은 오늘 저녁에 듣겠음.
3. 아마 네가 내게 메모를 쓰는 동안 스스로도 어느 정도 결론을 내렸을 거라고 생각해. 맞지? 난 적극적으로 찬성이야.
   구더기 무서워서 장 못 담그니? 전혀 몰랐던 사람도 아니고, 매력이 없는 사람도 아니고, 신분보장 확실하잖아?
   무서워하지 말고 도전해 보는 게 어때?

4. 참, 근무시간에까지 그런 감정을 끌고 들어온다면…….
그건 좀 고려를 해 봐야 할 듯.
5. 제일 중요한 것! 일단 내가 너의 5-5. 이진욱 실장을 봐야겠어.

어렸을 때부터 한동네에서 자랐던 친구라서 그런지 역시 그녀를 너무 잘 알고 있는 남수였다. 메모를 남기면서 윤희는 스스로의 생각을 정리했던 것이다. 진욱이 말한 대로 서로에게 알아갈 기회를 주기로 했다. 그가 그녀를 알 수 있는 기회. 그리고 그녀가 그를 알 수 있는 기회를 말이다. 단 조건이 있었다. 업무에 절대적으로 방해가 되어서는 안 된다는 것이다. 어찌 보면 비밀 연애가 될지도 모를 일이었다.

점심을 먹고 난 뒤 김 대리와 함께 라운지로 커피를 가지러 간 윤희는 커피를 따르고 있는 규성을 보았다.
"우리가 마실 커피 남아 있나요?"
"아, 윤희 씨. 김 대리님. 물론 남아 있죠. 아니면 새로 내릴까요? 내가 원두커피는 기막히게 잘 내리는데. 기다려 봐요."
규성이 능숙한 솜씨로 커피 필터를 갈고 원두를 내리는 모습을 보던 김 대리가 한 마디 했다.
"규성 씨. 혹시 여자친구 있어요?"
"없는데요."
"어떤 스타일 좋아해요?"
"김 대리님께서 다리 놓아주시게요?"

"뭐, 이상형이 내 주변에 있다면 손을 좀 써 보죠."

"이상형이라……. 그런 건 어디까지나 이상형이죠. 마음에 드는 사람이 있긴 한데 지켜보고 있는 중이에요."

질문에 대답을 하는 규성의 시선이 교묘하게 윤희를 향하고 있었다.

"왜요?"

"방어벽이 좀 있는 사람 같아요. 뭐, 아직 본격적으로 대시를 한 건 아니지만."

"어머? 우리 회사 사람? 아니면 IPS 직원?"

김 대리가 흥미를 가지며 묻자 규성은 대답을 회피하며 윤희에게 말을 걸어 화재를 전환했다.

"윤희 씨, 오늘 아침에도 지하철 타고 왔어요? 그러지 말고 아침에 나랑 카풀 해요. 어차피 회사 출근하는 방향인데."

"아, 그게 좀……."

"어머? 규성 씨랑 윤희 씨랑 같은 방향?"

"네에."

머뭇거리는 윤희의 대답에 김 대리가 적극적으로 나섰다.

"어차피 같은 방향인데 뭘 망설여요? 같이 다니면 편하고 좋지 뭐."

"안 그래요, 규성 씨?"

더 말을 하려던 김 대리는 전화가 오자 발신자를 확인하더니 밖으로 나갔다.

"둘이 이야기 잘해 봐요."

규성과 둘이 남게 되자 윤희는 괜히 어색해졌다.

머그잔에 갓 내린 원두커피를 따라주며 규성이 다시 한 번 물었다.

"윤희 씨에게 부담 주려고 한 건 아닌데, 생각 한번 해 볼래요?"

"아, 저기……."

거절을 하려면 딱 부러지게 해야 한다. 상대방을 너무 배려하는 것도 때론 좋지 못하다는 것을 그녀는 알고 있었다.

"규성 씨의 마음은 고맙게 잘 받을게요. 하지만 거절해야겠네요."

"이유를 물어봐도 되나요?"

규성이 윤희를 똑바로 바라보며 물었다. 얼굴을 바라보는 규성의 눈이 꼭 그녀의 대답을 들어야겠다는 결연한 눈빛을 담고 있었다.

규성의 눈빛을 마주하며 그녀는 규성이 진욱과 비슷한 부류가 아닌가 하는 생각이 들었다.

"전 직장 내에서 소문이 될 만한 행동은 하고 싶지 않아요. 특히, 남자 직원과 일대일로 움직이는 것은 업무적인 일 외에는 얽히고 싶지 않아요."

"단순히 카풀을 한다고 해서 그런 소문이 날 거라고 생각하는 건가요?"

"처음엔 카풀이라는 명목이 있겠죠. 그렇게 계속 유지되다 보면 주변에서 오히려 부추기는 것이 더 많게 되죠."

"그런 경험이라도 있었나요?"

"아뇨. 꼭 경험을 해 봐야 하는 건 아니니까요. 그런 경우를 본 적이 있다고 말씀드려야겠네요."

"그건 핑계처럼 들리네요. 내 귀엔 최규성은 아니다라고 들리는데요?"

"아, 그게 아니라……."

"카풀을 둘 이상하게 되면? 그래도 거절할 건가요?"

"네?"

그때 라운지 문이 열리며 진욱이 들어섰다. 윤희를 빤히 쳐다보고 있는 규성을 날카로운 눈빛으로 쏘아보던 진욱이 툭하고 던진 말이 그녀의 인상을 찡그리게 했다.

"두 사람 오붓하게 데이트라도 하는 겁니까?"

두 사람이 동시에 대답했다.

"아, 아닙니다."

"데이트는 아니지만 윤희 씨에게 아침에 같이 오는 게 어떻겠냐고 묻고 있던 중이었습니다."

규성과 동시에 대답을 하는 그녀의 대답은 아니다였다. 진욱의 귀에는 그 대답만이 들어왔다. 진욱은 만족스러운 웃음을 속으로 삼켰다.

몰래 들으려고 했던 건 아니었지만 진욱은 밖에서 두 사람이 하는 대화를 충분히 들었다. 그녀는 규성에게도 거절을 표시했다. 그에게 말했던 이유와 비슷한 이유로 말이다.

한 치의 오점도 허용하지 않으려는 그녀의 딱딱한 태도가 진욱은 오히려 마음에 들었다. 이러지도 저러지도 못하는 태도보다는 확실한 것이 나았다. 흔들거리는 갈대에 도끼질을 할 수는 없는 노릇이다. 누구 말처럼 그건 정말 삽질인 것이다. 진욱은 하윤희라는 나무를 어떻게 해야 할지 좀 더 구체적으로 생각해 볼 필요성을 느꼈다. 한 번에 찍어 넘기는 것도 좋겠지만 그러려면 그만큼 강력한 무기가 필요할 것이다. 그것은 서로의 신경전으로 체력소모가 뒤따를 것이다. 그녀가 쓰러지고 있는 것을 모르게 해야 한다.

'최규성. 뒤늦은 출발인가? 어쩌지? 너무 늦었어. 하윤희는 내 거야.'

"음, 대답이 서로 다르군요."

윤희의 딱 부러지는 대답에 규성은 당황스러웠지만 내색하지 않았다. 아마도 진욱을 의식한 탓일 것이다.

"단지 같은 방향이라 출근길에 같이 오자고 하는 건데 머뭇거리네요."

윤희는 잔을 들고 나가려다 뒤돌아보며 다시 말했다.

"머뭇거리는 게 아니라 안 된다고 말한 거예요."

문을 닫고 나가는 윤희를 진욱이 옅은 미소를 띠며 바라보았다.

"이런, 하윤희 씨가 보기보다 강하죠?"

잔을 입으로 가져가며 미소를 감추는 진욱을 보는 규성의 눈빛이 순간적으로 번뜩거렸다. 작은 거절이긴 하지만 그의 실패를 이진욱 실장이 좋아하고 있다는 사실이 느껴지자 기분이 불쾌해졌다.

"전 다른 의도는 없이 단지 집이 가까워서 그런 제안을 한 것뿐인데, 실장님께서 좀 앞서가시는 것 같습니다. 사심이 있었던 것은 아니었습니다. 그럼."

규성이 가볍게 고개를 숙여 보이고 자리로 돌아가자 진욱은 비스듬히 기댔던 몸을 똑바로 세웠다.

"사심이 없었다. 훗. 아침 출근시간 동안 하윤희를 독차지하겠다? 그건 안 될 말이지."

진욱은 정확하게 꼬집어 말할 수 없었지만 규성이 그를 의식한다는 것을, 은연중에 그에게 도전장을 내민 것을 눈치 챘다. 매번 애매한 상황에서 그가 나타난 것에 대한 일종의 불만의 표시일지도 몰랐다.

퇴근시간이 되자 규성은 어제와 마찬가지로 윤희에게 다가가며 다른 도와줄 일이 없는지 물었다.

"괜찮아요. 규성 씨의 도와주려는 마음은 잘 알겠는데, 보고서를 월요일 날 실장님께 제출해야 해서요."

"내가 간단하게 정리해 줄 건 없어요? 윤희 씨 혼자 남아서 야근하는 게 내가 마음이 편하지 않아서 그래요. 같이 입사했는데 불공평한 것 같기도 하고."

규성의 따뜻한 마음 씀씀이에 윤희는 웃음을 지어보였다.

"이게 제 일 복이죠."

"지난번 회의 때, 윤희 씨가 고 대리님이랑 파트너를 했다면 아마도 이번 야근은 내가 하고 있겠죠. 그래서 더 미안한 마음이 드네요."

"에이, 그런 생각하지 마세요."

"정말 괜찮겠어요? 내일은 나도 약속 있어서 저녁 같이 못 먹는데. 오늘은 같이 먹을 수 있어요."

"괜찮아요."

"이진욱 실장님과 저녁 먹는 것보단 나랑 먹는 게 더 편하지 않아요? 윤희 씨는 실장님과 저녁 먹는 거 불편하고 어색하지 않아요?"

"네?"

"이 실장님 굉장히 까다롭고 날카롭잖아요. 먹다가 윤희 씨 체하기라도 하면 어쩌나 하고요."

"아, 네에."

어딘가 모르게 말이 서 있는 규성의 목소리에 그녀가 머뭇거리는 동안 진욱이 사무실 문을 열고 나왔다. 코트를 들고 나오는 것을 보니 밖으로 나가는 듯했다.

그 모습에 윤희는 오늘은 혼자 있을 수 있겠다는 생각에 속으로 안도의 한숨을 쉬었다.

"하윤희 씨. 가죠."

"네?"

"저녁 먹고 1차 보고 받겠습니다."

"네?"

"진도가 어디까지 나갔는지 들어보겠습니다. 방향을 잘못 잡으면 안 되니까."

"네."

생각지도 못한 진욱의 말에 윤희는 부랴부랴 자리에서 일어나 코트를 집어 들었다.

두 사람을 보고 있던 규성의 표정이 딱딱하게 굳어졌다. 분위기가 어디가 모르게 심상치 않았다. 한발 늦은 건 아닌가 하는 생각이 들자 몸에 맥이 빠지기 시작했다.

"최규성 씨 퇴근할 거 아닙니까? 내려갈 거면 같이 타고 가죠."

규성이 조금 떨어져 그들을 따라오자 진욱은 엘리베이터 버튼을 누르며 규성을 쳐다보았다.

규성은 알았다. 진욱의 표정이 어떤 것인지. 칼자루를 쥐고 있는 사람이 누군지 알려주는 것 같았다. 지하 3층 버튼을 누른 규성은 윤희의 옆으로 다가가 섰다.

그녀를 사이에 두고 남자의 보이지 않는 기 싸움이 시작되었다.

1층까지 엘리베이터가 내려가는 동안 아무도 입을 열지 않았다. 두 남자 사이에 흐르는 묘한 기류를 느낀 윤희는 입을 다물고 있었다.

1층에 도착하자 규성은 마지못해 인사를 했다.

"내일 뵙겠습니다."

"네."

"내일 뵈어요."

엘리베이터에서 내리는 윤희의 등 뒤로 진욱이 손을 가져가는 것을 규성이 못마땅한 표정으로 바라보았다.

"언제 저렇게 작업이 들어간 거지?"

그를 혼자 태우고 지하로 내려가는 엘리베이터 안에서 규성은 깊은 한숨을 내쉬었다. 너무 늦은 건 아닌가 하는 불안감이 밀려왔다.

날씨는 여전히 영하권에서 맴돌고 있었지만 바람이 불지 않아 어제보다는 훨씬 덜 춥게 느껴지는 날이었다. 진욱보다 한 발짝 뒤에서 따라가며 윤희는 생각을 정리했다. 정말이지 진욱은 예측불허였다. 그가 어떤 말을 꺼낼지 긴장되었다. 그녀가 진욱을 본 건 아침과 점심때 라운지에서 본 것이 전부였다. 그를 똑바로 쳐다보지는 않았지만 그녀의 감각 세포들은 진욱의 따가운 시선을 느낄 수 있었다.

방으로 안내되어 간단한 주문을 한 두 사람은 잠시 침묵의 시간을 가졌다.

윤희는 진욱에게 물어보고 싶은 것이 있었는데 그것을 어떻게 꺼내야 자연스러울지 생각해 보았다.

"하윤희 씨."

"네. 실장님."

"어제 내가 말한 것 생각해 보았습니까?"

"아……."

"서로에게 기회를 주자는 내 말. 업무 시간 이외의 시간에서 기회를 주자는 말. 하윤희 씨도 마음에 들어 할 것 같았는데 아닙니까?"

또다시 주도권을 진욱이 쥐어 버렸다.

윤희는 테이블 아래로 손을 내려 서로 맞잡았다. 이렇게 계속

이끌려 갈 수는 없는 노릇이었다.

"확인할 것이 있습니다."

"뭡니까?"

"정말 업무에 방해되지 않게 하실 수 있으신가요?"

그녀의 질문이 무엇을 뜻하는지 아는 진욱은 활짝 웃고 싶은 감정을 억눌렀다. 그녀가 움직인 것이다. 테이블 아래로 한 손을 불끈 쥐며 진욱은 장담했다.

"나나, 하윤희 씨나 일을 사랑하는 사람입니다. 연애에 정신이 팔려서 업무를 뒷전으로 하지는 않습니다. 난, 공과 사를 구별할 줄 아는 사람입니다. 오히려 업무적인 면으로 본다면 내가 하윤희 씨를 더 타이트하게 만들지도 모릅니다. 그 정도는 각오를 해야 할 겁니다."

"제가 원하던 바예요. 그리고 또 조건이 있습니다."

"또, 뭡니까?"

"업무 시간을 지켜 주신다는 것은 믿습니다. 단지······."

"단지?"

그녀가 뜸을 들이며 말을 하지 않자 진욱이 어서 말해보라고 재촉했다.

"스킨십은 자제를 해 주셨으면 합니다."

진욱이 한쪽 눈썹을 치켜세우며 무슨 뜻인지 물었다.

"제 말은 그러니까······."

"그 말은 키스를 하지 말라는 말입니까?"

"네에."

곧장 대답이 날아왔다.

"그건 좀 곤란합니다."

"네?"

"어제 우리가 나눈 키스는 윤희 씨도 충분히 느끼지 않았습니까? 우리가 나눈 키스는 환상 그 자체였는데. 달콤하고 짜릿한. 온몸을 타고 도는 전율. 마셔도 마셔도 갈증이 나는 그런 느낌. 그래서 더 열망하게 되는……."

"그만 하세요!"

진욱이 표정 하나 바뀌지 않고 늘어놓는 단어들을 들으며 윤희의 얼굴은 점점 타오르기 시작해 시뻘겋다 못해 시커멀 정도로 얼굴이 빨갛게 물들었다.

"절 놀리는 거라면……."

"놀리는 게 아니라 솔직한 겁니다. 흠, 그럼 내가 한 발짝 양보하죠."

순순히 양보한다는 말에 윤희는 동그랗게 눈을 뜨고 그를 바라보았다. 진욱이 부드러운 미소를 지었다.

"이번 주까지는 어떻게든 참아 보는 걸로."

"뭐, 뭐라고요?"

"또 다른 질문은 없습니까?"

너무나도 태연하게 말을 하는 진욱의 태도에 그녀는 분통이 터졌다. 어떻게 얼굴색 하나 변하지 않고 저런 말을 내뱉을 수 있는지 이해하기 힘들었다. 더 이해하기 어려운 건 그가 내뱉는 단어 하나하나가 그녀를 자극하고 몸이 반응을 한다는 것이었다.

달아오른 뺨을 차가운 두 손으로 누르며 팔딱팔딱 정신없이 뛰기 시작한 가슴을 진정시키려고 애썼다.

"실장님께 한 가지 물어볼 게 있습니다. 어제 저보고 5-5라고 말씀하셨는데 그게 무슨 뜻인지 궁금합니다."

"아! 5-5."

진욱이 작게 소리 내어 웃더니 주먹으로 입을 막으며 헛기침을 했다.

"그건 쉽게 알려 줄 수 없습니다. 우리가 좀 더 서로를 알게 되면 그때 다시 물어보면 말해 줄 수 있습니다. 지금은 아닙니다."

"지금 알고 싶다면요?"

"지금 알고 싶다면 그만큼의 대가를 지불해야 될 겁니다. 무조건 정보를 얻어 가길 원합니까? 필요로 하는 사람이 지불해야 하는 것이 경제 원칙입니다."

"대가요?"

진욱이 말없이 미소를 지었다.

"5-5가 무슨 뜻인지 말해 주는 조건으로 기본적으로 하루에 키스 한 번 보장. 어떻습니까?"

윤희의 표정이 어이없다는 듯 변하자 진욱은 그저 웃기만 했다.

"다음에 듣도록 하겠습니다."

생각의 여지도 없이 그녀의 입에서 바로 대답이 나오자 진욱은 실망한 표정을 짓는 척했다. 사실 그녀의 대답을 어느 정도 예상했었다.

기다릴 것이다. 그녀가 궁금해서 말해 달라고 그에게 애원할 때까지.

"그럼, 다시 한 번 확인하죠. 첫째. 업무 시간에는 업무에만 열중할 것. 둘째. 근무 시간 외에는 서로를 알아갈 수 있도록 기회를 줄 것. 셋째. 하윤희 씨의 허락 없이 과도한 스킨십은 하지 말 것. 맞습니까? 연애하는 데, 무슨 거래를 하는 것도 아니고 좀 우스운 조건이긴 하지만 이건 어디까지나 하윤희 씨가 원해서 나온 조건들입니다."

"네."

"그래도 다행이군요. 서로 알아가게 되는 기회를 갖게 된 것이. 정식으로 통성명하죠. 이진욱입니다. 만나서 반갑습니다."

테이블 위로 손을 내밀자 윤희는 수줍게 그의 손을 잡았다.

"하윤희입니다."

진욱이 그녀의 손을 잡고 가볍게 흔들더니 잡은 손을 입으로 가져가 그녀의 손가락에 입맞춤했다.

다시 발갛게 물들기 시작하는 그녀의 얼굴을 보며 짓궂게 웃었다.

"혹시라도 틀린그림찾기 하다가 못 찾겠으면 나한테 와요. 나도 이제 잘 찾으니까."

그녀가 부끄러워하며 잡은 손을 빼내자 진욱이 단호한 표정으로 경고를 했다.

"한 가지. 최규성 씨와의 카풀은 안 됩니다."

14. 기 싸움

10시가 넘어 그녀가 서류를 정리할 무렵 진욱이 사무실 불을 끄고 밖을 나왔다.
"가요. 태워다 줄게요."
"네?"
저녁을 먹으며 이야기를 나눈 뒤부터 진욱의 목소리는 훨씬 부드러워졌다. 업무에 관련되어 있을 때와는 다른 면을 보게 된 것이다. 이것이 그녀가 본 그의 첫 번째 변화였다. 그녀를 대하는 표정도 훨씬 부드러워졌다. 여전히 강인한 면이 몸 전체에 남아 있지만 조금만 더 부드러워진다면 예전 그녀의 5-5를 다시 보게 될 것 같았다. 틀린 곳 하나를 찾아 주며 내리라고 말했을 때가 떠올랐다. 그녀를 보며 싱긋 웃어 주었던 미소가 떠올랐다.

진욱이 가까이 다가오자 윤희는 재빨리 정신을 차리고 서류들을 정리하기 시작했다. 옆으로 바짝 다가와 서는 그에게서 시원한 향이 풍겨 나왔다.

고개를 들어 그를 바라보고 싶었지만 그러기엔 아직 민망한 그녀는 모은 서류를 계속 만지작거렸다.

서류 박스를 보던 진욱이 얼마 남아 있지 않은 서류를 보며 감탄했다.

"진행 속도가 너무 빠른 것 아닌가? 아니면 내가 너무 쪼아대서 윤희 씨가 힘들었을지도 모르겠군요."

"아닙니다. 이번 서류를 보면서 많이 자극 받고 배우고 있습니다. 오히려 즐겁고 재미있습니다."

"우리 둘이 있을 때는 말투를 좀 바꿔 보는 건 어때요? 업무의 연장선 같아서 썩 좋은 기분은 아니군요."

"아……. 네에."

시선을 둘 곳을 찾지 못해 눈을 이리저리 부지런히 움직이는 그녀를 보며 진욱은 더 이상 밀어붙이면 안 되겠다는 생각이 들었다.

그녀가 그에게 기회를 주기로 한 첫날이다. 두 사람의 관계를 인정한 것으로 오늘은 충분히 만족스러웠다.

"옷 입어요. 지금 이 시간은 길도 막히지 않을 거니까 집까지 금방 도착할 겁니다."

그녀가 코트를 입는 것을 기다리며 진욱은 사무실 문손잡이를 잡고 서 있었다.

그녀가 문을 나서자 그는 긴 다리로 성큼 걸어가더니 엘리베이터 단추를 눌렀다.

강인한 걸음걸이. 자신감 넘치는 말투와 그녀를 정신없이 몰아가는 언변과 행동에 겁을 먹은 그녀였지만 은연중에 그녀를 배려하는 행동들이 눈에 들어왔다. 강하게 밀어붙이는 것이 조금 부담스럽긴 하지만 그 점이 오히려 믿음직스럽게 느껴졌다.

진욱을 바라보던 그녀는 고개를 돌리는 그의 시선과 부딪쳤다. 헛기침을 하며 딴 곳으로 시선을 돌리는 그녀를 진욱이 미소를 지으며 바라보았다. 지하철 안에서도 그러더니 또 그런다.

엘리베이터가 도착하자 그녀를 먼저 타게 하고는 지하 5층 버튼을 눌렀다. 불이 들어와 있는 버튼을 가만히 쳐다보는 윤희에게 진욱이 의아한 듯 물었다.

"뭘 그렇게 쳐다봐요?"

"우리 팀은 지하 4층에 주차하는 것으로 알고 있는데요. 실장님은 아니시네요."

"아! 그것도 이유가 있죠. 원래 지하 4층이었는데 부탁해서 지하 5층으로 바꾸었죠."

"네?."

"어느 순간 5라는 숫자가 눈에 들어오더군요."

문을 바라보며 말하는 진욱을 윤희는 놀란 눈으로 바라보았다. 뭔가 의미 있는 말같이 느껴졌다.

그의 말대로 도로 소통은 원활했다. 회사에서 그녀의 집까지 오는데 15분 채 걸리지 않았다. 윤희는 집 근처에 다다르자 속으로 안도의 한숨을 내쉬었다. 진욱과 정식으로 사귀기로 했지만 그래도 차 안에 둘이 있으니 긴장되었기 때문이었다.

집 앞 골목에 차를 세우고 진욱이 그녀 쪽으로 몸을 돌렸다. 한 손을 핸들 위에 얹고 비스듬한 자세로 그녀를 쳐다보는 진욱의 얼굴 위로 가로등 불빛이 비쳐졌다. 안 그래도 강인한 그의 얼굴이 더 강인하고 남자답게 보이게 했다.

"태워다 주셔서 감사합니다."

"내가 아침에 태우러 오는 것도 거절할 건가요?"

"네에."

"뭐, 그거야 예상하고 있던 거니까. 퇴근시간도 물론 안 되겠군."

"네."

"내가 다시 지하철을 타야 하나? 출근시간도 퇴근시간도 안 되면 평일 날 우린 어떻게 데이트하죠?"

"아, 그건……."

"좋아요. 당분간은 윤희 씨도 회사에 적응해야 하니까 내가 한 발 양보하죠. 이번 주 일요일 뭐해요?"

"일요일이요? 아직 아무 일 없는데요."

"그럼, 일요일 시간 비워 둬요."

"네."

그녀가 작은 목소리로 대답을 하며 차 문손잡이를 잡자 그 위로 진욱이 손이 겹쳐졌다.

"잠깐만."

그녀가 고개를 돌리니 진욱의 얼굴이 바로 코앞에 다가와 있었다.

"어, 실장님."

"가볍게 할게요."

뭘 가볍게 한다는 건지 눈을 깜빡이며 쳐다보는 그녀에게 진욱의 얼굴이 더 가까이 다가갔다. 살짝 벌어져 있는 그녀의 입술 위로 그의 입술이 내려앉았다. 손잡이를 잡고 있는 그녀의 손을 부드럽게 감싸 쥐고 다른 한 손으로는 그녀의 뺨을 부드럽게 쓰다듬었다. 아랫입술을 좀 더 강하게 빨아 당기더니 그녀의 손을 잡고 있는 그의 손에 힘이 들어갔다.

한 입. 두 입. 진욱의 입술이 만들어 내는 끈적끈적한 소리가 예민한 그녀의 귓가를 자극시켰다. 쪽쪽 거리는 소리가 조용한 차 안으로 크게 퍼져나갔다.

그녀도 그의 키스에 반응하듯 진욱의 입술을 머금었다.

끝날 것 같지 않던 느릿한 키스가 쪽 소리와 함께 끝이 났다.

"아쉽지만 이것으로 주말까지 버텨야겠군."

부드러운 진욱의 입맞춤에 스르르 힘이 풀렸던 윤희는 자신의 침으로 반짝이는 진욱의 입술을 멀뚱히 쳐다보고 있었다.

진욱이 그녀의 입술을 엄지손가락으로 쓰윽 훔치며 말했다.

"계속 그렇게 쳐다보고 있으면 가볍게 끝나지 않을 것 같은데, 좀 더 원한다면……."

"안, 안녕히 가세요."

그의 말에 정신이 번쩍 든 윤희는 서둘러 차에서 내렸다. 빌라 정문의 비밀번호를 누르고는 쏜살같이 안으로 들어갔다.

현관문을 열고 들어간 윤희를 맞이한 것은 잔뜩 기대감으로 부풀어 있는 남수였다.
"오호, 하윤희 씨. 오셨습니까?"
"아……."
남수를 똑바로 바라보지 못하고 서둘러 방으로 들어가는 윤희의 뒤를 남수가 신난다는 발걸음으로 졸졸 따라 들어갔다.
"어제 네가 날 불렀다면 생일 파티고 뭐고 다 집어치우고 집으로 그냥 왔을 텐데, 아침에 메모 발견하고는 얼마나 놀랐는지 알아? 궁금해서 죽는 줄 알았어. 그 덕분에 오늘 번역해야 할 분량의 반도 못했어."
옷을 갈아입는 것을 바라보며 남수는 자신의 시선을 자꾸 피하는 윤희를 수상쩍은 눈으로 바라보았다.
"너, 나한테 뭐 숨기고 싶은 거라도 있어? 왜 내 시선을 자꾸 피해? 내 얼굴 좀 봐봐."
평상복으로 갈아입을 때까지 말 한마디 하지 않는 윤희에게 남수가 다가가며 고개를 숙이며 들이밀었다.
"뭐부터 말해야 할지 모르겠어? 그래서 그래?"
"저기 좀 앉아 봐."
거실로 나가며 윤희가 식탁을 가리키자 남수는 눈치를 보며 의자를 빼내 앉았다.

"오오. 하윤희 씨. 무섭게 왜 이래? 무슨 폭탄 선언하려고?"

냉장고에서 물병을 꺼내 두 개의 유리잔에 붓고는 남수와 그녀 앞에 각각 하나씩 내려놓았다.

"뭐야? 냉수가 필요해? 지금 시간이 11시가 다 되어 가는데 무슨 물이야? 나 안 그래도 잘 붓는데 이거 마시다간 내일 아침 눈 못 떠."

남수는 물 잔을 윤희 쪽으로 밀어내며 그녀의 표정을 살폈다.

"내가 묻고 싶은 게 많은데 일단 지금은 네가 하는 말을 먼저 들을게. 네가 말 다 끝날 때까지 입 뻥끗 안 할게."

"흠흠."

윤희가 헛기침을 하며 뭔가 말을 꺼내려고 하자 남수의 눈이 기대감으로 반짝거렸다.

"5-5랑 키스했어."

"뭐어!"

생각지도 못한 윤희의 폭탄 발언에 남수의 놀람이 하이소프라노가 되어 거실에 울렸다.

남수의 반응에 윤희는 귀가 따가워 눈을 찌푸렸다.

"뭐? 키스? 5-5랑?"

"말 안 하고 듣기만 한다며."

"이, 이게. 아니. 내가 예상을 하긴 했지만 네가 그 말부터 먼저 꺼낼지는 몰랐지! 진도 빠른데? 어땠어? 아, 아니다. 입 다물고 있기로 했지."

남수가 손으로 입을 틀어막으며 윤희의 표정을 살폈다. 자칫하다가 아무것도 말하지 않을 것 같아서였다.

"좋았어."

'온몸이 짜릿할 정도로.'

진욱의 말처럼 갈증을 느끼게 하는 키스였다.

순순히 말을 하는 윤희를 남수가 희한하다는 표정으로 쳐다보았다.

담담한 표정으로 말하는 윤희를 남수가 고개를 갸우뚱하게 기울이며 바라보았다.

"좋았어. 네가 말했던 대로 가끔 꿈에서 보기도 했지. 처음엔 많이 망설여졌어. 같은 직장이 아니었다면 난 어떻게 대했을까 하는 생각이 드는데 그건 현실이 아니니까 괜한 생각하고 싶지 않아. 한 가지 좀……. 두려운 건, 무섭다고 해야 하나? 그 사람 너무 직설적이야. 그가 하는 말이 사실인데 너무 솔직하게 말해 버리니까 두려워. 날 정신없이 몰아붙여. 제대로 생각을 할 수 없게 만들어."

"음……."

"네 말대로 서로 이렇게 알게 되기 전부터 호감을 느끼고 있었고, 충분히 매력 있는 남자야. 네 말처럼 신분 보장도 확실하고. 능력 있고. 잘생겼고, 추진력도 있고, 자신감이 넘치는 사람이야."

속사포처럼 말을 쏟아내고는 윤희는 입을 다물었다.

남수는 입을 꾹 다문 채 눈짓으로 더 말할 게 없냐고 신호를 보냈다.

"아, 모르겠어."

두 손에 얼굴을 묻으며 한숨을 푹푹 쉬어대는 윤희를 보며 남수가 입을 열었다.

"아무래도 내가 질문을 하는 게 편하겠다. 일단. 모든 조건이 다 좋아. 그렇지?"

"응."

윤희는 고개를 들어 머리를 쓸어 귀 뒤로 넘겼다. 한 손에 턱을 괴며 남수를 쳐다보았다.

"현재 진행은 어떻게 되어가고 있는 거야? 키스를 했으면 사귀자는 말이 나와야지?"

"으응."

"으응? 무슨 대답이 그래?"

"그 사람은 적극적이야. 두려울 만큼. 내가 직장 상사와는 사귀지 않는다고 했어."

"그랬더니? 쉽게 물러서?"

"아니. 내가 자꾸 물러서니까 서로를 알아가는 기회를 주자고 그러더라고. 지하철에서 이미 서로에게 호감을 갖고 있던 것 아니었냐고, 업무에 방해되지 않게 하겠다고."

"음, 과연 그렇게 딱 부러지게 나누어질까? 하긴 뭐, 공과 사를 구분 잘하는 널 보면 그게 가능하겠단 생각이 들긴 하지만. 이건 남자와 여자의 연애 감정인데, 분리되기가 쉽지 않을걸?"

"나도 그게 걱정이긴 한데. 그게 가능할 것 같기도 하고."

"그래?"

"응. 아까 저녁 먹으면서 서로 이야기했는데, 내가 인정해 버리니까 태도가 좀 바뀌더라고."

"어떻게?"

"목소리도 좀 부드럽게 변하고, 말투도 좀 변하고. 꼭 악마와 선한 사람이 공존하는 사람 같아."

"무슨 말이 그래? 악마의 반대는 천사지, 선한 사람은 뭐니?"

"천사 같진 않아."

처음 그가 그녀에게 키스했을 때, 그녀가 거절하자 거칠게 달려들며 그녀를 몰아붙이는 모습이 악마 같다면 그녀를 향해 싱긋 웃는 진욱의 모습은 예전 그녀의 기억 속에 있는 5-5와 흡사했다.

"아, 맞다. 그 사람이 날 가리켜 5-5라고 부르더라?"

"뭐? 5-5?"

"응. 그게 궁금해서 오늘 물어봤는데 대답을 안 해줘. 나중에 좀 더 서로를 알게 되면 그때 말해 주데."

"혹시, 그 사람도 너한테 별명 붙여 준 거 아닐까?"

"내가 그랬던 것처럼?"

"그래. 근데, 그 사람도 그 별명을 붙였다니 신기한데? 두 사람 정말 인연인 거 아니야?"

5-5. 아침마다 그를 볼 수 있다는 낯설고 설레는 기대를 갖게 해서 이름 모를 그에게 붙여준 별명이었다. 그녀에게 낯선 기대감을 갖게 했던 남자가 현실로 나타났다.

그래서 더 두려운 것일지도 몰랐다.

"그 사람이 어떤 뜻을 담아서 그렇게 부른 것인지 정말 궁금해. 나중에 꼭 물어볼 거야."

남수와 대화를 하면서 윤희는 지금 현 상태를 되돌아보게 되었다. 좀 더 객관적인 입장이 되어갔다. 서류를 검토하듯 제3의 입장이 되어졌다.

그녀를 정신없이 몰아붙이는 그의 행동을 미루어 본다면······ 갑자기 모든 것이 분명해지기 시작했다.

"훗."

"왜 웃어?"

혼자 뭔가 골똘히 생각하더니 피식거리며 웃는 윤희가 웃자 남수가 상체를 앞으로 숙여 좀 더 가까이 다가갔다.

"뭔데?"

"주도권은 나한테 있었던 거야. 나한테."

"주도권? 갑자기 그게 무슨 말이야?"

소리 내어 웃는 윤희의 눈빛이 흥미롭게 반짝거렸다.

그렇다. 그녀의 물러서는 반응에 진욱은 마음이 급했던 것이다. 한 발짝 물러서서 보니 분명하게 느껴지기 시작했다.

그녀가 내건 조건들을 진욱은 무조건적으로 받아들였다. 물론 부분적으로 거절하는 태도를 보이기도 했지만 그땐 진욱이 주도권을 잡고 있는 것이라고 생각했었다. 곰곰이 생각해 보니 그게 아닌 것 같았다.

애가 타는 사람은 그녀가 아닌 바로 이진욱인 것이다.

"네가 그랬지? 연애도 게임이라고."

"어? 어. 그랬지. 승자를 꼭 가릴 필요는 없고, 그냥 즐기면 되는 거야. 속된말로 밀땅 잘해야 스릴 있고 재미있어. 그렇다고 사람 감정 가지고 갖고 놀라는 소리는 아니야."

"무슨 말인지 알겠어."

물을 마시며 윤희는 의미심장한 미소를 지었다.

'주도권이 내게 있단 말이지. 이젠 내가 당신을 몰아붙여 줄게요. 이진욱 실장님.'

혼자 히죽거리며 웃는 윤희를 남수가 불안한 눈으로 바라보았다. 뭔가 좀 께름칙한 느낌이 들었다. 뜬금없이 주도권 이야기를 꺼내지 않나, 연애 한 번 제대로 해 본 적이 없는 윤희가 밀땅을 한다는 것이 상상이 되지 않았다. 게임도 해 본 사람이 잘한다고 숙맥이 지금 연애 게임을 하겠다고 말하는 것이다. 그것도 불도저식으로 밀고 들어오는 남자를 상대로 해서 말이다.

"잠깐만, 잠깐만. 하윤희!"

"응? 왜?"

"지금 네 말은 그러니까 이진욱 실장을 상대로 밀땅을 하겠다는 소리는 아니지?"

"왜? 내가 못 할 것 같아?"

"푸하하하. 하하."

마치 그녀를 비웃듯 꺄르르 소리 내어 웃는 남수를 윤희는 못마땅한 표정으로 바라보았다.

"왜? 왜 웃는데!"

"네가? 하윤희 네가? 큭큭. 내가 진짜."

"뭘? 갑자기 생각이 딱! 났는데. 내가 주도권을 쥐고 있는 거 같아."

"내가 보기엔 아닌데?"

"뭐가 아니야?"

"그러는 너는 뭘 보고 네가 주도권을 잡았다고 생각해?"

"나한테 먼저 다가온 사람도 그 사람이고, 지하철에서도 나에게 먼저 관심을 표시한 것도 그 사람이야."

"그래서?"

"회사에서 날 몰아붙이는 것도 그렇고. 키…… 스 한 것도 그렇고. 오늘 집까지 바래다준 것도 있고, 일요일 날 데이트도 하자고 했어."

리포터가 인터뷰를 하는 것처럼 남수가 손으로 마이크를 쥐는 모양을 만들더니 윤희의 입 앞으로 가져갔다.

"아하! 하윤희 씨가 생각하는 것은 그런 것이군요!"

남수의 번뜩거리는 눈빛이 심상치 않게 느껴지자 처음 자신 있던 윤희의 목소리가 점점 작아졌다.

"아, 뭐, 맞는 것 아닌가요?"

"땡! 땡땡땡!"

"뭐가 잘못된 건데?"

"나이 서른둘인 남자를 연애 초짜인 스물일곱 살 먹은 네가 요리를 하겠다고?"

남수가 한 손으로 턱을 괴더니 윤희를 지그시 바라보았다.

"이건 네가 분석해야 할 서류가 아니거든? 이론으로 되는 게 아니란 것이지! 이론으로 다 된다면 이 세상에서 연애에 실패하는 사람이 어디 있겠니?"

"내가 이상하게 생각하고 있는 거야?"

"사랑? 연애? 그거 머리로 하는 거 아니야! 감정이라는 게 머리의 통제를 벗어나서 제멋대로 행동하는데 그걸 조절하겠다고? 정말 컨트롤을 잘한다면! 그건 사랑이라고 부를 수 없지."

"무슨 말이 그렇게 어려워? 쉬운 단어들인데 이해가 좀 안 간다."

"에휴, 연애 못 해 본 네 죄가 크지. 암."

"이것 보세요. 윤남수 씨! 그쪽도 그리 연애 많이 해 보지는 않았잖아요!"

"연애라고 부를 수 있는 건 손에 꼽을 정도지. 하지만 너보단 많다. 그리고 넌 이론조차 없잖아."

"뭘 말하고 싶은 건데?"

"내가 보기엔 주도권은 너한테 아예 없단 말이지."

"왜 없는데? 지금 더 좋아하는 사람은 바로 그 사람이라고. 이진욱이란 남자라고!"

"보기엔 그렇지."

남수의 심드렁한 말에 윤희는 슬슬 약이 오르기 시작했다.

"내 판단이 틀렸다는 거야?"

"과일이라도 좀 먹을래? 내가 깎아 줄게."

자리에서 일어나 냉장고를 향해 가는 남수의 팔을 윤희가 잡아챘다.

"왜 회피해?"

"목말라. 뭘 좀 먹자고요. 윤희 씨."

그녀의 손을 부드럽게 풀어내며 남수는 냉장고 문을 열었다.

"난 귤 먹을래."

"오케이. 그럼 간단히 귤만 먹자. 늦은 시간이긴 하네. 너도 일찍 자야지."

"제대로 된 답을 듣기 전엔 너도 못 잘 줄 알아."

"어련하실까."

남수가 귤을 까기 시작하며 말을 하기 시작했다.

"네 말대로 이진욱 실장이 먼저 너에게 대시했지. 그건 사실이야. 키스도 먼저 했고, 너랑 어찌해 보려고 노력도 했어. 그 상황에서 주도자가 누구지?"

"주도자?"

"얘가 바보처럼 아까부터 계속 왜 이래? 나한테 도로 묻지 마. 이거 먹으면서 생각 좀 해 보셔."

깐 귤을 작은 크기로 뜯더니 윤희의 입에 넣어 주고는 다시 말을 이어갔다.

"이제까지의 행동에 대한 주도권은 이진욱 실장이 가지고 있다 이 말이지. 너 만약에 그 사람이 아무런 감정 표현도 안 하고, 진짜 직장 상사가 부하 직원을 대하는 것처럼 행동했으면 어쩔 건데? 그건 생각 안 해 봤지?"

"어? 어."

"뻔하지 뭐. 가슴 끙끙 앓는 하윤희가 눈에 훤히 보인다!"

"치이."

"너 솔직히 말해봐. 좋지? 그 남자가 먼저 다가오니까 안 좋아?"

"음."

"좋잖아! 너 연애 초짜거든? 그것도 아주 아주 초짜?"

"네가 좀 일려 줘."

"뭘?"

"내가 그냥 막 끌려가는 거 같아서 좀…… 억울해."

"에? 야! 남자가 알아서 다 주도해 주는데 뭐가 억울해? 남자는 자고로 리드! 리드 할 줄 알아야 해! 넌 그냥 마지못해 끌려가는 시늉만 하면 돼. 그게 얼마나 편한데."

"싫어."

"별게 다 싫단다. 그 남자가 너한테 키스할 때 물어보고 하디?"

"그, 그걸 왜 물어?"

"안 하지? 너 말이야. 만약에 키스해도 될까요? 라고 물으면 뭐라고 할래? 네에. 하세요. 이럴 거야? 아님, 속으로는 했으면 싶어도 안 돼요. 그럴 거야?"

"어? 그, 그건."

귤껍질을 만지작거리는 윤희를 보며 남수가 고개를 절레절레 흔들었다.

"밀땅은 아무나 하는지 알아? 넌 그냥! 그 남자가 하는 대로 따라가기만 하면 돼. 감정에 관한 통제가 그게 쉬운 일인지 알아? 괜히 꼼수 부리다가 네 꾀에 넘어가지나 말지? 밀땅은 자고로 타이밍이야! 네가 그 타이밍을 잡을 수 있을 거 같아? 잠자는 사자 코털 건들지 말고 얌전히 있어. 이게 내가 하고 싶은 말이다!"

"넌, 그 남자가 어떤 사람인지 모르면서, 왜 그 남자 편을 들어? 너, 내 친구 맞아?"

애꿎은 귤껍질을 이리저리 뜯으며 투덜거리는 윤희의 손을 남수가 툭하고 쳐냈다.

"쳇, 내가 무턱대고 이럴까 봐?"

남수가 의자에서 일어나 흐트러진 귤껍질을 모으기 시작했다.

"내가 낮에 너한테 메일 보내고 그냥 있었겠냐? 뒷조사 좀 해 봤지! 얼굴도 확인했고! 증명사진이긴 하지만. 잘생기긴 정말 잘생겼더만."

"뒷조사? 어떻게?"

남수가 윤희의 뒤로 다가가 어깨를 주무르며 혀를 끌끌 찼다.

"내가 누구니? 너랑 어렸을 때부터 같이 자라온 친구 아니니? 네가 엄한 사람한테 빠지기라도 하면 어떻게 해? 이모님도 안 계시는데 내가 옆에서 이런 거라도 해야지. 안 그래?"

어깨를 톡톡 두드리던 남수가 윤희의 어깨를 잡아 자리에서 일으켜 세웠다. 그녀의 방으로 등을 떠밀며 마지막으로 한 마디 했다.

"이것저것 생각하고 예측하면 아무것도 안 돼. 일단! 네 감정이 흐르는 대로 놔둬 보는 건 어때? 그러다가 시행착오 겪으면서 요리라는 것을 할 수 있게 된단다! 넌 빨리 배울 수도 있겠다. 분석하는 거 좋아하니까."

"이론이 아니라며?"

"응용해봐. 네 스타일대로! 부딪치다 보면 나와. 잘 자! 나도 이제 일해야지. 이번에 받아온 테이프는 좀 야한 거네. 에이. 옆구리 더 시리겠다."

윤희를 방으로 밀어 넣은 남수가 손을 흔들며 자신의 방으로 돌아갔다.

"뭐가 이렇게 복잡해? 내가 쥐고 있는 거 맞긴 한 거 같은데, 아닌가?"

침대에 걸터앉아 이런저런 생각을 하는 윤희의 머릿속은 복잡해지기 시작했다. 그가 바라보는 눈빛에 몸이 움찔거리고 괜히 가슴이 두근거리는 것이 무슨 죄지은 사람처럼 그녀를 안절부절못하게 하는 그가 얄미웠다.

"그 사람을 안절부절못하게 하는 방법은 없을까."

차를 돌려 집으로 돌아가는 진욱의 얼굴에는 웃음이 사라지지 않고 있었다. 서둘러 차에서 내리는 그녀의 당황스러운 모습이 꽤 순수하고 귀엽게 느껴졌다.

그녀의 모습을 떠올리며 진욱은 작게 소리 내어 웃었다.

"진짜, 귀여워."

처음 그가 그녀를 봤을 때의 순진한 모습은 잘못 본 것이 아니었다. 업무적인 능력 면에서 본다면 스물일곱이라는 나이에도 불구하고 뛰어난 역량을 가지고 있지만 그밖에 다른 면에선, 특히나 연애에 대해선 초보인 것 같았다. 그가 키스하는 동안 입술을 움직이지 않고 가만히 있는 걸로 봐서도 연애 경험이 몇 번, 아니 키스 경험이 많지 않다는 것을 알 수 있었다.

그녀의 부드러운 입술 감촉을 떠올리자 조금 전의 키스가 아쉬웠다.

"조금만 더 할 걸 그랬나? 이번 주까지는 참는다고 했는데. 어쩌면 좋을까. 하윤희."

저녁을 먹는 동안 도전적으로 바라보는 그녀의 눈빛이 마음에 들었다. 나름대로 룰이 있다는 것을 말하는 그녀의 태도에 점수를 주고 싶었다. 별 저항 없이 그에게 오면 좋겠지만 의외로 지금 상태가 그를 더 흥분되게 했다.

그녀는 알고 있을까? 은연중에 그를 도발하는 말과 태도를 보인다는 것을? 연애라는 것을 처음 시작했을 때의 감정이 되살아나는 것 같았다.

여자친구 없이 지낸 지 3년이라는 시간이 흘렀다. 무슨 사연이 있었던 것도 아니고 그가 바쁘다 보니 자연적으로 멀어지게 되었다. 헤어지기로 했을 때도 서로에게 미련이라는 것도 남지 않았다.

지하철을 타게 된 진욱은 우연히 그녀를 보게 되었고, 호감이 갔다. 모르는 여자에게 별도의 애칭까지 지어주며 아침마다 기다리는 이상한 버릇이 생겼다. 휴대전화를 들여다보며 열심히 틀린 그림을 찾고 있는 그녀의 몰두하는 모습에 뭔가 싶어 호기심에 들여다본 그도 그 게임에 서서히 빠지기 시작했다. 차라리 둘만 있다면 그녀와 같이 찾을 수 있지 않을까 하는 생각도 들었다. 복잡한 지하철이 대신 그녀와 단둘이 타고 다니는 거라면 얼마나 좋을까 하는 생각에 그의 상상 속에 만들어 놓은 5-5칸. 다른 사람들과 같이 있어도 그와 그녀가 타는 5-5칸은 유리막으로 되어 있기를 바랐다.

오늘 그녀가 5-5의 의미를 물었다. 대가를 치르라 했더니 다음에 물어본단다.

"훗."

그녀의 궁금증이 얼마나 버틸 수 있을지 기대가 됐다. 얼마 가지 못하고 또 물어볼 것이라는 것에 내기를 걸어도 좋았다.

집에 도착한 진욱은 주차장에 차를 주차시키고 잠시 차 안에 앉아 있었다.

이번 주라고 해 봐야 며칠 남지 않았다.

엘리베이터에서 내린 그녀는 사무실의 반투명 유리문 뒤로 불이 환하게 켜져 있는 것을 보았다. 누군가가 그녀보다 먼저 출근한 것이다. 시계를 보니 7시 15분이었다. 며칠 동인 규성이 그녀보다 5분 정도 차이로 일등으로 출근하지 못한 것을 아쉬워하더니 오늘은 기어이 그녀보다 일찍 나온 모양이었다.

출입증을 인식시키고 문을 열자 향긋하고 부드러운 원두커피의 향이 그녀의 코끝에 감겨왔다.

"얼마나 일찍 온 거지? 아, 좋다."

조용한 사무실 전체에 풍부하게 퍼져 있는 원두의 향이 그녀가 와서 내린 원두보다 훨씬 감미롭게 느껴졌다.

규성의 자리를 쳐다보며 자신의 자리로 향하던 윤희는 규성이 아직 출근 전이라는 것을 알았다. 자동으로 고개가 진욱의 방으로 향했다. 반쯤 열려 있는 블라인드 사이로 불이 켜져 있는 것이 보였다.

"가서 인사를 해야 하나?"

　그것도 사실 애매했다. 사장 비서도 아닌데 노크를 하고 아침 인사를 할 수 있는 것도 아니고 직속상관이라고 하긴 하지만 상황이 좀 애매했다. 차라리 그가 밖으로 나왔다가 보게 된다면 자연스럽게 인사를 할 수 있겠지만 말이다.

　코트를 벗어 옷장에 넣고 컴퓨터 전원을 눌러 놓고 윤희는 라운지로 향했다.

　진한 커피는 이미 집에서 마시고 나왔기 때문에 향긋한 원두의 향을 즐기기로 했다. 잔을 꺼내며 커피메이커를 본 그녀는 내려져 있는 커피의 양에 놀랐다.

"뭐지?"

　커피를 맨 처음 내리는 사람이 커피메이커의 용량에 맞춰 10인분 정도의 커피를 내린다. 커피가 모자랄 경우는 커피를 마시러 들어온 사람이 다시 내리는 것으로 되어 있다.

　그런데 진욱이 내린 커피는 고작 두 사람 정도가 마실 수 있는 양이었다.

"10인분을 내렸는데 그새 다 마신 건 아닐 테고."

　진욱이 혼자 마실 분량의 커피만 내렸을 거란 생각은 들지 않았지만 얼마 남아 있지 않은 커피를 마셔도 되는 것인지 의문이 들었다.

"이왕 내리는 거 다른 사람들도 마실 수 있게 하면 안 되나? 커피랑 물만 좀 더 넣으면 되는데."

그녀가 마시고 다시 내릴 생각에 잔에 커피를 붓고 있는데 뒤에서 소리가 들렸다.

"아침부터 뭘 그렇게 혼자 중얼거려요?"

"아. 안녕하세요. 규성 씨."

"굿모닝. 윤희 씨."

"커피가 한 잔 분량밖에 안 남았는데 남은 거 규성 씨 잔에 부을게요. 새로 내려야겠어요."

윤희의 말에 규성이 라운지 밖으로 나가더니 다시 들어왔다.

"오늘 이 커피는 실장님이 내린 거예요?"

"네. 저도 온 지 얼마 안 됐어요. 실장님이 오늘 좀 일찍 오신 것 같아요."

"얼굴은? 봤어요?"

"아직요. 노크하고 인사하는 것도 좀 그렇고 해서요."

"그래요?"

남아있는 커피를 잔에 따르는 윤희를 규성이 가만히 바라보았다. 감색 니트 원피스를 입은 그녀가 오늘따라 더 여성스럽고 우아해 보였다. 어깨에 살짝 닿는 머리카락을 보자 순간적으로 어깨 뒤로 넘겨주고 싶은 감정이 생겼다.

윤희는 서랍을 열어 커피필터를 꺼내자 규성이 말렸다.

"내가 내릴게요. 윤희 씨가 여러 번 내렸잖아요."

규성이 그녀를 밀어내고 필터를 갈아 끼우고 새로 커피를 넣었다.
규성이 뚜껑을 닫으며 물었다.
"오늘 무슨 좋을 일 있어요?"
"저요? 없는데요. 뭐, 있다면 봐야 할 서류의 양이 줄어들고 있다는 것이죠."
"참, 어제 1차 보고는 잘했어요? 실장님이 뭐라 하시던가요?"
"네? 아아, 네에……."
규성이 말하는 1차 보고와 진욱이 원했던 1차 보고는 서로 요구하는 성격이 달랐다. 규성은 업무에 관한 것을 물은 것이고 진욱은 다른 것을 말하는 것이었다. 물론 그가 의도한 대로 원했던 대답을 받았지만 말이다.
말끝을 흐리며 미소로 얼버무리는 윤희의 표정을 규성이 예리한 눈빛으로 살폈다.
수줍어하는 것을 보니 규성의 눈이 살짝 찡그려졌다. 딱딱하게 굳어지려는 입가를 커피 잔으로 감추며 궁금증을 하나 가득 담은 눈으로 그녀를 바라보았다.
"내일부터는 보고서를 작성할 수 있을 것 같아요. 오늘 다 볼 거거든요. 문서 보는 것보다 보고서 쓰는 게 더 힘들지 않을까 싶네요."
그녀는 알고 있을까. 며칠 전 엘리베이터 안에서 그와 실장 사이에서 보이지 않는 기 싸움이 있었다는 것을 그녀는 모를 것이다.

규성은 궁금했다. 이진욱 실장이 언제부터 그녀에게 관심을 두기 시작했는지, 두 사람이 현재 진행 중인 것인지 아니면 이진욱 실장의 혼자 초기 작업 중인지 궁금했다. 그렇다고 그녀에게 이진욱 실장과 어떤 사이인지 묻고 싶지 않았다.

그녀는 사내연애는 하지 않는다고 했다. 단순한 그와의 카풀도 거절했었다. 엄밀히 따지면 이진욱 실장보다 그가 먼저 그녀를 보았다. 면접 대기실에서 그녀를 처음 보았을 때 관심이 있었지만 그의 경쟁상대자였기 때문에 크게 마음에 두지 않았었다. 그녀도 합격했다는 것을 알았을 때 규성은 그에게 기회가 온 것이라 생각했다. 분명, 그가 먼저 하윤희를 본 것이었다.

'실장이 면접 때 그녀에게 관심을 가졌던 것일까?'

아니다. 그가 알고 있는 이진욱 실장은 면접을 이용해 여자에게 허튼 작업을 할 인물이 아니다. 그런데…… 규성의 본능은 이진욱 실장이 그에 대해 민감한 경계를 하고 있다고 말하고 있다.

"규성 씨, 아침부터 무슨 생각을 그렇게 해요? 저 먼저 자리로 갈게요."

화장실에 가기 위해 방에서 나온 진욱은 라운지에 두 사람이 같이 있는 모습이 눈에 들어오자 그곳으로 가 훼방을 놓고 싶었지만 그러지 않았다.

커피메이커를 향해 서 있어서 둘 다 뒷모습을 보이고 있었지만 대충 어떤 상황인지 감이 잡혔다. 그녀는 그가 내린 커피의 양에 의문이 들었을 테고, 그녀의 잔에 커피를 붓고 나머지는 규성에게 주었을 것이다. 그가 직접 내린 커피를 말이다.

진욱은 그녀에게만 그가 내린 커피를 맛보게 하고 싶었지만 그렇게 되면 그녀는 분명 다른 사람들을 위해 새로 커피를 내릴 것이 분명했다. 그리고 그녀가 내린 커피의 첫 잔을 규성이 마시는 게 싫었다. 원치 않았다. 규성은 분명 그녀가 커피를 새로 내리려고 하면 그가 내리겠다고 할 것이다. 현재 상황은 그의 예상대로 흘러가고 있었다.

 손을 씻고 종이 타월에 손을 닦는 진욱의 입가에 비릿한 미소가 지어졌다. 감색 니트 원피스를 입고 날씬한 몸매를 드러낸 그녀의 옆에 규성이 서 있는 것이 마음에 들지 않았지만 그녀의 마음이 이미 그에게 기울었기 때문에 그냥 두었다. 그녀를 믿고 있기 때문이었다.

 그녀의 성격에 두 남자 사이에서 줄다리기를 하지는 않을 것이다. 연애 초짜인 그녀에게 그게 가능하지 않겠지만 말이다. 단지, 규성이 그녀에게 가까이 다가가기 위해 그와는 다른 방법으로 접근하려는 것이 마음에 들지 않았다. 그의 꽃에 다른 벌들이 날아드는 것을 허용하고 싶지 않았다. 그것이 자연의 이치라고 해도 말이다.

 방으로 걸어가던 진욱은 자리로 돌아가는 그녀와 시선이 부딪쳤다.
 "안녕하세요. 실장님."
 "좋은 아침입니다. 하윤희 씨."
 짧게 인사하고 곧장 자신의 사무실로 들어가는 진욱을 윤희는 조금은 섭섭한 심정으로 바라보았다.

자리로 돌아와 서류철을 여는 윤희의 눈빛에 실망감이 실렸다.

'이 기분은 뭐지? 뭔가 좀 이상하네.'

진욱이 살짝 미소만 지어 주었더라도 괜찮았을 것 같았다. 그녀의 인사만 받고 사무실로 들어가 버리는 그에게 뭘 바랐는지는 모르지만 그녀는 그냥 좀 섭섭했다.

'그에게 뭘 기대했던 거지?'

업무에 방해받지 않게 해 달라고 요구한 것은 그녀였다. 그는 거기에 동의했다. 그의 행동이 잘못된 것이 아니었지만 그렇다고 그의 무심한 얼굴을 보게 될 줄은 몰랐다.

아침에 옷장 문을 열었을 때 눈에 제일 먼저 들어온 것이 감색 니트 원피스였다. 색이 예쁘고 고와 샀던 옷이지만 자주 입어 보지 못한 옷이었다. 오랜만에 입어 볼까 싶어 꺼내 들었다. 몸에 딱 달라붙는 소재는 아니어서 큰 부담 없이 입을 수 있는 옷이었다. 적당한 볼륨감이 있는 그녀의 라인을 많이 드러내지 않는 범위에서 몸에 살짝 감기는 촉감이 좋았다.

출근하면서 기분 전환으로 입는 것이라고 자신에게 말했다. 남자에게 예쁘게 보이고 싶어 하는 여자의 본능적인 행동이라는 것을 모른 척하면서 말이다.

"괜한 생각하지 말고, 일하자! 일!"

커피를 한 모금 마시며 그녀는 일에 집중하기 시작했다.

오후 3시쯤 진욱은 어머니로부터 전화 한 통을 받았다. 그의 회사 앞에 일식집 초밥이 먹고 싶다는 용건이었다.
 "그럼, 이쪽으로 오시지 그러세요."
 〔아니야. 몸이 좀 피곤해서 그래. 아버지 것도, 네 것도 사오렴. 집에서 먹자꾸나. 너도 이번 주 계속 늦게 들어오지 않았니?〕
 "안 그래도 오늘은 저도 좀 일찍 들어가려고 했어요. 그럼 저녁 때 뵐게요."

 아침 일찍 나와서 업무를 보기 시작한 것은 이유가 있었다. 오후에 IPS 김 부장과 약속도 있었고, 오늘은 정말 그녀와 저녁 늦게까지 같이 있고 싶지 않았기 때문이었다.

 그녀와 약속을 했다. 얼마 남지 않았다. 이번 주까지는 스킨십을 하지 않기로 한 것을 지키려면 되도록 그녀와 부딪치지 않아야 했다.

 진욱은 그녀만 보면 자꾸 초조해진다는 것을 알았다. 지하철에서 그녀를 볼 때는 뭐랄까 느낌이 좋은 것, 그냥 그의 눈에 예뻐 보이고 그의 시선을 잡아끄는 것, 아침마다 괜한 낯선 설렘을 갖게 하는 막연한 존재였다. 지금은 입장이 달랐다. 막연히 바라보기만 해야 하는 여자가 아니다. 이제는 그가 만지고 느낄 수 있는 존재였다. 그의 잠자고 있는 남자의 본능, 짐승으로 돌변하려는 본능이 그녀를 향해 꿈틀거리기 시작했다. 그녀의 감촉을 맛본 이상 그녀에게 더 많은 것을 요구할지도 몰랐다.

 진욱은 창가로 다가가 블라인드 사이로 그녀의 자리를 바라보았다. 점심때도 일부러 그녀와 떨어진 자리에 앉았다. 옆에 가까이 앉고 싶은 마음이 굴뚝같았지만 그도 모르게 자꾸만 가는 시선을 다른 사람들이 눈치 챌지도 모르기 때문이었다. 입사한 지 얼마 되지 않았는데 그녀가 괜한 사람들 입에 오르내리는 것은 그 역시 원치 않았다. 한동안 그녀와의 비밀 연애를 하는 것도 괜찮을 듯했다.

고개를 숙인 채로 서류를 들여다보고 있는 그녀의 모습에 진욱은 그녀의 입무 집중력이 사랑에 빠졌을 때도 적용이 되는지 궁금해졌다. 그와의 사랑에도 저렇게 집중적으로 할지, 그가 앞으로 가르쳐 줄 모든 사랑의 대화도 그녀가 열정적으로 하게 될지 궁금해졌다. 모든 게 궁금했다. 그녀의 모든 것이.

아직은 서툰 그녀의 키스, 하지만 그런 서투름이 그를 더 자극했다. 미지의 땅을 개척하는 느낌이 이런 것일까. 아무도 맛보지 않은, 제대로 맛보지 못한 금단의 열매를 곧 그는 갖게 될 것이다. 그 생각에 미치자 진욱의 몸이 다시 그녀를 향해 반응을 나타내기 시작했다. 창가에서 물러서야 할 것 같았다. 그렇지 않으면 그녀를 어디론가 데리고 가서 맘껏 탐해 버릴 것만 같았다.

한 발짝 뒤로 물러서려던 진욱은 그녀가 자리에서 일어나 박스 안에 서류를 담기 시작하는 것을 보았다. 서류를 담으면서 옆에 있는 김 대리에게 질문을 했다. 아마도 문서를 보관실에 갖다 놓으려는 모양이었다.

망설일 시간도 없이 진욱의 손은 문손잡이를 잡아 돌리고 있었다.

관심 없는 척 걸어가던 진욱은 박스를 들고 서 있는 윤희를 무심한 눈빛으로 바라보았다.

"벌써 다 끝난 겁니까?"

"네."

"보관실?"

"네."

"나도 그쪽으로 가는 방향인데 같이 가죠. 이리 줘요."

그녀가 들고 있는 박스를 받으려고 하자 윤희는 몸을 뒤로 빼며 거부했다.

"어딘지 알고 있습니다. 제가 갖다 놓을게요."

그의 시선을 피하며 윤희는 복도를 향해 걸어갔다. 그를 반기는 말투가 아니었다. 박스를 들고 걸어가는 그녀의 뒷모습을 진욱이 의아한 표정으로 바라보았다.

윤희의 뒤를 따라가며 진욱은 그녀의 말투 속에 교묘히 숨어 있는 차가움을 느꼈다. 뭔가 불만인 모양이었다. 그렇다면 알아야 했다. 이유 없이 그녀에게 찬밥 신세가 되는 건 원치 않았다.

복도 끝에 있는 문서보관실에 도착한 윤희는 문을 열기 위해 들고 있던 박스를 바닥에 내려놓으려고 했다. 그때 진욱이 다가와 문을 열어 주었다.

"감사합니다."

그녀를 뒤따라 들어가며 진욱은 문을 닫았다. 손을 뻗어 스위치를 켜 보관실 안쪽에 불이 들어오게 했다.

박스를 들고 연도별로 표시되어 있는 곳으로 가는 것을 입구에서 지켜 보고 있던 진욱이 느린 걸음으로 천천히 다가갔다.

윤희는 박스를 넣어야 할 곳이 작년도 라인 맨 아래 칸인 것을 보고는 쭈그리고 앉아 박스를 밀어 넣었다. 진욱이 입구에서 움직이는 것을 곁눈질로 보았지만 신경 쓰고 싶지 않았다.

박스를 밀어 넣고 자리에서 일어서려는 그녀의 옆으로 진욱의 긴 다리가 보였다. 천천히 몸을 일으킨 그녀는 고개를 돌리지 않은 채 앞을 바라보았다.

기다리다 못한 진욱이 먼저 입을 열었다.

"무슨 서류를 찾고 있습니까?"

조용한 보관실 안에 진욱의 중저음 목소리가 퍼져나갔다. 그녀가 계속 그의 시선을 피하며 앞만 보고 있었다. 눈동자를 이리저리 돌리며 그의 시선을 피하는 것을 보며 진욱은 이 여자를 어찌하면 좋을까 생각해 보았다.

뭔가 못마땅한 것이 있는 것이 분명했다.

"말해 봐요."

그녀의 팔을 가볍게 쥐자 고개가 돌려졌다.

"말해 봐요."

"뭘요?"

"뭔가 심통 난 게 있는 거 같은데 그게 뭔지."

"심통이요?"

진욱이 아까 박스를 들어준다고 했을 때 말이 조금 차갑게 튀어나오긴 했지만 그것을 심통이라고 표현하는 그가 마음에 들지 않았다. 그녀의 이성적인 면을 자꾸만 혼란스럽고 흔들리게 하는 그의 존재가, 남수의 말대로 그에게 휘둘리고 있는 그녀 자신 때문에 기분이 안 좋은 건 사실이었다.

"예쁘게 입고 왔는데 목소리는 예쁘지 않군요. 심통이 난 사람처럼."

"뭐라고요?"

뺀질거림과 능글거림의 고수라 해도 과언이 아닐 정도로 진욱의 말은 그녀의 불편한 심기를 건드렸다. 그녀를 상대로 장난치는 게 재미있는지는 모르겠지만 당하고 있는 그녀는 하나도 재미없었다.

"지금 장난하세요?"

"장난?"

"네. 이진욱 실장님. 지금 절, 상대로 장난하시는 것 같아요."

"난 심각한데, 장난이라고 말하는 겁니까?"

"심각이요? 제가 보기엔 전혀 심각하지 않으세요. 아침부터 지금까지 제게 한 마디도 안 하셨어요. 오히려 무심한 눈길을 주셨죠. 그런데 왜 갑자기 박스를 들어주겠다는 친절함을 보이세요? 불과 이틀 전만 해도 공개적으로는 아니지만 서로에게 기회를 주기로 한 것 아니었나요?"

살짝 분노를 담은 눈빛으로 그를 바라보며 말을 하고 있는 그녀를 진욱은 가만히 바라보았다.

그녀는 역시 아직 어리다. 연애라는 것을 처음 해 보는 것이 분명했다. 공과 사를 철저히 구분하기를 원한다고 했지만 실제 감정은 그러지 못한 것이다. 그건 경험이 없기 때문이었다. 그래서 감정이 어떻게 변하고 있는지 그녀 스스로 느끼지 못하고 있는 것이다. 이렇게 심술이 난 것은 아침에 그가 그녀에게 따뜻한 눈빛을 보여주지 않았기 때문이란 생각이 들었다.

"무심한 눈길 준 적 없는데……."

"그냥 살짝 미소만 지어 줬어도 기분이 이러지는 않았을 거예요. 내가……, 흡."

진욱의 입술이 그녀의 말을 그대로 삼켜버렸다. 지금 그녀가 하는 말들이 그에게 앙탈을 부리는 것인지 그녀는 모를 것이다. 그 모습이 귀엽고 사랑스러웠다. 억눌러야 하는 감정을, 스킨십을 하지 않기로 한 약속은 아예 없었던 듯 진욱은 눌러왔던 그의 감정을 그녀에게 표현하기 시작했다.

부드러운 입술을 마음껏 빨아 당겼다. 잘록한 허리를 잡아 몸을 끌어당겼다. 점점 더 뜨거워지는 키스로 인해 진욱의 목 안에서 거친 신음소리가 흘러나왔다. 그의 손이 등으로 올라가며 키스가 더 열정적으로 변했다. 몰려오는 거친 격정으로 등을 쓰다듬는 진욱의 손이 거칠게 그녀의 등을 방황했다.

입 안을 정신없이 휘젓는 혀의 움직임에 윤희는 정신을 잃을 것만 같았다. 혀가 뽑힐 것 같은 느낌에 윤희는 신음소리를 냈다.

"아."

그녀의 신음소리에 진욱은 그제야 정신을 차렸다. 그들이 있는 곳은 문서보관실이라는 것을 깨달았다. 다른 사람들이 언제 이곳으로 들어올지도 모르는 상태였다. 진욱은 입술을 떼고 그녀의 표정을 꼼꼼히 살폈다. 그녀의 턱을 들어 올려 불빛에 입술을 잘 보이게 했다. 아주 살짝 부풀어 올랐지만 눈에 띌 정도로 표가 날 정도는 아니었다.

그가 잠시 자제력을 잃었던 것이다. 진욱은 그녀를 끌어안으며 스스로를 달랬다.

"아침에 그렇게라도 하지 않았다면 이런 일은 벌써 생겼을 거야. 최규성과 둘이 있는 것만 봐도 피가 거꾸로 솟는 기분이라고. 그런 감정을 보이고 싶지 않아서 그랬는데 그게 당신을 서운하게 한 모양이군."

진욱은 더 이상 그녀의 입장에서 봐주는 것을 버리기로 했다. 그녀가 원하는 대로 해 주다가는 오히려 그녀 스스로가 감정을 유지하기가 힘들 것 같단 생각이 들어서였다.

그녀가 가슴에 이마를 대며 중얼거렸다.

"일부러 그랬다는 생각은 안 드는데 그냥 기분이 좀 나빴어요. 서운했어요."

진욱이 턱을 들어 올려 부드럽게 입맞춤을 했다.

"기분 나빠하지 말고 들어요. 연애, 해 본 적 있어요?"

"없……어요."

그녀가 시선을 옆으로 돌리며 작은 목소리로 대답했다.

"그럴 것 같았지. 그럼, 이제 내가 이끄는 대로 따라오기만 해요. 괜히 딱딱한 척, 차가운 척하지 말고."

입술을 내려 다시 윤희에게 입맞춤을 하려고 하는데 문서보관실 문이 열리는 소리가 났다.

순식간이었다. 번개와 같은 속도로 진욱은 윤희의 몸을 한쪽으로 밀어 버리더니 바로 앞에 있는 문서 박스를 꺼내 그녀에게 건네주고는 그도 하나의 문서 서류함을 꺼내 안에 있는 서류를 들추기 시작했다.

　보관실로 들어온 사람은 다름 아닌 규성이었다. 두 사람을 쳐다보는 규성의 눈빛이 예사롭지 않았다.

　두 사람이 보관실로 같이 들어가는 것은 본 규성은 한참이 지나도 아무도 나오지 않자 따라 들어와 본 것이었다.

　"아, 최규성 씨. 최규성 씨도 찾아볼 서류가 있습니까?"

　진욱이 서류함에서 서류철을 하나 뽑아 들더니 규성을 향해 들어 보였다.

　규성을 지나 문을 향해 걸어가며 진욱은 몸을 돌려 윤희를 향해 말했다.

　"그 박스함에 있는 서류들을 큰 분류로만 나누어서 월요일 보고서에 첨부하세요."

　진욱이 말을 마치며 문을 열고 나가자 윤희는 안도의 한숨을 몰래 내쉬었다. 진욱의 순발력에 박수를 쳐 주고 싶었다.

　그녀가 들고 있는 박스에는 2년 전 국제협력부에서 시행한 프로젝트에 관한 서류였다. 이것이 정말 보고서에 필요한 것들인지는 잘 모르겠지만 큰일 날 뻔한 일을 무사히 잘 넘긴 것 같았다.

　보관실에 박스를 갖다 놓으러 간 윤희가 다시 들고 오는 모습을 본 김 대리가 의아한 눈으로 물었다.

　"어? 왜 다시 들고 와요?"

　"아, 네에……. 그게."

　"자리 못 찾았어요? 연도 표시되어 있는 거 보면 쉽게 찾을 수 있는데?"

"이건 다른 거예요."

윤희는 책상 옆 공간에 박스를 내려놓으며 김 대리 시선을 피했다. 혹시라도 그녀의 얼굴에 키스한 흔적이라도 남아 있으면 어쩌나 하는 마음 때문이었다.

"다른 거라니? 왜?"

박스에 표기되어 있는 라벨을 확인하더니 김 대리가 다시 쳐다보았다.

"2년 전 건데 이건 왜 들고 왔어요? 실장님이 이것도 보라고 하셨어요?"

"아, 보관실에 서류 두려고 갔었는데 실장님과 만났어요. 이것도 보고서에 올리라고……."

박스를 가리키며 김 대리가 볼펜을 쥔 손으로 큰 원을 그렸다.

"이걸 몽땅 다 보라고? 보고서는 제출은 월요일이잖아요. 오늘이 금요일. 이게 무슨 일이래?"

"다 보라고는 안 하셨어요. 큰 부류들만 목록 작성해서 보고서에 첨부하라고 하셨어요."

"흐음."

김 대리는 이해할 수 없다는 듯 고개를 흔들더니 뭔가 생각난 듯 그녀에게 말했다.

"아, 5분 뒤에 작은 회의실로 집합."

"회의실이요?"

"응, 송 과장님이 모이라고 했어. 실장님도 조금 있으면 IPS에

가시는 거 같더라고. 회의 끝나면 퇴근시간 다 될 것 같은데?"

"네에."

"나, 화장실 들렀다가 회의실로 바로 들어갈게."

들고 온 박스를 쳐다보며 이 많은 서류들을 어떻게 분류하면 좋을까 생각하고 있는데 딩동 소리와 함께 모니터에 쪽지창이 떴다.

진욱이 보낸 쪽지였다.

[그 박스에 있는 서류들은 보지 않아도 돼요.]

윤희는 답장을 눌렀다.

[이미 김 대리님께 보고서에 넣어야 한다고 말했어요.]

답장을 보내자 바로 대화창이 깜빡이기 시작했다.

[이진욱: 받아요.]

진욱이 그녀에게 보낸 파일은 그가 분류하라고 한 서류들의 목록 파일이었다. 얼떨결에 파일 받기를 누른 그녀는 뭐라고 대답을 해야 할지 망설였다.

그녀가 입력해야 할 메시지 창이 대기 중으로 표시되자 진욱은 자리에서 일어나 블라인드 사이로 그녀의 자리를 바라보았다. 모니터를 바라보고 있는 것이 보였다. 그녀의 어깨가 크게 들썩였다. 한숨이라도 내쉰 모양이었다.

진욱은 그녀에게 괜한 일을 만들어 준 건 아닌가 싶었다. 그가 다시 그녀에게 키스하려고 할 때 규성이 문을 열고 들어오지 않았다면 어찌 되었을까 싶었다. 어쩌면 다행일지도 모른다. 직원들이 언제 들어올지 모르는 상황에서 두 사람이 키스하는 모습을 들키기라도 했다면 사태는 쉽게 수습하기 힘들었을지도 몰랐다.

"이번엔 방해해 준 최규성에게 고맙다고 해야 하나?"

혼자 피식거리며 웃는 진욱의 눈에 그녀의 입력창이 움직이는 것이 들어왔다.

〔하윤희: 감사합니다. 그런데, 저와의 약속을 어기신 관계로 일요일 약속은 없던 것으로 하겠습니다.〕

그 메시지를 끝으로 그녀의 메신저가 로그아웃으로 변했다.

그 순간 자리에서 벌떡 일어나 문을 연 진욱은 황급히 회의실로 향하는 그녀를 보았다. 허둥지둥 도망치듯 회의실 안으로 사라지는 그녀를 보며 진욱은 허탈한 웃음을 지으며 문을 닫았다.

한동안 손잡이를 잡고 있던 진욱은 고개를 흔들며 옷걸이로 다가가 코트를 손에 쥐었다. 뭔가가 재미있는 듯 소리 내어 웃었다.

"한 방 먹었군."

15. 들켜버린 마음

회의 노트를 가슴에 끌어안고 안으로 황급히 들어오는 윤희를 규성이 놀란 눈으로 쳐다보았다.
"왜 그래요?"
"네?"
"쫓기는 사람처럼? 송 과장님은 조금 늦으신데요."
"아, 네에."
규성과 김 대리 사이에 앉으며 윤희는 회의 노트를 펼쳤다. 조금 전 진욱에게 보낸 메시지를 떠올리니 심장이 벌렁거렸다. 무슨 배짱으로 그렇게 말했는지 엔터키를 치는 순간 덜컥 겁이 나 컴퓨터를 강제 종료시켜버렸다.

목소리를 가다듬으며 윤희는 고개를 돌려 규성에게 물었다.

"실장님은 안 들어오신다면서요?"

"안 들어오세요?"

윤희의 말에 규성이 되묻자 김 대리가 대신 대답했다.

"네. 실장님은 IPS에 들어가실 거라고 들었는데."

잠시 뒤 송 과장이 두툼한 프린트물을 옆구리에 끼고 회의실로 들어왔다.

"나눠 주는 거 한 부씩 받으세요. 하윤희 씨?"

"네. 과장님."

"실장님께 올릴 보고서는 잘 진행되고 있나요?"

"네. 보라고 하신 서류들은 다 보았습니다. 보고서 작성만 남아 있습니다."

"그렇군요. 늦게까지 남아서 한다고 고생 많았어요. 차질 없게 준비 잘하세요."

"네. 알겠습니다."

프린트를 나눠 갖자 송 과장이 팀원들을 쭉 훑어보더니 규성과 윤희에게 시선을 주었다.

"그럼, 어디 이번에 새로 들어온 신입들의 아이디어 좀 들어 볼까요?"

송 과장의 말에 규성과 윤희는 서로를 바라보다 곧장 송 과장의 얼굴로 시선을 돌렸다.

"네?"

규성의 의아한 표정에 송 과장이 안경을 아래로 조금 내리며 쳐다보았다.

"뭘 그렇게 놀래요? 말 그대로. 새로운 기획 안을 두 사람이 머리 짜서 내놓으란 소리죠. 똑똑한 두 사람이 어떤 아이디어를 내놓을 건지 기대해 보죠."

새로 들어온 사람들의 능력 평가를 해 보겠다는 송 과장의 말에 두 사람은 걱정스러운 눈으로 서로 바라보았다.

한 시간이 넘는 회의가 끝나고 사람들이 밖으로 나가기 시작했지만 윤희는 움직이지 않고 그 자리에 앉아 있었다.

규성이 몸을 일으키려다 말고 노트에 적어 놓은 메모를 보고 있는 윤희 옆에 다시 앉았다.

"윤희 씨, 걱정돼요?"

"조금요."

"우리에게 뭔가 아이디어를 짜 오라고는 할 줄 알았지만 일주일 만에 받게 되리라고는 예상 못 했어요. 진짜 딱 일주일 주네요."

"송 과장님이 갑자기 그러시니까 어디서부터 알아봐야 할지 감이 안 잡혀요."

"일단 윤희 씨는 월요일 실장님께 올릴 보고서부터 작성해요. 내가 몇 가지 생각해 볼게요. 오케이? 오늘 나눠준 자료부터 봐야죠. 실장님 보고가 우선이니까 윤희 씨는 먼저 보고서 건부터 먼저 끝내요. 알았죠?"

규성이 파이팅 하자며 주먹을 불끈 쥐어 보였다.

"네. 파이팅."

IPS에서의 일이 끝난 진욱은 차로 다가가며 시간을 확인했다. 지금 출발하면 회사에는 7시 30분쯤이면 도착할 것 같았다. 그녀는 혼자 있을 것이 분명했다. 집으로 가기 전 잠시지만 얼굴을 보고 싶었다. IPS로 오기 전에 미리 주문해 둔 초밥만 가지고 바로 집으로 갈 것인지 그녀의 얼굴을 보고 갈 것인지 고민되었다. 보게 되면 덤벼들고 싶어질지도 몰랐다. 어쩌면 그가 없는 틈을 타 규성이 저녁을 먹자고 했을지도 몰랐다.

주차장을 빠져나가는 진욱의 얼굴이 복잡한 심정으로 딱딱하게 굳었다.

회사 앞 일식집에 도착한 진욱은 그냥 집으로 가야겠다고 마음을 굳혔다. 그녀의 얼굴만 보고 내려올 자신이 솔직히 없었다. 문서 보관실에서의 키스가 의외로 그에게 묘한 자극을 주었다. 철제 선반과 캐비닛 안에 빽빽하게 들어차 있는 서류들의 종이냄새와 습도 유지를 위한 공기 정화 환풍기 때문에 보관실 안은 제법 쌀쌀했다.

그와는 반대로 진욱의 몸은 뜨겁게 그녀에게 반응을 했다. 그녀는 그의 스킨십에 거리를 두고 싶어 했지만 그가 키스하자 거부하지 않았다. 그녀와의 달콤한 키스를 생각하며 미소를 짓던 진욱은 문득 떠오른 것에 입가가 딱딱하게 굳어졌다. 메신저로 보낸 쪽지 내용은 참으로 발칙한 발상이었다.

"약속을 어겼으니 일요일 약속은 없는 거라고? 흠."

차에서 내린 진욱은 Center 건물을 올려다보았다. 잠깐이면 된다. 진심인지 묻고 싶었다.

"내가 한 발짝 물러서야 하나?"

손가락으로 턱을 쓱 문지르며 진욱은 걸음을 돌려 일식집으로 들어갔다.

"어서 오십시오. 아, 이진욱 실장님. 포장 준비 다 되었습니다."

"네. 감사합니다."

결제카드를 내밀자 사장이 카드를 받으며 말했다.

"지난번에 같이 오신 여성분 말입니다. 저희 집 음식이 입에 맞았는지 오늘 저녁에 포장 주문을 하셨습니다."

"네?"

"하윤희 씨라고 아까 전화하시더니 내려올 시간이 없을 것 같다면서 배달이 되는지 물어보시던데요?"

"그래서요?"

"배달된다고 했지요. 암요. 저녁 먹으러 내려올 시간도 없으시다는데 당연히 배달을 가야지요."

"이미 배달 갔나요?"

"아닙니다. 이제 곧 올라가려고요."

계산대 옆에 포장되어 있는 종이가방이 보였다.

"저건 가요?"

진욱이 종이가방을 가리키자 사장이 맞다며 카드를 돌려주었다.

"저것까지 결제해 주세요. 어차피 사무실에 잠깐 들러야 하는데 제가 가져가겠습니다."

"아, 그러시겠습니까? 감사합니다."

초밥이 포장된 종이가방을 든 진욱의 얼굴에 미소가 번지기 시작했다. 스윽 지어지는 미소가 뭔가 하나 건졌다는 듯 엉큼하기까지 했다.

조수석에 집에 가져갈 것을 내려놓고 건물 안으로 들어가는 진욱의 발걸음이 아까와는 달리 한결 가벼워졌다.

"이런, 이런. 어쩌나 하윤희 씨. 내가 이 시간에 다시 올 거라고는 예상하지 못할 텐데. 날 보면 깜짝 놀라려나? 약속 취소라……. 누구 마음대로."

12층에 도착한 진욱은 출입증을 대고 안으로 들어갔다. 소리 없이 윤희의 자리로 다가가던 진욱은 모니터를 보며 뭔가에 집중하고 있는 그녀를 발견하자 발소리를 죽이고 천천히 다가갔다.

어깨에 살짝 닿는 머리가 지금은 작은 고무줄로 하나로 묶여 있었다. 길이가 짧아서 그런지 동그란 얼굴 주변으로 머리카락 몇 가닥이 내려와 있었다. 빙 둘러 그녀의 뒤쪽으로 다가간 진욱은 방해를 하면 안 될 것 같아 잠시 기다리기로 했다.

파워포인트 창이 띄워져 있는 걸 보니 보고서를 작성하는 중인 모양이었다. 잘 풀리지 않는지 손에 쥐어진 볼펜이 규칙적으로 톡톡 소리를 내며 책상 위를 두드리고 있었다. 그와 같은 버릇을 가지고 있는 것 같아 기분이 좋아졌다.

"훗."

턱을 괜 채 한동안 모니터를 보고 있던 그녀가 뭔가 생각이 났는지 열심히 자판을 두드리기 시작했다.

조용한 사무실에 그녀의 자판을 두드리는 소리가 상대적으로 크게 울리기 시작했다. 엄청난 속도였다.

'400? 500? 600타 정도 되겠군.'

가느다란 손가락에 의해 자판은 쉴 새 없이 소리를 내고 있었다. 중간에 쉬는 틈도 없이 계속 다다다 소리를 내고 있었다.

윤희의 열중하는 모습에 진욱은 속으로 그저 감탄만 하고 있었다. 그녀를 정말 제대로 본 것이다. 정확하게 파악하고 있는 것이다. 일에 대한 열정이 대단했다. 그보다 다섯 살이나 어린 그녀는 어찌 보면 한창 놀고 싶어 할 때일지도 몰랐다. 좋은 직장에 취직했다고 자랑하며 친구들과 즐겁게 주말을 즐기며 보내고 있어야 하는 것이 옳은 것일지도 몰랐다.

그녀 정도라면, 아니 그녀라면 충분히 친구들에게 남자들에게 인기가 있을 것이다. 이렇게 멋진 그녀가 왜 이제까지 연애를 한 번도 못해 봤는지 진욱은 궁금했다. 빌라에 혼자 살고 있는 것도 궁금했다. 그녀에 대해 알고 있는 것이 의외로 적다는 것에 진욱은 갑자기 당황스러웠다. 그녀의 얼굴이 익숙해서 그런지 오래전부터 알고 지낸 사람처럼 느껴진 모양이었다.

소리 없는 한숨을 내쉬며 진욱은 시계를 들여다보았다. 언제까지 이렇게 숨죽이며 뒤에 서 있어야 하는 것인지 난감했다.

집중하고 있는 그녀를 방해할 엄두가 나지 않았다. 직원들이 그에게 말하는 '실장님 정말 못 건드린다니까요.' 라는 말이 이해가 될 것 같았다. 지금 그가 느끼는 것처럼 그들과 같은 느낌이란 생각이 들었다. 아무래도 그냥 돌아가야 하는 것이 낫겠다 싶었다.

걸음을 막 떼려는 순간 진욱의 휴대전화가 맑은 소리를 내며 울리기 시작했다. 조용한 사무실 안에 벨소리가 유달리 크게 울리자 자신의 휴대전화 벨소리임에도 불구하고 진욱은 놀랐다. 코트 안에서 재빨리 전화를 꺼냄과 동시에 윤희의 비명 소리가 사무실 안으로 울려 퍼졌다.

"아악!"

"제가 다시 전화할게요."

벌떡 일어나 서 있는 그녀를 바라보며 진욱은 서둘러 전화를 끊었다.

놀라서 커다랗게 떠진 눈이 그에게 고정되어 있었다. 가슴 앞으로 모아진 가느다란 두 손이 부들부들 떨고 있었다. 아무래도 매우 놀란 모양이었다.

진욱은 재빨리 다가가 그녀를 꼬옥 끌어안았다.

"놀랐어요? 미안해요. 놀라게 하려고 한 게 아닌데."

숨죽이며 보고 있던 그 자신도 놀랐는데 그녀는 오죽하겠는가.

열심히 보고서를 작성하고 있던 윤희는 낯선 벨소리에 순간적으로 자판을 두드리던 손을 멈췄다. 분명 그녀의 벨소리가 아니었다. 그런데 등 뒤에서 낯선 벨소리가 들리는 것이다. 지금 12층 사무실에는 아무도 없고 그녀 혼자다. 목 뒤가 서늘해지면서 온몸에 소름이 오드득 돋아남과 동시에 그녀의 입에서 비명이 터져 나왔다. 소리를 지르며 뒤를 돌아보니 뜻밖에 그녀의 눈에 들어온 건 귀신이 아닌 진욱이었다.

'그가 왜 여기에 있지?'

안도감이 몰려옴과 동시에 손이 축축해지며 부들부들 떨리기 시작했다.

그가 성큼 다가와 그녀의 떨리는 몸을 강하게 보호하듯 감싸 안았다. 그의 강한 두 팔과 넓은 가슴에 파묻혀 놀란 가슴을 진정시키던 그녀는 갑자기 화가 치밀어 오르기 시작했다.

쿵. 쿵. 쿵. 쿵!

진욱은 가슴에 느껴지는 그녀의 팔딱거리는 심장소리에 미안한 마음만 더해져갔다. 사시나무 떨 듯 파르르 떠는 그녀를 품 안에 더 강하게 끌어안고 떨리는 등을 연신 쓸어내리며 미안하다고 속삭였다. 쿵쿵 뛰는 그녀의 심장이 마치 몸 밖으로 튀어나올 것처럼 짧고 강하게 그의 가슴을 세차게 두드리고 있었다.

진욱의 토닥임과 속삭임에 떨림이 잦아지고 심하게 뛰던 심장이 차츰 제자리로 돌아가자 그녀의 머리가 서서히 움직이기 시작했다. 화가 스멀스멀 올라왔다. 왜 화가 나려고 하는지는 모르겠다. 단지 이진욱에게 소리를 지르고 싶었다.

진욱의 품에서 벗어나기 위해 몸을 뒤틀었다.

"놔요! 이거 놓으란 말이에요!"

끌어안고 있는 진욱의 손이 그녀를 놓아주지 않고 더 강하게 끌어당겼다. 윤희는 바둥거리며 소리치기 시작했다.

"내가, 내가 얼마나 놀랐는지 알아요? 도대체 왜 이러는 거예요? 날 놀리는 게 재미있어요?"

그녀의 말에 진욱은 껴안고 있던 팔에 힘을 풀었다.

윤희는 한 발짝 뒤로 물러서며 진욱을 향해 씩씩거렸다.

"당, 당신. 이진욱 실장님. 정말 이런 식으로 나온다면……."

허리 옆으로 작은 주먹을 불끈 쥐고 화를 뿜고 있는 윤희에게 진욱이 팔을 뻗어 그녀의 양 손목을 잡았다. 그의 얼굴로 가져가며 말했다.

"차라리 날 그냥 때려요. 기분이 풀릴 때까지."

그녀의 두 손목을 각각 한 손에 나눠 잡고 진욱은 팔을 움직여 주먹이 그의 뺨을 때리게 했다.

그녀가 팔에 힘을 주며 버티자 진욱이 더 강하게 팔을 움직여 그의 뺨을 때리게 했다.

"내가 맞을 짓을 했으니까. 속 시원해질 때까지 때려요. 응?"

그 순간 윤희는 팔에 주었던 힘을 풀었다. 그 반동으로 주먹이 멀리 떨어졌다가 세차게 그의 얼굴을 가격했다.

퍽!

진욱은 순간적으로 눈앞에 별이 반짝하고 나타났다가 사라지는 것을 보았다. 그녀의 주먹이 그의 관자놀이를 정통으로 맞췄던 것이다.

"아!"

"헙!"

인상이 찡그려지는 진욱의 얼굴을 보며 윤희는 입술을 깨물며 울상을 지었다. 그녀 탓이 아니었다. 왜 눈물이 나는지 이유도 몰랐다. 놀란 다음의 반응인지 아니면 진욱을 때려서 그가 화를 낼까 봐 무서워서 그런지는 모르겠지만 눈물이 났다.

그렁그렁 차오르기 시작한 눈물이 눈을 깜빡이자 뺨을 타고 흘러내리기 시작했다.

"흑. 왜, 왜 갑자기 나타나서……, 날……."

다리에 힘이 풀려 바닥으로 내려앉는 윤희를 진욱이 재빨리 부축해서 의자에 앉혔다.

진욱은 의도했던 바가 아니었던 상황이었기에 어떻게 해야 할지 몰랐다. 소리 없이 눈물만 뚝뚝 흘리는 윤희를 쳐다보던 진욱은 한쪽 무릎을 바닥에 대며 커다란 손으로 그녀의 눈물을 훔쳐 내었다.

훔쳐 내고 또 훔쳐 내도 어디서 나오는지 눈물이 쉴 새 없이 흘러내리자 진욱은 난감한 표정을 지었다. 우는 여자를 어떻게 달래야 할지 앞이 캄캄했다. 게다가 그녀가 울고 있으니 가슴이 답답하고 미칠 지경이었다.

"울지 말아요."

괜히 올라왔다. 그냥 모른 척하고 집으로 가야 했었다. 잠깐 얼굴만 보고 가자, 저녁만 챙겨주고 가려고 했는데 일이 이상하게 꼬여 버렸다. 뜬금없이 일식집 사장이 원망스러웠다. 그녀가 주문을 했다는 말을 왜 한 것인지, 배달을 좀 일찍 갔다면 이런 일은 생기지 않았을 거라며 진욱은 엉뚱한 곳에 화살을 겨냥했다.

눈물을 닦아내는 진욱의 손을 그녀가 탁 쳐내더니 손바닥으로 뺨에 남아 있는 눈물을 훔치고는 그를 노려보았다.

"새디스트예요? 날 놀래키는 게 좋아요? 날……날, 좋아한다면서 이게 좋아하는 표현인가요? 그런 거예요?"

울어서 그런지 목소리가 허스키하게 나왔다. 남아 있는 눈물을 담고 진욱을 똑바로 쳐다보는 윤희의 눈은 벌겋게 충혈되어 있었다.

진욱은 안타까운 심정으로 바라보았다. 그런데…….

세상에. 우는 여자가 예뻐 보인다.

촉촉이 젖은 눈과 입술로 시선이 움직였다.

떨리는 그녀의 입술이 그의 시선을 잡고 놓아주지 않았다.

그를 유혹하는 빨간 입술. 빨아 당기고 싶다.

미친놈.

스스로 생각해도 제정신이 아니란 생각이 들었다.

"이진욱 실장님. 이게 당신의 좋아하는 감정의 표현이라면 난 사양할래요. 내가 얼마나……."

"내 표현 방식은 이거야."

한쪽 무릎을 바닥에 댄 상태에서 진욱은 그대로 팔을 뻗어 그녀의 목 뒤로 손을 가져갔다. 앞으로 힘껏 끌어당겼다.

"읍!"

놀라서 벌어지는 입술을 향해 거침없이 달려들었다. 본능이 소리쳤다. 마셔버려. 진욱은 붉은 입술을 물어뜯을 기세로 빨아 당겼다.

그가 원했던 것. 하고 싶었던 것.

변태라고 해도 좋았다. 뜨거운 혀가 연약한 입 안을 뜨겁게 달구어진 창처럼 휘젓고 다녔다. 그녀의 입 안에 있는 달콤한 액을 진욱의 혀가 남김없이 빨아 당기고 있었다.

난데없이 침입한 혀의 움직임에 놀란 그녀의 작은 혀가 구석으로 도망갔다. 얼굴을 돌리려고 하자 진욱이 양손으로 그녀의 얼굴을 감싸며 그녀의 저항을 막았다. 따뜻한 손바닥이 목을 감싸고 엄지손가락이 예민한 그녀의 귀에 닿았다.

진욱이 깊숙이 혀를 밀어 넣자 그 반동으로 그녀가 앉아 있는 의자가 움직였다. 진욱은 입술을 밀어붙인 채 의자 팔걸이를 잡아 등받이를 책상 쪽으로 향하게 했다. 의자가 고정되자 팔걸이를 짚으며 진욱은 상체를 들어 올렸다.

이제 위치가 바뀌어 진욱이 위에서 그녀를 탐하기 시작했다. 밀어붙이는 힘에 의해 윤희의 목이 뒤로 꺾였다. 입이 더 크게 벌어지자 진욱의 혀가 더 맹렬한 기세로 그녀를 빨아 당기고 핥아 가기 시작했다.

입 안 구석구석 부드럽고 미끌거리는 점막을 훑어가는 거칠고 뜨거운 혀로 인해 윤희는 정신이 아득히 멀어지는 것을 느꼈다. 그녀의 작은 혀를 휘감아 강하게 빨아 당기다 살며시 놓아주었다. 혀끝으로 구슬린다. 조금만 앞으로 나오라고 톡톡 건드렸다.

그 유혹을 거부하듯 혀가 더 안으로 움츠러들자 진욱의 입에서 거친 불만의 소리가 튀어나왔다. 당장이라도 혀를 내놓지 않으면 물어뜯을 것 같은 기세였다. 내뿜는 거친 숨소리가 그녀를 더 긴장하게 만들었다.

팔걸이를 잡고 있던 진욱의 손이 그녀의 얼굴로 올라가 목을 감쌌다.

턱 선을 유혹하듯 쓰다듬는 엄지손가락의 움직임이 그녀의 예민한 신경을 자극 시켰다.

"아아."

진욱의 입술에서 잠시 해방감은 맞은 그녀의 입술이 달뜬 신음소리를 뱉어 내었다. 정신없이 밀어붙이는 입술과 혀의 공격에 머리가 어지러워지고 백지장처럼 새하얗게 변하는 것 같았다. 눈을 떴는데 아무것도 보이지 않았다. 자신이 의자에 앉아 있는 것인지 공중에 붕 떠 있는 것인지 알지 못했다. 그가 다시 입술로 돌아와 그녀에게 달콤한 액을 넘겨주기 시작했다.

숨이 막혔다. 얼굴 위로 쏟아지는 그의 거친 숨소리와 뜨거운 숨결이 그녀를 더 몽롱하게 만들었다. 기절할 것만 같았다.

숨을 제대로 쉬지 못한 그제야 산소가 부족하다는 것을 알았다.

주먹으로 진욱의 단단한 등을 때리기 시작했다. 필사적으로 때리는 그녀의 주먹질에 진욱은 입술을 떼었다.

윤희는 정신을 차리기 위해 입을 벌린 채 허겁지겁 숨을 들이마시기 시작했다.

"하아. 하아. 하아."

가슴을 크게 들썩이며 가쁘게 숨을 들이마시는 윤희를 진욱이 뜨거운 눈길로 바라보았다.

봉긋하게 솟아오른 가슴이 그의 눈에 들어왔다. 시선을 위로 올리자 키스로 인해 빨갛게 부풀어 오른 입술이 눈에 들어왔다.

촉촉함을 머금은 입술이 그를 다시 부르고 있었다. 갈증이 더 심해졌다. 진욱은 이미 이성을 잃어버린 지 오래였다.

"이제 됐지? 코로 숨 쉬면 돼."

진욱은 그녀의 입술을 성급하게 빨아 당기기 시작했다. 온몸이 그녀를 원하고 있었다. 거친 숨을 몰아쉬며 연약한 입술을 물고 빨고 핥았다. 그래도 모자랐다.

윤희는 거친 회오리 속에 갇혀버린 것 같았다. 진욱의 강인함에 두렵고 무서웠다. 반면 짜릿하고 감각적인 느낌들이 그녀의 전신을 휘감았다. 야릇한 감각들이 몸 끝에서 한 곳으로 집중되면서 그녀를 더 흥분시켰다. 모였던 감각이 다시 전신으로 퍼져나가며 그녀를 신음하게 만들었다.

"으응……."

목구멍을 타고 올라온 신음은 제대로 밖으로 표출되지 못한 채 진욱의 입속으로 사라졌다.

진욱이 그녀의 어깨 아래로 팔을 밀어 넣더니 그녀를 들어 올려 책상 위에 앉혔다. 한시도 그녀의 입술에서 떨어지지 않는 그의 입술은 마치 접착제처럼 달라붙어 있었다.

한 손으로 뒷목을 잡아 지탱하고 다른 한 손은 그녀의 가녀린 허리를 감쌌다.

넓은 가슴에 완벽하게 갇혀 버린 그녀는 빠져나갈 구멍이 없었다. 몸을 쓰다듬는 손동작이 아까보다 더 거칠고 빨라졌다. 그것이 그녀를 더 두렵게 했다. 꼭 무슨 일이 일어날 것만 같았다.

허리를 감고 있던 손이 위로 움직이더니 예민해진 가슴을 거칠게 움켜쥐었다. 그녀의 입에서 거부의 소리가 흘러나왔다.
"으응."
"아!"
보기보다 가슴이 크다는 것을 느낀 진욱의 입에서 놀람과 만족스러운 신음소리가 터져 나왔다. 풍만함을 느끼려고 하는데 그의 움직임은 방해를 받았다.

그녀의 손이 그를 잡았다.

진욱은 입술을 떼어내며 거칠게 숨을 내쉬었다.

"보여 달라며."

흥분으로 인해 진욱의 얼굴은 붉게 상기되어 있었다. 윤희를 바라보는 눈빛은 거친 남자의 야성을 가득 담고 있었다.

"좋아하는 거. 당신을 어떻게 생각하는지 보여 달라며."

헝클어진 머리카락과 이글거리는 눈빛, 심하게 들썩이는 가슴이 그녀를 더 긴장하게 만들었다. 본능이 위험하다고 말했다. 뜨겁고 이글거리는 저 불길 속으로 빨려간다면 그녀는 흔적도 없이 사라져 버릴 것만 같았다.

도망쳐야 했다.

"저, 저기. 실장님……."

"당신. 하윤희 당신을 한입에 삼켜 버리고 싶어."

어디서 그런 힘이 나는지 그녀는 순식간에 그를 밀쳐내고 책상 위에서 내려와 밖으로 도망갔다.

화장실 안으로 들어간 그녀는 문을 잠그고 뚜껑을 내려 그 위에 앉았다. 두 손에 얼굴을 묻고는 고개를 흔들었다.

'한입에 삼켜 버리고 싶어.'
"아, 어떡해. 어떡해."

진욱의 방금 한 말이 그녀의 귀에 붙어서 떠나지 않았다. 옆에서 계속 말하고 있는 것 같았다.

남수가 가끔 외화를 번역하면서 장난치듯 그녀에게 남자 주인공의 대사를 읽어 주곤 했는데 I need you 보다 '널 원해'라는 말이 훨씬 자극적으로 들린다는 것을 알았다. 드라마나 영화 속에서 멋진 남자 주인공이 사랑하는 여인에게 널 원한다는 대사를 하는 것을 보며 얼마나 부러워했던가.

그런데 실제로 직접 들으니 전혀 아니었다. 손발이 오그라들고 귀가 간지러웠다. 널 갖고 싶다는 말과 다를 바 없는, 아니 그보다 훨씬 더 자극적이었다.

"한입에……, 한입에 삼켜 버리겠다니. 어떻게 그런 말을. 아아!"

윤희가 화장실로 도망쳐 버리자 진욱은 그녀의 의자에 앉아 격해지는 감정을 진정시키려고 했다. 머리가 어떻게 된 모양이었다. 자제력을 이렇게 잃어 버린 적이 없었던 그였다. 조금 전 행동에 스스로가 당황스러웠다. 천천히 다가가고자 했건만 그녀만 보면 자꾸 몸이 먼저 반응했다.

뭔가 잘 내어주지 않는 그녀를 볼 때마다 진욱은 애가 탔다.

"후우."

손으로 얼굴을 비비고 목 뒤로 가져가 의자에 등을 기댔다. 사과하고 싶은 마음은 들지 않았다. 이젠 되돌릴 수 없게 되었다. 이렇게 된 이상 다시 거꾸로 거슬러 갈 수는 없는 일이었다. 앞으로 갈 수밖에 없다. 그게 무엇인지 모르지만 말이다.

그녀가 달아난 방향을 보던 진욱은 바닥에 떨어져 있는 초밥집 종이가방을 보고는 아차 싶었다.

"이런."

진욱은 집으로 전화를 걸었다. 시간이 벌써 8시 30분을 훌쩍 넘기고 있었다. 얼마 되지 않은 것 같은데 한 시간이나 지났다.

"접니다."

〔그래. 진욱아.〕

"죄송합니다. 아까는······."

〔아니다. 내가 괜히 너한테 저녁 먹자고 한 것 같아서 좀 그렇구나. 아직 회사니?〕

"네."

〔급한 일이 있는 것 같아서 우린 기다리지 않고 먼저 먹었는데. 넌 어떻게 했니?〕

"전 걱정하지 마세요."

〔그렇게 대답하는 걸 보니 아직 안 먹은 거로구나. 후, 뭐라도 먹어야지. 건강이 최우선이야.〕

"네. 알겠습니다."

통화를 하면서도 시선은 출입문을 향해 있었다. 그녀가 금방 돌아올 것 같지 않았다. 이대로 사라져 주어야 하는 건가 싶었다.

〔진욱아, 내 말 듣고 있는 거니?〕

"네, 어머니. 듣고 있습니다."

[거짓말은. 일 보려무나. 나중에 집에서 보자.]

"네."

진욱은 책상에 팔꿈치를 얹고는 두 손에 얼굴을 묻었다. 손끝으로 눈을 비비던 진욱은 책상 위를 대충 훑어보았다.

여러 가지 서류들이 펼쳐져 있었지만 나름대로 깔끔하게 위치를 잡고 있었다. 모니터 화면엔 물속을 헤엄쳐 다니는 물고기가 유유히 유영을 하고 다니고 있었다. 그녀의 이미지와 맞는 화면 보호기 설정이었다.

모니터 아래로 시선을 내리던 진욱의 눈에 펼쳐져 있는 다이어리가 보였다. 연두색으로 뭔가 빡빡하게 적혀져 있었다.

별 뜻 없이 들여다보던 진욱의 눈이 놀라움으로 커졌다.

"이건……?"

-그를 실제로 만났다. 이런 우연이 있을까? 다시는 볼 수 없는 사람이라고 생각했는데…….

-그가 틀린그림찾기를 아직도 하는지 물어보았어. 아, 너무 부끄러워. 자꾸 그에게 시선이 간다. 어쩌면 좋지?

-그 사람이 지하철에서 서로 훔쳐본 사이라고 했다. 직설적인 사람이다. 사귀자고 하는데 어떻게 하면 좋을까? 괜한 구설수에 오르는 거 정말 싫은데.

-서로를 알아갈 기회를 갖기로 했다. 잘 될까?

-그 사람이 나에게 키스했어. 꿈에서보다 훨씬 달콤해…….

-날 5-5라고 불렀어. 무슨 의미일까? 내가 지어준 별명이랑 같은 의미는 아니겠지?

-의식하지 않으려고 했는데 자꾸만 시선이 간다. 하마터면 규성 씨에게 들킬 뻔했어. 그런데 어쩌지? 나…… 그 사람이 생각이 나. 키스도……. 나 아무래도 이상한 것 같아.

지금은 일에 집중해야 해. 난 5-5가 생각나지 않아. 이진욱 실장이 생각나지 않아.

읽지 말아야 할 것을 읽은 것만 같았다. 금기 사항. 접근 금지. 그 어떤 경고의 단어를 다 갖다 붙여도 될 일이었다. 이건 그녀의 은밀한 사생활이었다. 실수였다고 해도 그의 잘못이다. 그런데 생각지 못한 성과를 얻었다. 진욱은 뭔가를 얻은 것만 같았다. 그녀의 속마음을 알고 나니 기분이 좋아지기 시작했다. 하윤희란 여자를 어떻게 해야 할지 모르겠다.

다이어리에서 겨우 시선을 뗀 진욱은 출입문을 바라보았다. 그가 있는 동안 그녀는 오지 않을 모양인 것 같았다.

자리에서 일어선 진욱은 책상을 톡톡 두드리며 이제 어떻게 할 것인지 생각해 보았다. 그녀가 그를 좋아한다. 그를 5-5라고 부른다. 서로에게 같은 별명을 지어주었다. 운명일까? 이런 걸 두고 어른들께서 다 제 짝이 있다고 말씀하시는 건가.

이제 모든 열쇠는 그가 쥐고 있는 것이다. 그런데 마음이 편치 않다. 메모를 읽어 내려가며 그는 짧지만 그녀의 불규칙적인 감정 기복이 느껴졌다. 그녀가 그에게 쏠리는 감정을 왜 누르려고 하는 것인지 그 점이 이해가 되지 않았다.

그녀는 무엇을 두려워하는 것일까. 게다가 그녀가 그에게 지어 준 별명 5-5. 그 의미가 무엇인지 정말 궁금했다. 그리고 그녀가 쓴 한 줄의 메모가 그를 멈칫거리게 했다.

그가 이 내용을 본 것을 모른 척해야 한다. 이건 그녀의 자존심이다. 조금 전 그의 행동에 그녀가 겁을 먹은 것 같았다. 그렇게 덤벼들었으니 순진한 그녀가 놀랄 만도 했다. 다시는 그를 안 보겠다고 말할지도 모를 일이었다.

진욱은 주변에 있던 서류들 중 한 장을 다이어리 위에 슬쩍 올려놓고는 사무실을 나섰다.

진욱의 낯 뜨거운 말에 도망치듯 뛰쳐나왔지만 밤새 화장실에 숨어 있을 수는 없었다. 그가 왜 나타난 건지, 언제부터 있었던 것인지 모든 게 의문투성이였다. 분명 오후에 IPS로 갔다. 들어오는 소리도 못 들었는데 언제 그녀의 뒤에 있었던 것일까. 아니면 그가 인기척을 냈는데 그녀가 못 들은 것인가.

"일단 나가자."

손을 씻고는 차가워진 손으로 얼굴을 감쌌다. 계속해서 피해서 도망 다닐 수도 없는 것이다. 시간이 좀 지났으니 그의 흥분된 감정도 지금쯤은 진정이 되었을 것이다.

고개를 빳빳이 들고 사무실로 향한 그녀는 진욱이 가고 없다는 것을 알았다.

책상 위에 그녀가 주문한 초밥집 종이가방이 놓여 있는 것이 보였다.

"이게 어떻게 여기에······."

전화가 울렸다.

"여보세요."

조심스럽게 전화를 받자 진욱이 아무렇지도 않은 말투로 말을 하기 시작했다.

〔주문한 게 있어서 들렀다가 윤희 씨도 주문했다고 주인이 말하더군요. 집에 가기 전에 내가 갖다 주고 싶어서 왔던 겁니다. 말을 걸 수 있는 상황이 아니어서 좀 기다린다는 것이 놀라게 했군요.〕

"아, 네에······."

휴대전화를 사이로 조용한 침묵이 흘렀다.

〔윤희 씨.〕

"······."

〔윤희 씨.〕

"네에."

〔나에게 하고 싶은 말, 묻고 싶은 말. 분명히 있을 거라고 생각합니다. 직접 나한테 묻기가 그러면 문자나 메일을 보내도 됩니다. 내가 알고 있는 윤희 씨는 똑 부러지고 분명한 거 좋아하는 성격인 것 같은데, 윤희 씨를 답답하게 느끼는 내가 이상한 겁니까?〕

"아."

〔알아갈 기회를 갖자는 것에 우리 둘 다 그러자 했는데 윤희 씨 행동은 더 안으로 꼭꼭 숨어 버리는 것 같아서 그럽니다. 마음의 문을 열 듯 말 듯.〕

출입문 뒤에서 등을 돌린 채 그의 전화를 받고 있는 그녀를 바라보며 진욱은 답답한 듯 머리를 연신 쓸어 올렸다. 당장이라도 들어가서 그녀를 붙잡고 흔들고 싶었다. 그를 애타게 하는 그녀 때문에 미쳐 날뛸 것 같았다. 그를 향해 한 걸음도 다가오지 않는 그녀 때문에 진욱은 돌아 버리기 직전이었다.

"후우. 내가 너무 앞서가는 겁니까? 내가 윤희 씨, 겁먹게 하는 겁니까?"

그의 질문에 한동안 말이 없던 윤희가 대답을 했다.

〔솔직한 대답을 원하시나요?〕

"네."

〔서로 알아가자고 한 긴 진심이었어요. 아직 그럴 기회를 갖지 못했는데……, 실장님은, 몸으로 먼저 다가오시네요.〕

이번엔 진욱의 긴 침묵이 이어졌다.

〔몸 말고 다른 것으로 다가와 주세요. 제가 오해하지 않게요.〕

통화를 끝내고 한참을 멍하게 앉아 있던 윤희는 책상 위 서류를 정리하기 시작했다. 더 있어봐야 일이 손에 잡히지 않을 거란 결론에 도달했기 때문이다. 집에 가져가서 하든 못하든 일단 집으로 가져가야겠단 생각에 작성하던 보고서를 메모리에 저장했다.

한 장의 서류를 손에 집어 들던 그녀는 그 아래에 있는 다이어리를 발견했다.

"어머나."

펼쳐져 있는 다이어리. 그녀의 비밀 창고.

"설마."

진욱이 본 것은 아닐까 하는 생각에 가슴이 쿵쾅거리기 시작했다.

고등학교 때부터 써 오기 시작한 다이어리. 모든 일상생활을 이 작은 공간에 적기 시작했었다. 시험기간은 매시간 공부해야 할 시험 범위를 적어 놓고 그날 어느 정도 실천에 옮겼는지 스스로 동그라미, 세모로 표시하며 기록하곤 했었다. 언제 누구와 어디서 무엇을 했는지, 친구와 사소한 말다툼을 한 것까지 간단하게 메모를 해 두었기 때문에 그녀는 다이어리를 쉽게 버리지 못했다.

가끔 예전 다이어리를 읽다 보면 잊어버리고 있던 추억들이 떠오르곤 했다. 이런 일이 있었지 하면서 말이다.

진욱을 지하철 안에서 의식하기 시작하면서 그녀의 다이어리에 그가 등장했다. 오늘도 조용한 사무실에 앉자 혼자 긁적였던 것이다.

자꾸만 떠오르는 문서 보관실에서의 키스가 그녀의 업무 집중을 방해했다. 스스로에게 다짐을 하듯 싫다고 쓰고는 겨우 맘 잡고 보고서를 작성하던 중이었다.

"그가 봤을까?"

진욱이 봤다면 이건 비상사태 감이다. 그의 얼굴을 똑바로 보기 힘들 것이다.

'아니야. 못 봤을 거야. 서류에 덮여 있었던걸.'

펼쳐 놓은 서류 때문에 다이어리를 보지 못했을 수도 있다.

머릿속이 점점 더 복잡해지자 윤희는 서둘러 가방을 챙기기 시작했다. 메모리를 뽑고 컴퓨터를 끄고는 짐을 챙겨 사무실을 빠져나갔다.

집에 막 도착해서 신발을 벗는데 남수로부터 늦어진다는 전화가 왔다.

〔벌써 집이야? 오늘은 퇴근이 빠르네?〕

"응. 보고서 정리만 하면 돼. 내일 마저 하려고."

〔그래? 내일 보고서 작성 끝나면 일요일은 데이트하는 거야? 오호. 기대되는 걸?〕

"아, 뭐……. 몰라."

〔모르긴 뭘 몰라. 나중에 집에서 보자.〕

일요일 약속을 취소했다고 하면 남수가 뭐라고 할지 벌써부터 걱정이 앞섰다.

"후우, 갈수록 태산이야."

분명 일요일 입고 갈 옷이 어쩌고 하면서 난리를 피울 것이 분명했다. 약속을 취소했다는 것을 말하려면 그 이유도 캐물을 것이 뻔한데 오늘 있었던 키스 이야기를 해야 한다는 것이다. 그리고 스킨십을 자제해 달라고 했던 것도 말이다.

"결국, 다 말해야 하는 건가?"

한숨만 연거푸 쉬던 그녀는 문득 전화를 걸 곳이 생각났다.

-너무 그 사람 애태우게 하지는 말고. 잘못하면 그 남자, 으르렁거릴지도 몰라.

16. 한 발짝 전진, 두 발짝 후퇴

 지금 그가 어디에 있든 시간은 상관없었다. 그것을 생각해 보기도 전에 윤희는 휴대전화 버튼을 누르고 있었다.
 한참 울려도 전화를 받지 않자 끊으려고 하는 순간에 목소리가 들려왔다.
 "덕수야."
 다짜고짜 이름부터 부르자 수화기 맞은편에선 아무 말이 없었다.
 〔누나? 아, 깜짝이야. 대뜸 이름부터 불러서 깜짝 놀랐잖아. 잠깐만.〕
 에이든이 사람들에게 잠깐 쉬자고 하는 소리가 들렸다.
 "일하던 중이었어? 지금 어디야?"

〔아, 뉴욕이야. 아침 일찍부터 불러냈다고 사람들이 투덜댔는데 잘 됐지 뭐. 무슨 일 있지?〕

'무슨 일 있어?' 도 아니고 단정적으로 있다고 말하는 에이든의 말에 윤희는 오히려 편하게 물어볼 수 있어서 안심이 되었다.

"아……."

〔누나가 덕수라고 부를 때는 뭔가 진지하단 이야기지. 언제쯤이면 에이든으로 통일해 주려나?〕

윤희는 옅은 미소를 지으며 침대에 걸터앉았다.

"뭐 하나 물어볼게."

물어본다고 해 놓고선 뜸을 들이는 그녀가 답답했는지 아니면 무엇 때문에 전화를 했는지 이미 짐작이라도 하고 있는지 에이든이 불쑥 물었다.

〔남자 문제구나.〕

그녀의 숨을 들이켜는 소리에 에이든이 술술 입을 열기 시작했다.

〔그 이진욱이란 남자 때문이지? 난, 좀 더 있다가 누나가 전화할 줄 알았는데 생각보다 빠르네. 엄청 빨라.〕

"왜 그 사람이라고 생각해? 너 진짜 그 사람이랑 모르는 사이야?"

전화할 것을 예상했었다니. 그것도 남자 문제로 전화할 거라니 이게 도대체 무슨 일이란 말인가.

〔그 남자. 나보다 더하네.〕

"알아듣게 이야기 좀 해 줄래?"

〔누나가 전화할 정도면 이미 키스는 한 상태일 테고, 혹시……. 누나를 무섭게 해? 적당한 말이 없네. 그러니까 내 말은……후우, 그 사람한테 잡아먹힐 것 같아?〕

에이든의 말에 윤희는 너무 당혹스러워 전화를 끊어 버렸다.

"이…… 이놈도 같은 부류야."

다시 전화가 울렸다.

〔내가 너무 꼬집어서 말했나? 뭐 이미 현재 상황이 어떻게 돌아가고 있는 건지는 알 것 같네.〕

"넌 어떻게 이렇게 잘 알아? 둘이 정말 모르는 사이야?"

〔정말 모르는 사이고! 같은 과라서 그래. 늑대 과! 눈에 들어온 여자 절대 놓치지 않는 남자. 무조건 가져야 직성이 풀리는!〕

"뭐라고?"

〔어디서부터 이야기를 해야 하나. 흠, 내가 간단하게 설명하자면 그날 백화점에서 봤을 때 이미 그 남자가 한 층 위에서부터 누나한테 시선을 못 떼더라고. 그 남자 소개시켜 주는 순간 아! 이 남자가 그 남자구나 싶었지.〕

"그게 무슨 말이야? 이 남자가 그 남자라니?"

〔남수 누나랑 이야기하던 지하철 뭐 어쩌고 한 남자가 회사 상관이라며? 누나들 속닥이는 거 얼핏 들었지. 하하하. 아무튼. 그날 딱 보니, 누나는 그 남자한테서 못 벗어날 거 같은 느낌이 들었어. 그리고 내 예감은 적중한 거고. 내가 말했지? 누나가 애태우게 하면 그 남자 으르렁거릴 거라고. 남자 애타게 하는 거 함부로 하는 거 아니야.〕

"난 그런 거 한 적 없어!"

〔없어? 진짜? 누나 앞만 보고 달려왔잖아. 학교 다닐 때도 공부만 했어. 가벼운 연애라도 해 봤어? 장학금 타서 학교 다닌다고 그런 것도 못해 봤지? 미국에 가끔 왔을 때도 누나한테 관심 갖는 사람 많았는데 다 거절했잖아. 누나 잘못은 아닌데, 내가 남자 입장에서 본다면 다가갈 수 있게 마음의 문을 여는 것 같으면서도 좀처럼 열리지 않는다는 말이지. 상대방이 누군지 알면서도 문 열 때 체인 걸고 그 사이로 이야기하는 사람처럼 느껴져. 말 듣고 있어?〕

"응……."

〔이모랑 이모부한테 어긋나지 않는 말이 되려고 한다는 거 알아. 부모님이 안 계셔서 저런가 보다 라는 소리 안 들으려고 매사에 조심하고 예의 바르게 행동하는 것도 다 알아. 누나 충분히 잘하고 있어. 원래 누난 바른 사람이야. 이모가 누나 나이 스물일곱인데 제대로 된 연애 한 번 못하고 이렇게 지내는 거 보면 딸 장하구나! 하시겠어? 천만의 말씀. 위에서 우시겠지. 후우. 누나가 결혼해서 행복하게 잘 사는 모습 보길 원하실 거야.〕

"아……."

〔누나가 고민하는 걸 보니까 그 남자가 싫은 건 아니잖아. 누나가 싫다는데 억지로 키스하지도 않았을 거고. 그 남자가 너무 강하게 다가가서 그게 누나를 혼란스럽게 해?〕

"넌, 마음에 드는 여자가 있으면 어떻게 다가가니?"

〔나? 일단 접근하고 여자도 마음이 있다는 게 분명하다 싶으면

내 것으로 만들어.〕

"뭐?"

〔나 이십 대 거든? 특히나 나 같은 부류는 이 여자다 싶으면 미쳐서 날뛰어. 무조건 가져야 해. 그 이진욱이란 남자. 삼십 대잖아. 정점 찍을 때다. 그 사람 포스도 엄청나던데.〕

"넌, 그럼 내가 어떻게 해야 한다고 생각해?"

〔누나가 내 여자라면 그냥 내 것이 되라고 말하고 싶어. 날 믿고 따라오라고 하고 싶은데, 지금은 내가 누나 보호자 입장이니까. 절대로 그렇게는 하지 말라고 하고 싶은 마음도 있고.〕

"무슨 대답이 그래?"

〔내가 대답해 주면 그렇게 할 거야? 아니잖아. 이젠 누나 스스로가 알을 깨고 나와야지. 병아리가 알 깨고 나올 때 너무 힘들어 보여서 사람이 인위적으로 깨 주면 어떻게 되는지 알아? 일찍 죽는다. 스스로 깨고 나와야 해. 그러면서 살아갈 힘을 얻는 거야. 내가 그 남자랑 같은 과라고 말하긴 했지만 사람에 따라 다 다르니까 단정적으로 말해 줄 수도 없는 사항이고.〕

"그래. 무슨 말인지 알겠어. 생각해 볼게."

기다리기 시작한 지 30분이 지나고 있었다. 그녀가 사무실에 도착하는 시간을 생각한다면 곧 나타날 것이다. 일찍감치부터 기다렸기 때문에 그녀가 먼저 출발하지는 않았을 것이다. 곧 모퉁이를 돌아 그녀가 나타날 것이다.

그 생각에 미치자 진욱의 몸은 바짝 긴장하기 시작했다. 이 기분은 그녀를 승강장에서 아침마다 기다렸을 때보다 훨씬 더 그를 긴장하게 만들었다. 그를 보면 어떤 반응을 보일지 궁금했다.

어제 집으로 돌아가면서 진욱은 모든 것을 다 얻은 것만 같았다. 그녀 역시 그에게 마음이 있었던 것이다. 본인만 인정하지 않았을 뿐. 그가 그녀에게 붙여 준 별명처럼 그녀도 그에게 별명을 붙인 것 같았다. 메모에는 그에게 붙여진 별명 역시 5-5였다. 그녀가 담은 의미는 무엇인지 궁금했다. 하지만 쉽게 물을 수 있는 것이 아니다. 다이어리의 존재를 그는 모르는 것이다.

이제 그에겐 앞으로 돌진하는 것밖에 없는데 두 가지가 그의 마음에 걸렸다. 하나는 그녀의 다이어리에 '그가 거칠게 다가온다. 무섭다.'라고 적혀진 것이고, 다른 하나는 그녀의 마지막 말이었다.

—몸 말고 다른 것으로 다가와 주세요. 제가 오해하지 않게요.

그녀만 보면 미쳐 날뛰고 싶어 하는 본능을 어디론가 보내 버려야 하는 건 아닌가 싶었다. 그게 쉬운 일이 아니었다. 그의 눈에 콕 박혀 버렸기 때문이다. 서로 기회를 주기로 하고선 도통 틈을 내어 주지 않는 그녀 때문에 진욱은 답답해 미칠 지경이었다. 결국 폭발해 버리고 말았는데 몸 말고 다른 것으로 다가오라는 말에 정신이 번쩍 들었다.

그의 몸과 마음은 이미 저만치 앞서 달려가고 있는데 그녀는 이제 출발선에 서서 뛸 준비를 하고 있는 것이다. 그와 그녀 사이의 갭을 어떻게 줄여가야 할지 막막했던 진욱은 그녀를 처음 만난 순간을 떠올렸다. 그가 부정 출발을 했다면 다시 출발선으로 돌아가야 한다. 그녀가 따라오기가 힘들다면 그녀의 보조에 맞춰 갈 수밖에 없다. 그것이 그가 내린 결론이었다.

진욱은 다시 시간을 확인했다. 이제는 그녀가 나타나야 할 시간이다. 그 순간 승강장 한쪽 구석에 서 있던 그의 눈에 계단을 내려오는 윤희의 모습이 보였다. 늘 서던 그 자리에 반듯한 모습으로 서 있는 그녀의 뒤로 그가 걸음을 옮겼다. 바로 뒤에 서서 스크린 도어에 비친 그녀의 모습을 살펴보았다.
바닥을 보며 생각에 잠겨 있는 모습이 눈에 들어오자 진욱은 그녀 역시 그만큼이나 마음이 복잡할 거란 생각이 들었다.

전광판에 빨간 불이 들어오며 지하철 진입을 알리는 소리가 울리기 시작했다. 고개를 들어 앞을 보던 윤희는 뒤에 서 있는 진욱을 발견하고는 눈이 휘둥그레졌다. 눈을 깜빡여 보았지만 분명 진욱이였다. 고개를 돌려 확인해 보고 싶었다. 그녀가 헛것을 보는 것일지도 몰랐다.
문이 열리자 그녀는 후들거리는 다리를 움직여 안으로 들어갔다. 뒤를 바짝 따라붙어 움직이는 남자의 기척이 느껴졌다.
'설마, 아니야. 그럴 리가 없어.'
자리를 잡자 그가 그녀의 옆에 섰다. 상큼한 시트러스향이 그녀의 코끝에 다가왔다. 아침 지하철 안에서 오랜만에 맡아 보는 향이었다. 고개를 옆으로 돌릴 수가 없어서 앞을 바라보았다. 유리창을 통해 진욱의 모습이 보였다. 그 역시 유리창을 통해 그녀를 바라보고 있었다. 놀라서 동그랗게 떠진 그녀를 향해 그가 미소를 지어 보였다.

'당신이란 남자, 정말······.'

진욱을 향해 윤희는 수줍은 미소를 지으며 고개를 돌려 진욱을 바라보았다. 그녀를 내려다보는 그의 눈빛이 따스함을 담고 그녀를 바라보고 있었다.

진욱이 작은 목소리로 그녀에게 속삭였다.

"굿모닝. 나의 5-5"

귓가에 다가오는 부드럽고 따뜻한 목소리에 윤희는 몸 전체가 따뜻해져 옴을 느꼈다.

귀가 간지러워 어깨를 움츠리는 그녀의 입가에 미소가 더 진하게 지어졌다.

"인사는 받기만 합니까?"

"아, 안녕하세요. 실장님."

진욱이 조금 불만스러운 표정을 지었다.

"다른 호칭이면 더 좋겠는데."

"다른 호칭이요?"

"이름. 이름 불러줘요."

"아······. 그건 좀."

두 사람이 서로 작은 목소리로 속삭이자 주변에 서 있는 사람들의 시선이 쏠리기 시작했다. 장신의 잘생긴 남자와 아담해 보이는 단아하게 생긴 여자가 서로 말을 할 때마다 몸을 가까이하며 속삭이는 모습이 주변 사람들의 시선을 모으기에 충분했다.

그들과 가깝게 서 있는 사람들 중에는 두 사람의 대화에 귀를 쫑긋거리는 사람도 있었다. 그것을 아는지 모르는지 두 사람은 계속 속삭이고 있었다.

진욱이 좀 더 가까이 몸을 숙이더니 그녀의 귓가에 속삭였다.

"실장님 말고, 진욱 씨라고."

속삭임 때문인지 이름을 불러 달라는 요구 때문인지는 모르겠지만 윤희의 볼이 순식간에 달아올랐다.

"아."

난감한 표정을 지으며 웃는데 지하철이 정차하면서 사람들이 내리기 시작했다. 진욱이 그녀의 어깨를 한 팔로 감싸며 내리는 사람들로부터 치이는 그녀의 몸을 막아주었다.

"아침 출근시간은 여전하군."

"오늘은 어쩐 일로 지하철을 타셨어요?"

"윤희 씨 보려고. 내 5-5 보려고."

"아아."

어찌 이리도 닭살스러운 말을 잘 뱉을 수 있는지 윤희는 의심스러웠다. 혹시, 그 흔히 말하는 선수? 덕수가 말한 같은 늑대과라는 것이 선수를 칭하는 건가 싶었다.

이렇다 할 반응 없이 뭔가 생각에 잠긴 그녀를 진욱이 어깨를 잡은 손에 힘을 주어 고개를 들게 했다.

시선이 마주치자 그가 눈을 마주치며 소리 없이 물었다.

"아! 뭘 좀 생각하느라고요."

"그게 뭘까?"

윤희는 진욱의 눈을 가만히 들여다보았다. 어제 그런 일이 있고 나서 오늘 그를 어떻게 봐야 할까 고민도 했고, 덕수와의 통화를 끝내고 사실상 그녀는 한숨도 자지 못했다.

나이 한 살 어린 동생치고는 제법이었다. 그녀가 안고 있었던 문제를 정확하게 집어낸 것에 대해 많은 것을 생각하게 했다. 진욱을 지하철역에서 다시 볼 거라고는 상상도 해보지 못한 일이었다. 그의 한 발짝 물러섬이다. 아니, 두 발짝일지도 모른다. 그녀를 배려하려고 하는 마음이 느껴졌다.

그와의 첫 만남이 다시 떠올랐다. 반갑고 그냥 좋아서 웃음이 나왔다. 그가 그녀에게 단지 다른 호기심이나 관심이었다면 이렇게까지 하지는 않을 거란 생각이 들었다. 본의 아니게 그를 애태우게 한 것이라면 이젠 그녀도 뭔가 보여줄 때가 온 것 같았다. 그녀 역시 그를 맘에 두고 있었으니 말이다. 언제까지 몸을 웅크리고 있을 수는 없는 일이다.

그래도 한 가지 묻고 싶은 게 있었다.

"혹시……."

"혹시?"

"선수예요?"

윤희의 뜬금없는 질문에 진욱은 잠시 멍한 표정을 지었다. 갑작스런 선수라는 말이 무엇을 말하는지 제대로 인식이 되지 않았다. 무슨 외계어처럼 들렸다.

그를 쳐다보며 말하는 그녀의 눈빛에서 어딘가 모르게 진지한 것이 느껴졌다.

"지금 나한테 바람둥이라고 묻는 겁니까?"
"아, 그건 아니고……."
"내려요."
 진욱이 그녀의 어깨를 잡아 돌리더니 그녀를 앞으로 밀기 시작했다.
"네?"
"우리가 내릴 곳."
 어느새 회사에 도착한 모양이다. 복잡한 승강장을 빠져나와 밖으로 나오자 차가운 겨울바람이 불어 닥쳤다. 매서운 바람이 얼굴을 강타했다.
 진욱은 그녀의 손을 잡고 입구 근처에 있는 커피숍 안으로 들어갔다. 아침 일찍 출근하는 직장인들을 위해 이른 시간부터 문을 열어 놓은 작은 카페였다. 주로 take-out이 많지만 모닝세트도 함께 판매하고 있는 곳이기도 했다.
"어서 오세요."
 두 사람이 들어서자 주인이 반갑게 맞이했다.
"커피 두 잔 주세요."
"가지고 가실 건가요?"
"네."
 그녀에게 묻지도 않고 주문했지만 윤희는 잠자코 있었다. 기분 좋은 질문은 아니었다는 것을 그녀 역시 알고 있기 때문이었다.
"아, 그게 기분이 나쁘셨다면 죄송해요."
"하윤희 씨. 당신. 나를 들었다 놨다 하는 거 알고는 있습니까?"

"네?"

"후우."

진욱이 그녀에게 시선을 고정시킨 채 테이블 위를 초조하게 손가락으로 두드리기 시작했다.

"어떤 점이 그렇게 느끼게 한 겁니까."

"저기, 실장님. 꼭 그렇게 취조하듯이 물으셔야 하나요? 제게 업무적인 말투로 말씀하시다가도 간혹 말을 놓기도 하시고, 오히려 실장님께서 높였다 낮췄다 하신다고요. 어느 장단에 맞춰야 할지 잘 모르겠어요."

"흐음."

진욱이 턱을 쓰다듬으며 멋쩍은 듯 웃었다.

"당신을 부하직원으로 대해야 한다는 것이 첫 번째 원칙이지만, 가끔 내 감정이 그 적정선을 지키지 못하고 있어. 그리고 나 역시 이런 감정이 낯설게 느껴지고. 그런데 어떤 점이 날 바람둥이처럼 느끼게 하는 거지?"

"음, 좀……, 닭살스러워요. 하는 말이."

조심스럽게 말하는 그녀를 보며 그가 의아하다는 표정으로 물었다.

"내가 하는 말이 닭살스럽다고?"

"네."

"예를 들면?"

그걸 어찌 입에 담으라고 하는 것인지 그녀 스스로 나의 5-5라고 어찌 말할 수 있단 말인가. 생각만 해도 몸에 닭살이 돋는 것만 같았다.

"오늘 아침인사 말이에요."

"그게 뭐 어때서 그렇다는 거지? 혹시, 나의 5-5 때문에?"

꿀꺽.

어찌 저리 표정 하나 안 변하고 태연스럽게 말을 할 수 있는지 그녀도 배워보고 싶었다.

"잘못된 표현 방법은 아니라고 알고 있는데. 난 내가 느끼는 걸 난 솔직하게 말하는 편이야. 사람들은 너무 직설적이라고 말하기도 하더군."

주문한 커피가 나오자 윤희는 두 손으로 종이컵을 감싸 쥐었다.

"하윤희 씨도 꽤 직설적이라는 사람으로 알고 있는데, 최근 들어 내가 잘못 본 게 아닐까 하는 생각이 들기도 해."

"무슨 말씀이시죠?"

"면접 때. 내가 당신을 쳐다보았을 때, 당신이 한 말. 날 똑바로 쳐다보면서 어딜 쳐다보는 거냐고 물었었지. 참 당돌했어."

"아."

"그래서 모든 것에 열정적이면서도 화끈? 아니, 뭔가 분명한 걸 좋아하는 성격이겠구나 싶었는데, 아니야. 지금은 좀 답답해. 아니 많이 답답해."

"하지만……."

"당신이 몸으로 다가오지 말라는 말. 그거 지키려고. 하지만 당신의 협조도 필요해."

진욱의 단도직입적인 말에 윤희는 가만히 듣고만 있었다. 뭐 하나 틀린 말이 없었다. 그녀도 이제 한 발짝 다가서기로 마음먹은 이상 그가 무슨 생각을 하고 있는지 귀담아들어야 했다.

"우리가 서로 기회를 갖는 것에, 알아가자고 한 것에 동의는 했지만. 당신은 전혀 움직이고 있지 않잖아. 제자리에 서서 날 바라보기만 하고. 아, 물론, 내가 성급하게 다가가고 당신 말대로 몸으로 먼저 다가선 것. 인정해. 하지만 날 그렇게 부추긴 것에 당신의 책임으로 절반을 묻고 싶어. 당신은 날 몰아세우니까."

그의 말을 듣고 있는 동안 윤희는 지난밤 에이든이 해 준 말이 떠올랐다. 역시 두 남자는 부류인 것이 틀림없었다. 그에게 호감을 충분히 가지고 있음에도 체인을 걸어 두고 문틈 사이로 그와 대화를 나눴던 것 같았다. 이젠 그 체인을 걸쇠에서 풀어야 할 것 같았다. 그것이 그녀가 알을 깨고 나오기 위한 첫 번째 시도인 것이다.

"저도 많이 생각해 봤어요. 그래서 저도 이제 변화를 주려고요."

"어떻게?"

"알을 깨고 나오려고요."

진욱을 향해 말을 던진 윤희는 자리에서 일어섰.

그가 놀란 표정으로 그녀를 쳐다보았다.

"이제 올라가요. 아직 시간이 이르긴 하지만 전 할 일이 아주 많거든요. 어제 못 한 일을 하려면요."

커피를 들고 1층에서 엘리베이터를 기다리는 두 사람은 한동안 서로 말이 없었다. 진욱은 그녀가 한 발짝 움직이려고 하는 것에 대해 나름 만족하고 있었고, 윤희는 진욱이 그녀의 보조를 맞추려고 노력하는 행동에 감동받아 아무 말도 할 수가 없었다.

사무실에는 규성이 먼저 와 있었다. 같이 들어오는 두 사람을 규성이 놀란 눈으로 바라보았다.

"안녕하세요. 규성 씨."

"최규성 씨."

"안녕하세요. 실장님. 윤……희 씨."

진욱은 가볍게 고갯짓으로 인사만 하고 사무실로 들어가 버렸고, 윤희는 자신의 자리로 가서 컴퓨터 전원을 켰다.

규성은 그녀가 들고 있는 커피를 쳐다보았다. 이진욱 실장도 같은 걸 들고 있었다. 어찌 된 일일까.

규성의 궁금한 표정을 그녀가 보고는 살짝 미소 지었다.

"지하철역에서 만났어요. 실장님이 요 아래 커피숍에서 사주셨어요."

"그래요?"

"언제 오셨어요? 기어이 일등 하셨네요?"

"뭐, 그렇게 된 셈이네요. 오늘은 오히려 윤희 씨가 조금 늦은 걸요."

"그렇게 되나요? 오늘 아침 바람은 굉장하던데요. 얼굴이 얼어붙는 줄 알았어요. 빨리 1월이 갔으면 좋겠네요. 봄이 오면 좋겠는데 2월이 남았으니 아직 멀었겠죠?"

"그러게요."

자리로 돌아가며 규성은 평상시와 달리 윤희의 목소리 톤이 살짝 격양되어 있는 것을 느꼈다. 말도 많아졌다.

느낌이 좋지 않았다. 이진욱 실장과 둘이 움직이는 것을 조금은 부담스러워하던 그녀가 오늘 아침에는 아무렇지도 않게 행동하는 것이다.

"흠."

놓쳤다.

규성은 알 것 같았다. 두 사람이 어떻게 된 것인지는 모르겠지만 분위기가 사뭇 달랐다. 그녀에겐 이미 봄이 오기 시작한 것 같았다. 야근하는 동안 두 사람 사이에 무슨 일이 있었던 것이 분명했다.

"훗."

아깝게도 그에겐 기회가 오지 않았다. 아니 기회조차 없었던 것이다. 이진욱 실장이 그를 견제하기 시작했을 무렵부터 두 사람 사이에 뭔가 있었던 것이다.

그가 끼어들 틈은 아예 없었던 것이었다. 순순히 물러나야 하는데 괜한 심술기가 발동했다. 이진욱 실장에게 당했던 것의 일부라도 돌려주고 싶단 생각이 들었다.

17. 보조를 맞추며 걷다

 토요일이라 그런지 김 대리가 한껏 들뜬 모습으로 사무실에 출근했다.
 "굿모닝!"
 "안녕하세요. 김 대리님. 와, 오늘 약속 있으세요? 예쁘게 입고 오셨네요."
 "주말이잖아. 데이트해야지. 오후엔 날씨가 좀 풀린다네?"
 "네. 그렇다고 들었어요."
 "윤희 씨. 보고서 작성 다 되가?"
 "오늘 완성돼요."
 1시가 퇴근인 토요일이라 그런지 오전부터 사람들이 바쁘게 움직이기 시작했다.

보고서를 열심히 작성하고 있는 윤희에게 규성이 메신저로 쪽지를 보내왔다.

〔최규성 : 보고서 작성은 다 돼가요? 월요일부터는 나랑 작업해야 하는데. 나도 좀 빡빡하게 구는데 미리 경고할게요.〕

그녀가 웃으며 답장을 눌렀다.

〔하윤희 : 오히려 제가 더 빡빡하게 굴지도 몰라요. 각오하세요.〕

그녀의 답장에 규성이 소리 내어 웃었다.

'이렇게 매력적인 아가씨를 쉽게 넘겨 줄 순 없지.'

오후 1시가 되자 사람들이 퇴근하며 그녀에게 힘내라고 한 마디씩 하고 갔다.

"주말 잘 보내세요."

밝은 목소리로 대답을 한 윤희는 고개를 돌려 진욱의 방을 쳐다보았다. 조금 전 메신저로 점심 같이 먹자고 하고선 아직까지 방에서 나오지 않았다.

어떻게든 오전 중에 일을 마무리 지으려고 정신없이 했더니 슬슬 배가 고프기 시작했다.

"음. 배고프네. 아직 마무리가 안 지어졌나? 오늘 꼼짝을 안 하시네."

메신저를 클릭해 쪽지를 보내려고 했는데 진욱이 로그아웃 상태로 나타났다.

"어?"

다시 한 번 그의 방을 쳐다보았지만 아무런 낌새도 보이지 않았다.

"메신저도 로그아웃인데 뭐하는 걸까? 으음."

휴대전화를 손에 들고 한참을 망설이다가 윤희는 용기를 내 그에게 문자를 찍기 시작했다. 지우고 쓰고를 반복하다 더 망설이기 전에 그녀는 눈을 꼭 감고 보내기 버튼을 눌렀다.

이왕 움직이기로 한 거. 크게 한 발짝 내딛기로 했다.

진욱은 점심 먹자는 쪽지를 보내고는 바로 메신저를 꺼 버렸다. 그녀가 오늘 어디까지 한 발짝을 움직일 것인지 기대하는 마음으로 꾹 참고 기다렸다.

이젠 그가 기다려야 한다. 그녀가 다가올 때까지.

느긋하게 기다리는 것이 그를 힘들게 하겠지만 이왕 그녀의 보조에 맞춰주려고 한 이상 단 며칠만이라도 그녀의 움직임에 맞추려는 노력은 해 봐야겠단 생각이 들어서였다.

사람들이 다 퇴근하고 없는 조용한 사무실에 그녀와 단둘이 남았다. 그녀는 보이지 않겠지만 진욱은 블라인드 사이로 지켜보고 있었다. 그녀가 몇 번이고 그의 방을 쳐다보는 것이 보였다. 그가 나오지 않아서 그런 것이 분명했다. 평상시라면 벌써 그녀를 어디론가 데리고 갔을 테니 말이다.

"뭘 하고 있는 거지?"

그때 휴대전화 메시지 도착음이 들렸다. 문자를 확인하는 진욱의 눈이 놀라움과 반가움으로 가득 차기 시작했다.

[그거 알아요? 나도 이진욱이란 남자에게 5-5라는 별명을 붙여준 사실을?]

문을 벌컥 열고 밖으로 나가 윤희에게 다가가는 진욱의 걸음걸이가 급해졌다.

성큼성큼 다가오는 진욱을 보고는 윤희는 자리에서 일어섰다.

"실장님."

"조건은?"

"네?"

"별명. 5-5라는 별명의 뜻을 알려면 내가 치러야 하는 대가 말이야."

지난번 그녀가 5-5의 의미를 궁금해했을 때 진욱은 그녀에게 키스를 대가로 요구했었다.

"서로 맞교환. 어때요?"

"안 돼."

생각해 보지도 않고 진욱이 단호하게 대답했다.

'이게 아닌데.'

기껏 머리를 짜 생각해 낸 것인데 그가 걸려들지 않았다.

"아……. 안 궁금하세요?"

"궁금해. 그러는 당신은? 난 참을 수 있어. 궁금한 사람은 오히려 당신일 걸?"

점심을 먹는 동안 진욱의 입가에 미소가 떠나질 않았다.

그녀는 다시 한 번 물었다.

"정말 안 궁금해요?"

"응."

"진짜로?"

"응. 아니, 궁금해."

진욱은 물을 한 모금 마시고는 그녀를 바라보았다.

"참을 거야."

"아……."

아쉬워하는 그녀의 표정을 보며 진욱은 싱긋 웃었다.

"못 참겠지."

대답이 아닌 그녀를 향한 말이었다. 질문도 아닌 단정적인 말투였다.

"궁금해서 미치겠지."

진욱은 그녀의 비밀 메모를 보지 않았다면 맞교환하자는 말에 기꺼이 오케이 했을 것이다. 하지만 지금은 입장이 달랐다. 물론 그녀가 어떤 의미로 그런 별명을 붙였는지는 모르지만 최소한 그가 지어준 별명의 의미와 큰 차이를 보이지 않을 거란 확신이 들었다. 그 의미를 그녀의 입을 통해 직접 듣고 싶었다. 둘 다 서로에게 같은 별명을 지어줄 확률은 얼마나 될까.

과감하게 던진 패가 제대로 작동하지 않았다. 오히려 그녀를 더 약 오르게 하는 진욱의 태도에 윤희는 속으로 발을 동동 굴렸다. 그녀와 마찬가지로 모든 면에서 분명한 걸 좋아하는 그였다. 거침없이 다가오는 그의 행동을 봐도 그러했는데 말려들지 않았다. 일부러 호기심을 자극시켜 그녀의 궁금증을 해소하려고 했는데 뜻대로 되지 않았다.

'뭐라고 해야 그가 그 의미를 알려줄까.'

머리를 굴리던 그녀는 눈을 반짝이며 의기양양한 목소리로 말했다.

"일요일 데이트. 어때요?"

"뭐라고?"

"내가 취소한 거. 없었던 걸로 하고, 내일 어때요?"

"그건 곤란한데."

그의 대답에 윤희의 표정이 살짝 굳어졌다.

"왜 곤란한데요?"

진욱은 의자에 등을 기대며 여유 있는 표정으로 그녀를 바라보았다.

"키스했기 때문에 일요일 데이트가 취소됐지. 다시 하자는 건 내가 당신에게 키스했던 걸 없었던 일로 치자는 것 아닌가? 그 좋았던 일을 왜 없었던 걸로 해. Reject."

"하!"

"나의 5-5. 똑똑한 줄 알았는데 deal에는 영 약하군. 좀 더 구미 당기게 해 봐. 일요일 데이트 취소 대신 난 당신하고 근사한 키스를 했잖아. 뭐, 그걸로 만족해야지."

"음."

그녀의 애달아 하는 표정을 보며 진욱이 천천히 입 꼬리를 올리며 미소 지었다.

"궁금하지?"

"아뇨."

"아님 말고. 목마른 사람이 우물을 판다지."

계산서를 들고 자리에서 일어서는 진욱의 뒷모습을 윤희는 못마땅한 표정으로 째려보았다.

두 사람은 다시 사무실로 올라갔다. 진욱은 그녀에게 수고하라며 손을 들어 보이고는 자신의 사무실로 들어가 버렸다. 여유로운 태도로 걸어가는 그를 바라보며 윤희를 혀를 찼다. 생각했던 방향과는 반대로 그녀의 궁금증만이 더 늘어나게 되어 버린 것이다.

진욱이 다시 메신저에 로그인했다는 창이 뜨자 그녀는 접속자 목록을 클릭했다.

"헉. 이 남자가 정말!"

그의 이름 옆에 대화명이 추가되어 있는 것이 보였다.

〔이진욱(나의 5-5. 하윤희)〕

"미쳤어. 미쳤어."

다 퇴근하고 없기 때문에 일부러 보란 듯이 넣은 것이었다. 그의 능글맞음에 손발이 오그라들 지경이었다.

"내가 궁금해서 미치길 바라는 거야. 흥. 절대로 넘어갈 수 없어! 그래. 누가 못 참는지 어디 두고 보자고!"

윤희는 불타는 전투욕을 보고서 작성에 퍼붓기 시작했다. 진욱이 방에서 지켜보고 있다는 것을 모른 채 엄청난 속도로 문서 작성을 하기 시작했다.

그렇게 두 시간 정도 흐르자 보고서 완성이 끝나고 있었다. 최종적으로 다시 한 번 훑어보기 위해 프린트를 했다.

한 장씩 쏟아지는 보고서를 바라보고 있는데 대화창이 깜빡였다.

〔이진욱(나의 5-5. 하윤희) : 다 되어 갑니까?〕

〔하윤희 : 네.〕

〔이진욱(나의 5-5. 하윤희) : 예상 시간은?〕

〔하윤희 : 대략 한 시간 반.〕

〔이진욱(나의 5-5. 하윤희) : 알았음.〕

프린트된 보고서를 손에 들고 다시 들여다보는 윤희의 입가에 잔잔한 미소가 피어올랐다. 그가 그녀를 향해 많이 양보하고 있다는 것이 느껴졌다. 그녀도 감정을 조금씩 드러내려고 마음먹은 뒤부터 오히려 마음이 편해지기 시작한 것이다. 앞으로 두 사람이 어떻게 될지는 모르지만 감정에 충실해 보기로 했다.

정확히 한 시간 반이 지나자 다시 메시지 창이 깜박였다.

〔이진욱(나의 5-5. 하윤희) : 갑시다.〕

그가 로그아웃했다는 메시지가 뜨자 그녀가 고개를 저었다.

"당신도 참 못 말리는 사람이군요."

책상 위를 정리하고 자리에서 일어서는 것과 동시에 진욱이 문을 열고 나왔다.

"제가 덜 끝났으면 어쩌려고 나오세요?"

"그럴 리가. 하윤희 씨 업무 집중도로 본다면 한 시간이면 끝나는데 여유 잡아 한 시간 반이라고 말한 거 아니었나?"

"음. 그게 그렇게 다 보여요?"

"당신도 내 나이가 되면 나처럼 된다고 보장하지. 사람을 보면

대략적으로 파악이 된다는 것을 언젠가는 느끼게 될 거야."

엘리베이터를 타고 내려가면서 진욱이 물었다.

"고 홈?"

"아, 네에."

대답은 그러했지만 평상시 퇴근시간보다 훨씬 이른 시간에 그와 같이 있으니 기분이 이상했다.

그런 아쉬움이 얼굴에 묻어났는지 진욱이 손을 뻗어 그녀의 손을 잡았다. 작은 손이 커다란 그의 손안으로 쏘옥 사라졌다. 따뜻한 손이 차가운 그녀의 손을 녹여주었다.

"차가 있으면 좋을 텐데, 아쉽군."

진욱이 그녀의 귓가에 속삭였다.

"피곤해?"

"아뇨, 뭐, 그닥."

"그럼, 잠깐 쉬었다 갈까?"

숙여져 있던 고개가 번쩍 들어 올려졌다. 이 남자가 지금 뭐라고 한 것인가.

"네?"

엘리베이터 문이 열리자 진욱이 그녀의 손을 잡은 채 건물 밖으로 나갔다. 회전문을 통과하자 빌딩 사이로 휘몰아치는 바람이 몰아닥치자 진욱은 그녀를 세워 머플러를 점검했다.

"어딜 가는데요?"

"지하철 타러 가기 전에 간단하게 뭐라도 먹으려고."

"아."

엉뚱한 생각을 했던 자신이 창피하게 느껴지자 그녀는 고개를 돌렸다.

진욱이 다시 그녀의 손을 잡고 걷기 시작했다.

"뭐 먹을까? 에너지를 소비했으니 충전해야지."

"그러지 말고, 우리 집 근처에 조용한 카페가 있어요. 자리도 편하구요. 어차피 가는 길인데 그리로 가실래요? 제가 살게요."

"그 말은 집에 바래다 달라는 뜻으로 들리는데."

"아아……. 그렇게 되네요. 싫으세요?"

"아니. 좋아."

지하철역으로 가는 동안 그녀의 손은 진욱의 커다란 손에 잡혀 있었다. 그의 체온을 손으로 느끼며 윤희는 진욱에게 이런 다정함이 있다는 것을 새삼 느끼게 되었다. 그녀를 향해 거침없이 달려들었던 그의 모습과는 사뭇 달랐다. 말투도 훨씬 부드러워졌다. 그녀가 조금 다가서자 표정에도 변화가 나타났다.

'내가 답답하게 굴어서 이 남자를 몰아세웠던 것일까?'

지하철을 타고 운 좋게 자리가 두 곳이 나자 진욱이 그녀를 밀어 자리에 앉혔다. 그녀의 옆에 앉더니 팔꿈치로 그녀를 툭툭 쳤다.

"네?"

"그거."

"뭐요?"

"틀린그림찾기."

"아."

진욱이 뭘 말하는지 눈치 챈 윤희는 그를 바라보며 환하게 웃어보였다.

 환하고 기분 좋게 웃는 윤희의 미소에 진욱은 순간 숨이 멈춰 버리는 줄 알았다. 어두운 옷을 입고 있는 사람들 사이로 그녀의 미소가 환한 빛이 되어 퍼져나가는 것 같았다. 그 빛이 그를 향해 뻗어와 그를 감쌌다. 피부에 닿은 그 빛이 몸 전체로 퍼져나가며 행복한 기운으로 그를 채우기 시작했다.

 진욱의 입가에도 서서히 따뜻하고 환한 미소가 지어졌다. 그의 눈이 넘쳐나는 따스함을 담고 사랑스럽게 그녀를 바라보았다.

"왜요?"

"웃는 게 예뻐서. 날 보며 웃는 모습이 너무 예뻐서. 그래서 내 가슴이 터질 것 같아서."

 진욱의 뜨거운 시선에 그녀가 고개를 숙이며 수줍어하자 진욱은 어깨를 감싸며 그녀의 관자놀이에 입맞춤했다.

"고마워. 다가와 줘서 고마워."

 두 사람의 다성한 모습에 맞은편에 앉은 여자들이 부러움과 질투를 가득 담은 눈으로 바라보고 있었다.

"뭐야, 정말."

"왜? 보기 좋잖아. 정말 부럽다, 얘."

"부럽긴 뭐가 부러워?"

 윤희의 집 근처로 걸어가는 동안 진욱은 그녀에 대해 이것저것 물어보았다. 대학에서의 생활과 미국에서 아르바이트했던 생활에 대해서도 물었다.

"이모부님 회사에서 많은 경험을 쌓았군. 자랑스러워하시겠어."

"네. 더 열심히 해야 했어요. 이모부님 얼굴에 먹칠할 수는 없으니까. 남들보다 훨씬 더 많이 하려고 노력했어요. 덕분에 저도 좋은 경험 많이 했구요."

그녀가 말한 작고 아담한 카페로 들어가자 진욱은 조심스럽게 그녀의 어제와 다른 태도 변화에 대해 물었다.

"아, 그게. 실장님 말고도 절 답답하게 보는 사람이 또 있더라구요. 좋은 충고를 해 줬어요. 알 속에 갇혀 있는 것이 다른 사람을 답답하게 만든다고. 그래서 생각을 좀 해 봤어요. 그 덕분에 어젯밤 한숨도 못 잤어요."

"얻은 결론은?"

"첫째, No pain, no gain. 둘째, 무언가를 얻기 위해서는 모험이 필요하다."

"날 갖는 것에 고통이 따르진 않을 텐데. 모험은 필요하겠군. 모험이란 단어는 우리 같은 일을 하는 사람들에겐 새로운 말은 아니지. 우리는 끊임없이 새로운 것을 시도해야 하니까. 두려움을 가지고 시도하면 그건 실패나 마찬가지지."

그녀가 고개를 끄덕이며 커피를 한 모금 마시는 것을 진욱이 잔잔한 미소를 지으며 바라보았다.

"역시. 당신 매력 있어. 볼수록."

알을 깨고 나오겠다더니 생각보다 크게 세상 밖으로 나오는 그녀였다. 역시 분명한 것을 좋아하는 성격이 그녀를 확실하게 이끌어 주는 것 같았다.

진욱이 커피 잔 테두리를 따라 손끝으로 한 바퀴 돌더니 입을 열었다.
　"나도 한 발짝 양보할까?"
　"네?"
　"진한 키스 대신 날 진욱 씨라고 열 번 부르게 될 때, 그때 5-5의 의미를 말해 주는 걸로."
　"열 번이요?"
　"단, 둘이 있을 때 실장님이라고 부르면 그때마다 횟수는 늘리는 걸로."
　"그런 게 어디 있어요? 이미 호칭이 입에 붙었는데."
　"사귀기로 한 건데 이름을 불러야지. 실장님 소리는 사양하겠어."
　"치이."
　입술을 삐죽거리던 그녀는 갑자기 나오는 하품 때문에 두 손으로 얼른 입을 막았다.
　"한숨도 못 잤다더니 일어나야겠군."

　빌라 앞에 도착하자 진욱은 아쉬운 듯 그녀의 손을 천천히 놓아주었다. 그녀가 빌라 정문의 큰 대문 앞으로 올라서서 비밀번호를 누르자 대문이 열렸다.
　갑자기 진욱이 그녀의 옆으로 바짝 붙더니 한 팔로 벽을 짚으며 그녀에게 몸을 기대며 고개를 숙였다.
　"저기……."

긴장하는 그녀에게 그가 낮은 목소리로 속삭였다.

"오늘부터 시작할까?"

"뭘, 뭘요?"

"진욱 씨라고 부르는 거."

"아, 그게."

진욱이 바짝 붙어 서자 머리가 어지러웠다. 그의 몸에서 뿜어져 나오는 강한 남자의 체취가 그녀의 가슴을 빠르게 뛰게 했다. 그가 무슨 행동을 한 것도 아닌데 가까이 다가오기만 하면 그녀의 몸은 바짝 긴장을 하고 만다.

"해 봐. 진욱 씨."

그의 입술이 그녀의 입술에 곧 닿을 듯 다가왔다. 진욱의 숨결이 고스란히 그녀의 입술 위로 떨어졌다.

"조금만, 조금만 비켜 봐요."

목을 움츠리며 뒤로 물러서려고 했지만 벽 때문에 물러설 곳도 없었다. 그가 당장이라도 키스할 것만 같았다. 그녀의 심장이 거칠게 뛰기 시작했다. 그의 키스를 받고 싶어 하는 것 같았다.

부끄러움에 얼굴이 확 달아오르자 그녀가 숨을 크게 들이마셨다.

"말하면. 진욱 씨라고 부르면 물러설게."

윤희는 마른 침을 삼켰다. 떨리는 가슴을 어떻게든 진정시켜야 할 것만 같았다. 이러다가는 그녀의 뛰는 심장 소리를 그가 들을 것만 같았다.

"진, 진욱……씨."

그가 소리 없이 웃는 게 느껴졌다.

"한 번만 더. 응?"

"진욱 씨."

떨리는 입술 위로 따뜻한 입술이 사뿐히 내려앉았다. 포근하게 입술을 머금더니 잠시 그대로 있었다.

두근. 두근.

쿵. 쿵. 쿵. 쿵.

진욱이 입술을 떼고는 그녀를 사랑스럽게 바라보았다. 떨리는 숨을 내뱉는 입술로 시선이 고정되었다. 다시 키스하려고 입술을 내렸지만 바짝 다가간 채 더 움직이지 않았다.

윤희는 감고 있던 눈을 살며시 뜨며 진욱을 바라보았다.

"더 하고 싶은데, 하면 멈추지 못할 것 같아서."

진욱의 솔직한 말에 윤희는 얼굴이 붉어졌지만 그의 따뜻한 마음을 느꼈다. 그녀가 또 겁을 먹고 도망갈까 봐 걱정하는 것이다.

쪽.

어디서 나온 용기인지 윤희는 발꿈치를 들어 진욱의 입술에 쪽 하고 입맞춤을 하고는 쏜살같이 열린 문으로 도망쳐 버렸다.

어찌 잡아 볼 사이도 없이 휙 사라져 버리는 그녀를 보며 잠시 멍하게 있던 진욱은 조금 전 그녀의 입술이 닿은 곳을 만져보았다. 그녀가 먼저 다가온 첫 번째 입맞춤이었다.

"하아. 순식간이지만 기분이 나쁘진 않은데?"

아쉬움을 뒤로 하며 고개를 저으며 천천히 걸어가는 진욱의 얼굴에서 미소가 떠나지 않았다.

18. 도발, 질투, 소유욕

실장실에서 나온 송 과장이 윤희를 불렀다.
"하윤희 씨."
"네. 과장님."
"보고서 가지고 들어가 보세요. 회의 가시기 전에 보셔야 하니까."
"알겠습니다."
제출용으로 따로 뽑아 두었던 보고서와 파일을 원할 경우를 대비해 메모리를 들고 윤희는 실장실로 향했다.

똑똑.
"네."

문을 열고 들어가자 통화를 막 끝낸 진욱이 책상 위로 깍지 낀 손을 얹으며 그녀를 바라보았다. 무표정한 얼굴이 뭔가 할 말이 있어 보였다.
 "하윤희 씨."
 "네. 실장님."
 어딘지 모르게 긴장하게 하는 진욱의 표정과 말투에 윤희는 정신을 바짝 차렸다. 아무래도 뭔가 잘못한 것 같았다.
 "오전 회의가 끝난 지 얼마나 지났죠?"
 "네?"
 진욱이 왜 이런 질문을 하는지 의아했지만 윤희는 시간을 확인해 보았다.
 "한 시간 정도 지났습니다."
 "그렇죠. 정확히 한 시간 지났습니다. 오늘 나에게 보고해야 할 것이 있었는데 언제 할 생각이었습니까?"
 윤희는 눈을 깜빡이며 진욱의 의중을 파악해 보려고 했다. 정신을 바짝 차려야 하는데 얼음장같이 차가운 목소리에 긴장을 했는지 머리 회전이 제대로 되지 않았다.
 "내가 무슨 말을 하는지 모르는 겁니까?"
 "보고를 하려고 했는데, 바쁘신 것 같아서……."
 "우리 팀은 늘 바쁩니다. 그래서 시간이 나는 틈틈이 우선적으로 처리해야 할 업무들을 해결해야 합니다. 난 하윤희 씨가 회의 끝나는 대로 업무 보고할 줄 알았는데 내가 호출을 해야 오는군요."
 윤희는 할 말을 잃었다. 사실 송 과장이 준 업무 때문에 규성과 자료 조사도 해야 하고 의논해야 할 일들이 많았다. 보고서를 제출해야 그다음 일을 진행할 텐데 진욱이 아침부터 바빠 보여서 어찌하지도 못하고 눈치만 보고 있는 중이었다.

"나도, 하윤희 씨도 바쁜 사람입니다. 오늘 중으로 처리해야 할 일들을 신속히 진행해 나가야 다음 일이 스케줄대로 움직일 수 있는 것 아닙니까? 그건 하윤희 씨 입장도 마찬가지 아닙니까?"

바빠 보였더라도 나중에 다시 오라는 말을 듣게 된다 해도 일단 그에게 보고서 제출을 시도해야 했던 것이다. 진욱이 딱딱한 표정으로 그녀의 잘못을 지적하고 있었지만 다 맞는 말이었다. 그녀는 묵묵히 그의 말을 듣고 있었다.

내리깔았던 눈을 들어 진욱을 바라보았다.

"앞으로는 차질 없도록 하겠습니다."

"흠. 보고서 봅시다."

그녀가 내민 보고서를 한참이나 말없이 훑어보던 진욱이 보고서를 덮고는 그녀를 바라보았다.

윤희는 보고서를 훑어보는 동안 아무런 반응이 없는 진욱을 보며 걱정하기 시작했다. 고개의 끄덕임도 없었다. 마음에 들지 않는 것이 분명했다.

긴장을 하고 있던 터라 진욱이 고개를 들자 윤희는 저도 모르게 침을 꿀꺽 삼켰다.

"백 퍼센트 마음에 들지는 않지만 처음치고는 잘 만들었군요."

속으로 안도의 한숨을 내쉬려는데 진욱의 다음 말이 그녀를 다시 긴장하게 만들었다.

"그런데."

"네?"

"보고서 분량이 너무 많습니다. 더 줄이세요. 짧고 간략하게. 보고해야 할 중요한 것들만 있어야지 세세한 부가적 설명이 너무 많습니다. 하윤희 씨가 제출하는 보고서를 누가 보는지 잊고 있는 것 같군요."

"저는……."

"이미 세세한 내용까지 다 알고 있는 나에게 이런 자세한 보고 내용은 필요가 없다는 겁니다. 이런 보고서는 이 분야를 잘 모르는 사람들에게나 해당한다는 말입니다."

얼굴이 화끈거리며 붉게 달아오르기 시작했다. 표시가 나면 안 되는데 뻘겋게 변하고 있는 느낌이 들었다.

'안 돼. 안 돼.'

윤희는 속이 탔다. 이 정도 꾸중을 듣고 이런 반응을 보인다는 것을 진욱에게 보여주고 싶지 않았다. 진욱이라서, 그녀가 좋아하는 사람이라서 더 붉어졌다.

윤희의 표정을 보는 진욱의 눈썹이 미세하게 꿈틀거렸다.

"부가적으로 내가 설명을 요구한다면 여기에 적힌 것들은 하윤희 씨 입에서 나와야 합니다. 내 말. 무슨 뜻인지 알겠습니까?"

"네에."

대답을 하는 목소리가 미세하게 떨려나왔다.

진욱이 보고서를 한쪽으로 치우며 윤희를 바라보았다.

"다시 작성할 필요는 없습니다. 이번 기회를 통해 보고서 작성

요령을 배웠다고 생각하길 바랍니다. 업무 시간 활용도 어떤 것이 효율적인지 다시 생각해 보길 바랍니다."

"네. 실장님. 그럼."

가볍게 목례를 하고 몸을 돌려 나가려는 윤희를 진욱이 다시 불러 세웠다.

"이번 주부터는 무슨 업무를 하게 됩니까?"

"송 과장님께서 새로운 아이디어를 내보라고 하셔서 최규성 씨와 같이 팀을 이뤄 조사하고 있습니다."

진욱의 눈빛이 순간 번뜩이다가 사라졌다.

"알겠습니다."

문을 닫고 나온 윤희는 땅이 꺼질 듯 한숨을 내뱉었다.

"하아."

갑자기 눈물이 핑 돌았다. 그의 말에는 억지스러운 것이 하나도 없었다. 창피했다. 잘하는 모습을 보여주고 싶었고. 그에게 인정받고 싶었다. 이런 일로 그에게 지적당하고 싶지 않았다.

"후우, 내가 진짜 왜 이러지?"

억울한 것도 아닌데 자꾸 눈물이 나오려고 하자 서둘러 사무실 밖으로 나갔다. 차가운 바람이라도 쐐야 할 것 같았다.

고개를 숙인 채 황급히 걸어 나가는 그녀를 송 과장이 안경 너머로 쏘아보더니 고개를 저었다.

"한 소리 들었군."

그녀가 나가자 진욱은 책상 위로 손을 맞잡으며 잠시 생각에 잠겼다. 그의 의도를 그녀가 제대로 받아들였을지 걱정이 됐다. 얼굴이 화르르 타오르기 시작하더니 그가 보기에도 민망할 정도로 시뻘겋게 변하는 얼굴을 보며 진욱은 자리에서 벌떡 일어나 그녀에게 가려는 것을 겨우 참았다. 그녀를 아낀다. 그래서 더 강하게 말했다. 좀 더 부드럽게 말할 수 있었을지도 모르지만 그가 어찌해 보기도 전에 이미 입 밖으로 나와 버렸다.

너무 심하게 대했던 것일까.

진욱의 손이 조급하게 책상을 두드렸다.

"후우."

회의만 없다면 진욱은 그녀를 따로 불러 그의 뜻을 제대로 설명하고 싶었다. 그러지 못하는 상황이 그를 더 애타게 했다. 자리에서 일어난 진욱은 양복 윗도리를 들고 사무실을 나섰다.

복도 맞은편 창가로 다가가 찬 공기가 들어올 수 있게 작은 창문을 열고 있는 그녀에게 누군가가 다가왔다.

"윤희 씨."

진욱은 복도 끝에 서 있는 남녀를 발견하는 순간 몸 깊은 곳에서부터 뭔가가 스멀스멀 올라오는 것을 느끼기 시작했다.

그녀 옆에 규성이 서 있었다. 그게 그의 신경을 거슬리게 했다. 그녀의 표정을 보고 규성이 위로하려고 다가간 모양인 것 같았다. 그게 순수한 위로라 해도 진욱은 싫었다. 달려가서 두 사람을 떼어 놓고 싶었다.

엘리베이터 문이 열리는데도 진욱이 탈 생각을 하지 않자 총무과 직원이 진욱을 불렀다.
"실장님. 안 타세요?"
"아, 네에."
회의는 오후까지 진행될 예정이었다. 20층으로 올라가는 엘리베이터 숫자판을 쳐다보며 진욱은 보이지 않는 한숨을 내쉬었다.
그녀를 믿는다. 믿고 있으면서도 규성이 그녀 옆에 있는 것이 싫었다. 기분이 나빴다.

"괜찮아요?"
"아, 규성 씨."
시무룩한 표정을 들키자 윤희는 멋쩍은 듯 웃었다.
규성이 걱정스런 표정으로 더 가까이 다가섰다.
"들어가서 많이 혼났어요?"
"아뇨."
"아닌 게 아닌 것 같은데."
"제 잘못이어서…… 꾸중을 하신 것도. 혼내신 것도 없어요. 단지 좀 부끄럽고 창피해서요."
"실장님은 절대로 언성을 높이거나 막무가내로 화를 내는 사람은 아니세요. 풍기는 분위기가 워낙 포스가 강해서 그 방에 겁부터 먹고 들어가는 사람들도 많아요."
"네에."

"윤희 씨. 직장은 여기가 처음인가요?"

"네. 예전에 미국에서 아르바이트 겸 뭐, 인턴사원 비슷하게 일을 하긴 했지만, 아시잖아요. 그런 경우는 거의 수동적으로 움직인다는 거. 전 나름대로 능동적이라고 생각했었는데, 그래서 칭찬도 많이 받았었는데 그게 아니었나 봐요."

"아."

"이제 정식으로 직장생활이라는 게 어떤 건지 알게 될 것 같아요."

"내가 보기에 윤희 씨는 참 열정적인 사람이에요. 한 번 집중하면 옆에서 폭탄이라도 터져야 움직일 것 같더라구요. 직장생활을 처음 해 보는 사람은 누구나 다 실수해요. 조직은 늘 돌아가던 속도가 있으니까. 새로 들어온 사람이 그 속도에 맞춰야 하죠. 당분간은 버겁고 힘들지 모르겠지만 윤희 씨는 잘할 수 있을 것 같아요."

규성의 위로에 윤희의 표정이 훨씬 밝아졌다.

"말씀 감사해요. 실장님도 그런 의미에서 말씀하신 것 같아요. 저 혼자 괜히 기대했던 거예요. 완벽하게 했다고 생각했기 때문에 칭찬을 바라고 들어갔던 것 같아요. 생각해 보니 좀 우습네요."

대화를 나눌수록 차츰 안정적인 모습으로 변해가는 윤희를 규성이 안타까움을 숨긴 채 바라보았다.

"참, 보고서 작성도 끝났는데 이제 우리 일 시작해야죠?"

"안 그래도 어제 내가 자료 조사해 둔 게 있는데 한 번 볼래요?"

"그럴까요?"

두 사람이 나란히 사무실로 들어서자 송 과장이 그들을 불러 세웠다.

"이제 업무 파악 대충됐으니까 제자리로 돌아가는 게 좋겠군요. 최규성 씨와 하윤희 씨는 자리 옮기세요."

"네? 자리요?"

윤희의 물음에 규성이 송 과장에게 물었다.

"자리를 이동하라는 말씀이십니까?"

"지금 말고 퇴근 전에 자리 옮기세요. 아니면 어차피 두 사람 머리 맞대고 의논해야 할 일들이 많을 테니 점심시간에 자리를 옮기든지 하세요. 원래 두 사람 붙여 놓으려고 했는데 일주일간 업무 파악한다고 팀 짜서 있었으니 다시 자리로 돌아가야죠."

송 과장이 지적한 장소는 윤희의 왼쪽 빈자리였다.

"나만 옮기면 되네요. 윤희 씨는 신경 쓰지 말아요. 옮길 짐도 얼마 없는데 금방 옮기겠네요."

점심을 먹고 난 뒤 윤희와 규성은 좀 더 자세히 의논하기 위해 작은 회의실로 자리를 옮겼다.

프린트해 온 자료들을 윤희에게 넘겨주며 규성이 먼저 의견을 말하기 시작했다.

"다음 달부터 매주 수요일 오전 조찬 겸 간단한 세미나가 있으니까. 우린 방향을 좀 바꿔보는 게 어떨까 해요. 매주는 좀 힘들 것 같고 격주로 해서 연사를 초청하는 게 어떨까 하는데."

"대상은요?"

"뭐, 우리가 주관하는 거니까 중간 관리자 이상은 되어야 하지 않을까요? 조찬 모임은 대부분 임원들이나 CEO가 참석하는 자리니까."

"오! 그거 좋은 생각이에요. 음. 정말 좋은데요?"

윤희의 호응에 규성이 기분이 좋은지 씨익 웃으며 눈을 반짝였다.

"윤희 씨 반응에 힘이 나는데요?"

규성이 나눠준 프린트를 고개를 끄덕이며 훑어 내려가던 윤희는 볼펜으로 몇 군데 표시를 했다.

"이철호 교수님이 예전에 동경대학 경제학부에서 잠시 교수직을 하셨던 걸로 알고 있어요."

"이철호 교수님을 알아요?"

"아는 사이가 아니구요. 어쩌다 예전에 프로필 한 번 본 적 있어요. 음…… 중간 관리자 이상으로 할 거면. 작년에 진행했던 CEO 대상으로 했던 내용을 범위를 좀 줄여서 기본 자료로 활용하는 게 어떨까요?"

"범위를 줄여서?"

"네. 다들 세계의 변화 움직임에 대해 정보를 조금씩 갖고는 있으실 거예요. 문젠, 그분들이 어디까지 정보를 알고 있는지 우리는 모르잖아요."

"그렇죠."

"일단 우리가 앞으로 진행될 프로젝트가 뭔지 공문부터 보내는 게 좋을 것 같아요. 간단하게 어느 정도까지 알고, 파악하고 있는지 설문 조사를 해 보는 게 어떨까요? 그러면 참석하실 분들의 기본 베이스를 알게 되니까 준비하는데 도움이 될 거 같아요."

"음."

규성이 긍정적인 표정으로 고개를 끄덕였다.

"윤희 씨. 대단한데요? 어디서 그런 생각들이 나와요?"

"에이. 왜 그러세요. 실무 경험은 저보다 훨씬 많으시면서. 전 그냥 좀 쉬는 동안 부지런히 이런저런 사이트 돌아다니면서 나름 자료를 모았던 것밖에 없어요. 실제로 응용하는 면에서는 규성 씨가 훨씬 뛰어날 텐데요?"

"내가 파트너를 잘 만난 것 같군요. 운이 좋네."

"제가 오히려 운이 좋죠. 만약 저랑 똑같이 이론적인 자료만 잔뜩 들고 있는 사람 만났으면 아무것도 못하고 끙끙거리고 있을 거예요."

기죽었던 표정은 어디론가 사라지고 없고 바로 새로운 일에 열정적으로 뛰어드는 윤희를 감탄의 눈빛으로 바라보던 규성이 조심스럽게 입을 열었다.

"저기, 윤희 씨. 뭐 물어볼 게 있는데."

긴 회의를 마치고 사무실로 돌아온 진욱은 작은 회의실에서 나오는 두 사람을 발견하고는 걸음을 멈췄다.

그와 시선이 마주친 윤희의 얼굴이 살짝 붉어지자 진욱의 표정이 딱딱하게 굳기 시작했다. 옆에 서 있는 규성으로 시선을 돌리자 규성은 그의 시선을 피하며 자리를 떠났다.

쫓아가던 따가운 시선이 윤희의 옆에 앉는 규성을 보며 뜨거운 불길을 뿜기 시작했다.

송 과장의 지시로 규성이 자리를 옮긴 모양이었다. 마음에 들지 않았다.

몸을 돌려 방으로 들어간 진욱은 윗도리를 벗어 의자에 던지고는 답답한 듯 와이셔츠 단추 한 개를 끌렀다.

"흐음."

눈을 감고 의자에 기대며 진욱은 자꾸만 밖으로 뛰쳐나오려는 화를 애써 자제했다. 이런 일로 화를 내는 것은 그답지 않았다. 그녀가 그를 보고 얼굴을 붉히는 모습이 떠올랐다.

얼굴을 붉혔다. 왜?

그의 시선을 피하는 규성은 또 무엇이란 말인가. 회의실에서 두 사람은 무엇을 한 것일까. 같이 해야 할 것이 있다더니 아마 그 문제로 서로 상의를 한 것일지도 모른다.

진욱은 고개를 흔들며 괜한 상상을 하려는 자신을 다독였다. 그녀의 성격으로 미뤄 본다면 규성이 뭔가 이상한 말이나 행동을 하려 했다면 그냥 있지 않았을 것이다.

서류를 들고 나오는 걸 보면 송 과장이 지시한 업무에 대해 둘이서 의논을 했음이 분명했지만 진욱은 그 업무상 나눈 이야기조차 궁금했다.

팔짱을 낀 채 진욱은 의자를 돌려 창문을 통해 그녀가 앉아 있는 자리를 바라보았다. 천천히 가고자 했는데 자꾸만 조바심이 난다. 그녀의 마음을 확인했음에도 규성이 주변을 서성이는 게 싫었다.

최규성은 좋은 인재다. 앞으로 국제 협력부에서 좋은 역량을 발휘할 인물이었다. 그에게 괜한 안 좋은 감정을 갖고 싶지 않았지만 자꾸만 신경이 쓰였다. 느낄 수 있었다. 규성은 분명 그녀에게 관심이 있었다. 규성은 같은 동료로서 그녀에게 위로를 전했을지도 모른다.

프로답지 못한 감정이라는 걸 알면서도 진욱은 화가 났다. 내 여자라고 말하고 싶었다. 그 옆에서 물러서라고 소리치고 싶었다.

"후우……."

나란히 붙어 앉아 있음에도 규성이 메신저로 윤희에게 말을 걸었다.

〔최규성 : 아까 봤어요? 실장님 표정?〕

〔하윤희 : 아뇨. 못 봤는데, 왜요?〕

〔최규성 : 날 못 잡아먹을 듯 노려보던데. 하하하.〕

윤희가 고개를 돌려 바라보자 규성이 눈을 마주치더니 웃었다. 그녀가 의아한 표정을 짓자 규성은 고개를 돌려 메시지를 입력하기 시작했다.

〔최규성 : 우리 둘이 회의실에서 나오는 거 보고 표정이 안 좋았죠. 근데 어쩌나? 난 기분이 자꾸 좋아지려고 해요.〕

〔하윤희 : 나빠요!〕

〔최규성 : 두고 봐요. 실장님이 나에게 화를 낼까요? 아니면 윤희 씨에게 화를 낼까요?〕

〔하윤희 : 음, 나한테 화를 낼 것 같진 않은데요? 무덤 파고 계시는 거 아시죠?〕

〔최규성 : 알아요. 얼마 가진 않겠지만. 그래도 이렇게라도 실장님을 놀릴 수 있는 게 좋네요. 설마 날 때리겠어요? 출장을 보내든 IPS에 갔다 오라고 하겠죠.〕

윤희가 작게 소리 내어 웃자 규성이 그녀에게 몸을 가까이하며 말했다.

"남자들은 원래 유치해요. 그냥 내 심술이라고 봐줘요."

"최규성 씨."

언제 나와 있었는지 진욱이 두 사람에게 다가와 있었다.

"네. 실장님."

진욱의 갑작스런 등장에 규성은 자리에서 벌떡 일어났다.

"나랑 같이 이사님 방으로 가죠."

"네? 지금 말씀이십니까?"

"지금."

진욱이 말을 마치고 밖으로 나가자 규성은 윤희를 보며 한쪽 눈을 찡긋했다.

"살아서 돌아오길 빌어 줘요. 아무래도 한 소리 들을 것 같은데."

규성의 엄살 섞인 말에 윤희는 어색하게 웃을 수밖에 없었다.

그녀를 향하진 않았지만 진욱의 몸에서 살벌하게 퍼져 나오는 기운을 느꼈기 때문이었다.

 밖으로 나가며 규성은 자신이 계획했던 대로 흘러가자 기분이 오히려 좋았다. 흔들리는 모습을 보여준 적이 없는 이진욱 실장이 질투로 씩씩대는 모습을 보니 속이 시원해지기 시작했다. 윤희에게 메시지를 보내면서 실장실 문이 열리는 소리에 규성은 일부러 그녀에게 가까이 다가갔다. 귓속말하는 걸 본다면 이진욱 실장은 분명 뚜껑이 열릴 것이다. 그렇게 되길 바랐는데 아니나 다를까 그를 불러내 그녀와 떨어트려놓았다.
 "흠흠."
 그의 옆으로 다가서는 규성을 진욱이 눈동자만 움직여 쏘아 보았다.
 엘리베이터가 문이 열리고 아무도 없는 좁은 공간에 들어서자 진욱은 바로 입을 열었다.
 "하윤희 씨에 대한 감정. 정리하세요."
 "네?"
 "내 여자니까. 넘보지 말라는 말입니다."
 엘리베이터 문이 닫히자 두 남자가 서 있는 공간이 긴장감으로 감돌았다. 느긋한 규성에 비해 진욱의 온몸에서 풍기는 살벌한 기운이 좁은 공간을 가득 채웠다.
 무표정한 얼굴이었지만 마치 규성의 멱살이라도 잡고 말하는 것 같았다.

"훗."

진욱의 질투에 웃음이 나오려고 했다. 아차 싶었다.

'잘못 건드린 것 같은데. 예상했던 것보다 더 심한데? 질투에 눈이 멀었단 말이지.'

뜻밖의 강한 반응에 웃음이 나오려고 했다. 규성은 어금니를 꽉 다물며 참았다. 좀 더 놀려주고 싶은 생각이 들었다.

"지금 내 여자라고 하셨습니까?"

진욱과 마찬가지로 앞을 똑바로 주시하며 규성이 도전장을 내밀었다.

"요즘 세상이 어떤 세상인지 모르십니까? 결혼식장에 들어가 봐야 누가 누구의 것인지 확인이 되죠. 사람 감정은 모르는 겁니다."

-20층입니다.

부드러운 멜로디가 긴장되어 있는 두 사람 사이에 끼어 들었다.

규성이 먼저 내려 앞으로 걸어갔다.

규성의 등을 바라보는 진욱의 눈에 불길이 일어나기 시작했다. 서서히 타오르기 시작한 불길이 폭발하듯 큰 화염이 되어 그의 온몸으로 번져나가 그를 활활 타오르게 했다.

퇴근 준비를 하는 동안 윤희는 어찌해야 하나 눈치를 살폈다. 이사실에 올라간 진욱이 아직 내려오지 않았기 때문이었다.

자리에 앉아 있는 그녀에게 김 대리가 퇴근하자고 말했다.

"아, 네에. 퇴근해야죠."

"지난주 내내 야근했는데, 오늘부턴 제시간에 퇴근해야지."

"네. 김 대리님. 해야죠. 그런데 규성 씨가 아직 안 내려와서요."

"왜? 둘이 뭐 하기로 했어?"

"아뇨. 아까 받은 자료 때문에 뭐 상의할 것도 있고요."

"회의 언제 끝날지 몰라. 이사님, 퇴근 전에 부르시면 저녁 식사까지 같이 하시는 것 같던데? 내일 와서 해. 급한 거 아니잖아."

핑계 댈 만한 것이 마땅한 게 떠오르지 않자 윤희는 마지못해 퇴근 준비를 하기 시작했다.

"오늘 약속 있어?"

"아뇨."

"그래? 그럼 우리 간단하게 저녁이나 먹을까?"

"오늘요?"

"응. 솔직히 윤희 씨나 규성 씨 오고 회식 아직 못 했잖아. 지난주는 윤희 씨 야근한다고 힘들었고. 내가 저녁이라도 사고 싶어서 그래. 어때?"

"말씀이라도 감사해요. 근데, 오늘은 그냥 집에 가야겠어요."

"그래? 피곤하구나? 내가 갑자기 꺼냈지? 조만간 날 잡자. 나 먼저 갈게."

"네. 들어가세요."

기다려봐야 별 소용이 없을 것 같은 생각이 들자 윤희는 집으로 가기로 했다.

지하철을 향해 걸어가면서 윤희는 오늘 아침 진욱과 같이 출근한 것을 떠올렸다.

출근 준비를 하고 있는데 진욱으로부터 한 통의 문자가 도착했다. 지하철역에서 보자는 것이었다. 그를 다시 지하철역에서 보게 될 일은 없을 줄 알았다.

그녀의 5-5. 이진욱. 진욱은 그 의미가 무엇인지 궁금해했지만 사실 그렇게 큰 의미는 없었다. 단지 그 당시엔 그의 이름을 몰랐기 때문에 뭔가 호칭이 필요했다.

그녀에게 아침마다 전해주는 어떤 기분 좋은 기대감을 갖게 해주는 사람이었다. 승강장 5-4에서 내려 다시 5-4 승강장에 도착하면 그녀는 늘 기분이 좋아졌다. 그 남자 때문에 느끼는 감정이었다. 그래서 새로운 자리라 생각되어 5-5라는 별명을 붙여준 것이다.

오늘 아침 승강장에서 만난 그들은 앞뒤가 아니라 나란히 손을 잡고 서 있었다. 진욱은 그녀에게 다정한 미소를 지어 주었다. 그녀 역시 미소로 화답했다. 그를 몰랐을 때 갖는 설렘과는 또 다른 설렘이 잡고 있는 손을 통해 그녀에게 다가왔.

"별거 아닌데 무슨 의미로 지은 별명인지 알려 줄까? 내가 계속 말 안 하려고 하면 더 궁금해하겠지? 음, 나중에 듣고 별거 아니네? 이러면 내가 곤란해지니까……. 오늘 말할까 했는데 미뤄야겠네."

집에 도착하자 남수가 무언가를 만들고 있는지 집 안 가득 맛

있는 음식 냄새가 풍기고 있었다.

"나 왔어."

"어!"

고개를 돌리지도 않고 대답을 하며 남수가 가스레인지 앞에서 부지런히 뭔가를 볶고 있었다.

"뭔데?"

"낙지볶음. 오늘 술 한잔하자. 소면 삶아서 같이 비벼 먹을까?"

달고 매콤한 양념 냄새에 입 안에 저절로 군침이 돌았다.

"소면은 내가 삶을게. 옷 갈아입고 나올게."

"응."

간단히 세수를 하고 옷을 갈아입고 나온 윤희는 긴 문자가 와 있는 것을 알았다.

〔나예요. 최규성. 집에 갔어요? 실장님의 질투의 불길에 화형당하는지 알았어요. 그 여파가 윤희 씨에게 가지 않을까 싶어서 걱정이 되긴 하지만. 실장님의 불안해하는 감정이 느껴져요. 윤희 씨가 표현을 잘 안 하나 보네요. 어쨌든 파이팅! 내일 봐요.〕

문자를 읽으며 윤희는 잠시 생각에 잠겼다.

한 발짝 다가선 것 같은데 아직 부족한 모양인가 보다.

"음……."

거실로 나오는 그녀를 남수가 불렀다.

"윤희야."

"응."

심각한 표정의 윤희를 보던 남수는 가스 불을 끄고 앞치마에 손을 닦으며 다가갔다.

"무슨 일 있어?"

"응? 아니. 없어."

"그 남자랑 별일 없지? 오늘 어땠어?"

"오늘도 여러 가지 일이 있었지."

윤희는 남수가 꺼내 놓은 냄비에 물을 받아 가스레인지에 올리고는 선반에서 새 소면을 꺼내 포장을 뜯었다.

"오늘 한잔하면서 밀린 이야기 좀 나눌까?"

토요일 아침 일찍 직장 사람들과 1박 2일로 놀러 갔다 온 남수는 윤희와의 타이밍이 맞지 않아 지금 현재 어떤 상황인지 모르고 있었다.

그 동안의 일을 듣는다면 남수는 늘 그렇듯 비명부터 지를 것이다.

"소면부터 삶고. 먹으면서 이야기하자."

소면을 삶아 찬물에 헹궈 알맞은 크기로 나누어 커다란 꽃무늬 접시에 얹자 남수가 접시 한가운데에 볶아낸 낙지를 소복이 부었다.

"역시. 음식은 예쁜 접시에 담아서 먹어야 해. 가자."

식탁에 마주 앉은 두 사람은 포크로 낙지볶음 양념에 소면을 비벼가며 먹기 시작했다.

"캬아. 역시. 난 요리를 잘한단 말이야. 호호."

"너 손을 보면 딱 보여. 작고 통통한 게 요리 잘하게 생겼어. 아주머니도 요리 잘하시잖아."

"요리를 잘하면 뭐하냐. 이 손 좀 봐. 나도 너처럼 좀 길고 날씬하면 좋겠어."

남수가 통통한 손을 그녀에게 들이밀며 입술을 뾰로통하게 내밀었다.

"난 남수 너처럼 요리 좀 잘했으면 좋겠어."

"네가 만든 음식도 맛있어. 요리 못 하는 사람을 못 봤구나? 하라는 대로 다 했는데도 맛이 안 나는 사람이 정말 있더라고. 내가 옆에서 하는 거 다 봤는데도 맛이 안 나. 정말 신기하더라. 그것도 재주야, 재주. 냉장고에 소주 넣어뒀는데 한잔할까? 넌 한 잔만 해."

차가워진 소주를 들고 온 남수는 뚜껑을 따고는 윤희에게 따라주었다.

"자, 받으시오. 우리 하윤희 씨. 소주 3잔이 치사량인 하윤희 씨는 한 잔만 드시고!"

남수가 소주병을 내밀었다.

"나도 한 잔 주시오."

소주를 따르는 윤희를 남수가 탐색의 눈빛으로 요리조리 살폈다.

"어때?"

양념에 소면을 돌돌 말아 입에 넣으며 윤희는 고개를 끄덕였다.

"맛있어."

"이거 말고."

남수가 포크로 윤희를 가리키며 어디 한 번 말해 보라는 눈빛을 보냈다.

"아."

"나도 나름대로 정보를 가지고 있거든? 발뺌할 생각하지 마."

"정보? 무슨 정보?"

"있지. 그런 게."

남수가 느긋한 목소리로 말하며 소주잔을 단번에 비웠다.

"캬아. 좋다."

"먼저 말해 줘."

포크로 낙지를 찍어 입으로 가져가는 남수를 보며 윤희는 다시 잔을 채웠다.

"토요일 날. 어떤 남자가 너 집까지 바래다줬다는 정보를 얻었지. 그 남자가 이진욱 실장이라는 데 백 퍼센트!"

"누가 그래?"

화들짝 놀란 표정으로 눈이 동그래지는 윤희를 남수가 눈을 작게 뜨며 예리하게 쳐다보았다.

"요 앞 슈퍼 아주머니가. 어떤 아주 아주 잘생긴 남자가 네 손을 꼬옥! 잡고 오더라고 하시던데?"

"아……. 다른 말은 안 해?"

슈퍼 아주머니가 본 모양이었다. 설마 진욱이 키스하는 것도 본 것일까.

얼굴이 화르르 달아오르자 윤희 얼른 소주잔을 들어 단번에 비워 버렸다.

"어라? 술도 못하면서? 한 잔만 마셔도 원숭이 엉덩이처럼 빨개지면서 왜 이래?"

"윽."

쓴 소주 맛에 입가를 닦으며 인상을 찡그리자 남수가 의심스러운 눈으로 쳐다보았다.

"수상해. 수상해. 뭔가 숨기고 있다 이 말이지?"

"후우. 그런 눈으로 보지 마. 말할 게. 안 그래도 너한테 묻고 싶은 것도 있고. 나보다 연애를 좀 해 본 네가 더 잘 알겠지. 그리고 로맨틱한 영화도 네가 훨씬 많이 봤으니까 너에게 정보도 좀 얻자."

윤희는 그동안 있었던 일을 이야기하기 시작했다.

의외로 그녀의 답답함이 진욱을 더 부채질한 것을 알게 된 뒤로 용기 내어 한 발짝 다가서기로 했다는 것과 규성으로부터 뜻밖의 고백을 들은 것까지 이야기를 하나 둘 풀어내기 시작했다.

"와우! 하윤희. 그 짧은 시간에 많은 일이 있었구나. 오!"

"아까 규성 씨가 문자를 보냈어."

"무슨 문자?"

윤희는 규성이 보낸 문자를 보여주었다.

문자를 본 남수는 친구의 얼굴을 한동안 빤히 쳐다보았다.

"너, 이진욱 실장한테 어떤 마음이 들어?"

"응?"

"그러니까. 음……. 이진욱이란 남자를 떠올리면 어떤 느낌이 들어? 마냥 좋다거나, 뭐, 두근거린다거나 그런 거 있잖아."

"두근거려. 오늘 아침 그 사람을 만나러 지하철역으로 가는 데 심장이 터질 것만 알았어. 아무리 진정을 하려고 해도 안 되는 거야. 떨리고 두근거리고. 보면 자꾸 웃음이 나고."

아침의 기분을 다시 느끼는지 윤희의 얼굴에 설레는 미소가 지어졌다.

그 표정을 바라보는 남수의 얼굴에도 덩달아 미소가 지어졌다.

"우리 하윤희. 사랑에 빠졌네."

"사랑?"

"응. 내 눈엔 그렇게 보여. 이제 막 사랑에 빠지기 시작한 여인의 얼굴이야. 생각만 해도 설레고 두근거리고 웃음이 나고. 그냥 행복하고. 드디어 네가 연애라는 것을 하는구나. 보기 좋은데? 그런 의미에서 건배할까? 한 잔만 더 해. 오늘 같은 날 한 잔 하는 거야. 짠!"

술이 한 잔 더 들어가사 진욱에 대한 감정이 더 커지는지 윤희의 입에선 쉴 새 없이 진욱에 대한 말이 쏟아지기 시작했다.

"내가 너니까 말하는데. 내가 어디 가서 이런 이야기를 하겠니."

"뭔데?"

"나, 변태인가 봐."

"어? 변태? 네가 왜?"

"일하는 중간에 그 사람 키스가 생각날 때가 있어. 그 사람이랑 키스하는 꿈도 꾸고. 실제로 하니까 꿈보다 더 좋더라. 근데, 왜 그런 거 있잖아. 좋아서 좀 더 하고 싶은데…… 하아."

사과처럼 빨개진 얼굴로 술기운 때문에 어지러운지 한 손에 턱을 괴고 그녀를 비스듬하게 쳐다보는 윤희를 남수가 웃으면서 쳐다보았다.

"좀 더 하고 싶은데? 뭐?"

"아아."

"뭔데 그래? 응? 뭔데?"

"그 사람이 참는 거 같아."

"뭘 참아? 너 자꾸 답답하게 이럴래? 궁금해 미치겠다."

윤희는 턱을 괸 손을 바꾸었다. 거의 누울 듯한 자세로 말을 이어 나갔다.

"처음엔 그 사람이 몸으로 먼저 다가오는 거 같아서 그게 겁이 났었는데, 근데, 겁은 나는데 그 사람이랑 키스하는 게 좋은 거야. 이런 경우도 있는 거니? 내가 몸으로 다가오지 말라니까 그렇게 하는데. 아, 모르겠어. 정말. 내가 밝히는 여자가 된 것 같아."

술기운이 올라오는지 식탁 위로 양팔을 겹치더니 손등에 턱을 얹으며 식탁 위로 엎드리자 남수가 재밌다는 듯 웃었다.

제정신이라면 말하지 않을 말을 술기운을 빌려 말하고 있는 것 같았다. 처음 느끼는 낯선 감정이 그녀를 힘들게 하는 것 같았다.

남수가 손을 뻗어 얼굴 앞으로 흘러내린 머리카락을 뒤로 넘겨 주었다.

"윤희야. 남자와 여자는 기본적으로 정상적인 성적 욕구를 가지고 있어. 좋아하는 남자한테 키스를 받고 싶어 하는 건 극히 정상적인 거야. 그건 부끄러워해야 할 일이 아니야."

"토요일 날. 집 앞에 바래다주면서 그 사람이 키스했는데 너무 부드러운 거야. 심장이 간질거리면서 막 떨렸는데……. 좀 더 해줬으면 싶었는데 그 사람이 못 참을 것 같다면서 그냥 갔어."

"하고 싶으면 네가 하면 되잖아."

"하긴 했어."

"뭐?"

"하긴 했는데 너무 부끄러워서 입술에만 살짝."

"그러면서 서로 진도 나가는 거야. 이젠 네가 애가 타는 거야? 둔감한 네가 애가 타면 진욱 씨는 어떻겠니? 아주 미친다. 미쳐."

"그 사람도 그랬어. 아니, 진욱 씨도 그랬어. 미칠 것 같데."

"당연하지."

"근데, 왜 그 말이 그렇게 섹시하게 들리지? 내가 분명 이상한 거야."

한숨을 푹푹 내쉬는 윤희가 귀여운지 남수가 소리 내어 웃었다.

"그거 알아? 같이 있으면 그냥 좋고. 그립고, 그가 날 바라보며 웃어주면 행복하고, 손을 잡으면 뭔가 제자리에 온 것 같은 느낌이 들어."

손등에 턱을 괴고 시뻘건 얼굴로 중얼거리는 윤희를 보며 남수가 집이 떠나가라 웃기 시작했다. 사랑이라는 낯선 감정을 느끼기 시작한 친구 윤희를 보며 덩달아 행복해지는 순간이었다.

19. 고백

-요즘 세상이 어떤 세상인지 모르십니까? 결혼식장에 들어가 봐야 누가 누구의 것인지 확인이 되죠. 사람 감정은 모르는 겁니다.

규성의 돌발적인 발언에 뚜껑이 열릴 뻔한 진욱은 이사실에서 열린 회의 내내 규성에게 보이지 않는 분노를 내뿜었다.

그 말은 계속해서 그녀의 주변을 맴돌며 그녀를 자극하겠다는 말로 들렸다. 그에게 도전을 한 것이다. 내 여자라고 넘보지 말라고 분명히 말했는데도 규성은 눈 하나 깜빡하지 않고 그의 말을 받아쳤다.

순진한 그녀는 규성이 그녀에게 친절하게 구는 것에 일말의 의심도 하지 않을 것이다.

"젠장."

그녀가 규성을 순수하게 생각한다고 해도 그가 괜찮지 않았다. 규성이 사심을 갖고 있다는 것을 확실하게 안 이상 뭔가 대책을 세워야 했다. 그녀 주변에 얼씬하지 못하도록 말이다.

그녀의 속도에 맞추려고 노력하는 것이 얼마나 그를 힘들게 하는지 그녀는 모를 것이다. 속이 타들어가고 폭발할 것만 같은 심정을 그녀가 이해할 수 있을까 싶었다.

회의가 끝나고 저녁까지 이어지자 진욱은 핑계거리라도 만들어서 그 자리를 피하고 싶은 심정이었다.

그의 인내심이 한계에 다다를 무렵 겨우 자리가 파했다.

깍듯하게 인사를 하는 규성에게 매서운 눈빛을 보내며 진욱은 한 마디 했다.

"무모한 도전을 하는군. 내가 내 여자라고 분명하게 말했을 텐데."

"아름다운 꽃을 보지도, 그 향기를 맡을 수도 없다는 말입니까?"

의도적인 도발이었다.

진욱이 규성에게 바짝 다가가 낮게 으르렁거렸다.

"내 꽃은 안 돼."

택시를 타고 집으로 간 진욱은 집 안으로 들어가지 않고 바로 차를 몰아 윤희의 집으로 향했다.

무슨 일이 있어도 그녀를 봐야 했다. 그녀에 대한 소유욕이 커다란 불길이 되어 그의 몸을 휘감았다. 도로를 주시하는 진욱의 눈빛이 거칠게 빛났다.

눌러야 한다는 것을 알면서도 진욱은 튀어나오려는 그의 숨은 본능을 통제할 수가 없었다. 지금 이대로 그녀를 보게 된다면 어떤 행동하게 될지 그 자신도 예측할 수가 없었다. 하지만 지금은 무조건 그녀를 봐야만 했다.

빌라 앞에 차를 세우는 진욱의 호흡이 거칠어져 있었다.

주먹을 세게 움켜주었다가 다시 펴기를 반복하며 흥분되어 있는 감정을 조절하려고 애썼다.

"하윤희. 당신이라는 여자. 정말 날 미치게 만드는군."

핸들을 쥐고 있는 손이 새하얗게 변하며 부들부들 떨렸다.

팔을 쭉 뻗어 고개를 뒤로 젖히며 호흡을 가다듬기를 얼마나 했을까.

어느 정도 진정이 되자 진욱은 주머니에 있는 휴대전화를 꺼냈다. 10시밖에 되지 않았다. 벌써 잠자리에 들지는 않았을 거라 생각됐다.

통화음이 가고 그녀가 전화를 받았다. 나른한 목소리에 진욱의 몸이 순식간에 반응했다. 몸 전체를 휘감던 불길이 한곳으로 몰렸다.

〔하아. 여보세요.〕

"……"

〔으음. 여보세요.〕

자다가 깼는지 그녀의 한숨 섞인 나른한 목소리에 엄청난 자제력을 동원해서 겨우 잠재웠던 노력이 물거품으로 변하는 순간이었다.

전화기를 쥐고 있는 진욱의 손에 힘이 들어갔다.

"자는 걸 방해했나?"

아무런 대답이 없자 진욱은 화면을 확인해 보았다. 전화가 끊긴 것은 아니었다.

"내가 너무 늦게 전화한 건가?"

〔진……욱 씨?〕

진욱의 목소리에 술에 취해 식탁에 엎어져 있던 윤희는 술이 확 깨는 것을 느꼈다. 식탁에 얼굴을 대고 귀에 휴대전화를 얹은 채 전화를 받던 윤희는 고개를 번쩍 들었다. 갑자기 고개를 들자 어지러웠다. 바닥이 빙글빙글 도는 느낌에 그녀는 도로 눈을 감았다.

남수가 입 모양으로 진욱인지 물었다.

고개를 끄덕이며 윤희는 진욱의 목소리에 귀를 기울였다.

〔집 앞인데 봤으면 해.〕

"집 앞이요? 아, 네에. 조금만 기다리세요."

"집 앞에 왔대?"

"어. 어떻게 하지? 나, 얼굴 빨갛지?"

"조금. 아까보다는 훨씬 낫다. 술 한잔했다고 해. 얼른 나가 봐."

평상복에 코트를 걸치기가 뭐해서 모자가 달린 패딩을 손에 들고는 서둘러 나가는 윤희를 보며 남수는 혼자 중얼거렸다.
"차라리 지금 술 먹은 김에 하윤희 네가 확 덮치던가. 나중에 핑계거리라도 생기게."

집 앞 바로 앞에 진욱의 차가 서 있는 것을 본 윤희는 서둘러 조수석 쪽으로 다가갔다.
창문이 내려지며 진욱이 얼굴을 보였다.
"타."
그녀가 차에 타자 진욱이 차를 몰아 골목을 빠져나갔다.
"어디 가는 데요?"
"술 마셨나?"
"아, 네에. 친구랑 조금요. 두 잔?"
"술을 잘 못하는 모양이군."
"네에. 냄새 많이 나요? 얼굴이 너무 빨개져서……, 보기 흉하죠?"
그녀의 말에 진욱은 대답 없이 운전에 집중했다.
얼굴이 빨갛든 몸에서 술 냄새가 나든 지금 그녀를 보게 되면 무슨 일을 저지를 것만 같아서 볼 수가 없었다.
근처 조용한 공원을 찾아 차를 움직이던 진욱은 한적한 장소를 발견하고는 차를 세웠다.
그녀를 보러 와 놓고선 쳐다보지 않는 진욱의 모습에 윤희는 긴장하기 시작했다. 진욱의 몸에서 거친 냄새가 풍겨 나왔다. 운전대를 꽉 잡고 있는 그의 손이 그녀를 불안하게 했다.

공원 가로등 불빛에 비친 남성적인 그의 옆모습이 그녀의 시야를 가득 채웠다. 가히 예술적인 옆모습에 그녀는 시선을 뗄 수가 없었다. 손을 뻗어 한 번 만져보고 싶었다. 이마부터 입술까지 뻗어 있는 선을 손끝으로 확인해 보고 싶었다.

"그렇게 쳐다보면 날 도발하는 거야."

"네?"

"당신한테 달려들고 싶어 할 거라고."

아무리 생각해도 이상했다. 달려들고 싶어 할 거란 말에 왜 그녀의 몸이 움찔거리며 반응하는지. 가슴이 또 제멋대로 뛰기 시작하며 몸의 중심이 바짝 긴장을 하는 것인지. 그가 아무런 행동을 하지 않았음에도 왜 몸이 전기에 감전된 마냥 저려오는 것인지 알 수가 없었다.

"당신을 안 보면 보고 싶고, 막상 보고 있으면 미칠 것 같아. 만지고 싶은데 만지면 당신을 어떻게 해 버릴 거 같아서. 당신이 겁먹은 표정으로 날 볼까 봐. 몸으로 다가오지 말라고 할까 봐. 당신 때문에 심장이 터질 것 같은데. 어떻게 할 수가 없어."

윤희는 진욱이 말하는 것을 조금은 이해할 것 같았다. 그와는 다른 느낌이겠지만 무엇인지 알 것 같았다. 그녀 역시 그를 보면 심장이 주체 없이 뛰기 시작하니까 말이다. 터질 것 같다는 말에 그녀 역시 동감했다.

"보고 싶어서 왔다면서 왜 날 보지 않아요?"

"먹어 버리고 싶으니까."

사납고 단호한 말에 윤희는 숨을 멈췄다. 진욱의 말에 머리끝부터 발끝까지 번개가 지나간 것처럼 어마어마한 전류가 지나 꽤 뚫고 지나간 것 같았다.

진욱이 힘들게 참고 있다는 것을 느꼈다. 최대한 그녀를 배려하려고 하고 있었다. 그녀가 뒷걸음칠까 봐 말이다.

윤희는 미안한 생각이 들었다. 조금 더 그에게 다가서야 할 것 같았다. 정말로 그가 미쳐버리기 전에.

한참을 망설인 끝에 용기 내어 입을 열었다.

"진욱 씨……. 키스해 줄래요?"

진욱의 눈이 거친 열정으로 화르르 불타올랐다. 욕망을 가득 담은 눈이 그녀를 바라보고 있었다. 정말로 그녀를 집어삼킬 것만 같은 눈빛에 무서운 느낌이 들었지만 윤희는 용기를 내어 다시 말했다.

"키스. 하고 싶어요."

말이 떨어지기가 무섭게 진욱은 그녀에게 달려들었다. 거칠게 파고드는 입술에 윤희는 입술을 열어 그를 받아들였다.

부드러운 입술을 거칠게 탐하는 진욱의 입에서 거친 야성이 튀어나와 으르렁거렸다. 혀와 혀가 만나 서로 뒤엉켰다. 그동안 참아왔던 갈증을 해소하듯 맞닿은 입술을 서로 흡입하며 마음껏 빨아 당겼다. 엉켜 있던 혀가 풀어지면서 그녀가 구석으로 도망가자 입술을 뗀 진욱이 거칠게 흐려진 눈으로 죽일 것처럼 쏘아 보았다.

"아! 제발. 혀 좀 내밀어 봐."

진욱은 참다못해 사납게 으르렁거렸다.

"당신 때문에 정말 미칠 것 같아."

맹렬히 덤비는 진욱에게 입을 벌려 혀를 내주었다. 윤희의 혀를 감으며 자신의 영역으로 끌고 가는 진욱의 입에서 거친 만족의 신음소리가 흘러나왔다.

얼굴을 붙잡고 있던 손이 목을 따라 내려가더니 패딩 점퍼 안으로 들어갔다. 볼록하게 솟은 가슴을 움켜쥐자 윤희의 등이 휘어지며 상체가 위로 튕겨 올라갔다. 진욱은 손을 더 아래로 내려 옷 속으로 손을 밀어 넣어 따뜻한 맨살을 어루만졌다.

차가운 손이 뜨거운 살결에 닿아 따뜻하게 녹아내렸다.

둥글게 원을 그리듯 매끄러운 피부를 따라 가슴으로 올라간 손이 브래지어에 쌓인 가슴을 거칠게 움켜쥐었다.

"아아!"

부드러운 목을 애무하던 진욱의 입에서 욕구불만이 섞인 탄성이 터져 나왔다. 탱탱한 가슴을 더 크게 부풀어 올랐다.

진욱의 애무에 가슴 끝이 바짝 솟아오르자 윤희의 입에서 신음소리가 흘러나오기 시작했다.

"아! 으음."

중심이 젖어 들고 다리 사이에 힘이 들어갔다.

오똑하게 솟아오른 유두를 지분거리던 진욱은 그녀가 쾌락으로 몸을 뒤틀자 망설임 없이 얼굴을 내려 그의 입안으로 유두를 빨아 당겼다.

"아아."

남아 있던 술기운과 더불어 진욱의 자극적인 말에 흥분하기 시작했던 윤희는 가슴이 강하게 빨려지자 머리가 어지러워졌다. 온 몸의 감각 세포가 일제히 촉각을 곤추세우며 가슴을 빨고 핥고 있는 진욱의 입술과 혀의 움직임에 집중했다.

의자가 언제 뒤로 재껴졌는지도 몰랐다. 볼륨감 있는 두 가슴은 어느새 진욱의 손과 입술에 점령당하고 있었고 윤희의 입에선 달뜬 흥분된 신음소리가 하염없이 새어 나오고 있었다.

혀가 하얗게 드러난 가슴을 희롱하는 동안 진욱의 한 손은 쉴 새 없이 윤희의 허리선을 쓰다듬었다.

"하아. 하아."

입술이 가슴을 떠나 아래로 내려가면서 윤희의 몸에 뜨거운 흔적을 남기기 시작했다. 그녀의 몸이 흥분으로 들썩거리자 진욱은 다시 위로 올라와 그녀의 입술을 삼켰다.

그에게 모든 것을 맡긴 채 진욱의 머리를 감싼 윤희는 그저 애타는 신음소리만 낼 뿐이었다.

"아아. 하아. 으응."

달뜬 신음소리를 내뱉는 윤희의 귓불을 자근자근 씹고 있던 진욱은 후하고 입김을 불어 넣었다.

"으응."

예민하게 반응하며 신음소리를 흘리는 윤희의 목소리가 진욱을 더 거칠게 몰아갔다.

"당신 때문에 진짜 미치겠어. 몸이 폭발할 것만 같아. 이렇게 만지고 키스하는데도 만족스럽지가 않아."

힘들게 눈을 뜨자 괴로운 표정으로 그녀를 내려다보고 있는 진욱이 보였다. 힘들어하는 진욱의 얼굴을 쓰다듬는 그녀도 역시 괴로웠다. 몸 전체가 찌릿 거리고 간지러웠다. 촉촉하게 젖어 오는 중심부가 그를 원하는 반응을 보이고 있었다.

그가 좀 더 만져 주길 원했다. 그녀의 몸에 이런 감각이 있었나 의심스러울 정도로 진욱의 손짓과 숨소리에 예민하게 반응했다. 미치겠다는 말은 그녀에게도 해당하는 사항이었다.

진욱의 거친 얼굴을 쓰다듬으며 물었다.

"어떻게 하고 싶어요?"

"내가 말하면? 도망갈 텐데."

강렬한 느낌이 그녀의 머리를 강타했다. 처음 느끼는 낯선 감정. 낯선 감각. 그 끝이 궁금했다. 알지 못하는 미지의 세계를 그가 가르쳐 주었으면 했다. 나중에 어떻게 되든 상관없었다. 지금 이 순간 그녀를 향한 진욱의 뜨거운 열정을 느끼고 싶다는 생각이 강하게 들었다.

"당신을……. 깆고 싶어요."

"지금 그 말이 뭘 뜻하는지 알고 하는 소리야?"

"네. 알아요."

뜻밖에도 진욱은 상체를 세우더니 그녀에게 떨어져 나갔다.

"모르는 것 같군."

입을 꾹 다문 채 그녀를 일으켜 앉히더니 옷을 정리해 주었다. 그리고는 핸들을 두 손으로 꼭 잡아 줘었다.

"내가 무슨 말을 하는지 안다구요."

말을 잘못 한 것일까. 진욱의 차가워진 태도에 윤희는 당혹스러웠다.

"더 이상 한 마디도 하지 마. 나 자신을 주체하지 못할 것 같으니까."

"갑자기 마음이 바뀐 거예요?"

그가 매서운 눈으로 그녀를 쏘아 보았다. 여전히 남아 있는 열정의 불꽃이 그의 눈에서 아직도 활활 타고 있었다.

"오늘은 아니야."

진욱은 핸들을 잡은 손에 힘을 주었다.

"오늘, 지금 당신을 갖게 된다면 당신을 다치게 할 게 분명해. 내 욕구를 주체하지 못해서 당신한테 상처를 입힐지도 몰라. 거칠게 될 거라고."

"받아들일게요."

"거칠다는 게 뭔지 몰라서 그래. 당신은 처음이기 때문에. 내가 거칠게 해서는 안 된다고."

"조금 전은……."

"그건 약과야. 비교도 안 될 정도로. 오늘 당신을 갖게 된다면 아마, 아마 지금 내 상태로는 당신을 갈기갈기 찢을 것만 같아."

"흡."

진욱의 강한 표현에 윤희는 두 손으로 입을 막았다.

"내가 이렇게 소유욕이 강한지 나도 몰랐어. 당신만 보면 주체를 못하겠어. 먹어 버리고 싶고, 거칠게 내 맘대로 탐하고 싶다는 생각밖에 안 들어."

"진욱 씨."

같이 있으면 안 되겠는지 진욱은 문을 열고 밖으로 나갔다. 거칠게 닫힌 문 때문에 차가 들썩거렸다.

차 본체에 손을 얹은 진욱은 팔을 쭉 뻗어 몸을 숙였다. 하얀 입김이 피어나는 것을 보니 호흡을 가다듬는 것 같았다. 진욱의 괴로워하는 모습을 보며 윤희는 그녀에게 잘못이 있는 것처럼 느껴졌다.

주먹으로 차를 거칠게 내려치며 진욱은 조금 전 그녀가 한 말을 머릿속에서 떨쳐버리려고 했다. 규성이 오후에 그를 자극하지만 않았더라도 이렇게까지 감정이 폭발하지는 않았을 것이다.

내 것이라는 것을 확인하고 그녀의 몸에 그의 것이라고 낙인을 찍고 싶은 욕구가 그를 뒤덮었다. 스스로도 주체 못할 정도의 감정인데 이 감정을 고스란히 그녀에게 퍼붓는다면 그녀는 견딜 수 없을 것이다. 오늘 고비만 넘기면 될 것 같았다. 그녀가 원했던 사내 비밀 연애는 지켜지지 않을 것이다. 정식으로 사람들에게 알릴 수밖에 없다. 그렇게 하고 나면 그의 이 폭주하려고 하는 욕구도 어느 정도 가라앉을 것 같았다.

차가운 1월의 겨울바람이 진욱의 얼굴을 강타하며 흥분된 그에게 이성을 되찾아주었다.

"후우."

차 안으로 들어간 진욱이 미안한 눈빛으로 윤희를 바라보았다.
"당신한테 화난 거 아니야. 내가 당신을 얼마나 사랑하는지는 오직 신만이 아시겠지. 하지만 이런 식으로 진행되는 건 싫어. 정식으로 사람들한테 알리고 싶어. 당신이 내 여자라는 것을. 그러고 나면 안심이 될 것 같아."

진욱은 그의 입에서 사랑이라는 단어가 나오는지도 몰랐다. 윤희는 사랑이라는 단어에 깜짝 놀라 진욱을 쳐다보았다.

사랑. 그것의 정의는 도대체 뭘까.

그녀의 느끼는 이 감정도 사랑인 것일까. 보면 가슴 떨리고 기분이 좋은? 같이 있는 것이 더 자연스럽고, 그가 옆에 있으면 제자리에 와 있는 듯한 느낌이 드는 것이 사랑이라면⋯⋯.

그런 걸 사랑이라고 정의한다면 그녀 역시 그를 사랑하고 있는 것이다.

정신이 맑아지기 시작했다. 진욱은 사랑이라는 말을 꺼냈다는 것을 모르고 있는 것 같았다.

"내가 왜 당신을 5-5라고 부른지 알아요?"

진욱이 놀란 표정으로 바라보자 윤희는 미소를 지으며 그를 바라보았다.

"언제인지는 모르지만 어느 순간 당신의 듬직하고 커다란 등이 눈에 들어왔어요. 힐끔거리며 유리창에 비친 당신 모습을 훔쳐보기도 했죠. 아마 그때부터 조금씩 의식했던 것 같아요. 아침마다 당신을 볼 수 있을 거라는 기대감에 혼자 히죽거린 적이 많아요. 환승하기 전에 타는 승강장이 5-4인데 환승할 때도 5-4죠. 항상 그곳에서 당신을 보게 되니까. 뭐랄까 새로운 느낌? 설렘? 그런 감정들이 생기는 곳이라서, 승강장 번호를 따서 5-4라고 지을까 하다가 제자리에 맴도는 것 같아서요. 한 발짝 나아가는 의미로. 나에게 새로운 느낌을 갖게 해주는 의미로 5-5라고 지은 거예요. 아무도 타지 못하는 5-5. 나만 타는 곳."

윤희의 말을 들으며 진욱의 얼굴이 놀라움으로 변하더니 이내 얼굴 전체로 행복한 미소가 퍼져나가기 시작했다.

그녀가 지어준 5-5 별명의 뜻이 그에게 벅찬 감동으로 밀려오기 시작했다. 그와 같은 생각. 같은 느낌을 갖는 그녀였다. 너무나도 사랑스러웠다. 영혼의 반쪽을 만난 것 같았다.

그녀를 사랑하는 것 같다. 사랑?

진욱은 새롭게 느껴지는 감정에 심장이 터질 것 같았다. 이런 게 사랑인가.

열정의 눈빛으로 뚫어질 듯 바라보고 있는 진욱을 향해 윤희가 환하게 웃으며 물었다.

"나에게 말 안 해 줄 거예요?"

진욱은 손을 뻗어 그녀의 손을 감싸 쥐었다.

"복잡한 지하철 안에서도 당신은 다른 사람들이 내리는 것에 대해 배려를 하더군. 처음엔 그게 눈에 들어왔지. 착한 아가씨구나 하는 생각이 들었어. 그 다음 날. 같은 시간에 당신이 또 나타났지. 어느 순간 게임을 하는 당신에게 눈길이 자꾸만 갔어. 그러다 당신이 유리창을 통해 날 몰래 훔쳐보는 것도 알게 됐지. 나처럼."

그녀가 부끄러운 듯 작은 웃음소리를 내며 웃자 진욱은 부드러운 손길로 머리카락을 귀 뒤로 넘겨주며 말을 이어갔다.

"당신을 5-5라고 부르게 된 건. 당신과 거의 비슷해. 아침마다 당신이 오늘도 나타날까 생각했지. 당신을 몰래 훔쳐보는 재미도 있었지. 복잡한 아침 출근길이 당신 때문에 기다려졌어. 사람들에게 이리저리 부딪치는 당신이 보기에 안쓰러워서 5-5라는 칸을 만들어서 당신과 단둘이 타고 가고 싶다는 생각이 들더군. 복잡한 사람들이 타는 5-4 말고. 우리 둘이 탈 수 있는."

"진욱 씨……."

진욱이 그녀의 뺨을 두 손으로 감싸며 부드럽게 입맞춤을 했다.

"당신에게 생각보다 관심이 많았다는 걸 느끼게 된 건 에이든이 나타났을 때였어. 당신을 허니라고 부르면서 차를 사준다는 소리에 당신에게 품었던 좋았던 감정이 싹 사라지려고 했었지."

"아. 에이든은."

"알아. 주문했던 차가 예정보다 빨리 나와서 그 뒤로 당신을 볼 수 없었지. 이런 일도 있구나 했었는데 당신이 내 앞에 나타난 거지. 에이든이 당신 사촌이라는 것을 안 뒤부터 당신에게 끌리는 감정이 갑자기 커져 버렸어. 내 머릿속에서 떠나지 않았어. 그냥 내 여자라는 생각밖에 안 들었어. 일에 열중하는 여자의 모습이 그렇게 매력적일 줄은 몰랐어."

진욱이 아까보다는 좀 더 진한 키스를 했다. 입술을 비비며 그녀에게 속삭였다.

"이게 정확한 감정인지는 모르겠지만 이런 감정을 사랑이라고 부르는 게 아닐까 싶어."

진욱은 그녀를 품 안으로 더 깊게 끌어당겼다.

"당신을 사랑하는 거 같아."

사랑한다고 말했다면 조금은 의심했을지도 몰랐다. 하지만 그녀는 진욱의 솔직한 대답이 더 진실하게 느껴졌다. 그녀 역시 단정 지을 수는 없지만 그와 비슷하게 느끼고 있었기 때문이다.

"나도 사랑하는 것 같아요."

진욱이 몸을 살짝 떼어내며 그녀의 눈을 마주 보며 말했다.

"난 앞으로 당신을 더 사랑하게 될 거란 생각이 들어. 나와 같이 가지 않겠어?"

윤희는 행복한 미소를 지으며 진욱의 입에 입술을 대며 속삭였다.

"좋아요. 우리 같이 가요."

20. 엉뚱한 오해

　진욱과 윤희는 서울의 전경이 다 보이는 전망 좋은 호텔 레스토랑에서 맛있는 음식을 먹으며 사랑에 넘치는 눈빛을 교환하며 행복한 시간을 보내고 있었다.
　3월이 되었지만 따뜻한 봄을 느낄 수 없었다. 날씨는 아직도 겨울처럼 추웠지만 진욱과 윤희, 이 두 사람에게는 이미 따뜻한 봄이 와 있었다.
　화장실을 간 윤희를 기다리며 진욱은 야경을 바라보고 있었다. 그녀와의 행복한 미래를 꿈꾸며 만족스런 미소를 짓고 있었다. 그때 휴대전화로 커플 사진을 찍고 테이블 위에 올려 두었던 윤희의 휴대전화가 진동으로 떨리며 테이블을 두드렸다.
　그녀의 사생활을 존중했기 때문에 누군지 보려고 하지 않았지만 자꾸 시선이 가자 진욱은 휴대전화를 집어 들었다.
-사랑하는 남수-
이름을 확인하는 진욱의 얼굴이 차갑게 굳어지기 시작했다. 처음 들어보는 이름이 그의 머릿속을 새하얗게 만들어 버렸다. 잠시 뒤 문자가 오자 진욱의 손은 자동으로 확인 버튼을 누르고 있었다.
-오늘 늦어? 진욱 씨랑 좋은 시간 보내고 있어? 나한테 경과보고 해야지! 키스는 너무 오래 하지 말고!
문자를 확인하는 동안 휴대전화를 쥐고 있는 진욱의 손은 분노로 덜덜 떨렸다. 그녀가 남자와 같이 살고 있다.
그녀가 오는 소리가 들리자 진욱은 서둘러 휴대전화를 제자리에 두었다. 분노로 불타는 얼굴을 진정시키기 위해 물을 마셨다.
"그만 가요."
"그러지."
냉랭한 진욱의 말부에 윤희는 의아한 눈빛으로 진욱을 바라보았다.
계산대를 향해 곧장 걸어가는 진욱을 보며 윤희는 고개를 갸웃거렸다.
"왜 저러지?"
계산하는 동안 진욱은 어금니를 꽉 깨물며 이 자리에서 폭발하지 않기를 기도하고 또 기도했다. 분명 무슨 사연이 있을 거라고 스스로에게 말하고 싶었지만 문자 내용으로 봐서는 두 사람이 각별한 사이임이 분명했다.

경과보고? 남자가 그의 존재를 알고 있고 그녀와 어떤 사이라는 것도 알고 있었다. 그를 두고 뭔가 장난을 하고 있는 거라면 용서할 수 없는 일이었다.

엘리베이터를 기다리는 동안 진욱은 윤희를 한 번도 쳐다보지 않았다.
"진욱 씨. 무슨 일 있었어요? 표정이 왜 그래요?"
문이 열리자 진욱은 말없이 올라탔다.
살벌한 기운에 윤희는 머뭇거리며 진욱 옆에 서며 눈치를 보았다. 화장실 가기 전까지는 분위기가 아주 좋았는데 그 사이에 무슨 일이 있었던 것일까.
"무슨 일……."
"도착할 때까지 한 마디도 하지 마. 당신한테 물어볼 것이 있으니까."
그녀를 똑바로 바라보는 진욱의 눈빛은 차디찬 어둠이었다.
영문도 모른 채 윤희는 진욱의 무서운 기세에 눌려 가만히 있었다.

냉랭한 기운이 감도는 차 안의 분위기를 감당하지 못하고 있는 차에 남수로부터 전화가 왔다.
두 사람의 대화를 듣던 진욱의 오해는 점점 더 커져만 갔다.
"응. 남수야. 뭐? 전화했었구나. 몰랐어. 문자? 아니. 못 봤는데. 응. 이제 일어난 거야? 아, 그랬구나. 참. 오늘 밤은 나 잠 좀 잘 수 있는 거야? 너 때문에 온종일 피곤했어. 그 신음소리 때문에……."

그녀의 통화 내용을 듣던 진욱은 급하게 핸들을 꺾으며 도로 한쪽에 차를 급정거시켰다. 그 반동으로 윤희의 몸은 앞으로 쏠렸다.

"아. 진욱 씨. 왜 그래요?"

"그 전화 좀 끊지."

"네?"

진욱은 그녀의 휴대전화를 뺏어 밧데리를 뽑아 버렸다.

"진욱 씨?"

진욱은 그녀에 대해 의심 같은 건 전혀 하지 않았었다. 부재중 전화에 찍힌 남수라는 인물의 등장으로 전혀 예상치 못한 일이었다. 설마 하고 의심했는데 통화 내용을 듣는 과정에서 그 의심이 확실시되었다.

"그 남수란 사람. 도대체 어떤 관계지?"

"네?"

"그 망할 놈의 사랑하는 남수. 말이야."

"진……욱 씨."

핸들에 한 팔을 얹고 몸을 돌려 그녀를 바라보는 진욱의 눈빛이 예사롭지 않았다. 이글거리며 타오르는 그의 눈빛에 윤희는 잘못한 것도 없음에도 불구하고 침을 삼켰다.

"어젯밤 한숨도 못 잤다고? 하루 종일 피곤했다고? 신음소리? 도대체가!"

진욱이 두 팔로 그녀의 어깨를 힘주어 잡으며 몸을 옥죄었다.

"같이 살고 있다는 친구가 남자였다니 정말 의외로군. 나한테 용케 안 들키고 있었어. 응? 둘이서 아무것도 모르는 날 두고 웃으면서 이야기를 했나?"

진욱의 황당한 오해에 윤희는 순간적으로 정신이 멍해지는 느낌이 들었다. 잡힌 팔이 아파왔다.

"아, 아파요. 그게 도대체 무슨 소리예요? 남수는. 남수는 여자라구요! 내 고등학교 친구!"

"뭐?"

"윤남수! 여자라구요! 남자가 아니라 여자!"

팔이 아프기도 하고 어처구니없는 생각을 하는 진욱에게 윤희는 화가 나 소리쳤다.

"여자?"

"그래요! 여자! 이진욱 씨! 도대체 무슨 생각을 한 거예요!"

그녀의 말을 반복적으로 따라 하며 진욱의 손에서 힘이 빠져나갔다.

윤희는 그의 팔을 밀어내며 꽉 잡혔던 곳을 손으로 문질렀다.

"아, 아파라. 이럴 수 있다고 하더니만. 진짜, 내가 남수 때문에 못 살겠네."

"뭐?"

"진작 이름을 말할 걸 그랬나 봐요. 남수가 당신이 오해할 수 있을 거라고 그랬거든요. 정말이네."

"빠짐없이 말해 봐."

윤희는 어디서부터 말을 해야 할까 생각하다가 남수와 같이 자랐고 고등학교 때 절친이 된 것에 대해 설명했다. 그리고 어떻게 해서 같이 지내게 되었는지도 이야기했다.

"신음소리는 뭐야?"

"아! 남수가 번역일을 하거든요. 며칠 전 남수가 좀 야한 외국 영화를 받아서 왔더라구요. 새벽에 그걸 보고 있는 건지 안 그래도 조용한 집 안에 이상한 소리가 남수 방에서 들리는 거예요. 소리 좀 줄여서 보라고 했는데 감정이 안 산다면서 크게 들어야 번역도 잘 된다나? 뭐 그러는 거예요. 그래도 잠을 못 자겠다고 했더니 헤드셋을 사 왔는데……."

"그런데?"

"어제 영화 보다가 잠들었나 봐요. 남수가 잠버릇이 심한 편인데 코드가 빠졌었데요."

"후우. 진작 당신 룸메이트를 보는 거였어."

윤희가 계속 팔을 문지르자 진욱의 이마가 구겨졌다.

그녀의 손을 치우고 그 자리를 진욱이 살살 문지르기 시작했다.

"미안. 아팠지? 그런데 그 말은 뭐지?"

"뭐가요."

되지도 않는 오해에 오히려 화가 난 윤희가 눈을 흘기며 대답하자 진욱이 용서를 구하듯 미소를 지었다.

"알고 있었다는 거. 내가 오해할 줄 알았다는 거."

"남수는 말을 함부로 하면 안 돼요. 툭 던지는 말인데 그게 현실로 되는 경우가 많거든요. 그래서 가끔 무섭기도 해요. 자기 이름 때문에 진욱 씨가 오해할 일이 한 번은 생길 거라고 했는데. 정말이네. 그리고 너무 하는 거 아니에요?"

"뭐?"

"지금 날 완전히 의심한 거잖아요. 내가 남자랑 살고 있으면서 진욱 씨하고도 사귀고 있다고! 맞죠? 그게 말이 되는 소리예요? 내가 그런 여자로 보여요? 날 그런 여자로 생각했어요?"

화를 내며 눈을 부릅뜨며 쏘아대는 그녀를 진욱은 난감한 표정으로 바라보았다. 그가 정말 오해를 한 것이다.

"내가 오해했어. 하지만 당신이라면 그런 오해 안 할 것 같아? 그 문자만 봐도 그렇지."

"문자? 당신 내 휴대전화도 몰래 확인해요? 하. 이진욱 씨!"

"후우."

진욱은 눈을 감고 고개를 뒤로 재꼈다. 그녀가 화를 내는 게 당연하지만 그도 억울했다. 그런 상황에서 돌지 않을 남자가 있단 말인가.

"그 문자나 확인하고 말하라고. 아깐 진짜 눈이 뒤집혔으니까."

진욱의 말에 남수가 보낸 문자를 확인하던 윤희는 그만 웃음이 나왔다.

"지금 웃음이 나와?"

"남수가 평상시엔 이렇게 문자 안 보내는데 오늘은 좀 이상하네요."

"당신 집으로 가지. 그 남수라는 사람. 내 눈으로 직접 확인해 봐야겠어."

이리하여 남수는 그토록 원했던 윤희의 남자를 실물로 확인하게 되었다.

남수를 본 진욱은 그만 어이없게 웃음이 나왔다. 이름과 비슷한 외모일 거라 예상했던 것이다. 보이시한 면이 있지 않을까 싶었는데 뜻밖에도 그의 가슴팍에도 미치지 못하는 작은 키였다.

동그랗게 뜬 눈이 그를 보며 환하게 웃고 있었다.

"어서 오세요. 윤남수예요. 이진욱 실장님이시죠?"

"네."

싹싹한 남수의 행동에 당황한 진욱은 짧은 대답 말고는 다른 할 말이 없었다.

"그렇게 서 계시지 말고 들어오세요."

예고 없이 찾아온 그를 너무나 따뜻하게 맞아 주는 남수를 보며 윤희는 눈빛으로 고마움을 전했다.

진욱을 거실 소파로 안내한 남수는 냉장고에서 과일을 잔뜩 꺼내며 준비하기 시작했다.

소파에 앉아 집 안을 훑어보는 진욱의 옆에 앉으며 윤희는 말했다.

"이모가 마음대로 꾸며도 된다고 하셨는데 그냥 뒀어요. 침실만 살짝 제 취향대로 하고요. 커피 드실래요? 남수가 지금 과일 준비하고 있는데."

"커피는 안 마시는 게 좋겠어."

"그래요. 그럼. 잠시만 기다려요."

남수에게 다가가는 윤희를 진욱의 시선이 뒤쫓아 갔다.

숨을 내쉬며 진욱은 자신의 오해에 헛웃음이 나왔다. 엉뚱한 오해에 그냥 웃음이 나왔다. 왜 진작 그녀의 룸메이트를 보려고 하지 않았을까 싶었다.

고개를 숙여 허탈한 웃음을 짓고 있는 진욱에게 남수가 과일을 깎은 쟁반을 들고 왔다.

"아까 우리 윤희한테 화 많이 내셨어요?"

"아. 네에."

솔직한 대답에 남수는 고개를 끄덕이며 소리 없이 웃었다.

"제가 무척이나 보고 싶어 했다는 것도 윤희가 말하던가요?"

"그런 말은 없었습니다."

"이렇게 보니까 마음이 놓이네요."

"보통 사람과 다르다는 말은 들었습니다."

"어머? 그러셨어요? 그래서 제가 겁나세요?"

"아닙니다. 내가 겁을 먹어야 하는 건가요?"

남수가 진욱을 정면으로 똑바로 쳐다보며 고개를 갸웃거렸다.

"전혀요. 제 예감이 맞았다고 하죠. 제 상상보다 훨씬 더 멋진 분이시네요."

"감사합니다."

세 사람은 과일을 먹으며 서로에 대해 알아가기 시작했다.

진욱은 남수를 통해 윤희가 그동안 어떻게 지내 왔는지 알게 되었다. 남수와 진욱이 의외로 잘 통하자 윤희는 기뻤다. 다행이고 고마웠다. 친한 친구 사이에도 질투는 존재한다는 말을 들은 적이 있었다. 특히나 이성에 대한 질투는 무서운 것이라 들었다. 언제나 그녀의 편에 서 주는 남수를 보며 윤희는 정말 다행이란 생각이 들었다.

이모가 미국으로 떠났을 때 그녀 옆에 아무도 없었다. 남수라는 친구가 있어 준 것에 하늘에 감사했다.

남수는 진욱과 윤희를 바라보며 흐뭇한 미소를 지었다. 아무래도 이러다 정말 신기가 내리는 건 아닌가 싶었다.

조만간 윤희가 청혼을 받을 것 같았다. 행복한 윤희의 미래가 느껴졌다.

'행복하게 잘 살 거야! 하윤희. 축하해!'

에필로그 I. 벚꽃이 꽃비가 되어 내리는 날

꽁꽁 얼어붙은 한강이 조금씩 녹기 시작하면서 매섭던 겨울바람이 차츰 잔잔해지기 시작했다. 한강이 완전히 녹고 다시 잔잔하게 흐를 무렵 도로 주변에 심겨져 있는 개나리가 조금씩 노란색 꽃망울을 터트리기 시작하면서 본격적인 봄 소식을 알리기 시작했다. 사람들의 옷차림 역시 따뜻해지는 봄을 만끽하기 위해 가벼워지기 시작했다.

3월 말이 되자 본격적으로 봄꽃들이 활짝 피기 시작했고, 남부 지역은 서울보다 훨씬 빠른 꽃소식을 전해왔다.

4월 중순에 접어들면서 벚꽃이 피기 시작하자 진욱과 윤희는 화사하게 핀 벚꽃 길을 걸으며 행복한 주말을 보내기도 했다. 벚꽃이 만개해 있는 기간은 그리 길지 않기 때문에 많은 사람들이 벚꽃을 보기 위해 한강과 여의도로 몰렸다.

복잡한 사람들 사이를 아름다운 두 연인은 뭐가 그리 좋은지 서로를 바라보며 행복한 시간을 보냈다.

만개한 벚꽃을 오래오래 보고 싶어 하는 사람들의 바람에도 불구하고 활짝 핀 벚꽃은 곧 그 아름다움을 끝낼 것이다. 그나마 다행인 것은 벚꽃은 결코 시들지 않는다는 것이었다. 보기 흉하게 시들기 전 바람을 타고 꽃비가 된다. 내년 봄을 기약하며 벚꽃은 사람들에게 아름다움을 선사할 것이다.

그녀가 입사한 지 벌써 사 개월이 지나고 있었다. 그 짧은 기간 정말 너무나도 많은 일이 일어났었다.

국제협력부 회식 자리에서 진욱은 눈에 띄게 그녀를 챙기기 시작했고, 그 모습을 보다 못한 고 대리가 어떻게 된 거냐고 직접적으로 묻자 진욱은 그 자리에서 윤희와 사귄다고 말해 버렸다. 엄청난 발표에 다들 놀란 표정으로 입을 다물지 못한 채 진욱과 윤희를 쳐다보았지만 규성만이 유일하게 느긋한 웃음을 짓고 있었다. 김 대리가 꼬치꼬치 캐묻자 진욱은 이미 한 달 전에 서로 보았다는 말을 하며 지하철 안에서의 만남을 간단하게 이야기해 주었다. 정말 인연이라며 사람들은 진심으로 두 사람을 축하해 주었다.

회식 자리가 파할 무렵 진욱이 잠깐 자리를 비운 사이에 규성이 윤희에게 다가와 속삭였다.

"옷 한 벌 생기겠는데요? 내 공을 잊으면 안 됩니다."

말없이 웃는 그녀를 보며 규성이 따뜻한 미소를 지으며 바라보앉다.

"윤희 씨의 행복한 모습 보니까 축하해 주고 싶은 마음 반, 살짝 배가 아픈 마음 반이에요. 알죠?"

"규성 씨."

"알아요. 나 혼자 시작했던 거. 혼자 삽질했죠. 윤희 씨만큼이나 일에 몰두했을 때 매력적인 여자를 찾아봐야 할 것 같아요. 일하는 여성을 매력적으로 느낀 적은 처음이거든요."

"최규성 씨."

언제 왔는지 진욱이 매서운 눈으로 규성을 노려보고 있었다. 그에 아랑곳하지 않고 규성은 윤희에게 말했다.

"남자의 질투. 여자보다 더 치사하다는 걸 알았어요. 부디 이진욱 실장님의 독점욕에서 살아남길 바라요."

규성이 고개를 숙여 보이고 자리에서 물러서자 진욱은 윤희의 어깨를 한 손으로 감싸 안으며 자리를 벗어났다.

윤희의 어깨에 둘러진 팔은 내 여자다라고 말하고 있었다.

이진욱 실장과 하윤희가 사귄다는 소문은 삽시간에 회사 내에 퍼져나갔지만 그 누구도 두 사람에 대해 말을 만들어 내거나 언급하는 일은 없었다. 그만큼 진욱의 절제된 행동과 열정적으로 일을 하는 모습이 직원들 사이에서 깊은 신임을 얻고 있었기 때문이었다. 이진욱 실장이 선택한 여자라면 그만한 이유가 있을 거라고 말들을 했다. 질투 많은 몇몇 여직원들을 제외하고는 말이다.

"윤희 씨. 오전에 내가 준 자료는 어떻게 했어요?"

"아! 그거 정리해서 송 과장님께 드렸어요. 아마 실장님께 벌써 보고하셨을 걸요?"

"정말요? 동작 한 번 빠르네."

와이셔츠 소매를 접어 걷어 올린 규성이 양손에 커피 잔을 들고 윤희에게 가까이 다가왔다.

책상 끝에 걸터앉으며 잔 하나를 건넸다.

"고마워요."

"윤희 씨. 여기 입사하고 살 빠진 거 알아요? 다른 사람들에 비해서 윤희 씨는 먹는 열량보다 소비하는 열량이 훨씬 더 많은 것 같아요."

"모르는 게 많으니까 그만큼 더 움직이는 거죠. 배울 게 많아서 그래요. 그러고 보면 규성 씨도 살이 빠진 걸요? 아니다. 우리 부서 사람들은 몽땅 살이 빠진 것 같아요."

새롭게 시작된 매주 수요일 오전 포럼을 준비하는 과정에서 몇 주를 아침 일찍 출근하고 저녁 늦게 퇴근했기 때문에 전반적으로 부서 사람들 모두가 정신없는 시간을 보냈었다. 그리고 그들의 노력이 헛되지 않게 포럼은 성공적으로 잘 진행되고 있었다.

"실장님이 다른 말은 안 해요?"

"어떤 거요?"

"사실 수요일 오전 포럼. 우리 부서에서 꼭 해야 할 일은 아니잖아요."

"아, 조만간 다른 부서로 넘어가지 않을까요?"

"윤희 씨한테는 아무 말 안 해요?"

"직접적으로 일에 관해서 나한테 먼저 말하거나 그런 적은 없어요. 그래도 조직인데."

"윤희 씨가 입이 무거워서 어디 가서 소문낼 사람도 아닌데."

"내가 아무리 실장님이랑 사귀는 사이라 해도 난 여기 사원이에요. 무심코 내가 말실수라도 하는 날이면 큰일 나죠. 처음엔 좀 날 못 믿나 싶었는데 일하다 보니까 알겠어요. 지금은 괜찮아요. 참, 내일 선본다면서요?"

"네. 집에서 성화네요."

"좋은 소식 기대할게요."

"고마워요, 윤희 씨."

퇴근시간이 다 되어가자 윤희는 일을 마무리하기 시작하면서 책상 위를 정리하기 시작했다. 컴퓨터를 끄려고 하는데 진욱이 보낸 쪽지창이 깜빡이기 시작했다.

[언제?]

짧은 문장에 아니, 아주 짧은 단어에 윤희는 진욱이 뭔가 또 불만이 있다는 것을 알았다.

[지금 막 컴퓨터 끄려고 했어요.]

그러자 진욱이 바로 로그아웃으로 사라져 버렸다.

그걸 보며 윤희는 고개를 절레절레 흔들었다. 마음에 걸리는 건 딱 하나. 규성이 아까 그녀와 잠시 이야기한 것을 본 모양이었다. 사람들이 공식화시켜 놓고선 왜 그렇게 규성을 못마땅해 하는지 이해가 안 갔다. 아무래도 오늘은 물어봐야 할 것 같았다.

컴퓨터를 끄고 트랜치 코트를 집으려고 하는데 진욱이 문을 열고 나와 곧장 그녀에게 다가왔다.

"갈까?"

"네."

공식적으로 사귄다고 발표하고 난 뒤부터 두 사람은 부서 사람들이 먼저 퇴근하고 난 다음 움직였다. 사귄다고 말은 했지만 부서 사람들이 보는 곳에서 진욱과 나란히 퇴근하는 모습을 보여주기 싫다고 말하자 진욱은 그녀의 입장을 생각해 동의했다.

엘리베이터 앞에 나란히 서자 진욱은 손을 뻗어 그녀의 손에 깍지를 꼈다. 맞잡은 그의 손을 힘 있게 잡으며 윤희는 진욱을 올려다보았다.

엘리베이터를 타고 지하 주차장으로 가는 동안 진욱은 그녀의 손을 꼭 잡고는 아무 말 없이 가만히 앞만 보고 서 있었다. 오늘따라 유난히 더 힘 있게 잡는 진욱의 손길에 윤희는 궁금증을 담아 그를 바라보았다.

어딘가 모르게 평상시랑 살짝 달랐다.

"음……."

"왜?"

"오늘 진욱 씨. 좀 이상해서요."

"뭐가?"

"음, 기분이 좋은 것 같은데 정확히 무엇 때문인지는 모르겠고.

아리송해요."

"아리송?"

엘리베이터에서 내리면서 진욱은 윤희의 어깨를 부드럽게 감싸 안았다. 그녀를 위해 차 문을 열어 주고 자리에 앉아 관자놀이에 가볍게 입맞춤도 했다.

평상시와 똑같은 입맞춤인데 이상하게 뭔가 느낌이 달랐다. 윤희는 분명히 그것을 느낄 수 있었다.

궁금증을 가득 담은 눈으로 바라보자 진욱은 그저 미소만 지을 뿐 대답을 해 주지 않았다.

"수상해."

"별게 다 수상해. 오늘따라 더 예뻐 보이고 사랑스럽게 느껴지니까."

"그게 아닌 것 같은데요. 규성 씨 말이에요."

"응."

"아직도 질투해요?"

"질투? 내가? 나랑 상대도 안 되는 최규성한테 내가 질투를 왜 해?"

그녀의 지적에 진욱은 당치도 않다는 표정을 지으며 단호하게 아니라고 말했다.

질투가 아니라고 했지만 심기가 꼬인 것은 분명하다고 윤희는 생각했다. 어린애 같았다. 반면, 진욱의 그런 질투 어린 말투가 그녀는 좋았다. 진욱의 관심의 또 다른 표현이기 때문이었다.

차가 주차장을 빠져나가며 본격적으로 속도를 내며 달리기 시작하자 윤희가 생각났다는 듯 진욱에게 물었다.

"참, 내일도 바빠요?"

"아니. 왜?"

"이번 달 들어서 진욱 씨 주말마다 바빴잖아요. 일요일 오후에나 겨우 시간 내고. 뭐 한다고 바빴던 거예요? 나한테 말도 안 해 주고?"

"그럴 일이 있었어. 이제 다 끝났어."

"그래요?"

"응."

"여보. 진욱이가 일산에 집 산 거 알고 있어요?"

"집을?"

예쁘게 깎은 과일을 거실 테이블 위에 내려놓으며 최 여사가 자리에 앉자 과일을 집어 들며 이 교수가 놀란 눈으로 쳐다보았다.

"그게 무슨 말이오?"

"집 계약 하는 날. 날 부르더라고요. 어떠냐고. 내가 그 아가씨 언제 보여줄 거냐고 물으니까 조만간 보여준다고 하던데요?"

"뭐하는 아가씨인지 아는 것도 없고?"

"생각나는 아가씨가 있긴 한데. 진욱이가 쉽게 말을 안 하니까요. 뭐, 우리 아들이 선택한 아가씨라면 걱정할 건 없겠지만 그래도 좀 섭섭하네요. 대뜸 집을 사다니."

"허허."

신문을 펼치며 아무렇지 않게 웃자 최 여사는 남편을 바라보며 희한하단 표정을 지었다.

"당신, 웃음이 나와요?"

"진욱이가 누굴 닮았겠어. 날 닮았지."

"하긴, 당신의 행동이나 진욱이나 똑같네요."

"진욱이가 아무나 좋다고 하진 않을 거고. 조만간 보여준다고 하니 믿고 기다려 봅시다."

최 여사는 몇 달 전 백화점에서 본 아가씨를 떠올렸다. 단아하고 청초한 이미지의 아가씨였다. 진욱의 말로는 새로 뽑은 직원이라고 했다. 똑똑한 인재라고도 말했다. 차분해 보이는 예쁜 아가씨였는데 그 아가씨가 맞기를 바랐다.

"어디 가는 거예요?"

"궁금해?"

그녀의 물음에 아까와는 달리 살짝 긴장하는 표정에 윤희는 고개를 기울여 진욱을 바라보았다.

"나한테 뭐 숨기는 거 있죠? 긴장하는 거 같은데요? 왜일까?"

"흠흠."

윤희의 빠른 눈치에 진욱이 헛기침을 하며 표정 관리를 했다.

"보여줄 게 있어. 조금만 더 가면 돼."

"여긴 일산 가는 길인데? 어? 바람 분다. 저기 봐요, 진욱 씨. 벚꽃이 날려요. 아, 아쉽다. 다음 주에 비 소식 있던데, 비 오고 나면 벚꽃 다 질 텐데."

윤희는 안타까운 얼굴로 밖을 바라보았다.

"올해는 좀 오래 보나 싶었는데 역시 날씨가 시샘한다니까."

바람에 꽃잎이 떨어지는 것을 바라보는 진욱의 눈에 초조함이 깃들기 시작했다. 핸들을 잡는 손에 힘이 들어가며 속도를 더 내기 시작했다.

예쁜 주택이 즐비해 있는 동네로 접어들자 윤희는 프로방스식으로 지어진 집들을 보며 창가에 좀 더 가까이 다가갔다.

"아! 집이 정말 예쁘죠? 청담동이나 논현동에 있는 집들과는 스타일이 많이 달라요. 동화 속 집 같기도 하고. 그런데 여긴 무슨 일이 있어서 온 거예요? 이 근처에 예쁜 카페도 많다고 하던데."

"카페는 나중에. 보여줄 게 있어서. 당신이 봐줬으면 하는 게 있어."

예쁜 이층집 앞에 차를 세우더니 진욱이 내리라 했다.

녹색 지붕이 포인트인 하얀 벽돌로 지어진 집을 낮은 흰색 울타리가 둘러싸고 있었다. 대문 앞 빨간 우체통이 앙증맞아 보였다. 드라마 속에서나 볼 수 있는 그런 집이었다.

"와."

작은 대문을 열며 진욱이 긴장된 얼굴로 감탄을 하고 있는 윤희를 바라보았다.

"그 감탄사는 마음에 든다는 소리로 받아들여도 될까?"

"정말 예뻐요. 예뻐요. 근데 여긴 어디예요?"

평평한 돌이 대문에서 집 현관까지 깔끔하게 안내를 하고 있었고, 대문 옆에 있는 커다란 소나무가 고급스러운 자태로 뻗어 있었다. 정성 들여 키운 작은 소나무 분재를 크게 만들어 놓은 것 같았다.

한 발짝씩 움직이며 정원을 구경하던 윤희는 정원 한쪽을 보고는 낮게 탄성을 질렀다. 입을 벌린 채 그 자리에 서 버렸다.

벚꽃이 만개한 벚나무가 녹색 벤치 주변을 반원 모양으로 둘러싸고 있었다. 녹색 벤치로 가는 길은 실크로 보이는 흰색 천이 깔려져 있었다. 아까 불었던 바람 때문인지 천 위로 벚꽃이 흐트러져 떨어져 있었다.

할 말을 잃은 채 멍한 표정으로 서 있는 윤희에게 진욱이 다가가 에스코트하듯 그녀의 손끝을 잡아 올렸다.

사랑하는 마음을 듬뿍 담은 눈으로 그녀의 시선을 잡아 길을 안내했다.

진욱과 눈빛을 마주하며 앞으로 조금씩 걸어가는 윤희의 심장이 걷잡을 수 없이 뛰기 시작했다. 그가 그녀를 위해 준비한 것이. 앞으로 그가 할 행동이 무엇인지 예상이 갔지만 그 기대감과 그 결과에 대한 벅찬 감동이 그녀를 휘감았다. 한 발, 한 발 내디딜 때마다 눈물이 차오르기 시작했다. 호흡을 크게 하며 흔들리기 시작한 감정을 진정시키려고 했다.

녹색 벤치 위에 같은 색의 도톰한 방석이 깔려 있었다.

진욱이 그녀의 몸을 돌려 조심스럽게 앉히더니 한쪽 무릎을 꿇었다.

"진……욱 씨."

윤희를 바라보는 진욱의 눈빛은 넘치는 사랑과 함께 긴장감을 담고 있었다. 그녀의 손을 잡고 있는 진욱의 손이 가늘게 떨리고 있었다. 그 파동으로 그녀의 손 역시 가늘게 떨리기 시작했다.

진욱이 가볍게 떨리고 있는 그녀의 손을 소중한 물건을 다루듯 두 손으로 잡더니 입으로 가져갔다. 경건한 의식을 치르듯 윤희의 손가락 하나하나에 입을 맞추었다.

"당신을 처음 보았을 때 이유 없이 미소가 지어졌어. 어느 순간 당신을 기다리는 나 자신을 발견하게 되었지. 이름도 모르는 당신에게 5-5라는 별명을 지어주면서 난 그렇게 아침마다 당신을 보게 될 거라는 기대를 했고, 그 기대가 날 행복하게 해 주었어. 서로를 몰래 훔쳐본다는 것을 알게 되었을 땐 하늘을 나는 것 같은 기분이었지. 지금은 늘 당신을 보고 있음에도 부족하다는 것을 느껴. 나에겐 당신이 필요해. 당신의 똑똑함과 무엇이든 열정적으로 하는 당신을 존경해. 당신을 평생 곁에 두고 바라보며 살고 싶어. 나만의 여자로. 당신만의 남자로 앞으로의 인생을 살고 싶어."

진욱의 절절한 고백에 윤희의 눈에서 눈물이 또르르 흘러내렸다. 벅찬 감동에 가슴이 들썩거렸다.

" 당신을 사랑해. 당신과 날 닮은 아이들을 많이 낳아 행복한 가정을 이루고 싶어. 당신의 사람이 되고 싶어. 당신을 웃게 하고 행복하게 해 주고 싶어. 같이 틀린그림찾기도 하면서 서로의 부족한 면을 채워주며 살아가고 싶어."

 자신감 넘치고 그녀를 향해 거침없이 다가왔던 이진욱이란 남자가 떨리는 목소리로 그녀에게 사랑을 고백하고 있었다. 이미 한 번 그녀에 대한 감정을 고백했음에도 불구하고 지금은 또 다른 모양이었다. 그녀가 거절하지 못할 걸 알면서도. 그녀의 대답이 무엇일지 뻔히 알면서도 진욱의 목소리는 떨리고 있었다.

 그가 양복 안주머니에서 작은 박스를 꺼내 그녀를 향해 열었다.

 바람이 스르륵 불자 벚꽃이 바람을 타고 두 사람의 머리 위로 축복하듯 사뿐히 내려앉기 시작했다.

 심플한 디자인의 커다란 다이아몬드가 그녀를 향해 반짝였다.

 "이걸로 당신에 대한 내 사랑을 다 표현하지 못하겠지만 다이아몬드가 상징하는 영원한 사랑을 당신에게 약속해. 영원히 당신만을 바라보며 당신을 위해 살고 싶어. 당신이 행복하게 웃음의 원천이 나, 이진욱이면 좋겠어. 그렇게 만들 거야. 나의 사랑을 받아 주겠어?"

 진욱을 바라보는 윤희의 얼굴이 이미 눈물로 범벅이 돼 있었다. 울음을 참느라 코가 빨개졌다. 그녀를 위해 이 모든 것을 준비한 그의 마음과 그녀를 바라보는 그의 눈빛 속에서 윤희는 진욱의 마음을 다시 한 번 가슴 속 깊이 느꼈다.

 "네."

 승낙이 떨어지자 진욱은 찬란하게 빛나는 반지를 꺼내 윤희의 손가락에 반지를 끼웠다.

뭔가 말을 하려는 진욱의 입술이 파르르 떨리는 것을 보며 윤희는 진욱을 당겨 안으며 벤치에서 일어섰다.

"당신을 사랑해요. 이진욱 씨. 나의 5-5. 당신을 만나게 해 준 신께 감사해요."

"사랑해."

두 사람의 입술이 닿으며 천천히 사랑의 호흡을 하기 시작했다. 잔잔하게 불던 바람이 좀 더 세게 불며 벚꽃이 두 사람의 머리 위로 꽃비를 내리기 시작했다. 그들의 앞날을 축복하듯 그렇게 꽃비는 두 사람을 감싸며 흩트려져 내렸다.

남녀의 서로를 향한 애틋한 사랑 소리가 고요한 침실을 가득 메우고 있었다.

윤희의 가슴을 탐하는 진욱의 혀는 그녀의 입에서 나오는 신음 소리가 좀 더 짙어지길 요구하면서 원초적인 애무를 하고 있었다. 탄력 있는 가슴을 손으로 움켜쥐고 쪽쪽 소리 나게 빨아 당겼다. 혀로 꼿꼿이 솟은 유두를 빙글빙글 휘감기도 하고 아래에서 위로 빠르게 핥기를 반복했다. 감각적인 자극이 유두 끝을 통해 몸으로 퍼져나갔다. 가슴을 탐욕스럽게 쥐고 애무하던 손이 가슴을 놓아주었다. 날씬한 몸의 곡선을 따라 아래를 향해 움직였다. 축축하게 가슴을 적시던 입술이 배를 따라 아래로 방향을 바꾸었다.

"아아. 으응. 흑……."

허리선을 오르락내리락하며 그녀의 몸을 정신없이 쓰다듬으며 진욱은 뜨거운 숨을 날씬한 배 위에 뿜어내었다.

마지막 남은 속옷인 팬티를 이로 물어 아래로 끌어내렸다.

"진, 진욱 씨."

"쉿."

진욱의 입술이 비밀의 숲 위에서 바람을 만들어 내었다.

자동적으로 다리를 오므리려는 그녀의 무의식적인 행동을 진욱이 손으로 저지했다. 부드럽고 연약한 허벅지를 안쪽을 쓰다듬으며 서서히 양쪽으로 벌렸다.

진욱은 바람을 만들어 모습을 드러내고 있는 꽃잎 위로 날렸다.

"으응."

허리가 뒤틀리며 하체가 위로 튕겨져 올라가자 진욱의 입가에 남자의 만족스러운 미소가 지어졌다. 그녀의 즉각적인 반응에 진욱의 눈은 더 뜨겁게 불타올랐다.

새하얀 허벅지 안쪽에 낙인을 찍듯 뜨거운 입술을 대었다. 혀로 부드러운 그녀의 살결을 음미하며 진욱은 더 깊게 그녀를 탐했다. 다리를 들어 무릎을 세우게 하고는 종아리를 쓸어내렸다.

뜨거운 입술이 허벅지를 따라 아래로 내려가더니 무릎에 닿았다. 진욱이 혀로 쓰윽 쓸어 올리자 윤희는 머리를 흔들었다.

"아아. 진욱 씨. 하아, 하아."

진욱의 움직임에 온몸의 신경을 집중시킨 윤희는 아찔한 느낌과 함께 야릇한 쾌감으로 목이 저절로 뒤로 꺾였다.

피부가 한 꺼풀 벗겨진 것처럼 따가웠다. 상체가 저절로 들썩이며 신음소리가 흘러나왔다.

그녀의 양쪽 허벅지를 번갈아 가며 입술로 애무한 그가 최종 안착지인 그녀의 중심으로 다가오기 시작했다.

"거, 거긴."

부끄러움에 손으로 가리려고 하자 진욱이 단호한 손길로 그녀를 제지했다.

"내 입으로 당신을 느낄 거야. 내가 당신을 얼마나 숭배하는지 느껴 봐."

흥분으로 도톰해진 꽃잎에 드디어 진욱의 불처럼 뜨거운 입술이 닿았다. 조심스럽게 꽃잎을 살살 터치하며 입술을 움직이기 시작했다. 작은 꽃잎을 물어 천천히 잡아당기자 윤희의 입에 흐느낌이 흘러나왔다. 그녀의 아랫배가 잔뜩 긴장하여 딱딱하게 움츠러들자 진욱은 배 위로 입술을 움직여 그의 뜨거움을 토해내었다.

"쉬잇. 긴장하지 마. 편하게 느끼도록 해."

다독이듯 진욱은 그녀의 배 위에 천천히 원을 그려 나가기 시작했다. 탐스러운 가슴을 향해 두 손을 뻗어 바짝 솟아 있는 유두를 손끝으로 건드렸다.

다각적으로 자극을 주는 진욱의 애무에 윤희는 점점 열락의 낙원으로 빠져들기 시작했다.

"아아. 아아."

그녀가 할 수 있는 건 진욱이 손과 입술이 주는 쾌락에 대해 신음을 내뱉는 것이었다.

진욱의 입술이 다시 그녀의 꽃잎을 향해 움직였다. 촉촉한 혀로 꽃을 쓸어 올렸다. 다리가 더 벌려지고 꽃 속의 모습이 보이지 시작했다.

"아흑."

진욱은 그녀의 허벅지를 더 크게 벌려 본격적으로 그녀를 탐험하기 시작했다. 갈라진 꽃잎 사이로 혀를 밀어 넣었다. 빡빡한 꽃 속으로 들어간 혀가 들락거리며 꽃물을 유도했다. 방울방울 꽃물이 떨어지기 시작하자 진욱은 입 안으로 꽃을 빨아 당겼다.

원색적인 소리가 두 사람의 귀를 자극했다.

"아아. 진욱 씨. 아흑."

진욱이 내는 질척거리는 소리가 너무도 자극적으로 들려왔다. 그녀의 꽃은 점점 더 많은 양의 꽃물을 만들어 내었다.

"아!"

잔뜩 흥분한 진욱이 참고 있던 신음을 토해냈다.

"진, 진욱 씨. 아아. 아웃."

윤희의 손이 침대 시트를 움켜쥐고 비틀기 시작했다. 통통하게 부풀어 오른 꽃잎을 놓아줄 생각이 없는지 진욱은 그녀의 다리 사이에서 고개를 들지 않았다. 맹렬하게 파고드는 혀 때문에 윤희의 신음소리가 점점 더 색기 있는 소리로 변해갔다.

"아아. 아웅. 으응. 하아. 하아."

머리가 어지럽고 숨이 찼다. 코로 숨 쉬는 게 힘들어진지 이미 오래전이었다. 입으로 내쉬는 거친 숨소리로 인해 목구멍 안이 바짝 타들어 갔다. 마른 침을 삼켰지만 메마른 목 안은 쉽게 젖어 오지 않았다.

"아아."

진욱의 입 안은 달콤한 꿀로 가득 차고 있었지만 그녀는 갈증으로 목이 갈라지는 것 같았다.

그녀의 갈증을 눈치 챘는지 고개를 든 진욱이 그녀에게 다가왔다. 벌어진 그녀의 입 안으로 뜨거운 혀가 들어가 달콤함을 나누어 주기 시작했다. 축축이 젖어 있는 진욱의 혀와 입술을 윤희는 허겁지겁 받아들였다.

그녀의 열렬한 반응에 진욱의 목 깊숙한 곳에서 거친 신음소리가 흘러나왔다. 진욱은 더 이상 참을 수 없었다. 그녀의 혀를 휘감아 맹렬한 기세로 빨아 당기며 진욱은 손을 아래로 내려 꽃잎 속으로 조심스러운 침입을 시도했다. 막힌 입술 사이로 그녀가 저항하자 진욱은 그 신음소리 마저 마셔버렸다.

하나라도 놓칠 수 없다는 듯 그녀의 모든 것을 빨아 마셨다. 꽃 속으로 들어간 손가락이 천천히 움직이기 시작했다. 밀어 넣었다 뺐다를 반복하며 원초적인 자극을 만들어냈다.

말초적인 자극에 견디다 못한 윤희가 잡혀져 있는 입술을 피하며 신음소리를 질러대기 시작했다.

"아학. 아아. 으응."

눈을 감고 괴로운 듯 신음소리를 내지르는 윤희의 얼굴을 바라보며 진욱은 손놀림을 더 빠르게 움직였다. 꽃물이 샘물처럼 솟아나 흘러내리기 시작하자 진욱의 호흡은 더 거칠어졌다.

그녀의 몸이 쾌락으로 뒤틀리며 색기 어린 신음소리를 질렀다. 진욱은 손가락을 빼고 그녀의 엉덩이를 받쳐 들었다. 다리를 끌어당겨 어깨에 걸치고는 활짝 핀 꽃을 그의 시야에 보이게 했다.

"아아! 안 돼."

무엇이 안 되는지도 모르면서 그녀의 입에선 연신 안 된다는 소리가 흘러나왔다.

진욱은 꽃잎이 움찔거리며 흘려내는 꽃물을 굶주린 눈으로 바라보았다. 맑은 꽃물이 그를 향해 흘러내리고 있었다.

더는 못 참겠는지 진욱은 그녀의 다리를 놓아주고 자신의 남아 있는 속옷을 찢듯이 벗어내 던져 버렸다.

그녀의 다리를 잡아 옆으로 더 많이 벌리면서 진욱은 자리를 잡기 시작했다. 딱딱하게 치솟은 그의 분신이 꽃 속으로 들어가길 원했다.

분신을 잡고 꽃잎 앞에 다가선 진욱은 걱정스러운 표정으로 윤희를 바라보았다.

"아플지도 몰라."

"으응."

그가 하는 말은 제대로 듣지 못하는지 윤희는 달뜬 신음소리만 흘러낼 뿐이었다.

윤희는 진욱이 주는 짜릿하고 감각적인 느낌에 몸 전체가 뜨거웠다. 타들어갈 것 같은 느낌에 어지러웠다. 그가 뭐라고 한 것 같은데 무슨 말인지 머릿속에 들어오지 않았다. 단지 고통스러울 만큼 수축과 이완을 반복하는 이 어지러운 느낌에서 빨리 해방되고 싶을 뿐이었다.

진욱의 빳빳하게 솟은 분신이 꽃잎에 첫 접촉을 시도하기 시작했다. 꽃잎을 지그시 누르며 뭉툭한 그의 분신 끝이 천천히 원을 그리며 꽃잎을 자극시키며 벌리기 시작했다.

딱딱하고 뜨거운 무언가가 닿자 윤희의 허리는 조금 전보다 훨씬 더 재빠르고 높게 튕겨져 올라갔다. 기대감과 두려움이 교차되었다. 그녀의 갈증을 채워줄 것이 온 것이다. 그녀만이 간직해 온 곳에 낯선 침입이 시도되고 있었다.

진욱은 침대 시트를 쥐고 있는 그녀의 손을 떼어 자신을 목을 감게 했다. 환락에 들떠 신음소리를 내고 있는 그녀를 애타게 불렀다.

"윤희야. 윤희야."

"아아. 으응."

"눈을 뜨고 날 봐."

진욱의 요구에 겨우 눈을 떠 시선을 마주치자 가까스로 흥분을 붙잡고 있는 진욱의 눈이 보였다.

"아플 거야. 최대한 아프지 않게 노력해 볼게. 사랑해."

뜨거운 키스를 하며 진욱은 하체에 힘을 주기 시작했다. 한 손으로 자신의 분신을 잡아 거침없이 그녀의 꽃잎 속으로 밀어 넣었다.

"아흑."

"아!"

꽃 속으로 들어가기 시작한 진욱은 뜨겁고 비좁은 느낌에 정신이 놓을 뻔했다. 조금씩 더 힘을 실어 안으로 밀고 들어갔다.

"윤희야."

진욱이 힘들게 그녀의 이름을 부르자 윤희는 고통스러운 표정으로 진욱을 올려다보았다.

"아아. 진욱 씨. 그, 그냥. 빨리 들어와요."

고통은 빨리 끝나는 것이 좋았다. 오히려 그녀를 배려한다고 느릿하게 진행하는 것이 더 힘들었다.

"물어."

맞닿은 두 사람의 하체를 한 손으로 받치고 다른 한 손을 뻗어 진욱은 그녀의 얼굴을 들었다. 그의 어깨에 입술이 닿게 했다. 그와 동시에 진욱은 그의 분신을 단번에 밀어 넣었다.

"아아!"

"아!"

두 사람의 입에서 동시에 신음소리가 터져 나왔다.

그녀의 이가 진욱의 어깨를 파고들었다. 어금니를 꽉 깨물고 코로 거친 숨을 내쉬는 진욱의 얼굴에도 고통이 묻어났다.

어깨를 파고드는 이 때문이 아니었다. 그녀의 몸속 얇은 막을 찢으며 들어가는 순간 그 역시 고통을 느꼈기 때문이었다.

그녀를 아프게 했다는 미안함과 그를 쥐어짜듯 감싸는 뜨겁고 촘촘한 느낌에 폭발할 것만 같았다.

윤희의 거친 호흡이 조금씩 안정을 찾는 것 같자 진욱은 더 참지 못하고 맹렬한 기세로 그녀에게 파고들기 시작했다.

고통이 사라지면서 또 다른 쾌감의 파도가 그녀를 휘감기 시작했다. 진욱의 힘찬 움직임에 맞춰 그녀의 몸이 스스로 움직이기 시작했다. 본능적인 동작이 만들어 내는 에로틱한 소리가 두 사람의 신음과 함께 환상적인 멜로디를 만들며 퍼져나가기 시작했다.

깊게 파고들다가 천천히 물러서는 진욱의 움직임에 윤희는 안타까운 신음을 내뱉었다.

"으응."

진욱이 몸을 뒤로 빼려고 하자 저절로 그녀의 손이 그의 허리를 잡아당겼다.

그녀의 반응에 진욱은 특유의 만족스러운 미소를 지으며 그녀의 다리를 들어 어깨에 걸쳤다. 그녀의 허리를 아래로 바짝 잡아당기며 더 강하게 몸속을 파고들었다.

결합한 곳에서 피어난 뜨거운 기운이 두 사람의 몸을 타고 뻗어 나가며 합쳐진 두 사람의 몸을 불태우기 시작했다.

진욱의 입에서도 점점 더 거친 숨소리가 흘러나오기 시작했다. 그녀를 배려하기 위해 이성의 끈을 가까스로 잡고 있던 진욱은 으르렁거리는 신음소리와 함께 끈을 놓아 버렸다. 더 이상 참을 수 없었다. 자신의 의지와 상관없이 본능적으로 엉덩이가 앞뒤로 거칠게 움직였다.

격렬한 움직임에 그녀의 몸이 같이 흔들렸다.

봉긋한 가슴이 아래위로 탄력 있게 흔들리며 진욱의 시선을 붙잡았다. 흔들리는 가슴을 거칠게 움켜쥐며 진욱은 마지막을 향해 달리기 시작했다.

진욱의 절정을 향한 움직임과 함께 그녀 역시 처음 느껴보는 짜릿한 전율에 몸을 맡긴 채 낯선 천국을 향해 달려가기 시작했다.

에필로그 II. 5-5 열차가 들어오고 있습니다.

 따사로운 햇살을 받으며 며칠 전 가볍게 내린 봄비로 인해 더 활짝 만개한 벚꽃이 지나가는 사람들의 시선을 붙잡았다. 낮은 울타리를 빙 둘러싸고 있는 벚나무 때문에 진욱과 윤희가 살고 있는 집은 벚나무 집이라고 불리고 있었다.
 매년 봄이 되면 탐스럽고 화사하게 꽃을 피우는 벚나무 때문에 동네 사람들은 만개한 꽃을 구경하고 집을 배경으로 사진을 찍기도 했다.
 모처럼 만에 찾아온 따뜻한 봄 햇살을 맞으며 진욱과 윤희는 정원 한쪽에 따로 심겨져 있는 벚나무 아래 녹색 벤치에 앉아 누군가를 기다리고 있었다.
 "올 때가 다 되었는데……."

벤치에 앉아 있던 윤희는 자리에서 일어나 울타리를 향해 걸어갔다.

"그렇게 조바심 내는 거, 내가 안 좋아하는 걸 알면서."

진욱이 툴툴거리면서 윤희를 따라 울타리를 향해 걸어갔지만 입가엔 잔잔한 미소를 짓고 있었다.

가까이 다가가 윤희의 작은 어깨를 두 손으로 잡아 품 안으로 끌어당겼다.

진욱의 품에 등을 기대며 윤희는 행복한 미소를 지었다. 고개를 돌려 그녀를 향해 미소 짓고 있는 진욱을 바라보았다.

"많이 컸을 거예요. 작년보다 훨씬 더."

"부쩍부쩍 크니까. 우리 애들만 봐도 그렇지."

진욱이 그녀의 머리에 사랑스럽게 입맞춤을 하는데 현관문이 열리는 소리가 났다.

흰색 에나멜 구두에 분홍색 원피스를 입은 꼬마 아가씨가 뛰어나왔다.

"할머니이."

쪼르륵 달려가 윤희의 품에 안기는 여자아이는 그들의 셋째 아들 태흔의 귀여운 6살짜리 꼬마 숙녀 예림이었다.

"아이쿠. 우리 공주 예림이."

"할머니. 토미는 언제 와요?"

"곧 올 거란다. 예림이 토미가 보고 싶은 거구나?"

"응. 토미가 나한테 예쁜 바비 인형 사온다고 했어요."

"예림이가 인형을 좋아하는지 몰랐구나. 할머니한테 말하면 사줄 텐데."

"아니야. 토미가 준다고 했으니까 토미가 주는 거 가질래."

진욱이 윤희의 품에 안겨 있는 예림이의 앙증맞은 손을 잡으며 울타리 쪽으로 이끌었다.

"할아버지랑 토미 오는지 나가 볼까?"

흰색의 작은 대문을 열고 밖으로 나가자 저 멀리서 낯익은 차가 나타났다.

에이든을 마중 나간 태흔의 차였다.

"아빠다. 아빠! 아빠!"

예림이 신이 나서 제자리에서 껑충껑충 뛰며 손을 흔들기 시작했다. 태흔을 향한 손짓이기도 했지만 차에 타고 있을 토미를 향한 환영의 손짓이기도 했다.

에이든은 미국에서 사진작가로 크게 성공했고, 그의 사진을 잡지에 싣기 위해 섭외를 맡았던 한국인 편집장과 2년의 열애 끝에 결혼했다. 그들은 아들을 하나 두었는데 그 아들이 결혼해서 낳은 아이가 토미고, 예림이와 둘은 동갑내기다.

에이든 부부는 일 년에 두 번 진욱과 윤희를 보기 위해 한국에 들어온다. 오늘도 두 사람의 결혼기념일을 맞아 손자인 토미를 데리고 한국에 들어온 것이다.

어느덧 세월이 흘러 진욱과 윤희는 올해 결혼 35주년을 맞이했다.

토미가 차에서 내리자 진욱의 손을 꼭 붙잡고 있던 예림이가 토미를 향해 달려갔다.

"토미!"

"헤이. 예림."

"누나. 매형."

에이든이 반갑게 웃으며 두 사람을 껴안았다.

"건강해 보이는구나. 안으로 들어가자."

진욱이 반갑게 에이든의 등을 두드리며 집 안으로 안내했다.

그들의 결혼기념일은 집안에서의 가장 큰 모임이었다. 평상시에도 자주 모였지만 벚꽃이 피는 달이 되면 가족모임은 그 규모가 커졌다.

벚꽃이 만개했을 때 정원에 모여 바비큐 파티를 하며 가족들이 즐거운 시간을 보내는 것은 진욱과 윤희가 오랜 시간 공들여 만든 것이기도 했다.

벚나무 아래에서의 진욱의 청혼은 옛날이야기처럼 자식과 어린 손주들에게 매년 되풀이되어져 나왔다.

결혼 이후 진욱은 매년 벚꽃이 꽃비가 되어 내리는 날 똑같은 자리에서 윤희에게 한결같이 영원한 사랑을 맹세했다.

똑같은 그 자리에서 그들의 큰딸 서연이 청혼을 받았고, 셋째인 태흔 역시 그곳에서 사랑하는 여인에게 청혼을 해 결혼했다.

35년 전 벚꽃이 꽃비가 되어 내리는 던 날 청혼을 한 후 진욱은 결혼식을 서둘렀다. 아침에 서로를 바라보며 눈을 뜨고 싶다는 진욱의 욕구와 법적으로 그의 여자라고 완전한 틀을 만들고자 진욱은 여유를 허용치 않았다. 진욱의 추진력으로 청혼 한 달 만에 두 사람은 세상에서 제일 행복한 결혼식을 올렸다. 그리고 딸 하나, 아들 둘을 얻었다. 큰딸 서연은 윤희의 모습을 빼다 박았지만 성격은 진욱을 그대로 닮아 늦게 태어난 두 남동생들을 손에 쥐고 흔들다시피 했다. 서연의 성격은 나이가 들수록 강해져 갔고 형제들 사이에서의 군기는 서연이 쥐고 있었다. 진욱이 나서지 않아도 될 정도였다.

태석과 태훈은 덩치만 컸지 누나 서연에게는 꼼짝을 못했지만 본인들 말로는 누나이기 때문에 봐주는 거라고 입버릇처럼 말했다.

진욱과 윤희는 그들의 속마음을 알고 있었다. 누구보다도 누나를, 동생들을 아끼고 사랑한다는 것을 말이다.

집 안에 들어서자 조용하던 집 안이 사람들로 북적이고 있었다. 큰딸 서연 부부와 3살배기 딸 쌍둥이들. 32살의 아직 싱글인 태석, 누나와 형을 제치고 일찍 결혼한 태훈의 6살 예림이. 그리고 에이든과 토미까지 실로 거대한 모임이었다. 에이든의 부인인 마리는 편집부 일정 때문에 같이 오지 못했다고 했다.

시끌벅적했던 점심시간이 지나고 아이들을 재우러 각자 방으로 흩어지자 거실은 순식간에 고요해졌다.

거실 소파에 다리를 쭉 뻗으며 에이든이 장난스럽게 웃었다.

"매형, 내일도 나갈 거예요?"

"매번 같은 질문 하는 거 지겹지 않나?"

"매형 때문에 누나가 행복해 하니까, 나야 좋지만, 그걸 보고 자란 애들은 오히려 피곤할지도 몰라요. 서연이는 매형이랑 똑같은 사람이랑 결혼할 거라고 하더니 다행스럽게도 정말 그런 사람과 결혼했고, 태혼이 역시 부인한테 잘하고 있는데. 문젠. 태석이 죠. 태석인…… 매형이 하는 행동에 대한 부작용이야."

"왜 가만히 있는 절 걸고넘어지시는 거예요?"

태석이 시원한 맥주 캔을 에이든에게 건네며 불만을 표시했다.

"네가 아직 결혼할 마음이 없는 걸 보면, 네 아버지 탓이 커. 네 엄마한테 하는 행동을 보고 질려서 그런 것 아니냐."

"하하하. 질리다니요. 아버지가 어머니한테 지극 정성으로 하는 것처럼 나도 그렇게 하고 싶은데, 아직 그러고 싶은 여자를 못 만난 거죠."

에이든이 맥주를 한 모금 마시며 태석을 의심스러운 눈으로 바라보았다.

"태석이 너, 혹시, 네 엄마랑 닮은 사람을 찾고 있는 건 아니겠지?"

"왜요? 모든 남자들이 찾는 이상형은 결국 어머니와 닮은 사람 아닌가요? 무의식중에?"

태석의 말에 진욱이 콧방귀를 꼈다.

"두 눈 크게 뜨고 찾아봐라. 네 엄마 같은 사람이 있는지. 네 엄마 같은 사람은 없어. 아무래도 넌 혼자 살 것 같구나."

나이가 들어도 식을 줄 모르는 윤희에 대한 진욱의 무한 애정에 맥주를 마시던 에이든이 못 말린다는 듯 고개를 저었다. 그런 에이든에게 태석이 웃으며 말했다.

"삼촌은 모를 거예요. 그나마 일 년에 두 번만 보는 걸 다행으로 여기시라구요. 우린 늘 보니까. 이젠 그러려니 해요. 아버지가 저렇게 오직 어머니만 바라보고 살아오신 게 35년이에요. 어렸을 때부터 보고 자랐지만 머리가 커진 이후부터는 눈 뜨고 보기 힘들 정도라니까요."

태석의 말에 에이든이 큰 소리로 웃기 시작했다. 이미 짐작은 하고 있었지만 오직 윤희만을 바라보는 진욱에게 에이든 또한 적잖은 감동을 받고 있었다.

"내가 이야기 안 했었나? 네 아버지가 날 질투의 눈으로 바라보았을 때를? 난 눈빛으로도 사람이 죽을 수 있겠구나 하고 느꼈었다."

"아버진 외출하실 때 늘 어머니 손을 꼭 잡고 얼마나 애지중지하시는지. 가끔 그 모습을 보면서 다짐하죠. 나도 나중에 두 분처럼 멋지게 살아야지 하면서요."

태석와 에이든이 대화를 나누는 것을 듣고 있는 동안에도 진욱의 시선은 윤희에게 고정되어 있었다. 그가 처음 보았을 때의 모습을 늘 간직하고 있는 윤희를 진욱은 더할 나위 없이 사랑스러운 눈빛으로 바라보았다.

영원한 그의 5-5. 그녀의 5-5였다.

결혼기념일 당일 오전.

아침을 먹고 나자 진욱과 윤희는 나란히 손을 잡고 집을 나섰다. 자식들의 늘 똑같은 질문에 두 사람은 그저 미소를 지으며 대답을 해 주지 않았다.

어렸을 때 태석과 태흔이 호기심에 몰래 뒤따라 나가려는 것을 서연이 눈치 채고 못하게 했다. 두 분만의 추억을 방해하지 말라는 것이었다.

"다녀오세요."

"다녀오세요. 아버님. 어머님."

"다녀오세요. 할아버지. 할머니."

자식들과 손주들의 인사를 받으며 진욱과 윤희는 손을 꼭 붙잡고 집을 나섰다.

바람이 불자 벚꽃 몇 장이 바람을 타고 흐트러지며 그들의 머리 위에 내려앉았다.

"오늘 저녁까지는 버티겠지?"

진욱이 바람에 떠다니는 꽃잎들을 보며 걱정스럽게 말하자 윤희는 걱정하지 말라며 진욱의 손을 토닥였다.

"날씨가 좋아서 당분간은 떨어지지 않을 것 같아요."

"그랬으면 좋겠군."

두 사람이 울타리 대문을 열고 나가는 것을 현관에서 보고 있던 식구들은 그 다정한 모습에 흐뭇한 미소를 짓고 있었다.

계단 아래까지 내려왔다가 다시 올라가던 토미가 뭔가를 발견하더니 고개를 갸웃거렸다.

"할아버지."

토미가 에이든의 손을 잡아 흔들었다.

"왜 그러니 토미?"

"저거요."

토미가 가리킨 것은 예쁜 종이 달린 숫자 5-5라고 적혀진 문패였다.

"저건 뭐예요?"

"아, 토미야, 저건 말이다. 아주 의미가 있는 것인데 우리 토미에게 어떻게 말을 해 주어야 쉽게 이해를 할까……."

잔디밭에 있는 작은 꽃을 뜯고 있던 예림이 토미에게 다가갔다.

"토미! 나도 아빠한테 이야기 들었는데 무슨 말인지 잘 모르겠던데? 하지만 할아버지랑 할머니가 무척! 무지 무지 서로를 사랑하신데. 그거 말고 내가 저기 벤치에 가서 재미있는 이야기해 줄게. 이리와!"

예림이가 토미의 손을 붙잡고 녹색 벤치로 데리고 갔다.

먼저 앉은 예림이 옆자리를 톡톡 치며 토미에게 앉으라고 했다.

"내가 작년에 이야기해 준 거 기억하고 있어?"

"으응. 조금밖에 기억이 안 나."

머리를 긁적이며 토미가 웅얼거리자 예림이가 예쁜 미소를 지으며 말하기 시작했다.

"그럼, 내가 다시 이야기해 줄게. 여기 이 의자는 말이야. 할아버지가 할머니한테……."

활짝 핀 벚나무 아래 녹색 벤치에 앉은 6살짜리 남자아이 토미는 조근조근 한 목소리로 상냥하게 이야기를 해 주는 예림이의 말에 귀를 기울여 듣고 있었다.

따사로운 봄 햇살을 맞으며 진욱과 윤희는 천천히 동네를 빠져나와 어느 곳을 향해 걸어가고 있었다. 나이가 들수록 그곳에 도착하는 시간이 조금씩 늘어나고 있었지만 두 사람의 발걸음엔 여유가 묻어 있었다.

젊었을 땐 설레는 마음으로 다시 추억을 떠올리며 걸어갔다면 해가 지날수록 두 사람의 발걸음은 점점 더 느려지면서 그 순간을 온전히 만끽하는 법을 배웠다.

두 사람이 향한 곳은 지하철역이었다. 결혼 초기엔 똑같이 아침 시간에 맞춰 그곳에 갔지만 나이가 들면서 시간대를 움직였다. 아침 출근길의 비좁은 상황이 어느 순간부터 그들의 추억을 방해하기 시작했던 것이다.

그들이 처음 만난 그 지하철역은 아니지만 진욱과 윤희에겐 중요하지 않았다. 자동적으로 5-4라고 적힌 곳에 나란히 선 두 사람은 서로를 향해 바라보다 전광판으로 시선을 옮겼다.

열차가 들어오고 있다는 빨간색 등이 켜지고 안내 방송이 나왔다.

『5-5 열차가 들어오고 있습니다.』

두 사람에게만 들리는 안내 방송이었다.

문이 열리자 두 사람은 약속이라도 한 듯 잡은 손에 힘을 주며 동시에 발을 내디뎠다. 출근시간이 지난 뒤라 자리가 제법 비어 있었지만 진욱과 윤희는 자리에 앉지 않았다. 다정하게 손을 잡은 채 그들은 지하철 창문을 향해 섰다.

사랑스러운 미소를 날리며 그들은 창문을 통해 서로를 바라보왔다. 지하철이 속도를 내며 움직이기 시작하자 창문에 비쳐진 두 사람의 모습이 시간을 거꾸로 향해 달려가기 시작했다.

그들이 처음 만난 그 시간으로.

서로를 몰래 훔쳐보던 두 사람은 이제 똑바로 서로를 바라보고 있었다.

창문에 비친 진욱이 몸을 숙여 윤희에게 속삭였다.

"사랑해. 나의 5-5."

작가 후기

2010년 1월에 시작한 글이 이제 완성이 되었습니다.
낯선 기대…….
이 글을 쓰게 된 계기는 지하철을 타고 출퇴근을 하면서 얻게 된 힌트 덕분이었습니다. 아침마다 2호선을 갈아타는 환승역에서 윤희처럼 같은 시간대에 괜찮게 생긴 남자 한 분을 보게 되었어요. 윤희와 진욱처럼 몇 주 동안 계속 보는 우연은 아니었지만 말이죠. 출근길이 한 시간이 넘게 걸렸기 때문에 서 있으면서, 자리에 앉아 있으면서 사람들을 관찰하기 시작했어요. 윤희가 했던 틀린그림찾기를 하면서요.

어느 날 이상한 시선이 느껴졌습니다. 고개를 돌려보니 옆에 앉은 한 남학생이 제가 하는 것을 뚫어지게 쳐다보고 있는 거예요. 저랑 눈이 마주치더니 머쓱한지 그냥 웃더군요. 호호호. 귀여워라.

아마 그때부터였던 것 같아요. 이렇게도 인연이 될 수 있지 않을까? 하구요.

우연히 만난 남녀가 서로 사랑을 하기까지 가는 과정을 쓰고 싶었습니다.

두근거림과 두려움. 연애 초기에 발생하는 감정에 대해서 쓰고 싶었는데 이 글을 읽으신 분들은 어떻게 느끼셨는지 모르겠네요.

우연하게 자주 마주친 남자가 선뜻 다가섰을 때의 느낌은 어떨까? 관심 있는 남자였는데 이 남자를 덥석 물어도 될까? 믿어도 될까? 아, 왜 하필 직장 상사지? 마음에 담고 있었는데 좋아한다는 표현을 바로 해도 될까? 이런 생각으로 머릿속이 복잡해지겠죠?

〈낯선 기대〉 서로를 알아가는 과정에서 느낄 수 있는 감정을 담고 있습니다.

글을 쓰면서 윤희처럼 두근거리고, 조금 무섭기도 하고. 하지만 진욱이 밀어 붙일 땐 그 나름대로 스릴이 있었다고 할 까요? 연애하는 기분이라며 연재 때 응원해 주신 많은 분들께 감사드리며, 흔들리는 제게 원래 시놉대로 밀고 나가라고 응원해 주신 분들께도 감사드립니다.

  연재 때, 많은 분들의 관심에 사실 조마조마했습니다.

  제 글의 결말이 어떤 반응을 보이게 될지 그때부터 걱정이 되기 시작했지요. 눈으로 보이는 어떤 확실한 결말이 없었으니까요. 사실 본격적으로 연애에 빠져들면 두근거림은 많이 사라져 버리니까요.

  에필로그를 쓰면서 진욱의 청혼에 제 가슴은 뭉클해졌는데 저 혼자만의 감정인가요? 꽃비가 내릴 때 사랑 고백을 받아 보고 싶은 저의 바람을 윤희에게 주었습니다.

  저 혼자만의 감정으로 두 사람에게 몰입했는데, 이 글을 읽으신 분들도 저와 같은 감정을 느끼셨기를 바랍니다.

  로망띠끄와 조은세상 편집부 신 팀장님께 정말 감사드립니다.

  고생 많이 하셨어요. 덕분에 한 걸음 더 발전한 것 같습니다.

아빠! 응원해 주셔서 감사해요! 사랑해요! 아시죠?

붙들고 있던 〈낯선 기대〉를 많은 분 앞에 내놓으려고 하니 많이 설렙니다. 두근거립니다.

윤희와 진욱, 이 두 사람을 통해 여러분도 두근거림을 느끼셨기를 바라며…….

끝까지 읽어 주셔서 감사합니다.

추신 : 사랑하는 우리 신랑~ 잠을 잘 자지 못하는 나를 안쓰러운 눈으로 본 내 남편. 걱정 많이 했지? 고마워! 얼굴 푸석해졌다며 빨리 마사지 받으러 가라고 신경질 냈을 때 그 표정이란~

권기범 씨. 사랑해. 우리 앞으로도 이렇게 사랑하며 살아보아요~

2010년 6월을 시작하며 칼라디움 드림